TYLKO TWOIMI OCZAMI

Valerie Bielen: Nur mit deinen Augen
Copyright © Aufbau Verlag GmbH & Co. KG, Berlin 2014
Copyright © for the Polish translation by Jarosław Bobrowski
Copyright © by Grupa Wydawnicza Literatura
Inspiruje Sp. z o.o., 2016

Wszelkie prawa zastrzeżone
All rights reserved
Książka ani żadna jej część nie mogą być publikowane
ani w jakikolwiek inny sposób powielane
w formie elektronicznej oraz mechanicznej bez zgody wydawcy.

Redakcja: **Justyna Jakubczyk**
Korekta: **Agnieszka Brach**
Projekt graficzny okładki: **Ilona Gostyńska-Rymkiewicz**
Skład i łamanie: **Marek Zinkiewicz**

Źródła fotografii na okładce:
dziewczyna na dachu: Copyright © Fotolia, autor: aleshin
panorama miasta: Copyright © Fotolia, autor: Maciej Czekajewski

Druk i oprawa: **Opolgraf**
www.opolgraf.com.pl

Książkę wydrukowano na papierze
Ecco Book Cream 70 g/m^2 wol. 2.0 z oferty Antalis Poland

Słupsk/Warszawa 2016
ISBN: 978-83-65223-44-9

Wydawnictwo Prozami Sp. z o.o.
zamowienia@literaturainspiruje.pl
www.prozami.pl
www.literaturainspiruje.pl

Valerie Bielen

Tylko twoimi oczami

Przełożył Jarosław Bobrowski

Rozdział 1

– Czy była już pani kiedyś w Wenecji?
Siedząca naprzeciw mnie w przedziale starsza pani przyglądała mi się z zaciekawieniem przez grube szkła okularów. Zamknęłam książkę. Dalsze czytanie nie miało sensu, gdyż pasażerka ta już od Verony próbowała nawiązać ze mną konwersację.
– Niestety nie. To będzie mój pierwszy raz.
– Pokocha ją pani! Ja byłam tam co najmniej dwadzieścia razy i nigdy nie mam dosyć. Musi pani wiedzieć – zbliżyła się do mnie w zaufaniu – że mój nieżyjący już mąż i ja zaręczyliśmy się w Wenecji. Bardziej romantyczne miasto chyba nie istnieje.
Drobiazgowo, zatracając się we wszelkich możliwych detalach, zaczęła opowiadać o swoim zmarłym mężu, swoich zaręczynach i podróżach odbytych w ciągu ostatnich czterdziestu lat. Miałam wrażenie, że jej słowa mijają mnie niczym płaski monotonny krajobraz za oknem, podczas gdy ja wędrowałam w myślach do swojej mamy. Żal ścisnął mi gardło, kiedy wyobraziłam sobie, jak bardzo cieszyłaby się z tej podróży.
Mama przez wiele lat gromadziła w swoim notesie wszelkie artykuły o tym mieście. Zamawiała katalogi w biurach podróży, a w internecie czytywała opisy hoteli. Zawsze ze świadomością, że w końcowym stadium stwardnienia rozsianego obejście miasta z setkami mostów nie byłoby dla niej możliwe. Nie mówiąc już o tym, że naszych funduszy nie starczyłoby nawet

na tani przelot z Berlina. Ale jej optymizm i nadzieja na szczęśliwy zwrot pozostawały niezachwiane, toteż leżąc wieczorami w naszym mieszkanku w Teltow, wyobrażałyśmy sobie, jak by to było płynąć w gondoli przez Canal Grande albo raczyć się aperitifem w Caffè Florian.

– Czy pani też tak to widzi?

Moja współpasażerka czekała na odpowiedź. Nie miałam pojęcia, o czym przed chwilą mówiła, a mimo to zdecydowałam się podzielić jej pogląd. Czy nie nauczyłam się, że najlepszym sposobem na przerwanie albo chociaż skrócenie niechcianej konwersacji był w większości przypadków umiarkowany sprzeciw?

– Oczywiście. Dokładnie tak samo. Ma pani całkowitą rację.

Jednak zupełnie nie doceniłam uporu mojej towarzyszki. Nie chciała tak po prostu zakończyć rozmowy.

– Długo będzie pani w Wenecji? – zagadnęła ponownie.

Odpowiadając jej, nie mogłam się powstrzymać od uśmiechu, a w moim głosie zabrzmiała duma.

– Będę pracowała przez pół roku u pewnej rodziny jako opiekunka do dzieci.

Skinęła głową z uznaniem, unosząc znacząco brwi.

– To wtedy pani sama stanie się wenecjanką! Tylko niech pani uważa i się nie zakocha, bo potem nie będzie się chciało pani wracać do rzeczywistości. Niektórym to się zdarza. Włosi to znani uwodziciele!

Uśmiechnęłam się. Jeśli było coś, czego nie zamierzałam robić w Wenecji, to się zakochiwać. Wiedziałam aż za dobrze, co może oznaczać romans z Włochem – mój ojciec poznał mamę, kiedy brała udział w kursie językowym w Rzymie. W ciągu czterech romantycznych dni uwiódł ją i zostawił w ciąży. Mama zawsze zaklinała się, że były to najszczęśliwsze dni w jej życiu. Jednak ja potrafiłam widzieć jedynie konsekwencje: dwudziestojednoletnia matka, która zamiast studiować i chodzić na dyskoteki, musiała zmagać się z pieluchami i dorywczą pracą tylko dlatego, że ojciec nie miał zamiaru łożyć na moje utrzymanie i zniknął gdzieś za granicą. Choćby było nie wiem jak romantycznie, mnie coś takiego nigdy się nie przytrafi. Przez najbliższe miesiące życie będzie mi upływać na zwiedzaniu muzeów, chłonięciu atmosfery i włóczeniu się po tym wyjątkowym mieście. Nareszcie będę mogła nawdychać się zapachów, o których marzyła moja mama, przyglądać się barwom południowego słońca odbijającego się od fasad pałaców i powierzchni wody, wsłuchiwać się w odgłosy barkasów oraz poczuć delikatny rytm wiosłowania gondolą. To wszystko jest już wystarczająco romantyczne, a gdybym rzeczywiście zapragnęła romansów, to zaspokojenie tej tęsknoty znajdę tam, gdzie do tej pory – w swoich książkach, a już na pewno nie z jakimś wenecjaninem, który mógłby mieć kobiet na pęczki.

– Nie sądzę, żebym była zainteresowana przygodą miłosną.

Grymas na jej twarzy zdradzał rozczarowanie.

– Chyba nie zamierza pani przegapić takiego doświadczenia? Pani jest młoda, powinna pani coś przeżyć! – Urażona moim jednoznacznym brakiem zainteresowania chwyciła się swojej walizki i wstała. – Za dziesięć minut będziemy na miejscu, a ja nie cierpię przeciskać się przez ten wąski peron. W Wenecji jest dworzec czołowy. Czy chciałaby pani już teraz przedostać się ze mną bardziej do przodu? Wtedy będzie pani szybciej.

– Nie, bardzo dziękuję, za to chętnie popatrzę na lagunę, kiedy będziemy wjeżdżali do miasta na moście.

Urażona na całego, że nie skorzystałam z jej rady, energicznym ruchem rozsunęła drzwi, żegnając się chłodnym: „Do widzenia i wszystkiego dobrego".

Oparłam się wygodnie, z poczuciem ulgi, szczęśliwa, że nareszcie znów mogę zająć się podziwianiem widoków. Pociąg zatrzymał się w Mestre i ruszył dalej. Mym oczom ukazał się straszliwy widok terenów przemysłowych: maszty linii wysokiego napięcia, fabryki oraz zawrotna liczba torów kolejowych rozchodzących się we wszystkich kierunkach. W końcu pojawił się horyzont i można było dostrzec lagunę. Przybliżyłam twarz do okna, żeby lepiej widzieć.

Most rozciągał się nad wodą. Mogłam zobaczyć, jak pociąg, na którego końcu siedziałam, przejeżdżając nad szarym odmętem, zatacza lekki łuk. Mój wzrok wędrował nad powierzchnią wody, która znajdowała się teraz po obu stronach. Widać było niezliczoną ilość drewnianych pali oraz łodzie rybackie, które śpiesząc nieprzerwanie do niewidocznego celu, ciągnęły za sobą białą kipiel. Klocowate boje wytyczały w paru miejscach trasę dla większych statków, a ponad tym wszystkim rozciągało się bezkresne niebo, którego stalowoszary odcień, odbijając się w wodzie, zamazywał linię horyzontu.

Tylko gdzie się podziało to bogactwo barw, na które tak liczyłam? Gdzie ta szmaragdowa woda i zielone wyspy, o których pisały przewodniki turystyczne? Gdzie to lazurowe niebo, które wszyscy znajomi, którzy tu byli, opisywali mojej mamie? W tej beznadziejnej szarej scenerii zrobiło mi się smutno i zamiast zaznać szczęścia, poczułam się samotna. Przygnębiona patrzyłam przed siebie, wyczekując ze strachem, czy również miasto nie zrobi na mnie podobnie odpychającego wrażenia.

Z ciekawością wypatrywałam znajomych widoków znanych mi ze zdjęć w albumach i prospektach, aż wreszcie po lewej stronie – za ciągnącym się wzdłuż torów ponurym wiaduktem – moim oczom zaczęły ukazywać się wieże kościołów – a co jedna to wyższa. Zobaczyłam łodzie wypływające w wodne trasy oraz domy różnej wielkości, stojące na przemian i bez planu, które na tle bladego światła tego pierwszego marcowego dnia odznaczały się różnorodnością barw. Odetchnęłam z ulgą, że przynajmniej miasto nie zawiodło moich oczekiwań.

– A więc dojechałam!

Słowa te wydobyły się ze mnie, choć wcale nie miałam zamiaru wymawiać, a oczy napełniły mi się łzami – zbyt długo wyobrażałam sobie tę chwilę: ujrzenie Wenecji po raz pierwszy. A może to efekt zmęczenia, które mnie ogarnęło? Nie byłoby w tym nic dziwnego po przeszło pięciu godzinach spędzonych na twardym siedzeniu w pociągu ze świadomością, że niemal cały mój dobytek mieścił się w dwóch walizkach, które miałam nad głową, i oprócz całkiem obcej rodziny w Wenecji nie było nikogo, kto by naprawdę interesował się tym, gdzie jestem.

Wróciłam myślami do chwili, kiedy przed prawie trzema tygodniami w czasie przerwy na obiad przeglądałam w księgarni „Süddeutsche Zeitung" i natknęłam się na ogłoszenie rodziny Scarpów: „Rodzina z dwójką synów poszukuje od zaraz niemieckiej opiekunki do pracy w Wenecji". Nie zastanawiając się ani chwili, czy to rozsądne, aby mając dwadzieścia cztery lata zamienić stałą – aczkolwiek słabo płatną – posadę w księgarni na pracę opiekunki, zdecydowałam się wysłać swoją ofertę.

Bo czy nie byłam dotychczas zawsze na tyle rozsądna, by nie pójść za przykładem mojej mamy? Matura, studia germanistyczne, a w końcu praca na stanowisku księgarki. Żadnych eskapad finansowych ani emocjonalnych i ciągle jeszcze to małe mieszkanko w Teltow. Życie składające się z pracy, czytania i marzeń na jawie w czasie dojazdów tramwajem. Niezbyt ekscytujące, lecz w miarę komfortowe, wolne od ryzyka i bolesnych niespodzianek. Od czasu śmierci mamy przed dwoma laty niczego nie zmieniłam, i jak dotąd taka była treść mojego życia. Wydawałam się sobie szczęśliwa. Wystarczyły jednak sekundy, aby to drobne ogłoszenie wytrąciło mnie z tego letargu, działając jak magnes. Gdy tylko wróciłam do domu, przygotowałam list razem z życiorysem, który nazajutrz rano z bijącym sercem zaniosłam na pocztę. Przez kilka dni nie odrywałam wzroku od swojej komórki i kilka razy dziennie zaglądałam do skrzynki na listy. W końcu dostałam krótkiego, lecz pełnego entuzjazmu maila, w którym rodzina Scarpów poprosiła mnie o jak najszybszą decyzję oraz informację, którym pociągiem do nich przyjadę, żeby mogli mnie odebrać z dworca Santa Lucia.

W ciągu dwóch tygodni odnajęłam mieszkanie pewnej studentce, która z nami pracowała, wymogłam na szefie skrócony termin wypowiedzenia, a do dwóch walizek spakowałam tych parę rzeczy, które stanowiły dla mnie wartość. Mama, widząc mnie, byłaby nieźle ubawiona; stwierdziłaby zapewne, że nareszcie zaczynam robić coś ze swoim życiem.

Wyrwałam się nagle z rozmyślań. Pociąg dojechał do dworca, po czym gwałtownie się zatrzymał. Wytężając wszystkie siły, ściągnęłam ciężkie walizy z półki pod drzwi, a następnie wysiadłam z nimi na peronie. Rodzina, która miała mnie gościć, napisała, że będzie na mnie czekać na jego końcu, toteż czułam ulgę na myśl, że nie będę musiała sama taszczyć tego bagażu przez całą Wenecję.

Gdy w końcu dotarłam do przedniej części dworca, większość moich współpasażerów była już przy wyjściu, a tłum składający się z turystów, studentów, pracowników i innych podróżnych, którzy wysiedli z pociągu, zdążył się rozejść. Mój wzrok wędrował w stronę nielicznych osób, które widziałam jeszcze w swoim pobliżu: trzech zakonnic cieszących się z przybycia czwartej, chłopaka piszącego coś zapamiętale w swoim telefonie i dwóch młodych dziewczyn, które chichocząc, stały w kącie i zdawały się czekać na następny pociąg mający się zatrzymać na tym samym torze. Rodzina jeszcze się nie pojawiła.

Nerwowym ruchem wygrzebałam z kieszeni telefon i wybrałam numer do Scarpów. Po czterech sygnałach włączyła się automatyczna sekretarka, prosząc o nagranie wiadomości. Posługując się językiem włoskim, którego lekcje mama wtłaczała mi do głowy z kaset w każde niedzielne popołudnie, wyjaśniłam najlepiej jak umiałam, że będę czekać na peronie. Rozłączyłam się i wyczerpana, ze wzrokiem utkwionym w ogromy zegar nad tablicą świetlną, przysiadłam na jednej z walizek. Wydawało mi się, że nawet wskazówka sekundowa okrążała tarczę w ślimaczym tempie. Wyjęłam z plecaka książkę, próbując zająć się czytaniem, lecz gdy tylko ktoś zbliżał się do peronu, odrywałam wzrok z nadzieją, że wreszcie ujrzę czyjąś sympatyczną twarz; kogoś, kto przeprosi za spóźnienie i zabierze mnie z tego miejsca. Nic takiego jednak nie nastąpiło.

Po przeszło godzinie postanowiłam odszukać w plecaku zapisany adres państwa Scarpów i samodzielnie wybrać się w drogę. Ogarnął mnie strach. Czyżby Scarpowie zmienili zdanie i zapomnieli mi powiedzieć, że znaleźli kogoś innego? A może to wszystko było tylko żartem?

Stopniowo zaczęła narastać we mnie panika i być może to ona sprawiła, że nakładem wszystkich sił udało mi się zawlec ciężki bagaż szerokimi schodami w dół do przystanku *vaporetto*. Wiele słyszałam o tych publicznych środkach komunikacji w postaci łodzi transportowych, będących czymś w rodzaju wodnych tramwajów, i często wyobrażałam sobie, jak się nimi płynie. Jednakże teraz nie byłam w stanie cieszyć się ani z *vaporetto*, ani z upragnionego od dawna widoku miasta. Nie zwracałam uwagi ani na ożywioną krzątaninę łodzi przybijających co chwilę do brzegu, ani na elegancję, z jaką gondole przycumowane do pali kołysały się delikatnie, ani na piękno pałaców stojących jeden przy drugim wzdłuż Canal Grande po mojej lewej stronie. Cała moja uwaga koncentrowała się wyłącznie na walizkach, omdlewających ramionach i punkcie sprzedaży biletów.

W końcu dotarłam do budki koło przystani, ustawiłam się w kolejce i podsunęłam sprzedawcy adres rodziny, który – jak to w Wenecji – składał się tylko z dzielnicy oraz numeru, nie zawierał jednak nazwy ulicy. Nie mając specjalnie nadziei, zastanawiałam się, czy to mu wystarczy. Mężczyzna jednak popatrzył na mnie życzliwie, rozpoznał we mnie od razu cudzoziemkę, po czym bez wahania, lecz tak wolno, jak potrafił, odpowiedział mi w najprostszych słowach:

– Musi pani wsiąść do *vaporetto* linii nr 1, dopłynąć nim do San Angelo, a następnie przejść do Campo Santo Stefano. Tam o adres spyta się pani mężczyzny w barze Sport. On pokaże pani, który to jest dom.

Vaporetto linii nr 1, niski i hałaśliwy barkas, przybił do przystani trzy minuty później. Wyczerpana usiadłam na jednym z plastikowych krzeseł na rufie. Mimo zimowego chłodu włosy lepiły mi się do czoła i miałam wrażenie, że pod grubą kurtką spływają mi po plecach strużki potu. Nie tak wyobrażałam sobie swój przyjazd, ale przynajmniej zmęczenie i poczucie rezygnacji wypędziły ze mnie uczucie paniki. Tak więc niezależnie od tego, co mnie czeka, postanowiłam, że przynajmniej nacieszę się tą chwilą. Już nigdy więcej nie ujrzę Wenecji po raz pierwszy. Nie chciałam zepsuć tego wyjątkowego momentu złym humorem.

Widok, który mogłam wreszcie ogarnąć bez przeszkód wzdłuż Canal Grande, był imponujący: majestatyczne *palazzi* z bogato zdobionymi balkonami i fasadami zdawały się prześcigać w swej okazałości. Mijające nas gondole prowadzone były przez pewnych siebie mężczyzn z wprawą i bez widocznego wysiłku. Zwrotne taksówki motorowe pruły po powierzchni, ciągnąc za sobą ogon spienionej wody. Tramwaje *vaporetto* z głośnym rykiem silników przecinały kanał, by zatrzymać się przy którymś z pontonowych przystanków kołyszących się gwałtownie na falach wywołanych ruchem rozmaitych łodzi. Czekający na nie pasażerowie tłumili te huśtania ze spokojem i gracją, balansując swoim ciężarem w sposób prawie niedostrzegalny. To niesamowite widzieć, że wszystko tutaj jest takie piękne i w najwyższym stopniu eleganckie.

Powoli zaczęło się ściemniać, a w niektórych pałacach zapaliły się pierwsze światła. Dostrzegłam udrapowane zasłony, kosztowne malowidła na sufitach i ściany pokryte jedwabiem. Mimowolnie wyobraziłam sobie, jak mieszkałoby się w takim *palazzo*. Kim są ludzie, których stać na mieszkanie w takich domach? Czy są bardziej szczęśliwi niż ja tylko dlatego, że pławią się w takim luksusie i na co dzień mają taki widok? O czym jeszcze mogą marzyć ludzie, którzy chyba mają już wszystko? Przyłapałam się również na myśli, czy być może w czasie tych miesięcy jako opiekunka sama będę miała okazję wejść choć raz do takiego *palazzo*.

Przerwałam marzenia, kiedy mój *vaporetto* zaczął mijać się w wolnym tempie z łodzią w rodzaju promu, podobną do gondoli, którą grupa eleganckich ludzi przeprawiała się na drugi brzeg Canal Grande. Czyżby wracali z pracy? Mieli przy sobie teczki i plecaki, jakie zwykle noszą zwyczajni ludzie spieszący na co dzień do pracy. Jednakże na tle tej scenerii, przypominającej mi bardziej scenografię teatru niż miasto, sprawiali oni wrażenie surrealistyczne, zupełnie jakby byli w niewłaściwym miejscu. Pewna wytworna wenecjanka siedząca obok mnie zadrżała z zimna i podniosła do góry kołnierzyk futrzanego płaszcza, po czym znowu zajęła się mozolnym pisaniem czegoś w swoim telefonie, gdy tymczasem w wolnym tempie przepływaliśmy pod mostem Rialto. Nie mogłam wprost uwierzyć, że otaczające nas piękno nie robiło na niej żadnego wrażenia, i zdałam sobie sprawę, że gdy człowiek po jakimś czasie do niego przywyknie, obojętnieje na ten widok nawet pomimo jego wspaniałości.

Nasz statek dopłynął do San Angelo. Przeciągnęłam walizki w górę przez lądowy most w wąski zaułek, który był tak ciasny, że ledwie starczało miejsca, żebym mogła ciągnąć swój bagaż za sobą. Po niecałych pięciu minutach ziściła się moja najgorsza obawa i trafiłam na pierwszy ozdobny most. Wytężając wszystkie siły, wciągnęłam po schodach najpierw jedną, a potem drugą walizkę, aby kontynuować marsz po drugiej stronie mostu. W ciągu kolejnych dziesięciu minut powtórzyło się to jeszcze trzy razy, aż zaczęłam wątpić, czy na pewno wybrałam właściwą drogę. Westchnęłam na myśl, że miałabym się wrócić, ale w końcu odnalazłam się na jakimś dużym placu i przez lekką mgłę, która zaczęła już nadciągać, dostrzegłam bar Sport.

Przy akompaniamencie licznych dzwonków, wyczerpana weszłam do środka przez zaparowane drzwi, na których wisiały jeszcze liczne dekoracje zakończonego właśnie karnawału. Ręce dygotały mi po długotrwałym zmaganiu się z ciężarami.

– Przepraszam – wysapałam bez tchu oparta o kontuar. – Czy mogłabym pana o coś spytać?

Otyły barman odwrócił się niechętnie w moją stronę, lecz nic nie odpowiedział.

– Gdzie mogę znaleźć ten adres? – zapytałam, pokazując kartkę.

Mężczyzna natychmiast wskazał przez okno w stronę jednej z uliczek, pokazując na palcach, że chodzi o drugą, po czym wskazał kierunek w lewo. Miałam zapewne dojść tędy do drugiej uliczki odchodzącej w lewo i tam skręcić. Zaskoczona uświadomiłam sobie, że w tym mieście chyba nikt nie posługuje się planem miasta, a ja pamiętam jeszcze do teraz, jak bardzo staromodny i niepraktyczny wydawał mi się wtedy taki sposób opisywania drogi. Nie wiedziałam jeszcze, że w tym mieście wszelkie mapy na niewiele się zdają i często nadłożenie drogi prowadzi człowieka do celu szybciej lub po prostu lepiej.

Podziękowałam mu i już chciałam podnieść walizkę, aby przytargać ją do wyjścia, gdy nagle on, z własnej inicjatywy, postawił przede mną mały kieliszek, który napełnił białym winem.

– Na drogę.

Pokręciłam odmownie głową, ponieważ prawie nigdy nie piję alkoholu, lecz z wyrazu jego twarzy wyczytałam, że nie zgodziłby się na żaden mój sprzeciw. Opróżniłam więc kieliszek niemal łapczywymi haustami – i muszę przyznać, że w końcu poczułam się nieco lepiej.
– Ile płacę?
Pokręcił wzgardliwie głową, dając do zrozumienia, że to na koszt firmy. Mój wygląd musiał naprawdę wzbudzać litość.
Trzymając ponownie walizki w obolałych rękach, wyszłam z baru i po kilku minutach dotarłam do wysokiego budynku, którego jaskrawa fasada miała kolor ochry. Budynek, który wznosił się przede mną, w przeciwieństwie do sąsiednich, został odnowiony całkiem niedawno. Zmęczona oparłam się o ścianę domu i przy zdobionych drewnianych drzwiach znalazłam brązową tabliczkę domofonu z sześcioma przyciskami. Uradowana stwierdziłam, że w odróżnieniu od większości mieszkań przy jednym z przycisków wpisane było nazwisko Scarpów.
– Kto tam? – rozległ się głos w urządzeniu.
– Alice Breuer.
– Mój Boże!
Przeraźliwy głos, który to wykrzyknął, zamilkł, po czym rozległ się brzęczyk. Zdecydowanym ruchem pchnęłam drzwi. Przede mną znajdowały się wąskie schody, a sądząc po tabliczce domofonu, domyślałam się, że mieszkanie tej rodziny znajduje się na najwyższym, czwartym piętrze. Zamknęłam oczy, by zebrać wszystkie siły niezbędne do wtaszczenia walizek, kiedy usłyszałam, że ktoś zeskakuje na dół po schodach.
– Giorgio! Pomóż jej z bagażem! – zawołał z góry ten sam znajomy mi już kobiecy głos.
Ogarnęło mnie poczucie ulgi. Nie spodziewałam się bowiem, iż mogę oczekiwać, że ich syn pomoże mi wnieść bagaż, jeśli nie jestem im wcale potrzebna. Przede mną zjawił

się wyrośnięty ciemnowłosy chłopak w wieku dwunastu lat i z uśmiechem wyciągnął do mnie rękę.
– Giorgio Scarpa.
Podałam mu rękę, przedstawiając się swoim imieniem. Wspólnymi siłami wtaszczyliśmy pierwszą walizkę na czwarte piętro, gdzie przywitała mnie atrakcyjna kobieta nieco po trzydziestce, z trochę zbyt ostrym makijażem. Wyglądało na to, że przerwałam jej krótką sjestę, gdyż miała na sobie jedynie elegancki biały szlafrok z jedwabiu.
– Nazywam się Ilaria Scarpa. A to jest Frederico, mój młodszy syn – wskazała na małego chłopca, który zjawił się przy niej i wpatrywał we mnie wielkimi oczami.

Szturchnęła lekko w ramię swoje dziecko, które jak wynikało z korespondencji, miało mieć dziesięć lat, jednak wyglądało na znacznie młodsze. Frederico podał mi nieśmiało rękę i w tej samej chwili uciekł z bratem do pokoju, w którym był telewizor. Signora Scarpa zaś teatralnie wylewnym gestem podała mi swoją chudą dłoń.

– Proszę wybaczyć, ale zupełnie wyleciało mi z głowy, że pani dzisiaj przyjeżdża, Allegra. Za dużo rzeczy dzieje się tu naraz. Najpierw karnawał, potem uroczystość otwarcia nowej części siedziby fundacji Fernandiego, a dziś wieczorem zaproszenie od szwajcarskiego konsula. W tym mieście po prostu nic się nie da załatwić – westchnęła głośno, przesuwając dłonią po rudych lokach. – Ja właściwie jestem z Mediolanu, i na parę dni dam sobie chyba spokój z zaproszeniami. W końcu w takim małym mieście jak Wenecja zaprasza się stale tych samych gości. Ten stres jest zupełnie niepotrzebny.

Z tymi słowami odwróciła się, nie dając mi okazji, żebym mogła skorygować moje imię, i pokazała mi ręką, żebym weszła do środka. Z wahaniem weszłam za nią do mieszkania i znalazłam się na korytarzu umeblowanym przypuszczalnie bardzo drogocennymi antykami, tak że ledwo można się było w nim przecisnąć. Po jego bokach znajdowało się wiele zamkniętych drzwi i w końcu dotarłyśmy do salonu. Wielkie obite kwiecistym materiałem kanapy z niedbale udrapowanymi poduszkami stały wokół nowoczesnego szklanego stołu, na którym królował wielki bukiet kwiatów. Ściany zdobiły oprawione w złote ramy obrazy Wenecji, a nad tym wszystkim zwieszał się olbrzymi żyrandol ze szkła murańskiego. Na widok tego przepychu aż zaniemówiłam.

Niedbałym ruchem ręki signora Scarpa poleciła mi zająć miejsce na jednym z trzech foteli, sama zaś opadła na kwiecistą kanapę.

– Zostawiłam jeszcze jedną walizkę przy drzwiach na dole – spróbowałam po cichu zaprotestować.

Kobieta wzruszyła ramionami.

– A drzwi są zamknięte?

– Chyba tak.

– W takim razie nie ma powodu do obaw. Jesteśmy w Wenecji, a tu nic nie ginie – nawet przez pięćset lat – zachichotała.

W jej głosie pobrzmiewał przesadny spokój, przez co odniosłam wrażenie, że Wenecja w jej oczach musi mieć w sobie coś śmiesznego. Skoro sprawia wrażenie, że tak wiele jej się tutaj nie podoba, to dlaczego w ogóle tu mieszka?

– Mój mąż może ją przynieść. Niedługo wróci.

– Ale... – Pomyślałam o swoich pamiętnikach i zdjęciach, całym swoim dobytku i związanych z nim wspomnieniach. – Wolałabym ją od razu wnieść do góry – dodałam nieśmiało. – Mogłabym ją wtedy rozpakować.

Ponownie wzruszyła ramionami, lecz jej przyklejony uśmiech ustąpił teraz miejsca wyrazowi pogardliwego zdziwienia.

– W takim razie niech pani zrobi to, co dla pani jest takie pilne, i zawoła mnie, kiedy już będzie pani na górze.

Po tych słowach wstała. Widać było, że pod każdym względem stanowię dla niej kłopot – z powodu mojego przyjazdu,

bagażu, zachowania. Wyszłam za nią z pokoju i uświadomiwszy sobie, że na pomoc Giorgia nie mam co liczyć, gdyż w pokoju obok zajęty był z bratem oglądaniem amerykańskiego serialu, sama ruszyłam na dół po drugą walizkę. Po dziesięciu minutach uporałam się wreszcie z całym bagażem i ponownie weszłam do mieszkania. Nigdzie jednak nie było pani domu.
– Signora Scarpa?
Mój głos odbijał się echem po domu. Po kilku chwilach, z wyrazem zniecierpliwienia na twarzy, Ilaria Scarpa wyjrzała zza jednych z drzwi. Przebrała się i miała teraz na sobie jedwabną bluzkę w kolorze kremowym oraz odpowiednio dobraną mocno przylegającą spódnicę. Gestem dłoni z dużą liczbą ozdób na palcach, wyciągając jednocześnie z ust szpilkę do zatknięcia we włosach, dała mi niemy znak, żebym poszła za nią do następnego pokoju. Gdy tam weszłam, zorientowałam się, że jest to jadalnia. Osiem ozdobnych antycznych krzeseł ustawionych dookoła równie drogiego i starego stołu oświetlał z góry drugi murański żyrandol. Zastanawiałam się zdumiona, czy ta lampa nie jest przypadkiem większa niż cała moja kuchnia w Teltow.

Moja chlebodawczyni ponownie poleciła mi usiąść, sama zaś zajęła miejsce naprzeciwko.

– Naprawdę jest mi bardzo przykro, że nie byłam dzisiaj na dworcu, ale wie pani – westchnęła teatralnie – mam tak dużo zobowiązań towarzyskich, że niestety czasami mylą mi się daty albo zwyczajnie o czymś zapominam.

Skinęłam głową, lecz zdawało mi się, że nie oczekuje ode mnie żadnej reakcji.

– W zasadzie to mój mąż zajmuje się wydawaniem poleceń dziewczynom do pomocy. Niestety jeszcze nie wrócił, a ja muszę teraz gdzieś wyjść. Myślę jednak, że da sobie pani jakoś radę, Allegra. W końcu są tu jeszcze Giorgio i Frederico, na wypadek gdyby miała pani jakieś pytania.

– Mam na imię Alice, nie Allegra – sprostowałam ją delikatnie, bo już drugi raz przekręciła moje imię.
– Och, tak, przepraszam. Rzeczywiście, Alice. – Zbita z tropu przejechała dłonią po rudych włosach. – Tak więc, jak już mówiłam, mamy dużo obowiązków i mało czasu. Dlatego zdajemy się całkowicie na panią. Pełna odpowiedzialność! Rozumie pani?

Spojrzała na mnie protekcjonalnie swoimi wielkimi umalowanymi oczami, a ja nie miałam pewności, czy jej zdaniem mój włoski nie był zbyt dobry, bym mogła ją zrozumieć, czy też uważała mnie za tępą.

– Oczywiście, rozumiem. Może pani na mnie całkowicie polegać – odpowiedziałam pokornie.

Signora uśmiechnęła się.

– No to cudownie. To w takim razie mogłaby pani jeszcze dzisiaj w czymś pomóc? Chodzi o to, że muszę teraz koniecznie wyjść na jedną naprawdę ważną imprezę, a niestety nie znaleźliśmy opiekunki. W sumie to mój mąż zaofiarował się, że zostanie w domu, ale chyba mogłaby pani zacząć od razu? Chyba nie planuje pani już dzisiaj nigdzie wychodzić?

W sumie to nie tak wyobrażałam sobie swój pierwszy wieczór w Wenecji. Początkowo myślałam, że powłóczę się trochę uliczkami i może zjem gdzieś swoją pierwszą włoską pizzę, jednak signora dawała mi wzrokiem do zrozumienia, że odpowiedź odmowna w ogóle nie wchodzi w grę.

Z wymuszonym uśmiechem skinęłam głową.

– Oczywiście, chętnie zostanę.
– Jest pani skarbem!

Przyciągnęła mnie do siebie, chuchnęła dwa pocałunki w policzek, po czym wstała.

– Zatem widzimy się znowu jutro... Alice.

Zamierzała się właśnie pożegnać, nie udzieliwszy mi jakichkolwiek wskazówek.

- Czy mogłabym spytać, gdzie będę spała? - odważyłam się cicho odezwać. Dziwiłam się sama sobie, że tak spokojnie znoszę jej kompletny brak zainteresowania mną, moją podróżą i moim samopoczuciem.

Signora Scarpa klepnęła się dłonią w czoło.

- Ależ oczywiście! Przecież pani jeszcze w ogóle nie zna mieszkania!

Obuta w markowe szpilki od Louisa Vuittona, jakie dotychczas widziałam jedynie w amerykańskich serialach, podreptała przede mną na korytarz, nie przestając mówić.

- No więc tak. Apartament ma czternaście pokoi, z których dwanaście znajduje się na tym piętrze, a jeden jest na parterze, ale tam zasadniczo przechowujemy rupiecie. Jest jeszcze jeden pokój na poddaszu.

Podeszła do ciężkiej czerwonej kurtyny z jedwabiu, którą odchyliła, pokazując kręte drewniane schody z wytartymi wąskimi stopniami.

- Pokój dla dziewczyn jest na górze. - Spojrzała na zegarek. - Niestety muszę się już zbierać. Na pewno da pani sobie radę. Na razie.

Nie zaszczycając mnie ponownym spojrzeniem, odwróciła się i stukając obcasami, podeszła do szafy, z której wyłowiła futrzany szal. Następnie wzięła z kredensu skórzaną torebkę z mnóstwem złotych sprzączek i wyszła, zamykając mieszkanie na klucz. Parzyłam za nią, nie posiadając się ze zdumienia. I z taką kobietą mam spędzić następne pół roku? Wolno, bez entuzjazmu odchyliłam zasłonę i weszłam po schodach. Z tęsknotą pomyślałam o swoim przytulnym mieszkanku w Teltow, które przez całe życie było moim domem. Stopniowo nabierałam coraz większej pewności, że przyjazd do pracy w tym mieście był błędem.

Gdy zobaczyłam cienkie drzwi z dykty oddzielające mój pokój od schodów, tylko częściowo pomalowane na biało łuszczącą się farbą, nastawiłam się na widok zbieraniny starych zniszczonych mebli. Z zapartym tchem nacisnęłam klamkę.

Widok, który ukazał się moim oczom, był niesamowity. Spojrzałam pobieżnie na sfatygowane podwójne łóżko i szkaradny metalowy stolik z niepasującym pomarańczowym krzesłem, po czym zamarłam oszołomiona zapierającym dech widokiem, jaki roztaczał się za szerokim na trzy metry zakurzonym, panoramicznym oknem. U moich stóp leżała Wenecja. W zachwycie zorientowałam się, że w tej części domu znajdowało się zapewne kiedyś atelier. Ponad setkami dachów widać było aż Canale della Giudecca, kościół San Giorgio Maggiore, a nawet lagunę. Mimo nadciągającego zmierzchu dojrzałam łodzie, które z zielonymi i czerwonymi światełkami zbliżały się do miasta, oraz majestatyczny biały statek wycieczkowy, który podświetlony kolorowo wypływał w morze. Zauważyłam światła na wyspach i odległych statkach i widziałam, jak delikatne obłoki mgły niczym welon przysłaniają z wolna horyzont.

Ostrożnie zbliżyłam się do okna i stwierdziłam, że jedna jego część jest ruchoma, stanowiąc drzwi wychodzące na mały gdzieniegdzie zmurszały taras. W przewodnikach po Wenecji czytałam o takich konstrukcjach, zwanych altanami, które dawniej służyły dobrze sytuowanym damom jako miejsce do rozjaśniania włosów. Teraz sama znajdowałam się na jednej z takich – dość chybotliwych – konstrukcji, która zdawała się wspierać o dach raptem na kilku belkach. W normalnych okolicznościach, z ostrożności, wolałabym na nią nie wchodzić, lecz olśniona wspaniałym widokiem wyszłam na zewnątrz bez chwili wahania. Wiatr rozwiewał mi włosy. Wchłaniałam zapach miasta i morza i ledwie zdołałam się powstrzymać, żeby nie wyciągnąć rąk i nie poczuć się jak w scenie z „Titanica". W tym mocno podwyższonym i odosobnionym miejscu miałam wrażenie, jakby cała Wenecja należała do mnie. Co mi tam po tym, czy pokój jest ładny, czy brzydki, albo że państwo Scarpowie są niemili, jeśli za to mogę napawać się takim widokiem!

Drżąca z zimna, lecz ogromie szczęśliwa weszłam z powrotem do pokoju i zaczęłam rozpakowywać plecak. Walizki z poziomu mieszkania przydźwigam później, o ile to się w ogóle uda przy tak wąskich schodach. Rozejrzałam się. Na pokrytej mursztardowożółtym linoleum podłodze oprócz łóżka, plastikowego krzesła i stołu upstrzonego dużą liczbą różnobarwnych plam stała również chybotliwa szafa z lat pięćdziesiątych. Ze ścian w niektórych miejscach zwieszała się tapeta, sufit zaś przystrajała lampa z zielonego szkła.

Trzęsąc się nadal z zimna, zauważyłam, że oprócz niewielkiego elektrycznego grzejnika przy drzwiach w pomieszczeniu nie było żadnego ogrzewania. Pocieszenie stanowiło jedynie to, że był już marzec, zatem mogłam mieć nadzieję na wyższe temperatury.

W tylnej części pomieszczenia odkryłam kolejne, tak samo niedokładnie pomalowane drzwi z dykty, które prowadziły do miniaturowej łazienki wyposażonej w toaletę i prysznic, przy czym prysznic składał się z odpływu w podłodze oraz cienkiej i wypłowiałej plastikowej zasłony. Papier toaletowy na czas kąpieli będzie trzeba odstawiać nieco dalej, żeby całkiem nie przemókł.

Mój wzrok padł na lustro wiszące nad umywalką. Odbijała się w nim młoda i szczupła kobieta, nieco blada, o trochę zbyt szeroko rozstawionych ciemnozielonych oczach oraz długich popielatych blond włosach. W przeciwieństwie do szykownych wenecjanek, które widziałam wcześniej w mieście, wyglądałam jak brzydkie kaczątko. Uśmiechnęłam się do swojego odbicia – chyba naprawdę nie grozi mi, że jakiś wenecjanin się mną zainteresuje. Kobieta z pociągu mogłaby się tego domyślić.

Załadowałam plecak do szafy i poszłam po resztę rzeczy. Kiedy targałam walizkę przez korytarz, chłopcy przez cały czas siedzieli przed telewizorem, gapiąc się na reality show. Właśnie chciałam ich spytać, co zjedliby na kolację, gdy usłyszałam za sobą czyjś głos. Odwróciłam się.

– Pani to pewnie signorina Breuer? – Wyciągnął do mnie rękę atrakcyjny dobiegający do pięćdziesiątki nieco szpakowaty brunet w kasztanowym szytym na miarę garniturze. – Nazywam się Luca Scarpa.

Z wdzięcznością odpowiedziałam na jego uprzejmy uśmiech i skinęłam głową.

– Czy wszystko już pani widziała? Pokój być może nie jest zbyt przytulny, ale za to altana! – Tu wyraził zachwyt zamaszystym gestem, który przypominał mi teatralność jego żony. – Ta altana to cudowne miejsce. Nie sądzi pani?

Moja opinia zdawała się go nie interesować, gdyż cały czas mówił bez ustanku.

– Jednak przede wszystkim niech pani pamięta o swojej pracy! Mamy bowiem pewne złe doświadczenia, a pani nie przyjechała tutaj po to, żeby podziwiać widoki.

Jego uśmiech ustąpił miejsca wyrazowi surowości, i widziałam, że zakończył już swoją kurtuazyjną pogawędkę, zamierzając przejść do części oficjalnej.

– Jak pisałem już w swoim mailu, stawiamy dość wysokie wymagania naszym dziewczynom *au pair*. Bo w końcu oferujemy pani przecież także Wenecję.

Nie przestając mówić, dał mi ręką znak, abym poszła za nim do kuchni. Jak dotąd nie miałam jeszcze okazji, żeby odpowiedzieć mu chociaż jednym słowem.

– Oczekujemy, że będzie pani robić wszystkie zakupy. Do tego celu służy domowa portmonetka, którą skrupulatnie sprawdzamy. Znajdzie ją pani tutaj – pokazał mi kuchenną szufladę. – Wszystkie wydatki, na które zabraknie paragonów, potrącimy pani z wynagrodzenia. Poza tym oczekujemy, że do pani obowiązków należeć będzie sprzątanie domu i szykowanie posiłków dla dzieci. Moja żona i ja prawie nigdy nie jadamy w domu. Tak więc nie będzie to trudne, a może pani oczywiście jeść razem z dziećmi. Prosiłbym jednak, żeby w każdy poniedziałek przedstawiała mi pani listę dań, jakie planuje pani na bieżący tydzień. Mieliśmy już bowiem jedną dziewczynę, która codziennie smażyła same naleśniki. Chłopcy zaczęli się skarżyć dopiero po dwóch miesiącach, ale oczywiście oczekujemy więcej urozmaicenia i nieco zdrowszej diety.

Znowu dał mi znak, żebym poszła za nim, tym razem do pokoju chłopców.

– Będzie pani odpowiedzialna za zadania domowe Giorgia i Frederica – wskazał ręką ich obu. – Chciałbym, żeby każdego dnia odrabiała je pani z nimi sumiennie i starannie. To samo dotyczy nauki gry na fortepianie Giorgia i na wiolonczeli Frederica. Będzie ich pani tam zabierać, żeby byli punktualnie i nie wagarowali. Moja żona pokaże pani za pierwszym razem, gdzie mieszkają nauczyciele, i od tej pory to pani będzie ich tam przyprowadzała. I przede wszystkim musi pani oczywiście każdego dnia poćwiczyć z nimi przez co najmniej pół godziny. Konieczne jest, aby siedzieli wtedy obok pani. Czy gra pani na jakimś instrumencie?

– Niestety nie.

Moją mamę ledwie było stać na materiały szkolne, nie mówiąc już o drogich instrumentach i lekcjach muzyki.

Wzruszył obojętnie ramionami.

– No cóż, nie można w końcu mieć wszystkiego. – Wydawało się, że się zastanawia. – Poza tym to chyba wszystko na początek. Tutaj są klucze. – Podał mi pęk kluczy do rozmaitych starych zamków. – Skrzynka na listy, drzwi od domu, drzwi od mieszkania i jeden klucz do pakamery na dole, w której znajdują się torby i walizki.

Sprawiał wrażenie, jakby chciał już odejść, gdy nagle coś mu się jeszcze przypomniało.

– Aha, o mało nie zapomniałem. Oboje z żoną mamy wiele towarzyskich zobowiązań. Ja jestem notariuszem, a moja żona prezesem ważnej weneckiej fundacji. Oczekujemy od pani zajmowania się dziećmi, kiedy nas nie będzie w domu. Wieczorna opieka nad nimi stanowi nieodłączny element naszej umowy. Jedynym wolnym dniem będzie dla pani niedziela. Czy poza tym ma pani jeszcze jakieś pytania?

Stanęłam przed nim oszołomiona.

W mailach, które od nich dostawałam, nie było ani słowa na temat wielu rzeczy, które teraz wymienił. Lecz czy sprzeczanie się z nimi i skarżenie, że wysługują się dziewczynami, traktując je jak tanią służbę, mogło teraz w czymś pomóc? W końcu nie przyjechałam do Wenecji po to, żeby od razu stąd wracać. Zmusiłam się zatem, aby skupić swoje myśli na altanie i wspaniałym widoku. Co mi po tym, że nie wolno mi będzie wychodzić wieczorami. W końcu przecież będę mogła mieszkać w swoim wymarzonym mieście i je podziwiać. Czego chcieć więcej?

Nie pytając o nic, kiwnęłam głową i ze spuszczonym pokornie wzrokiem odparłam cicho:

– Nie. Myślę, że zakres zadań jest dla mnie jasny, signor. Może pan na mnie polegać.

Rozdział 2

Mój pobyt w Wenecji przebiegał dalej tak, jak wskazywał na to już pierwszy dzień: Scarpowie wykorzystywali mnie, jak tylko mogli. Giorgio i Frederico byli miłymi chłopcami i szybko mnie polubili. Jakie zresztą mieli wyjście, jeśli ich matka wstawała najwcześniej o jedenastej, następnie jadła skromne śniadanie, nastawiając się na aperitif, albo szykowała na jakieś zebranie w jednej z jej organizacji dobroczynnych lub spędzała czas z przyjaciółkami na zakupach w jednym z ekskluzywnych butików? Do wyjątkowych można było zaliczyć dzień, w którym widziała się z dziećmi dłużej niż dwie godziny.

Za to signor pracował dużo. Rano wstawał wcześnie do biura, a wieczorami nie wracał do domu przed siódmą. Próbował się wtedy interesować pracami swoich synów albo zasiadał z nimi przed telewizorem, zdejmował buty, kładł nogi na stół i oddawał się grom komputerowym. Nie trwało to zazwyczaj długo, ponieważ wychodził zaraz z żoną na jedną z wieczornych wizyt lub usprawiedliwiał się późnym spotkaniem z jakimś klientem. Jego żonie najwyraźniej to nie przeszkadzało, co dziwiło mnie tym bardziej, że po każdym z tych służbowych spotkań jego ubranie roztaczało intensywną woń tych samych perfum.

Jego marynarki wietrzyłam potem na altanie, a rzeczy jak najszybciej wrzucałam do pralki. Lecz jeśli mam być szczera, nie miałam mu wcale za złe tego, że był niewierny, gdyż nie ulegało wątpliwości, że jego żona wcale go nie kochała i prawdopodobnie wyszła za niego ze względu na wysoki status i zarobki. Prawdziwą stratę ponosili za to Giorgio i Frederico, bo chociaż mieli spory potencjał, i byli dziećmi mądrymi i miłymi, to jednak rodzice nie poświęcali im uwagi, i chociaż mieli mnóstwo gier komputerowych, płatne kanały w telewizji i najdroższe ubrania, nie byli tak naprawdę szczęśliwi.

Było mi ich szczerze żal i nawet jeśli po jakimś długim dniu – który jak zwykle upłynął mi na zakupach, gotowaniu i sprzątaniu – miałam ochotę rzucić się od razu na łóżko, odprowadzałam ich jednak do ich sypialni, dopełniając rytuału przeczytania bajki na dobranoc lub opowiedzenia własnej wymyślonej. W takich chwilach siadałam w kucki przy łóżku Giorgia i dawałam upust swojej pomysłowości, wymyślając rozbójników, smoki i rycerzy, podczas gdy myślami wracałam do swojej mamy, dziękując w duchu za wychowanie, które od niej otrzymałam. Jakże często miałam do niej żal za to, że byłyśmy biedne, i krytykowałam jej marzenia oraz złe decyzje w życiu. Nienawidziłam być jedyną w klasie, która nosi reklamówkę z Aldiego zamiast torby sportowej, i zazdrościłam koleżankom, które najpierw przynosiły do szkoły konsole Nintendo, a później telefony komórkowe. Dopiero teraz pojęłam, jak bardzo nie doceniałam mamy i jak wielkim prezentem były te niezliczone wspólnie spędzone godziny, wymyślanie bajek i czytanie na głos jej ulubionych książek. Do wyrwania się z twardej rzeczywistości, osiągania szczęścia i zadowolenia nie potrzebowałam wcale nowych torebek od Gucciego ani telewizora. Zamykałam po prostu oczy i pozwalałam błądzić myślom. Te ucieczki od rzeczywistości przysparzały mi niemało problemów podczas szkolnych lekcji, kiedy zamiast uważać na matematyce lub fizyce, zatracałam się w swoich marzeniach. Jednak umiejętność ta z pewnością umożliwiła mi również przetrwanie pierwszych tygodni ze Scarpami. Ich połajanki i zrzędzenie znosiłam ze stoickim spokojem, nigdy się nie sprzeciwiając.

Jak dotąd nie miałam jeszcze okazji, żeby naprawdę coś zwiedzić w Wenecji. Signora Scarpa pokazała mi pierwszego dnia wszystkie miejsca, które były dla niej ważne, wyjaśniając pokrótce, kiedy i gdzie mam obowiązek się stawić, po czym zostawiła mnie samej sobie. Drogi, które przemierzałam, nie wykraczały na ogół poza naszą dzielnicę, a składały się na nie jedynie liczne kursy na posyłki z polecenia moich chlebodawców. Rzadko się zdarzało, że po wykonaniu codziennych zadań zostawało mi jeszcze trochę czasu na realizację własnych celów. Jako niańka musiałam być w gotowości najpóźniej po kolacji, żeby państwo Scarpowie mogli sobie gdzieś wyjść.

Tak więc Wenecją cieszyłam się głównie, przebywając na altanie. Ubrana w starą zieloną kurtkę każdy wieczór spędzałam na tym niewielkim tarasie, obserwując niezliczone łodzie, ożywiony ruch w lagunie, na uliczkach oraz na mostach. I chociaż byłam świadoma, jak mało w gruncie rzeczy zmieniło się moje życie, nie sprawiało mi to szczególnego bólu. Nie przyjechałam w końcu do Wenecji, żeby poznawać nowe przyjaciółki. Już w Teltow czułam się najlepiej we własnym towarzystwie, a płytkie rozmowy koleżanek o facetach, zakupach i najlepszych miejscach na urlop zawsze mnie nudziły. Nigdy nie spotkałam kogoś, kto podzielałby moje zamiłowanie do ciszy, piękna chwili i oddawania się marzeniom.

Nie brakowało mi wcale kontaktów międzyludzkich. Żałowałam jedynie, że tak niewiele byłam w stanie zobaczyć w mojej nowej ojczyźnie. Im więcej mijało dni, w czasie których załatwiałam te same sprawy w tych samych miejscach, tym ciężej mi było na sercu. Obawiałam się bowiem, że nigdy nie nadarzy mi się okazja, by w pełni poczuć atmosferę tego miasta. Nienawidziłam przedzierać się popołudniami przez tłumy turystów po to, żeby kupić coś w sklepie dla signory, nie oddalając się przy tym od domu na więcej niż kilkaset metrów. Wzdragałam się na samą myśl o dźwiganiu ciężkich toreb z Piazzale Roma do tramwaju *vaporetto*, kiedy signor wracał z cotygodniowych zakupów na stałym lądzie, wiedząc, że znowu niczego więcej tam nie zobaczę oprócz stale tych samych domów, obok których przechodziliśmy. I tylko w nielicznych chwilach, kiedy na przykład szłam do naszego rzeźnika, do piekarni albo do pewnej bardzo miłej pani z pralni, miałam poczucie, że naprawdę jestem w Wenecji.

Pewnego razu pod koniec trzeciego tygodnia mojego pobytu siedziałam znowu na altanie. Chłopcy niedawno poszli spać, a moi państwo udali się na jakieś przyjęcie do Palazzo Barbarigo. Odpoczywałam zmęczona, siedząc na starych deskach i przyglądałam się miastu w blasku księżyca w doskonałej pełni, którego światło odbijało się w wodach Canale della Giudecca. Kilka łodzi rozwoziło gości do hoteli, gdzieś w oddali słychać było czyjś śmiech, a ja starałam się sobie przypomnieć, kiedy miała miejsce ostatnia uroczystość, w której sama brałam udział. Być może był to bal maturalny albo kilka wieczorów autorskich w księgarni, jeśli poczęstunek na stojąco w ogóle można nazwać uroczystością.

Z moich rozmyślań wyrwał mnie nagle jakiś odgłos. Kilka metrów ode mnie otworzyły się skrzypiące drzwi i na światło księżyca wyszedł nieznajomy mężczyzna. Nie zwracałam dotychczas uwagi na ten balkon, który przypominał bardziej lodżię, niż altanę, a znajdował się nie dalej niż pięć metrów ode mnie. Przyciągnęłam nogi do siebie i usiadłam pod ścianą w kucki, żeby nie być widoczna. Widać było od razu, że człowiek ten w ogóle nie był nastawiony na to, że spotka tutaj kogoś. Chociaż nie byłam w stanie dostrzec jego twarzy, widziałam jednak jego błyszczące w świetle, czarne kręcone włosy, które opadały mu aż na ramiona. Delikatnie gładził balustradę balkonu, a jego chód odznaczał się dumną, wyprostowaną postawą, z której przebijały energia i siła.

Ubrany był w same czarne rzeczy, a obcisły golf podkreślał jego muskularną sylwetkę. Na oko dawałam mu nieco ponad trzydziestkę. Był to atrakcyjny mężczyzna w typie tych, jakich widywałam dość często w kawiarniach i barach na mieście podczas załatwiania moich codziennych spraw – powierzchowny, zakochany w sobie, w ciągłej gotowości do nowych podbojów. Był pewnie takim samym Włochem jak mój ojciec.

Pozbawiona zainteresowania chciałam ponownie oddać się podziwianiu widoku, gdy nagle u nieznajomego dostrzegłam zaskakującą zmianę. Pochylił wolno głowę, opierając ramiona na balustradzie. Na jego twarzy wyraz siły ustąpił teraz miejsca wyrazowi bólu, który zdawał się go przytłaczać. Trwał w tej pozycji dobrych kilka minut, całkowicie zatopiony w sobie. W końcu jego ciałem wstrząsnął dreszcz. Wyprostował się, odwrócił i chwytając się futryny drzwi, wszedł z powrotem do środka.

Przez cały ten czas starałam się oddychać jak najciszej i nie odważyłam się poruszyć. Kim jest ten człowiek i co mogło wprawić go w taką rozpacz? Byłam pewna, że jeszcze nigdy nie widziałam mężczyzny, który pokazałby swoje dwa tak różne oblicza.

W ciągu następnych dni przyłapywałam się stale na tym, że każdą wolną chwilę spędzam w swoim pokoju, gapiąc się w stronę lodżii. Nie było godziny, w której nie uciekałabym myślami do nieznajomego. Próbowałam również odgadnąć powody jego smutku: czy była to miłość, która przeminęła, utrata kogoś bliskiego z rodziny, a może finansowa ruina? Jego tajemniczość rozbudzała moją fantazję i działała na mnie jak magnes. Muszę przyznać, że bardzo pragnęłam znowu zobaczyć mojego sąsiada.

Ponieważ minął już prawie tydzień, a mój nieznajomy nadal nie pojawiał się na balkonie, zaczęły mnie ogarniać otrzeźwiające myśli. Być może był on jedynie gościem w tym domu? Albo turystą, który w Wenecji zatrzymał się tylko na tydzień i pojechał już dalej? Może nigdy więcej go nie zobaczę?

Pewnego dnia, kiedy położyłam już dzieci spać, zaszyłam się jak zwykle w swojej altanie. Był koniec marca i temperatury stawały się coraz bardziej wiosenne. Nalałam sobie do szklanki wody mineralnej, usiadłam na poduszce i spoglądałam na miasto, gdy nagle usłyszałam, że otwierają się drzwi lodżii. Skuliłam się mimowolnie, nie chcąc być widoczna.

W świetle półksiężyca zobaczyłam, jak nieznajomy, utykając, z wahaniem wyszedł na balkon. Widząc jego zwieszone ramiona, doszłam od razu do wniosku, że nie opuściła go melancholia. Powoli usiadł na wiklinowym krześle, wyprostował się z trudem i skierował nieruchomy wzrok w stronę gwiaździstego nieba.

Nie miałam odwagi się poruszyć, lecz tym razem przebywał znacznie dłużej w swojej lodżii. Kiedy zaczynała cierpnąć mi noga, spróbowałam możliwie jak najciszej zmienić pozycję, nie odrywając od niego wzroku. Czułam się jak podglądacz, jednak nie potrafiłam zdobyć się na to, żeby przestać albo się do niego odezwać.

I kiedy zdołałam już prawie usiąść ponownie, potrąciłam nagle nogą pustą butelkę, z której nalewałam sobie wodę. Z głuchym łoskotem potoczyła się po deskach, wpadając do pokoju. Wstrzymałam oddech. Mój sąsiad na pewno mnie zauważył.

– Kto tam? – rozległ się w ciemności jego niski donośny głos.

Odwrócił głowę w moją stronę, patrząc mi prosto w oczy. Wreszcie mogłam przyjrzeć się jego twarzy. Była to twarz subtelnie uformowana, lecz na wskroś męska, o wyraźnie zaznaczonych kościach policzkowych i wydatnej brodzie. Przede mną stał najprzystojniejszy mężczyzna, jakiego kiedykolwiek widziałam, a jego ciemne oczy zdawały się wręcz przewiercać mnie na wylot. Zawstydzona spuściłam wzrok, mając zamiar wymamrotać jakieś przeprosiny, gdy nagle naszły mnie pewne wątpliwości. Dlaczego nie odezwał się wprost do mnie? Ponownie spojrzałam w jego stronę i zdziwiłam się, widząc, że znowu skierował wzrok ku gwiazdom i jak gdyby zapadł się w sobie. Na pewno mnie widział. Dlaczego w ogóle nie odezwał się wcześniej? Czy to było uprzejme?

Przyglądałam mu się jeszcze przez chwilę. W końcu wstał i przytrzymując się drzwi, wszedł powoli z powrotem do środka.

Zbita z tropu zostałam na altanie.

Kiedy nazajutrz rano zmęczona weszłam do kuchni, ucieszyłam się, widząc, że signor jeszcze nie wyszedł. Trzymał w ręku nowy numer dziennika „24 ore", którego dziwny łososiowy kolor wydawał mi się śmieszny jak na prasę ekonomiczną, i szykował się właśnie do wyjścia.

– Czy mogłabym pana o coś spytać, signor? – odezwałam się drżącym głosem.

Przystanął, patrząc na mnie z zaciekawieniem. Uświadomiłam sobie, że do tej pory jeszcze ani razu nie zwracałam się do niego z niczym bezpośrednio, tylko wypełniałam jego polecenia.

– Oczywiście, słucham.

Zawahałam się.

– Z altany w moim pokoju widać lodżię. Wie pan, którą mam na myśli?

Przyjrzał mi się uważnie.

– Masz na myśli tę wnękę w dachu jednego z budynków od strony Canal Grande, za tym wąskim daszkiem należącym do Rossich?

– Tak. Tę, która przypomina balkon z murowanym wyjściem i ma kolumnową balustradę. Jest nie dalej niż kilka metrów od nas, chyba właśnie za oficyną państwa Rossi, ale nie potrafię dokładnie powiedzieć, bo sama nie wiem, który to jest ich dom. On chyba stoi przy sąsiedniej uliczce.

– Wy, przyjezdni, faktycznie macie trudności z orientacją w tym gąszczu budynków, z których każdy ma wejście od innej ulicy. Dom, który masz na myśli, jest być może tylko lodżią Palazzo Segantin. A dlaczego cię to interesuje? – dodał, zwracając się do mnie w specyficznie bezpośredni sposób.

Onieśmielona spuściłam wzrok.

– Widziałam wczoraj wieczorem, jak ktoś wychodzi na ten balkon – ściszyłam głos jeszcze bardziej. – To był młody czarnowłosy mężczyzna.

Signor skinął głową w zamyśleniu. Sądząc po jego głosie, był nieco zmieszany.

– Nie wiedziałem, że on wychodzi na lodżię – westchnął, po czym ciągnął dalej. – To tragiczny przypadek. Nazywa się Tobia Manin. Zbyt wiele o nim nie wiem, widziałem się z nim może ze dwa razy. Prawie w ogóle nie wychodzi z domu. O ile wiem, jest całkowicie niewidomy.

Słysząc to, poczułam się nagle, jakby ziemia pode mną się rozstąpiła.

– Jest chyba Amerykaninem. Palazzo Segantin kupił przed niespełna rokiem, a mieszka w nim od sześciu miesięcy.

– Mieszka sam?

Signor zdziwił się, unosząc brwi.

– Sprawiasz wrażenie, jakbyś się nim bardzo interesowała. Mieszka z gospodynią i lokajem. Jedyną osobą, która go odwiedza, jest jego brat mieszkający w Stanach. Ma jeszcze psa przewodnika, który umie go prowadzić. O żonie albo przyjaciółce nic mi nie wiadomo – dodał, mrugając porozumiewawczo.

Czułam, że oblewam się rumieńcem.

– Na twoim miejscu wybiłbym go sobie z głowy. To nie jest dla ciebie dobra partia. Jest co prawda nieprzyzwoicie bogaty,

ale niewidomy. Lubi żyć jak pustelnik i nie życzy sobie żadnego towarzystwa.
– Skąd pan to wie?
Sama zdumiałam się tym, że o to zapytałam. Taka rezolutność w ogóle nie była w moim stylu.
– Czy myślisz, że ktoś, kto kupuje sobie jeden z najpiękniejszych *palazzi* przy Canal Grande, nie bywa nigdzie zapraszany? Że taki niewidomy i tajemniczy człowiek jak Manin mógłby nie wzbudzać wśród ludzi zainteresowania? – zaśmiał się szyderczo. – Alice, Wenecja jest mała. Tu wszyscy się znają, więc kiedy ktoś nie chce stać się częścią społeczności, od razu to widać. Myślę, że nie było w Wenecji rodziny, która choć raz nie zaprosiłaby go na kolację albo jakieś przyjęcie. Nigdy nie przyjął żadnego z tych zaproszeń i nie słyszałem również, żeby sam kogoś zaprosił – powiedział, chwytając gazetę i płaszcz. – Muszę już teraz naprawdę iść. I tak już za długo mnie zatrzymałaś. – Popatrzył na mnie przenikliwym wzrokiem. – A co do Manina: wybij go sobie z głowy.

Nie dodając już nic więcej, skierował się w stronę drzwi. Ja zaś, opuszczona i bezradna, zostałam w kuchni.

Przez cały dzień nie mogłam się na niczym skoncentrować. Nastawiając pralkę, zapomniałam wsypać do niej proszek, potem stłukłam jedną z nowych filiżanek do nespresso, a na koniec zapomniałam odebrać bukiet z kwiaciarni. Po głowie przez cały czas chodził mi Tobia Manin, taki, jakim widziałam go z altany. Jak doszło do tego, że stał się niewidomy? Czy był taki od urodzenia? Czy to kalectwo wpędzało go w ten smutek? I dlaczego nie chciał wychodzić do ludzi? Pytania te krążyły mi po głowie także wtedy, gdy po obiedzie chciałam wreszcie odebrać zapomniane wcześniej kwiaty, i dopiero przed samą kwiaciarnią zauważyłam, że – podobnie jak niemal wszystkie sklepy w Wenecji – ma ona przerwę do szesnastej. Stanęłam bezradnie przed wejściem, będąc pół godziny za wcześnie. Czy lepiej będzie, jeśli wrócę teraz do domu i przyjdę tu jeszcze raz, kiedy chłopcy już wrócą ze szkoły, czy może zaczekać, aż znowu będzie otwarte?

Nie mogąc się zdecydować, oparłam się o jeden z budynków na rogu pustego placu, a mój wzrok padł na niewielką uliczkę Calle Brea. Chociaż nie znałam jeszcze dobrze tego miasta, to jednak w mojej dzielnicy zaczynałam powoli coraz lepiej się orientować. Wiedziałam więc, że dojdę nią do Canal Grande. Może zdążę popatrzeć sobie z zewnątrz na Palazzo Segantin?

Szybkim krokiem przemierzyłam zaułek i dotarłam do tylnej fasady dwóch *palazzi* przy Canal Grande. Kiedy jednak spojrzałam w górę, próbując rozpoznać lodżię, szybko stwierdziłam, że nie zgadza się ani usytuowanie, ani wygląd dachu. Palazzo Segantin musi pewnie znajdować się bardziej po prawej stronie ode mnie. Przeklinałam w duchu mój słabo rozwinięty zmysł orientacji, który w mieście takim jak Wenecja szybko staje się utrapieniem. Postanowiłam jednak, że zbyt szybko się nie poddam. Wróciłam na plac i skręciłam z niego w ciemny zaułek. Miałam nadzieję, że znajdując się o jeden rząd domów dalej niż poprzedni, doprowadzi mnie on do Canal Grande. Wąską i zaciemnioną uliczkę otaczały czteropiętrowe budynki. Po kilku metrach znowu nie byłam pewna, czy do *palazzo* może prowadzić taki brudny i wąski zaułek. Lecz nagle na końcu mojej drogi zobaczyłam wielki dębowy portal, który nawet teraz, w biały dzień, znajdował się w cieniu. Odniosłam mimowolne wrażenie, że znajduję się raczej przed wejściem do jaskini, niż do domu. Wrażenie to potęgował dodatkowo wielki kamienny lew, który zdawał się patrzeć na mnie znad wejścia. Przebiegłam wzrokiem wzdłuż chropowatej kamiennej fasady w górę, do czwartego piętra, gdzie wyraźnie odznaczała się balustrada lodżii. Było to zatem Palazzo Segantin.

Spojrzałam na szyld przy drzwiach. Nie było na nim nazwiska, lecz tylko pojedynczy brązowy przycisk połyskujący w półmroku. Przez chwilę zastanawiałam się, czy nie zadzwonić. Tylko co miałabym wtedy powiedzieć? „Dzień dobry, widziałam pana wczoraj i ciekawi mnie, dlaczego pan tak stroni od ludzi i jak do tego doszło, że stał się pan niewidomy"?

W tym momencie drzwi się otworzyły i wyszedł z nich starszy ponury pan z miotłą. Był to zapewne ten lokaj, o którym wspomniał signor Scarpa. Przestraszona zrobiłam krok w tył.

– Czego pani tu szuka? – zapytał, wskazując na mnie miotłą.
– Chyba się zgubiłam.

Próbowałam udawać bezradną turystkę. Popatrzyłam na niego rozbieganym wzrokiem i wsunęłam prawą rękę do małego plecaka, chcąc zasugerować, że niby szukam w nim bezużytecznej mapy. Zgodnie z moim oczekiwaniem mężczyzna ten nie okazał się zbyt skory do pomocy. Nie próbował wskazać mi drogi, tylko popatrzył na mnie lekceważąco i przystąpił do zamiatania kamiennych płyt przed wejściem, mamrocząc coś pod nosem. Wróciłam tą samą drogą, którą niedawno przyszłam, zadowolona, że po kilku minutach znów jestem na słonecznym wiosennym placu. Czy było to tylko złudzenie, czy rzeczywiście w pobliżu tamtej bramy panował lodowaty chłód? Nadal miałam dreszcze.

Zatopiona w myślach odebrałam w końcu kwiaty i wróciłam do domu. Już na korytarzu usłyszałam włączony telewizor i byłam pewna, że przyłapię chłopców na zajadaniu się niezdrowymi chipsami. Zmęczona zdjęłam kurtkę, wstawiłam bukiet do wazonu i poszłam wyłączyć telewizor, żeby zagonić ich do odrabiania lekcji.

Kiedy jednak siedzieli już ze mną przy mahoniowym stole, głowiąc się nad zadaniami z geometrii, moje myśli bez przerwy wędrowały do signora Manina.

– Jak mam obliczyć ten kąt, mając tylko jeden kątomierz? – Frederico wyrwał mnie nagle z zamyślenia.

Wytłumaczyłam mu cierpliwie, a kiedy już zrozumiał, Giorgio zaczął szturmować mnie, żebym razem z nim uczyła się angielskich słówek. Kiedy w końcu spostrzegłam, że już najwyższy czas szykować kolację, dochodziła prawie szósta. Scarpowie niedługo wrócą.
– Lekcje mamy już odrobione, ale...
Nie dokończyłam zdania, bo chłopcy zdążyli już zerwać się z miejsc i pobiegli do telewizora. Zrezygnowana spojrzałam za nimi.
– Pół godziny, nie dłużej! Zaraz będzie kolacja.
Spakowałam starannie ich rzeczy do tornistrów, chcąc uniknąć nagany od signora, który strasznie nie lubił widoku przyborów szkolnych swoich dzieci w różnych miejscach, kiedy wracał do domu. Sprawdziłam wszystko ostatni raz i poszłam do kuchni, aby zająć się przyrządzeniem sosu do *gnocchi*.
Przez cały czas nie mogłam przestać myśleć o Tobii, a kiedy znalazłam się w swoim pokoju, powiesiłam kurtkę i natychmiast wyszłam na altanę, żeby sprawdzić, czy nie widać z niej wejścia do Palazzo Segantin. Wielką radość sprawiło mi to, że na końcu wąskiej uliczki biegnącej tuż pod moim dachem dało się rozpoznać wejście.
Scarpowie każdego dnia wypełniali mój czas niemal co do minuty. Oczywiście mogłam oglądać telewizję, surfować w internecie albo czytać książki, ale przeważnie byłam tak zmęczona, że zasypiałam zwykle przed dziesiątą. W rezultacie budziłam się o czwartej w nocy, nie mogąc ponownie zasnąć. Jak dotąd nie byłam w stanie zapanować nad tym dziwnym rytmem.
Nagle przemknął mi przez głowę pewien pomysł. A może by tak zrobić użytek z tych wczesnych godzin porannych? Zamiast przewracać się nerwowo w łóżku z jednego boku na drugi, mogę przecież wykorzystać ten czas i robić to, co właściwie zamierzałam, przyjeżdżając do Wenecji – spacerować po mieście.

Byłam zachwycona tym pomysłem – o tej porze Scarpowie są już dawno w domu po wieczornych wyjściach, nie było zatem ryzyka, że chłopcy zostaną sami. Postanowiłam więc, że pierwszy raz wyjdę już dzisiaj w nocy. W wesołym nastroju zaczęłam wrzucać kluski do wrzącej wody. Mój pomysł dodał mi skrzydeł. Nareszcie znowu będę panią swojego życia.

Obudziłam się tuż przed czwartą. Szybko się ubrałam i zeszłam po schodach. Otworzyłam po cichu drzwi i wyszłam z domu.

Było chłodniej, niż się spodziewałam. Dygocząc z zimna, wciągnęłam na siebie kurtkę. Jeszcze nigdy w tym mieście nie wychodziłam z domu później niż po kolacji. Miasto było zupełnie inne niż za dnia. Po turystach ani śladu. Nie dochodziły do mnie żadne odgłosy: ani łodzi towarowych, ani tramwajów *vaporetto*, ani okrzyki dzieci. Plotkujący ludzie nie stali tradycyjnie w grupkach na każdym rogu. Ulice i kanały były jak wymarłe, a ciepłe światło staromodnych latarni nadawało fasadom domów i placom miedziany odcień.

Nie czułam strachu, wiedząc, iż Wenecja – wbrew wrażeniu, jakie odnieść można z lektury wielu popularnych kryminałów – uchodzi raczej za bezpieczne miasto. Przestępczość należy tutaj do najniższych w całym kraju.

Nie mając przed sobą konkretnego celu, włóczyłam się od Campo San Luca do Riva del Carbon, zwiedzając Canal Grande i most Rialto. Poza mną nie było nigdzie śladu człowieka i nawet rynek Rialto spowijały o tej porze ciemności. Jedynie łodygi kwiatów porozrzucane tu i ówdzie przywodziły na myśl ożywiony ruch, jaki panuje tutaj za dnia, kiedy przekupnie na straganach rybnych zachwalają klientom tłuste dorady, mrożone homary oraz góry warzyw i owoców. Pogrążona w myślach mijałam po drodze opuszczone ławki i witryny, idąc coraz dalej wzdłuż Canal Grande.

Okazałe *palazzi* znajdowały się po obu stronach kanału, a puste łodzie kołysały się od lekkiego prądu. Pierwszy raz miałam okazję słyszeć szmer wody, chlupoczącej o fundamenty. Ogarnęło mnie uczucie szczęścia, które trudno opisać. Kiedy ostatnio czułam się tak wolna i tak beztroska? Wydawało mi się, że to miasto należy tylko do mnie. Czułam się jak królowa z bajki we własnym czarodziejskim świecie.

Przez dwie godziny przechadzałam się zaułkami, przemierzałam place, wspinałam się na mosty lub spacerowałam wzdłuż brzegu, delektując się ciszą i czarem, jaki ogarnął to miasto. Dopiero brzask poranka i pojawienie się pierwszych przechodniów skłoniły mnie do udania się w drogę powrotną.

Kiedy zamknęłam za sobą drzwi, westchnęłam głęboko. Nareszcie znalazłam Wenecję taką, jakiej szukałam – miasto z pogranicza marzeń i rzeczywistości. Z ulgą uświadomiłam sobie, że dla tak wybornej przyjemności niepotrzebny mi jest żaden Tobia Manin.

Rozdział 3

Ta pierwsza nocna eskapada stanowiła początek mojego nowego życia. Codzienne polecenia państwa Scarpów wykonywałam z taką samą rutyną i solidnością, jaka dotychczas charakteryzowała całe moje życie. Na rozkaz signory biegałam pilnie od jednego sklepu do drugiego, punktualnie odprowadzałam chłopców na lekcje muzyki, treningi wioślarstwa i różne inne zajęcia oraz troskliwie dbałam o dom i jedzenie, starając się zawsze zadowolić goszczące mnie małżeństwo.

Lecz gdy tylko wymykałam się nocą z apartamentu, narastało we mnie natychmiast poczucie takiej mocy i wyjątkowości, jakiej dotąd nie znałam. Dodawało mi ono sił pozwalających przetrwać ten okres. Istniałam tylko ja i miasto dookoła mnie: stukot moich butów na bruku, plusk wody, szum wiatru i słonawy zapach otwartego morza docierający znad laguny. Przytłumione światło latarni odbijało się w wodzie, ogarniając łagodnie labirynt ulic, zaułków oraz placyków i wydobywało je z mroku niczym oświetlenie w starym teatrze. Wszystko to zdawało się istnieć tylko dla mnie i dla moich oczu. Spragniona harmonii i piękna chłonęłam ten widok z bezgranicznym zachwytem.

Czasami natrafiałam na zagubionego turystę albo studenta chwiejnym krokiem wracającego z jakiejś prywatki. Przez wiele nocy podczas całego spaceru nie spotykałam jednak nikogo, wręcz czułam się nieswojo, zorientowawszy się, że nie jestem sama na ulicy. Odczuwałam to jak naruszenie mojej strefy intymnej, toteż kiedy jakiś nieznajomy pojawiał się w tym czasie na mojej drodze, natychmiast pryskał czar wiszący o tej porze nad miastem.

Znajdowałam się akurat na placu San Vidal, mając właściwie zamiar przejść drewnianym mostem Ponte dell'Accademia w stronę Dorsoduro, kiedy nagle usłyszałam kroki dochodzące z jednej z uliczek. Poirytowana zakłóceniem spokoju przystanęłam, aby pozwolić tej osobie przejść, a następnie kontynuować spacer w innym kierunku. W sytuacjach takich jak ta, kiedy nie mogłam tak nagle zatrzymać się pośrodku placu, zajmowałam się zwykle swoim adidasem, pozorując problem z rozwiązanym sznurowadłem. Zamierzałam właśnie się schylić, gdy nagle przestraszyłam się mężczyzny wychodzącego z zaułka. Był to Tobia Manin. Przy nim kroczył beżowy labrador, przewodnik wyposażony w szorki, których uchwyt jego pan zaciskał mocno w lewej dłoni. Ponieważ zdawało się, że idą prosto na mnie, podniosłam się jak najciszej, i zastygłam w bezruchu, obserwując ich.

Manin znajdował się w odległości zaledwie kilku metrów ode mnie. Oświetlał go blask ulicznych latarni. Chociaż twarz ukrytą miał głęboko w eleganckim kołnierzu swojej granatowej, wełnianej kurtki, to i tak byłam w stanie dostrzec, że jego ciemne oczy sprawiały wrażenie całkowicie zdrowych, lecz jedynie nieruchomo utkwionych w dal. Jego wygasłe spojrzenie nie wyrażało jakichkolwiek emocji. Widać było jedynie, że jego napięte usta lekko drżały, kiedy podążał za swoim psem, któremu zdawał się bezgranicznie ufać.

Byli już prawie koło mnie i spodziewałam się, że pies zaraz na mnie zaszczeka, lecz on skręcił lekko w prawo, chcąc bezpiecznie przeprowadzić swojego pana przez most. Odczekałam chwilę, wstrzymując oddech, i zdawało mi się, że Tobia, będąc tuż przy mnie, przystanął na ułamek sekundy w trakcie mijania. A może było to tylko moje przywidzenie? Działo się to tak szybko, że nie potrafię tego stwierdzić z całą pewnością, jednak zdziwiłabym się, gdyby słyszał moje kroki i wiedział, że ktoś jest na placu. A może ja tylko wyobraziłam sobie, że się zawahał?

Zaczekałam, aż jego kroki ucichną, po czym ruszyłam dalej, jednak w zupełnie inną stronę. Dziwiłam się, zastanawiając, co mogło skłonić go do chodzenia po mieście o tej porze? Raczej nie wracał z przyjęcia albo późno zakończonej kolacji, jak na to był zbyt nieoficjalnie ubrany. Droga na dworzec także nie wchodziła w rachubę – szedł w przeciwnym kierunku, a poza tym nie miał bagażu. Czy to możliwe, żeby Tobia Manin wykorzystywał te samotne godziny do spacerów tak samo jak ja?

W zamyśleniu krążyłam po mieście, lecz nie odzyskałam już nastroju wyciszenia, jaki dotychczas towarzyszył moim nocnym wędrówkom. Ze złością musiałam przyznać, że Tobia Manin ponownie zawładnął moimi myślami. Przez najbliższe dni na próżno próbowałam skupić się całkowicie na swoich spacerach. Pragnęłam, żeby ten czas minął jak najszybciej i żebym przestała już o nim myśleć. Cisza nocy, spokojne falowanie wody i odbicie wschodzącego słońca w kanałach fascynowały mnie każdego dnia od nowa i były tym, co pomagało mi skupić uwagę na czymś innym.

Kiedy jednak wracałam zmarznięta do domu i próbowałam ogrzać się w łóżku, jeszcze przed przystąpieniem do wykonywania zadań wyznaczonych mi przez Scarpów, nachodziło mnie mnóstwo myśli związanych z moim dziwnym sąsiadem. Z zaskoczeniem stwierdziłam, że od czasu naszego spotkania przy moście Tobia zdawał się mnie pociągać w zupełnie inny sposób. O ile do tej pory kierowała mną raczej ciekawość i współczucie, o tyle teraz miałam wrażenie, że to nocne spotkanie doprowadziło do powstania między nami czegoś w rodzaju tajemnej więzi.

Miałam świadomość, że jak dotąd nie zamieniłam z nim ani słowa i że on w ogóle nie ma pojęcia o moim istnieniu, a mimo to czułam z nim bliższą więź niż z kimkolwiek innym od czasu śmierci mamy. Tobia Manin zdawał się być typem indywidualisty, człowiekiem szukającym samotności, którego mniej cieszyło towarzystwo innych. Spacerował nocami po opustoszałym mieście, lubił swoją ustronną lodżię, krótko mówiąc: unikał kontaktu z ludźmi. Czy w zasadzie nie był do mnie podobny? Kiedy złapałam się na tym, że widzę w nim bratnią duszę, próbowałam powstrzymać tę myśl, wyobrażając sobie, że jego żywot pustelnika wynika raczej z jego ułomności niż z prawdziwej natury. Być może nie tak dawno stracił wzrok i dlatego nie chciał się już pokazywać albo po prostu w nocy łatwiej chodziło mu się po mieście, gdyż żadni turyści nie wchodzili mu w drogę. W głębi ducha żywiłam jednak nadzieję, że w grę mogła wchodzić ta sama radość z ciszy i samotności, która zachwycała także mnie.

Minęło wiele dni, podczas których ani razu nie widziałam Tobii. Scarpowie ustalili razem ze mną taki rozkład dnia, że prawie w ogóle nie musiałam się kontaktować z żadnym z nich. Rano znajdowałam karteczkę z nowymi zadaniami, a wieczorem pisałam im, co załatwiłam i jakie mam plany na następny dzień. Frederico i Giorgio chodzili do szkoły i odrabiali lekcje, a podczas naszych wspólnych kolacji, które jedliśmy bez ich rodziców, opowiadali mi o wydarzeniach w szkole i tak często oglądali amerykańskie seriale, jak tylko im na to pozwalałam.

Wiosna sprawiała wrażenie, jakby nie mogła się zdecydować, czy już na stałe powinna zawitać do miasta. Przed każdym wyjściem na spacer, aby zabezpieczyć się przed wilgotnym chłodem zdającym się przenikać do wszystkich kości, musiałam ubierać się na cebulkę. Także tego poranka – a od chwili, kiedy ostatnio spotkałam Tobię, minął już ponad tydzień – wchodząc w ten wąski i nieznany mi do tej pory zaułek, miałam na sobie grubą kurtkę z kapturem i brązowy golf.

Przejście było tak ciasne, że ledwie mogłam się obrócić w moim obszernym ubraniu. Ta ciasnota wywoływała we mnie dziwny niepokój, który zaczął się wzmagać, gdy zauważyłam, że zaułek zdaje się nie mieć końca. Przyspieszyłam kroku, chcąc jak najszybciej przedostać się na drugi koniec, gdy nagle usłyszałam ziajanie psa i odgłos zbliżających się kroków. Moje myśli zaczęły krążyć w zawrotnym tempie: na to, by móc się dostatecznie szybko wycofać i wyminąć Tobię, zaszłam już zbyt daleko. Gorączkowo zastanawiałam się, czy w końcu już nie nadeszła ta chwila i czy nie powinnam się wreszcie do niego odezwać, jednak ta myśl napawała mnie lękiem.

Zdesperowana rozejrzałam się i kilka kroków dalej dostrzegłam niewielkie drzwi. W dwóch cichych susach wcisnęłam się we wnękę i wstrzymałam oddech, żeby nie zwrócić na siebie uwagi.

Najpierw ujrzałam labradora, za nim pojawił się Tobia Manin. Sprawiał wrażenie, jakby sam także nie znał tego zaułka, gdyż prawą dłoń, wolną od uprzęży, trzymał ostrożnie wyciągniętą na wysokości głowy. Widocznie obawiał się, że drogę mogą mu zagradzać wiszące donice lub inne przedmioty. Gdy pies zobaczył mnie stojącą we wnęce, na moment przystanął, lecz natychmiast ruszył dalej, mijając mnie. W chwili gdy Tobia wolnym krokiem przechodził obok, drugi raz wstrzymałam oddech. Na moment się zawahał, dziwiąc pewnie, dlaczego pies przystanął. Jednak kontynuował swój marsz w milczeniu.

Gdy tylko zniknął mi z pola widzenia, odetchnęłam z ulgą. Kiedy jednak dotarło do mnie, że znowu przepuściłam okazję nawiązania z nim znajomości, zaczęłam złościć się w ciszy sama na siebie. Każdą inną osobę spotkaną po raz drugi w ciągu kilku dni pozdrowiłabym zapewne uprzejmym „Salve", jednak przy Tobii po prostu nie mogłam zdobyć się na to, żeby przerwać dzielącą nas ciszę.

Przez następne trzy dni nie mogłam opuszczać domu, gdyż państwo Scarpowie zostali zaproszeni na wesele w Rzymie, i nie chciałam zostawiać chłopców samych. Postanowiłam za to, że wykorzystam te dni w najlepszy z możliwych sposobów. Byliśmy razem w kinie, na obiady chodziliśmy na promenadę Zattere i mimo sprzeciwu chłopców, którzy woleli wypróbować kilka nowych gier video, zwiedziliśmy także nowo otwartą galerię sztuki nowoczesnej Fundacji Fernandiego. W tych dniach nastąpiła zmiana pogody. Zimne klarowne dni ustąpiły teraz miejsca ciepłej, lecz dżdżystej aurze kwietniowej, pogrążając miasto w szarudze.

Wraz z powrotem państwa Scarpów Wenecję nawiedził wyjątkowo duży przypływ, zwany *aqua alta*. W niektórych dzielnicach poustawiano niewielkie drewniane pomosty, dzięki którym mieszkańcy mogli suchą stopą przemieszczać się nad wodą, która zalała znaczne obszary miasta. Po takich właśnie pomostach stąpałam chwiejnie, wracając tego ranka z nocnej wycieczki, pierwszej po kilku dniach przerwy. Włosy miałam mokruteńkie. Zmęczona odgarniałam co chwilę z czoła ociekające pasemka. Nie byłam dzisiaj daleko. Gdy doszłam do Calle Caotorta, pomost nagle się skończył. Chcąc nie chcąc, musiałam wejść do wody, która sięgała mi do krawędzi butów. Brodząc w niej, dostrzegłam w oddali dalszy ciąg pomostu, więc ruszyłam w jego stronę. Znalazłszy się na nim, wyczerpana oparłam się o ścianę, dysząc ciężko, gdy nagle usłyszałam za sobą czyjś niski i ciepły głos mówiący po włosku bez akcentu, który dochodził z wejścia do budynku.

– Coś już długo się nie spotykamy.

Przerażona odwróciłam się. Za mną w cieniu portyku stał Tobia Manin, kierując w moją stronę martwe spojrzenie.

Przemoczony pies siedział u jego stóp. Minęło kilka sekund, zanim zdołałam zebrać się w sobie.

– Pan mnie zna?

– Czy nie była pani niedawno na placu przy Ponte dell'Accademia, a cztery dni temu w tym ciasnym zaułku przy La Fenice? – spytał, podnosząc lekko brwi.

– Tak – wyjąkałam – ale… skąd pan to wie?

Pierwszy raz odniosłam wrażenie, że się uśmiechnął.

– Myśli pani, że nie widziałem?

– Tak, tak mi się wydaje. Chyba że… – wyjąkałam zbita z tropu. – Czy pan widzi?

Wydawało mi się, choć mogło to być tylko przywidzenie, że odpowiadając mi, zacisnął pięść w kieszeni kurtki.

– Nie. Tego nie potrafię.

– A skąd pan wie, że to byłam ja?

Zawahał się, a jego blade policzki lekko się zarumieniły.

– Po zapachu.

– Po zapachu? – zawołałam zdumiona.

– Stała pani nie dalej niż metr ode mnie, a jak zapewne może sobie pani wyobrazić, jeśli się jest osobą niewidomą, trzeba mieć rozwiniętych kilka innych umiejętności, by móc się orientować. Utrwaliłem więc sobie w pamięci pani zapach.

– Ja pachnę?

Nie używałam perfum, zatem mogłam jedynie przypuszczać, że czuł zapach mojego potu. Cofnęłam się mimowolnie.

– Nie chodzi wcale o to, co pani teraz pomyślała. Ten zapach nie jest nieprzyjemny.

Sprawiał wrażenie, jakby chciał coś jeszcze dodać, jednak zamilkł. Zapanowała niezręczna cisza. Wyglądało na to, że oboje nie wiedzieliśmy, co powiedzieć.

– Dlaczego akurat mój zapach pan sobie utrwalił?

– Ponieważ w nocy o czwartej nie ma tak wielu pokus, żebym mógł sobie wybrać zapach innej osoby – powiedział z przekąsem, przechylając lekko głowę.

Przełknęłam ślinę. To przecież jasne, że taki był powód. Jednak po tym, co powiedział wcześniej, zdążyłam już sobie uroić, że jego zainteresowanie moją osobą jest być może autentyczne. Przygryzłam wargę.

Nie czekając na moją odpowiedź, chwycił szorki psa, drugą rękę zaś przystawił do czoła w geście pozdrowienia.

– Późno już, a poziom wody ciągle wzrasta. Powinna pani wracać do domu, jeśli nie chce się pani przeziębić. Może jeszcze kiedyś się spotkamy podczas tych naszych nocnych spacerów. Tylko bardzo panią proszę, niech się pani po prostu do mnie odezwie, wtedy... – przerwał, lecz po chwili dodał: – bardzo bym się ucieszył.

Odprowadziłam go wzrokiem, kiedy szedł po deskach za swoim psem, a następnie skręcił w jedną z uliczek. Co miałam o tym sądzić? Z jednej strony wyznał mi przed chwilą, że zapamiętał mój zapach i że cieszyłby się, mogąc znów mnie widzieć, ale jednocześnie nie chciał mi poświęcić ani minuty dłużej i po prostu sobie uciekł. Nie spytał, jak mam na imię, nie zainteresował się, kim jestem, gdzie mieszkam ani co robię w Wenecji. Ale ja także nie zadałam mu ani jednego pytania. Czy signor Scarpa nie powiedział o nim na przykład, że jest Amerykaninem? Dlaczego zatem tak perfekcyjnie mówił po włosku? Rozczarowana ruszyłam w drogę powrotną. Wreszcie poznałam tego tajemniczego Tobię Manina, ale teraz stanowił on chyba dla mnie jeszcze większą zagadkę.

W ciągu następnych dni brzydka pogoda utrzymywała się nadal i nawet Scarpowie prawie nie wychodzili z domu. Programy informacyjne podawały, że jest to najgorsza powódź od dwudziestu lat. Uznałam, że w taką pogodę nie warto zażywać nocnych przechadzek, toteż siadałam sobie na altanie na plastikowym krzesełku, aby przynajmniej stąd patrzeć na miasto spowite kłębami mgły pod zachmurzonym niebem.

Moje myśli prawie bez przerwy krążyły wokół zagadkowego sąsiada. Długo nie wiedziałam, co o nim sądzić po tej pierwszej rozmowie, aż w końcu doszłam do wniosku, że słuszna była moja pierwsza ocena: Tobia Manin jest zarozumiały i arogancki. W kilku słowach zademonstrował mi, co jeszcze potrafi, dając do zrozumienia, że ani trochę nie interesuje się mną jako osobą. Jeśli zdążyłam sobie uroić, że między nami może istnieć jakiekolwiek podobieństwo, to znaczy, że się zagalopowałam. On wcale nie szukał samotności w ciemnościach nocy, tylko poczucia wyższości. Byłam zła na swój sentymentalizm. Co też mi przyszło do głowy, żeby widzieć w nim bratnią duszę? Przysięgłam sobie, że przy następnym spotkaniu, czy to na lodżii, czy na ulicy, zignoruję go i usunę mu się z drogi.

Kiedy w niedzielę zauważyłam, że drzwi do lodżii się otwierają się i wychodzi z nich Tobia, cały czas jeszcze trwałam w tym postanowieniu. Wstałam po cichu, mając zamiar bezszelestnie schować się w pokoju. Dotarłam już prawie do okna, lecz na chwilę jeszcze zatrzymałam swój wzrok na mężczyźnie. Mimowolnie wyobraziłam sobie, że oto widzę przed sobą prawdziwego Tobię, który odrzuciwszy arogancję i sztuczną pewność siebie, wyjawił mi niechcący swoje emocje i prawdziwe uczucia. Patrzyłam na jego naprężone mięśnie gotowe do reakcji na wszelki szelest, na jego dumną, a mimo to zgaszoną postawę, oraz ręce, którymi delikatnie gładził się po tułowiu. Przez krótką chwilę miałam wrażenie, że to wcale nie Tobia, tylko jakieś groźne zwierzę stoi przede mną na balkonie, niespokojnie i nerwowo. Pantera zamknięta w klatce i z tęsknotą wypatrująca wolności, której nadzieja już umarła. Czując ból w sercu, patrzyłam na niego z bezgranicznym smutkiem. Byłam do tego stopnia przytłoczona swoim uczuciem, że nie uświadomiłam sobie nawet własnego kichnięcia, które tak często zdarzało mi się przy tej wilgoci.

– *Salute*!
– Dzięki.

Mój głos był tak cichy, że ledwie dosłyszalny. Miałam wielką nadzieję, że mnie po nim nie poznał. Jednak mina Tobii błyskawicznie spochmurniała. Poznał mnie.

– Czy pani zawsze mnie obserwuje, nie zdradzając swojej obecności?

Zamknęłam oczy i przygryzłam wargi. Miał rację. Jak ja bym się poczuła, zorientowawszy się, że jestem przez kogoś obserwowana w przekonaniu, że jestem sama? Otworzyłam powoli oczy i spojrzałam na niego.

– Bardzo pana przepraszam, ale moja altana znajduje się niestety o kilka metrów od pana balkonu, więc nie jestem w stanie pana nie widzieć.

Wyraz udręki, jaki odmalował się na jego twarzy wraz z ostatnim moim słowem, dopiero teraz uświadomił mi podwójny sens mojej wypowiedzi. To przecież oczywiste, że ja widzę, a on nie. Jak mogłam tak się wyrazić? Chciałam go już przeprosić, lecz uprzedził mnie znacznie surowszym tonem.

– Jasne. Nie jest pani w stanie mnie nie widzieć. Jak głupio, że na to nie wpadłem. Zechce mi pani wybaczyć.

Odwrócił się i ruszył w stronę drzwi.

– Niech pan zaczeka!

Nie chciałam pozwolić mu odejść w takim nastroju i wstałam, żeby przybliżyć się jak najbardziej do jego balustrady.

– Przepraszam pana.

Zatrzymał się, lecz nie odwrócił się do mnie. Nieco podbudowana ciągnęłam dalej.

– Gapienie się na ludzi w zasadzie nie jest w moim stylu, ale niech pan spróbuje mnie zrozumieć. Kiedy kilka tygodni temu zobaczyłam pana tutaj pierwszy raz, był pan tak głęboko zamyślony, że po prostu nie miałam odwagi przerywać panu w tak intymnym momencie. Miałabym wtedy poczucie, iż naruszam pańską prywatność. Wolałam zatem nie mówić nic… – zamilkłam, jednak Tobia nadal nie odwracał się w moją stronę. – A kiedy spotkałam pana wtedy znowu na placu, tak bardzo weszło mi to w nawyk, że nieodezwanie się do pana wydawało mi się naturalne. Wiem, że to był błąd, ale w życiu nie zawsze się udaje działać jedynie słusznie. Mogę panu obiecać, że się bardzo mocno postaram, żeby to się więcej nie powtórzyło.

Zaległo milczenie. Spuściłam wzrok i ze wszystkich sił się powstrzymałam, żeby nie powiedzieć już nic więcej.

– Kim pani jest?

Zdumiona tym bezpośrednim pytaniem ponownie podniosłam wzrok. Tobia nadal stał odwrócony.

– Kim jestem? Nazywam się Alice Breuer. Jestem Niemką i pracuję jako opiekunka do dzieci u państwa Scarpów. Z pokoju, w którym mieszkam, wychodzi się na tę altanę.

– Skąd pani tak dobrze zna włoski?

– Moja mama kochała Włochy… – zawahałam się. Dlaczego mam zdradzać mu więcej o sobie? W końcu przecież w ogóle go nie znam. Ponieważ jednak sama tyle czasu go obserwowałam, uznałam więc, że wypada teraz odpowiedzieć mu na jego pytania. – …I mój ojciec jest Włochem.

– Pani wyjaśnienie zdradza dziwną kolejność. Można by pomyśleć, że włoski ojciec ma mniejszy wpływ na opanowanie włoskiego niż zadurzona w tym kraju matka.

Zmarszczył czoło i wydawało się, że wsłuchuje się w każde moje słowo z największą uwagą.

– Moi rodzice wcześnie się rozeszli – odpowiedziałam, starając się, żeby mój głos zabrzmiał jak najbardziej obojętnie.

Tobia znowu przystąpił do zadawania pytań, a ja znów byłam zaskoczona ich bezpośredniością.

– Co pani robi nocami w takich zaułkach? Szpieguje mnie pani?

– Ależ skąd! W żadnym wypadku! – żachnęłam się, kręcąc przez chwilę głową, aż sobie przypomniałam, że przecież nie mógł tego widzieć.

– Do czasu, kiedy się spotkaliśmy na placu, nie wiedziałam wcale, że również pan spaceruje po nocach.

Wyglądało na to, że znów koncentruje się na każdym moim słowie. Jego twarz zastygła w bezruchu, ja zaś, nie mając pojęcia, co o nich myśli, ciągnęłam dalej.

– W ciągu dnia jestem zbyt zajęta, żeby porządnie zwiedzić to miasto, a poza tym… – dodałam, nie będąc pewna, czy dobrze mnie zrozumie, lecz skoro już rozmawiałam z nim otwarcie, byłam gotowa powiedzieć wszystko – …pan może tego nie zrozumie, ale uważam, że Wenecja najpiękniejsza jest w nocy – mój głos lekko drżał. – Nie ma turystów, cisza jest tak doskonała, że aż zapiera dech, a poza tym… – zająknęłam się – pewnie pomyśli pan, że gadam głupstwa, ale w nocy mam wrażenie, że cała Wenecja należy tylko do mnie.

Ucieszyłam się, widząc, że się uśmiechnął.

– I wtedy spotyka pani mnie i cały czar pryska.

Odczułam ulgę, widząc, że najwyraźniej nie był już na mnie zły. Stanął bardziej swobodnie i wreszcie odwrócił do mnie twarz. Zebrałam się na odwagę i sama go o coś spytałam.

– Skoro już pan wie, co robię w nocy na mieście, niech mi będzie wolno spytać, co pan tam robi o tej porze?

Skinął głową rozbawiony.

– To bardzo fair, że pyta mnie pani o to samo – jego głos przybrał poważniejszy ton. – Ale jeśli nie ma pani nic przeciw, wolałbym już dłużej nie prowadzić naszej konwersacji na dachu. Może pani o tym nie wie, ale Wenecja ma wiele oczu i uszu. Dlatego myślę, że lepiej będzie, jeśli wrócimy do naszej rozmowy innym razem. A teraz przynajmniej wreszcie wiemy, na czym stoimy.

I tak, jak przy pierwszym spotkaniu, przyłożył sobie palce do czoła i wyszedł z balkonu, zostawiając mnie oniemiałą. Miałam wrażenie, że zwierzyłam się temu człowiekowi z całego życia jak na spowiedzi, a on, nie odpowiedziawszy mi nawet na jedno pytanie, znowu nagle zakończył rozmowę. Czułam się oszukana i upokorzona. Ze łzami w oczach rzuciłam się na łóżko, czując się jak głupia nastolatka.

Obudziwszy się nazajutrz rano, zdziwiłam się, że kościelny zegar wybija już siódmą. Sny miałam chaotyczne i intensywne, i mimo że spałam długo, nie czułam się wcale wypoczęta, tylko zmęczona i rozdygotana. W moich snach przez cały czas pojawiał się Tobia i zadręczał mnie pytaniami.

Rozsunęłam zasłony, widząc, że przynajmniej pogoda nie odzwierciedla moich uczuć. Deszczowe chmury rozeszły się w nocy, a miasto promieniało blaskiem klarownego wiosennego dnia. Usłyszałam ćwierkanie ptaków i zobaczyłam, że nad laguną pełną statków niebo jest intensywnie błękitne.

Gdy zeszłam do pokoju, w którym jadano śniadanie, Frederico i Giorgio jedli właśnie płatki kukurydziane i spojrzeli na mnie z zaciekawieniem.

– Zaspałaś? – spytał Giorgio, szczerząc zęby.

– Tylko trochę – odparłam, kręcąc głową.

Frederico z hałasem wysączył przez słomkę sok pomarańczowy, podczas gdy Giorgio łobuzersko ciągnął dalej:

– Słyszeliśmy cię wczoraj, jak rozmawiałaś wieczorem z Maninem.

– Słucham?

– Nasze okno jest dokładnie pod altaną.

Frederico przez cały czas wpatrywał się we mnie z uśmiechem, ja zaś błyskawicznie pojęłam, jak wielką rację miał Tobia, dążąc do przerwania naszej konwersacji. Co za osioł ze mnie! Zupełnie źle go oceniłam – żadne dalsze słowo nie miało już prawa wtedy paść. Wiedział to, choć to przecież ja powinnam się była tego domyślić.

– A co słyszeliście? – spytałam ich, udając głupią.

– Że ci się wydaje, że całe miasto należy tylko do ciebie – zachichotał Giorgio.

Zagryzłam wargę.

– I co jeszcze?

– I że Manin cię spławił.

Spuściłam wzrok. Tak pewnie było – albo przynajmniej na to wyglądało.

– Ale nie musisz się tym wcale przejmować. Mama twierdzi, że on tak ze wszystkimi – Frederico wpadł w słowo bratu, chcąc mnie widocznie pocieszyć.

– Tak? A co jeszcze mówi o nim wasza mama?

Giorgio zastanowił się.

– Że jest dziwny i obrzydliwie bogaty. No i oczywiście ślepy.

– Trafne spostrzeżenie – skwitowałam, obrzucając go karcącym spojrzeniem w nadziei, że go to onieśmieli. – Tyle też zdążyłam zauważyć.

– On chyba jest z Ameryki.

– Ale perfekcyjnie mówi po włosku – bez akcentu. Wiecie może dlaczego?

Żaden z nich nie wiedział. Ani Giorgio, ani Frederico. Chwycili swoje tornistry, zbierając się już do wyjścia.

– Spytaj go sama, jak znów będziecie się widzieć na dachu.

Wybiegając za swoim bratem, Giorgio zdążył mi jeszcze posłać szelmowski uśmiech. Z poczuciem ulgi, że nareszcie zostałam sama i że podczas tej rozmowy udało mi się jako tako uniknąć dalszych wpadek, zamknęłam za nimi drzwi, przepraszając w duchu Tobię.

Sprzątając po śniadaniu, zastanawiałam się, kiedy znów go zobaczę. Sprawiał wrażenie człowieka konkretnego w działaniach, więc trudno mi było uwierzyć, żeby sprawę naszego spotkania mógł pozostawić przypadkowi. Zakładając oczywiście, że naprawdę chce się znowu ze mną spotkać. Tylko czy naprawdę chce? Czego mógłby oczekiwać taki mężczyzna jak on – bogaty, przystojny i chociaż niewidomy, to jednak obyty w świecie – od takiej nieciekawej służącej, która najprawdopodobniej go podgląda, nie mając widocznie ciekawszych zajęć niż nocne spacery po Wenecji i przesiadywanie na dachu? Czy gdyby naprawdę szukał znajomości, nie wybrałby sobie kogoś innego?

Rozdział 4

Dopiero po tygodniu się dowiedziałam, kiedy mogę liczyć na ponowne spotkanie z Tobią. Całymi dniami nie pokazywał się na balkonie, nie krzyżowały się również drogi naszych nocnych spacerów. Obawiałam się nawet, że mnie unika, aż w końcu odpowiedź na dręczące mnie pytania nadeszła akurat od signory Scarpy. Wracałam właśnie z pralni, gdy nagle doskoczyła do mnie już na schodach.

– Alice! Twoje pierwsze zaproszenie! – zawołała bardzo podekscytowana. – Masz.

Wymachując pergaminową kopertą w kolorze kości słoniowej, odebrała ode mnie wyczyszczone ubrania, które właśnie przyniosłam.

– Dzisiaj przyszły zaproszenia. My też dostaliśmy, więc nie musiałam wcale otwierać twojego, żeby się dowiedzieć, co jest w środku.

Przez krótką chwilę zastanawiałam się zdziwiona, czy przypadkiem częściej nie sprawdzała mojej poczty.

– Tobia Manin urządza bal kostiumowy. Zaprosił całą śmietankę – jej piskliwy zazwyczaj głos przybrał na moment prawie normalny ton. – Nie bardzo jednak rozumiem, dlaczego zaprosił ciebie. Musimy oczywiście znaleźć dla dzieci jakąś opiekunkę, a to nie będzie wcale takie łatwe, ale… grunt, że urządza imprezę. Wszyscy zdążyli już stracić nadzieję, że dane nam będzie kiedyś poznać tego słynnego Manina, a tu nagle okazuje się, że nawet urządza przyjęcie!

Była naprawdę podniecona. Teatralnym gestem poleciła mi, żebym poszła za nią do salonu, gdzie niedbale rzuciła ubrania na sofę.

– Nie miałam jeszcze nigdy okazji zobaczyć go z bliska, ale wszyscy mówią, że jest zabójczo przystojny i nieprzyzwoicie bogaty – popatrzyła na mnie pytająco. Wyglądała niemal tak, jakby przez jej głowę naprawdę przebiegła jakaś myśl. – Muszę przyznać, że zupełnie nie mam pojęcia, skąd wiedział, jak się nazywasz. Znasz go?

Byłam pewna, że zrobiłam się czerwona jak mocno dojrzały pomidor. Chciałam właśnie wyjąkać jakąś odpowiedź, jednak zobaczyłam, że signora myśli już o czymś zupełnie innym i że skanującym wzrokiem przyjrzała się mojemu ubraniu.

– Nie myślisz o tym, żeby odmówić? – popatrzyła na mnie niemal współczująco. – Tematem wieczoru ma być Ludwik XIV, Król Słońce w Wenecji. A to oznacza, że kostiumy będą naprawdę spore – wykonała ręką zamaszysty gest. – Można takie dostać tylko w Minou i atelier Parisien. Nigdy w życiu nie będzie cię na taki stać. W co ty chcesz się ubrać?

Paplała nieustannie, ale jej ostatnie słowa odbijały się jak echo w mojej głowie. Wiedziałam, że ma rację. Nigdy nie będzie mnie stać na kostium, w którym nie będę wyglądać żałośnie na takim balu wśród tylu pięknych i bogatych tego miasta.

Któregoś razu, kiedy sprzątałam w kuchni za szafą, miałam okazję rzucić okiem na rachunek za ich dwa skromne kostiumy orientalne – okazją był bal kostiumowy w chińskim konsulacie w czerwcu zeszłego roku – toteż wiedziałam, że cena za odpowiedni kostium mogłaby pewnie wynieść tysiące euro.

Signora Scarpa mówiła dalej, lecz chociaż docierały do mnie strzępy jej słów mające związek z jej kostiumem, fryzurą oraz biżuterią, to jednak byłam całkowicie skupiona na zaproszeniu, które wcisnęła mi do ręki. Przeprosiłam ją i wyszłam w pośpiechu.

Znalazłszy się na swoim łóżku, drżącymi palcami otworzyłam kopertę i wyjęłam z niej arkusik czerpanego papieru. Zawierał on napisane zamaszystym kaligraficznym pismem zaproszenie na bal kostiumowy dla Alice Breuer do Palazzo Segantin dwudziestego maja o dwudziestej. Temat wieczoru: „Louis XIV a Venezia". Zaproszenie zawierało także prośbę o przybycie w stosownym kostiumie oraz o potwierdzenie przyjęcia zaproszenia.

Serce biło mi tak mocno, że czułam swój puls aż na szyi. Było to spełnienie mojego marzenia: przyjęcie w Wenecji, nawet bal kostiumowy, a do tego jeszcze w prawdziwym *palazzo*. Nigdy bym nie uwierzyła, że spotka mnie takie szczęście. Z radości powinnam tańczyć po całym pokoju, lecz zamiast tego zrobiło mi się smutno. Przełknęłam ślinę na myśl, że będę musiała odrzucić to zaproszenie, gdyż nie stać mnie na kostium. Moje skromne środki finansowe przeznaczyłam na pogrzeb mamy, a przez ten krótki czas, kiedy miałam stałą pracę w księgarni, nie udało mi się jeszcze zgromadzić nowych oszczędności. Nie wspominając już o nędznej wypłacie od Scarpów. Odpowiedni strój ze względów finansowych był dla mnie całkowicie nieosiągalny. Usiadłam więc przy biurku i zajęłam się pisaniem odmowy dla Tobii. Co chwilę zmieniałam jakieś słowo, chcąc wyrazić, że jest mi bardzo przykro, lecz pewne okoliczności zmuszają mnie do odrzucenia zaproszenia.

Kiedy godzinę później stworzyłam w końcu wersję, którą uznałam za w miarę akceptowalną, rozległo się pukanie do drzwi.

– Proszę?

Giorgio wetknął głowę do pokoju, witając mnie nonszalanckim „ciao", po czym wręczył mi małą błękitną kopertę.

– Ktoś przed chwilą kazał mi ją tobie dać.

Zdziwiona spojrzałam na list i podziękowałam mu, jednak Giorgio zaczął już zbiegać po schodach.

Dwa listy w ciągu jednego dnia to dziwny przypadek. Od czasu mojego przyjazdu do Wenecji dostawałam niewiele listów, a wszystkie były od mojej lokatorki w Teltow, która przysyłała mi rachunki. Spojrzałam na kopertę. Nie było na niej znaczka, a list sprawiał wrażenie, jakby nie został wysłany pocztą. Tylko moje nazwisko nabazgrane było prawie nieczytelnie na kopercie z grubego teksturowanego papieru. Nie było nigdzie adresu nadawcy.

Otworzyłam ją ostrożnie i wyjęłam list wydrukowany na zwykłej kartce.

Droga signorino Breuer!
Jak mi wiadomo z najlepszego źródła, została Pani zaproszona na bal maskowy do Palazzo Segantin. Ponieważ zakładam, że osoba zatrudniona do opieki nad dziećmi może nie dysponować wystarczającym zasobem środków na wypożyczenie stroju odpowiedniego na tę okazję, chciałbym Panią prosić, aby przyjęła Pani moje zaproszenie i wybrała sobie kostium na mój koszt w atelier Minou. Atelier zostało o sprawie poinformowane i wystarczy tylko, że Pani tam się uda. Proszę potraktować niniejszą propozycję jako przeprosiny za moje grubiańskie zachowanie na lodżii podczas naszej niedawnej rozmowy.
Z poważaniem,
Tobia Manin

Zamknęłam oczy, dziękując mu w duchu. Jeszcze nikt nigdy nie wyświadczył mi takiej uprzejmości. Byłam pod ogromnym wrażeniem, że o mnie pomyślał. W tej samej chwili, gdy ogarnęła mnie wielka radość, dopadły mnie jednak także wątpliwości. Co mogło skłonić go do takiego gestu? Byłam przecież tylko opiekunką do dzieci, którą czasami spotykał, a już zaprosił mnie na swoje przyjęcie! I nie tylko zaprosił. Nawet zafundował mi drogi kostium. Zastanawiałam się gorączkowo, czego mógłby oczekiwać ode mnie w zamian za tak hojny gest. Czy on nie miał w Wenecji opinii dziwaka i ekscentryka?

Drżącymi dłońmi schowałam list do koperty i wsunęłam pod poduszkę. Wprawdzie signora jeszcze ani razu nie przyszła do mojego pokoju, ale wolałam nie ryzykować, że akurat teraz tak się zdarzy i że z powodu mojej znajomości z Tobią będę musiała wysłuchiwać jakichś komentarzy i wyjaśniać, dlaczego sfinansował dla mnie kostium, dzięki czemu w ogóle zdecydowałam się przyjąć jego zaproszenie.

Kiedy zatopiona w myślach weszłam do kuchni, aby jak co wieczór zrobić dzieciom kolację, usłyszałam, że signor wrócił na chwilę do domu, gdyż zapomniał zabrać kilku dokumentów. Ledwie wszedł, a żona dopadła go już na korytarzu, zaskakując informacją o przyjęciu u Manina. Nie omieszkała przy tym oczywiście wspomnieć, że nawet ja zostałam zaproszona. Jego wykrzyczane zdziwienie i krótkie przekleństwo słychać było nawet w kuchni. Zaskoczona podniosłam wzrok znad ciasta, które właśnie zaczęłam ugniatać na pizzę. Dlaczego moje zaproszenie rozzłościło go tak bardzo, że aż zakląl? Do tej pory czegoś takiego jeszcze od niego nie słyszałam. Próbowałam podchwycić więcej słów z ich rozmowy, lecz mimo że bardzo się starałam, nie byłam w stanie połączyć ich w zdania. Postanowiłam zatem wrócić do ciasta, gdy nagle do kuchni wszedł signor.

– Alice?

– Tak? – odwróciłam się w jego stronę.

– Żona powiedziała mi o zaproszeniu od Manina. Czy możesz mi wyjaśnić, co to ma znaczyć?

Spojrzałam na niego zdziwiona. Co go obchodzi, kto, kiedy i gdzie mnie zaprasza? Mam dwadzieścia cztery lata i mogę w końcu robić, co chcę. A może irytował go fakt, że pomoc domowa, którą sobie zatrudnił, dostała zaproszenie na przyjęcie?

– Tak. Dostałam zaproszenie. A co w tym złego? – odrzekłam spokojnie.

Kiedy zwracał się do mnie, jego spojrzenie było poważne, lecz jednocześnie łagodne.

– Alice, usiądźmy na chwilę przy stole. Musimy o czymś porozmawiać.

Posłusznie spełniłam jego polecenie i wycierając w fartuch ręce od mąki, usiadłam na jednym ze stylowych, niewygodnych krzeseł. Signor zajął miejsce naprzeciw mnie.

– Jak długo jesteś już u nas?
– Trzeci miesiąc.
– A ile razy już sobie wychodziłaś?
– Ma pan na myśli moje wieczorne wyjścia czy w nocy? – udałam, że go nie rozumiem.
– Chodzi mi o spotkania z osobami w twoim wieku.
– Nigdy – odparłam bez wahania.

Signor westchnął.

– Tak myślałem. Nie miej mi za złe tego, co ci teraz powiem, ale polubiłem cię bardziej niż którąkolwiek z twoich poprzedniczek, a było ich już sporo. Jesteś zaangażowana, nie będąc wścibską, uczynna i nie przychodzisz do mnie z byle jaką bzdurą. Naprawdę dobrze troszczysz się o chłopców i dlatego nie chciałbym, żeby ktoś cię skrzywdził.

– Skrzywdził? A dlaczego? – spojrzałam na niego zdziwiona.
– A myślisz, że dlaczego Manin wysłał ci zaproszenie?

Wzruszyłam ramionami i zobaczyłam, że wyraz jego twarzy gwałtownie się zmienił.

– Nie próbuj ze mną pogrywać, Alice. Giorgio opowiadał mi o waszej rozmowie na dachu, i wiem, że się znacie – naskoczył na mnie ze złością.

Spuściłam wzrok.

– A czy to stanowi jakiś problem?
– Zasadniczo nie stanowi. Tylko że Manin nie jest takim człowiekiem jak wszyscy inni. Jest niewidomy, samotny, a w mojej

ocenie jest to cynik i egoista – sądząc po jego głosie, Scarpa nie miał cienia wątpliwości.

– A dlaczego jest pan tego taki pewien? – spytałam przekornie, po czym dodałam nieco ciszej: – Czy nie twierdził pan również, że on nie lubi towarzystwa, a potem nagle się okazało, że wydaje nawet przyjęcie?

Signor pochylił się, przewiercając mnie przenikliwym wzrokiem.

– Nie mam pojęcia, co go do tego skłoniło, ale jestem pewien, że ma swoje powody i że wcale one nie są tak niewinne, jak ci się może wydawać. Na twoim miejscu absolutnie bym mu nie ufał, nawet jeśli jest nieszczęśliwym kaleką.

Wzdrygnęłam się gwałtownie i cofnęłam odruchowo. Słowa Scarpy zrobiły na mnie negatywne, wręcz odrażające wrażenie. Nawet jeśli sama nie mogłam zrozumieć, dlaczego Tobia mnie zaprosił, jednego byłam całkowicie pewna: pod żadnym pozorem nie odrzucę tego zaproszenia, ulegając naciskom Scarpy.

– Bez względu na to, jakie mogą być jego motywy, myślę, że jestem wystarczająco dorosła, żeby ocenić, na jakie ryzyko mogę sobie pozwolić, a na jakie nie. Poza tym trudno mi sobie wyobrazić, żeby przyjęcie zaproszenia na bal mogło się wiązać z jakimś wielkim zagrożeniem.

– Nie w tym rzecz – signor uśmiechnął się sardonicznie. – Tylko obawiam się, że będziesz mu za to wdzięczna do przesady. Nie powinnaś lekceważyć magii weneckich bali kostiumowych. Taka nowicjuszka jak ty łatwo może stracić głowę.

Wytrzymałam jego drwiące spojrzenie.

– A co byłoby w tym złego?

– Mogłabyś stracić serce dla kogoś, kto nie jest tego wart – dla człowieka, który jest wykolejony, który kupuje sobie miłość za bogactwo, a po niedługim czasie porzuci cię jak zepsutą

zabawkę. Człowieka, który dzięki pieniądzom zdobywa serce samotnej niańki, żeby je potem złamać.
Zdołałam jakoś opanować swoje wzburzenie. A więc to tak widzi mnie mój wielmoża: biedne małe dziewczątko, które od razu rzuci się na szyję pierwszemu mężczyźnie, który na nie spojrzy. Uważa mnie pewnie za nieudacznicę, której życie ucieka i która czeka tylko na to, aż ktoś ją *uratuje*.
– A po co signor Manin miałby robić z kogoś ofiarę?
Signor Scarpa wzruszył ramionami, a kiedy szeptał do mnie obłudnie poufałym tonem, w jego oczach pojawił się błysk arogancji.
– Może chce się przekonać, czy potrafi jeszcze uwodzić, a nie ma odwagi pokusić się o trudniejszą zdobycz. Może już zdążył zapomnieć, jak się zdobywa prawdziwą kobietę. A może...
Poderwałam się jednym susem z krzesła, które z łoskotem przewróciło się za mną na podłogę. Teraz przeholował. Nawet z tak cierpliwą osobą jak ja.
– Signor Scarpa, mam wielki szacunek do pana jako mojego gospodarza i bardzo chętnie zajmuję się pana dziećmi. Nie sądzę jednak, żebym miała ochotę ciągnąć dalej tę rozmowę – wyrzuciłam z siebie, oddychając głęboko dla zebrania się w sobie. – W tych kilku słowach dał mi pan do zrozumienia, że jestem samotnym brzydkim kaczątkiem, które z braku lepszych perspektyw zakochało się beznadziejnie w ociemniałym żigolo. Uważam, że jest pan w błędzie, ale nawet jeśli miałoby tak być... – zamilkłam na moment, aby dobrać odpowiednie słowa – nawet jeśli więc tak by miało być, to sama zdecyduję, czy chcę być tą ofiarą, czy nie. Dziękuję panu za troskę, ale sama potrafię świetnie o siebie zadbać.
Odwróciłam się na pięcie, wracając do przerwanej pracy z ciastem. Signor wstał od stołu, kręcąc głową, jakby nie mógł zrozumieć mojej głupoty, po czym wyszedł w milczeniu, nie zaszczycając mnie dalszym spojrzeniem. Dziękując

mu w duchu za to, że wyszedł, oparłam się o blat, rozmyślając o tym, co miało miejsce przed chwilą. Jak mogłam w taki sposób odezwać się do swojego pracodawcy? Udało mi się raczej zachować przed nim zewnętrzny spokój, jednak w swoim wnętrzu byłam wzburzona jak rzadko kiedy. Ten facet wyraził wszystkie dręczące mnie wątpliwości. I chociaż sama starałam się ich tak bardzo do siebie nie dopuszczać, zaczęłam się teraz obawiać, że pewnie miał rację. Mężczyzna taki jak Tobia Manin z pewnością nie podejmował działań, nie mając konkretnych celów – tylko jaki mógł być prawdziwy powód jego zaproszenia?

Wyprostowałam się powoli. Na czym miałoby polegać moje ryzyko? Jeśli jego intencją mógł być w ogóle romans ze mną, dałabym mu kosza. Fakt, że jest on człowiekiem tajemniczym i interesującym, ale właśnie z tego powodu, nie miałam zamiaru dopuszczać go bliżej do siebie. Wydobędę od niego to, czego pragnę się o nim dowiedzieć, po czym najspokojniej w świecie skupię się na własnym życiu. Uspokajała mnie świadomość, że jeszcze nigdy nie pozwoliłam sobie na to, żeby się w kimś zakochać. Byłam w kilku związkach z chłopakami, lecz nigdy nie były to związki trwałe i w przeciwieństwie do moich koleżanek ze szkoły, a potem ze studiów, którym zdarzało się to często, nigdy nie czekałam z bólem serca na telefon albo SMS. Jak one wtedy na mnie mówiły? Uśmiechnęłam się przez moment na myśl o mojej ksywce, którą przypomniałam sobie nie bez dumy: księżniczka na lodzie.

Żaden facet nie zrobi ze mną tego, co ojciec zrobił z moją mamą. Potrzebę uczuć romantycznych potrafię zaspokajać, przeżywając je z bohaterkami moich książek, i nigdy nie popełnię tego błędu, żeby pozwolić przeniknąć im do prawdziwego życia. Nawet Tobia Manin niczego tutaj nie zmieni. Być może był on moją bratnią duszą i pewnie również zaspokajał moje romantyczne fantazje, ale na pewno nigdy nie stanie się on częścią mojego życia. Na przekór wszystkiemu postanowiłam, że pójdę jednak na ten bal.

Dopiero po wielu dniach, między licznymi sprawami, które załatwiałam dla Scarpów, udało mi się wreszcie znaleźć wolny czas na wizytę w atelier Minou, w którym miałam wybrać kostium. Ta niewielka wypożyczalnia znajdowała się w zupełnie niepozornym miejscu, na samym końcu jednego z zaułków w dzielnicy San Marco.

Weszłam do środka. W pomieszczeniu panował półmrok, gdyż wnętrze rozjaśniały tylko dwa stare żyrandole dające nikłe światło, a wiszące w oknach wielkie zasłony z czerwonego aksamitu nie wpuszczały światła dziennego. W rogu na pozłacanych nogach stała równie czerwona zakrzywiona kanapa. Na wprost mnie połyskiwał na złoto szeroki barokowy kontuar z mnóstwem rzeźbionych filigranowych róż i innych ornamentów. W tym całym barokowym przepychu nie było jednak widać żadnych ubrań.

Z zaplecza wyszedł do mnie starszy pan z widocznym garbem.

– Czego pani tu szuka? – spytał szorstko.

Najwidoczniej nie widział we mnie klientki. Uświadomiłam sobie, jak niepozornie musiałam wyglądać w moich przepranych czarnych dżinsach, szarej powypychanej bluzce i starych adidasach, z włosami nastroszonymi i upiętymi w koński ogon. Z pewnością rzadko obsługiwał klientkę, która tak słabo troszczyłaby się o swój wygląd.

– Nazywam się Alice Breuer. Przysłał mnie do pana Tobia Manin. Szukam jakiegoś kostiumu na bal.

Wyraz jego twarzy błyskawicznie się zmienił.

– Alice? To pani? – zapytał całkowicie zelektryzowany.

Jedynym słowem, na które byłam w stanie się zdobyć, było nieśmiałe „tak". Czy spodziewał się jakiejś innej osoby?

- W takim razie proszę usiąść.

Nie czekając na moją zgodę, wcisnął mnie na kanapę i znów schował się na zapleczu, by po chwili stamtąd wrócić, niosąc górę ubrań. Tak mi się przynajmniej wydawało, bo kiedy rozłożył już tę górę przede mną, okazało się, że jest to jeden kostium składający się z niezliczonej ilości warstw materiału: podpinek, warstw wierzchnich i trenów.

- Przepiękny barokowy kostium.

Sprawiał wrażenie, jakby sam był zakochany w tej kreacji uszytej z różowego i liliowego jedwabiu, ozdobionej wszędzie tasiemkami, perłami i koronkami. Patrzyłam na nią przerażona. Czułabym się chyba jak nienaturalnej wielkości cukierek, gdybym poszła w niej na ten bal.

- Czy nie ma pan czegoś... - próbowałam znaleźć odpowiednie słowo - prostszego?

- Och!

Najwyraźniej urażony, zabrał ode mnie strój i znów zaszył się w swoim magazynie. Po kilku minutach zjawił się z kostiumem w kolorze królewskiego błękitu, który uszyty był z surowego jedwabiu. Przy jego rękawach było niewiele koronek, jednak tę skromną liczbę dodatków wynagradzało wyjątkowo głębokie wcięcie dekoltu. Pokręciłam ze śmiechem głową.

- Pan wybaczy, lecz nie sądzę, żebym dobrze wypełniła to ubranie.

Wskazałam ręką na dekolt sukni oraz na swój biust normalnej wielkości.

Mrucząc coś pod nosem, spakował strój i zniknął ponownie. Tym razem trwało nieco dłużej, zanim znów się pojawił, wykrzywiając usta w triumfalnym uśmiechu.

- Jestem pewien, że to będzie ta.

Trzymał przede mną kostium w kolorze macicy perłowej, której jedwabny materiał zdobiły drobne złote ornamenty oraz perły. Jej dekolt był prostokątny, obramowany prostą koronką i cienką kremową wstążką. Kaskada koronek i materiału zwieszała się elegancko jedynie na łokciach, podczas gdy dolna jej część sprawiała wrażenie, jakby składała się z jednej fałdy – chociaż obszernej, to jednak kunsztownej – złożonej z jedwabiu, aksamitnych tasiemek i pereł. Musiałam przyznać mu rację. Była to najpiękniejsza suknia, jaką w życiu widziałam.

– Mogę przymierzyć?

Prawie nie miałam odwagi wziąć jej do rąk.

– Ależ oczywiście. W końcu przyszła pani tutaj w tym celu, czyż nie?

Wskazał mi drzwi znajdujące się w bocznej ścianie, na które dotychczas nie zwróciłam uwagi i wszedł tam razem ze mną.

– A mogę sama?

Do tej pory jeszcze nigdy nie rozbierałam się w obecności jakiegoś sprzedawcy.

– Nie.

Jego zdecydowana odpowiedź uświadomiła mi, że jakikolwiek sprzeciw nie wchodził w grę, toteż powoli zdjęłam z siebie ubranie, wstydząc się ogromnie.

– Chwileczkę.

Sięgnął do stojaka, który za nim stał, i nie namyślając się długo, zdjął z niego kremowy gorset, który następnie mi podał.

– Czy to konieczne?

Czyżbym przytyła w tej Wenecji? Wszyscy zawsze twierdzili, że jestem szczupła.

– Niech się pani nie wygłupia. To nie jest po to, żeby panią wyszczuplić. Służy jako podpora i jest niezbędne.

Przez chwilę zrobił się nieco lakoniczny, gdyż pochłonięty był odpinaniem nieskończonej ilości haftek z pętelek gorsetu; ja zaś w tym czasie dyskretnie odłożyłam na bok swój staniczek.

W końcu gorset był już zapięty i przylegał do mnie ciasno, lecz całkiem przyjemnie.

Starszy pan znowu gdzieś zniknął, więc zaczęłam się zastanawiać, czy nie przyniesie mi jeszcze jednego kostiumu. Kiedy wrócił, trzymał jednak w rękach olbrzymią krynolinę. Polecił mi, abym stanęła w środku czterech drewnianych obręczy, powiązanych ze sobą różowymi i białymi troczkami, a następnie podniósł do góry jej wewnętrzny pierścień w postaci szerokiego paska, który przyczepił do gorsetu.

Zdążyłam się już poczuć, jakbym była uwięziona w jakimś rusztowaniu, jednak signor Minou sprawiał wrażenie człowieka, który wie, co robi. Ostrożnie założył mi suknię przez głowę i naciągnął na biodra. Materiał zdawał się nie mieć końca, a kiedy wreszcie przeciągnęłam ramiona przez koronkowe rękawy, byłam zaskoczona ciężarem, jaki spoczywał na moim ciele. Nie było wcale łatwo poruszać się z taką ilością tkaniny.

Signor z dumą odsunął adamaszkową zasłonę, odsłaniając sporych rozmiarów pozłacane antyczne lustro. Jednak prawie nie mogłam się w nim poznać. Przede mną stała eteryczna istotka w sukni jak z marzeń i z przerażeniem patrzyła na mnie. To miałam być ja? Signor Minou sprawiał wrażenie rozczarowanego moją reakcją.

– Nie podoba się pani sobie?

– Ależ skąd! Podobam! – wybąkałam. – Tylko zupełnie nie jestem przyzwyczajona...

Uśmiechnął się łagodnie.

– Na początku wszystkie klientki tak mają, a potem w ogóle nie chcą oddawać tych ubrań. Jestem pewien, że z panią będzie tak samo. A signor Manin... – dodał, robiąc zamaszysty gest – będzie zachwycony.

– Zna pan dobrze signora Manina?

Pomyślałam z nadzieją, że może mi wreszcie wyjawi nieco informacji na temat mojego sąsiada.

– Nie. Tylko raz go widziałem. Trzy dni temu przyszedł do mojego atelier, żeby zamówić dla pani suknię – przewrócił oczami ze współczuciem. - Taki przystojny mężczyzna, a tak doświadczony przez los. To straszne.

Byłam pełna napięcia. Mógłby mi już wreszcie zdradzić, jak do tego doszło, że Tobia stracił wzrok albo czy był już taki od urodzenia.

- Wie pan, dlaczego on jest niewidomy?
- Nie.

Jego spojrzenie znowu nabrało surowości, a ja, uświadomiwszy sobie, jak bardzo niedyskretnie musiało zabrzmieć moje pytanie, zaczerwieniłam się.

- Zabierzmy się wreszcie do roboty.

Chwycił puszkę ze szpilkami i zaczął opinać nimi materiał, który w niektórych miejscach wokół talii i biustu był nieco zbyt szeroki.

- Suknia jest prawie idealna, ale zawsze stosujemy niewielki zapas materiału, żeby móc ją dopasować do wszystkich naszych klientek. Do balu będzie leżeć na pani jak ulał.
- Kiedy będę mogła ją odebrać?
- O nie - pokręcił energicznie głową. - Moja żona ją pani przyniesie i wyszykuje panią na ten bal. Musi pani przecież mieć także odpowiednią fryzurę.
- Będę musiała założyć perukę? - Perspektywa włożenia sobie na głowę jednej z tych wielkich czap, jakie dotychczas widywałam w książkach do historii, nieco mnie zaniepokoiła.
- Nie, upniemy pani włosy - powiedział i przyjrzał mi się. - Pani typ urody i tak jest raczej naturalny.

Nie byłam pewna, czy powinnam to uznać za komplement.
- A buty?
- Też mamy.

Otworzył szafę, w której znajdowało się ponad sto par damskiego obuwia: kozaczki, szpilki, sandały ze wszystkich epok i we wszystkich możliwych rozmiarach.
- Jaki rozmiar?

– Trzydzieści dziewięć.

Zręcznym chwytem sięgnął do najniższej półki, wyczarowując z niej parę białych, skórzanych pantofli na płaskim obcasie. Byłam nieco zawiedziona, bo w porównaniu z moją cudowną suknią wyglądały raczej niepozornie. Signor Minou widocznie zauważył moje rozczarowanie i uspokoił mnie.

– Nie ma nic gorszego, niż mieć na sobie taką suknię i potem nie móc tańczyć, bo bolą stopy. Niech mi pani zaufa. Ta suknia jest tak długa i tak szeroka, że nikt nie będzie widział pani nóg, lecz jeśli zamierza pani tańczyć, lepszych butów nie znajdzie pani nigdzie na świecie – oznajmił, mrugając okiem. – I proszę mi wierzyć, że gdy zacznie pani tańczyć, to dopiero wtedy doceni pani tę suknię.

Nie chciałam zaprzeczać, ale byłam pewna, że jest mało prawdopodobne, że będę tańczyć, gdyż po pierwsze na pewno nie znajdę tam sobie odpowiedniego partnera, a poza tym ostatni raz tańczyłam ponad osiem lat temu, i to w dodatku na katastrofalnym kursie tańca z równie niezdolnym kolegą z klasy. Lecz przyglądanie się, jak tańczą inni, może przecież być równie piękne.

Tygodnie przed balem wlokły się w żółwim tempie. Żadne z państwa Scarpów nie wspomniało już nawet słowem ani o zaproszeniu, ani o Tobii. Także od Tobii nie przyszła już do mnie żadna wiadomość. Przestał się pokazywać na lodżii, nie spotykałam go również w czasie moich nocnych spacerów.

Za to w jego domu zapanował ożywiony ruch. Z narożnika mojej altany miałam widok na wejście do Palazzo Segantin i siadałam tam, gdy tylko mogłam oderwać się od swoich domowych obowiązków, aby przyglądać się nieustannej krzątaninie, jaka miała tam miejsce. Na moich oczach odbywały się istne pielgrzymki nieskończonych tłumów florystów, gastronomów, aranżerów i innego personelu *palazzo*. Wnoszono kartony, rozwijano dywany, a na barkach dwóch młodych tragarzy widziałam nawet gigantyczne wazony. Ponieważ wejście od strony Canal Grande znajdowało się poza zasięgiem mojego wzroku, nie widziałam niestety, jakie ciężkie ładunki nadawały się lepiej do transportu łodziami. Zastanawiałam się, jaki może być koszt takiej imprezy i skąd pochodziły pieniądze na sfinansowanie tego całego luksusu.

I chociaż na komputerze Scarpów sprawdziłam w Google nazwisko Manina, próbując się dowiedzieć, kim on naprawdę jest, nie znalazłam tam jednak żadnych informacji. Przekupnie na rynku i okoliczni sklepikarze również nie potrafili odpowiedzieć na moje pytania. Nikt nie wiedział o nim niczego więcej ponad to, że jest niewidomy, bogaty i że jest Amerykaninem. Pozostawał zagadką, którą z pewnością chciał być. Ja zaś coraz częściej zastanawiałam się, czy być może podczas tego przyjęcia sam odpowie mi na kilka z moich pytań.

W końcu nadszedł dwudziesty maja. I chociaż przyjęcie miało się zacząć dopiero za trzy godziny, to jednak signor Minou uprzedził mnie, że jego żona przyjdzie do mnie około siedemnastej, żeby zdążyć wyszykować mnie na ten bal. Podekscytowana wyczekiwałam więc na wizytę starszej pani, a gdy wreszcie w mieszkaniu rozległ się dzwonek, podbiegłam do drzwi, żeby jej otworzyć.

Ta drobna kobieta – wyglądem i sposobem zachowania stanowiąca niemal kopię swojego małżonka – zjawiła się punktualnie co do minuty. Pod pachą trzymała wielki worek uszyty pewnie specjalnie do takich kostiumów, złożoną krynolinę, metalowy kuferek na kosmetyki oraz sporych rozmiarów torbę, w której zapewne znajdowały się akcesoria, buty oraz gorset. Nie mogłam się nadziwić, że ta filigranowa dama zdołała wejść na czwarte piętro z takim ładunkiem, nie okazując przy tym śladu zadyszki. Dobra kondycja wenecjanek zaskakiwała mnie stale na nowo. Ile może zdziałać nieobecność samochodów!

Ciekawa tego, co teraz miało nastąpić, z bijącym sercem zaprowadziłam ją krętymi schodami do mojego pokoju.

Signora Minou nie traciła czasu na zbędne formalności. Ukłoniła się tylko przede mną i natychmiast zajęła swoim bagażem. Rozłożyła na moim łóżku rozmaite torby oraz kuferki i zaczęła je z wolna rozpakowywać. Gdybym oczekiwała, że pierwszą rzeczą, którą na mnie założy, będzie suknia, musiałabym się rozczarować. Kategorycznie nakazała mi się rozebrać, podając mi jednak miękki szlafrok, który również ze sobą przyniosła. Spełniłam jej polecenie i ubrana tylko w szlafrok usiadłam na jedynym krześle. Signora natychmiast przystąpiła do rozczesywania moich popielatych blond włosów, używając do tego celu okrągłej szczotki. Czesała mnie długo i wolno, a kiedy w końcu nadała moim włosom zadowalający połysk, zaczęła nawijać je na lokówkę, aby natychmiast, wprawnymi ruchami, używając do tego wielu szpilek, układać z nich fale, zaplatać z tyłu warkoczyki lub pozwolić włosom swobodnie opadać po bokach. Tylko w jednym miejscu zostawiła grube pasemko. Zastanawiałam się już, czy to naprawdę będzie dobrze wyglądać, lecz signora wyjęła ze swojej olbrzymiej torby kosztowne, haftowane etui, i ostrożnie je otworzyła, prezentując z dumą jego wyściełane aksamitem wnętrze, po czym dała mi je do rąk. Z nabożnym skupieniem przyjrzałam się przedmiotowi, który ukazał się moim oczom. Był to bardzo drogi antyczny kryształowy kwiat zdobiący szpilkę do włosów. Jego liczne płatki były misternie oszlifowane i ozdobione mnóstwem prążków oraz miniaturowych nacięć. Ułożone kunsztownie jeden na drugim sprawiały wrażenie filigranowego kwiatu, w którego wnętrzu mieścił się pojedynczy, bardzo drogi, szlifowany rubin, wypełniając środek kielicha. Każdy płatek z osobna odbijał jego delikatny, różowawy blask zmierzchu. Byłam oczarowana tym małym dziełem sztuki.

– Ten kwiat to zabytkowe arcydzieło z Murano, jeszcze z czasów, zanim tam wszystko skomercjalizowano – prychnęła pogardliwie. – Odziedziczyłam go po mojej babci. Normalnie nigdy go nie wypożyczamy.

Zdumiałam się, słysząc, że mówi to lekko łamiącym się głosem.

– Nie może mi pani przecież powierzać takiej rzeczy!

Spojrzałam na nią z przestrachem, oddając etui, lecz ona wyjęła z niego kwiat i nie zważając na mój protest, zaczęła zajmować się luźnym pasemkiem moich włosów.

– Jestem przekonana, że będzie jej pani dobrze strzegła. A poza tym przyczepię ją pani tak mocno, że gdyby ktoś chciał ją pani wyrwać, to chyba musiałby razem ze skalpem.

Jej głos na powrót przybrał oficjalny ton.

– Ale dlaczego…

– Nie zawsze trzeba wszystko wiedzieć. Po prostu niech się pani cieszy.

Ponownie skupiła całą uwagę na moich włosach i szpilce, która błyszczała teraz po lewej stronie od mojego czoła.

Ostrożnie udrapowała pozostałą część moich włosów, upewniając się, że kwiat jest wystarczająco mocno przymocowany dodatkowymi szpilkami. Następnie zaplotła mi ostatnie luźne pasemka w loki i fale, a na koniec owinąwszy uprzednio klejnot chustką, spryskała głowę lakierem, zużywając na to niemal połowę pojemnika. Włosy miałam tak sztywne, że mogłam być zupełnie spokojna, że moja fryzura nie dozna uszczerbku nie tylko na tym balu, ale nawet tydzień potem, gdybym tylko chciała. Uśmiechnęłam się na myśl, że mogłabym w takiej fryzurze paradować w zwykłe dni.

Następnie skupiła uwagę na mojej twarzy. Przyjrzała mi się przez dłuższą chwilę.

– Blada jesteś, moje dziecko – stwierdziła w końcu, zwracając się bardziej do samej siebie, niż do mnie.
– A inne przede mną nie były? To chyba pasuje do tego kostiumu, nie sądzi pani?

Skinęła głową w zamyśleniu.

– Dawniej owszem, ale nie chcemy przecież, żeby wyglądała pani jak jakaś osobliwość, tylko by była pani królową tego balu.

Spojrzałam na nią zdumiona.

– Ja przecież wcale nie mówiłam, że chcę nią być. A może... – nagle naszły mnie wątpliwości – to pan Manin panią o to poprosił?

– Nie – odparła krótko. – Nic takiego nie mówił. To nasza zawodowa solidność nakazuje nam do tego dążyć. Kto korzysta z usług Minou, może być pewien, że zrobimy wszystko, co w naszej mocy, aby przemienić go w istotę piękną.

– A w moim przypadku będzie to trudne?

Nie czułam się wcale urażona, tylko byłam ciekawa. Sama też miałam świadomość, że nie jestem typem klasycznej urody.

– Ujmijmy to tak: pani wymaga dobrego wyczucia, ponieważ intensywny makijaż nie pasuje do pani twarzy – powiedziała, przechylając głowę. – Ale i tak nadamy pani dzisiaj nieco blasku.

Mówiąc to, chwyciła pierwszą tubkę, której zawartość za pomocą małej gąbki naniosła mi na twarz. Zamknęłam oczy. Jeszcze nigdy w życiu nie byłam umalowana, zawsze bowiem unikałam akwizytorek z salonów kosmetycznych w różnych galeriach, które na każdym kroku próbowały człowiekowi wcisnąć jakiś nowy zestaw do makijażu, lecz muszę przyznać, że z przyjemnością oddałam się w ręce tak doświadczonej osoby jak signora Minou. Z westchnieniem zadowolenia pozwoliłam ogarnąć się nieznanemu mi dotąd uczuciu, kiedy to ktoś zupełnie inny poddaje mnie zabiegom pielęgnacyjnym.

Wraz z ostatnim pociągnięciem pędzla, którym signora Minou nakładała na moją twarz cień do powiek, otworzyłam oczy i spojrzałam na nią. Uśmiechnęła się do mnie ciepło. Widać było, że jest zadowolona ze swojego dzieła.

– Czy mogę zobaczyć się w łazience? – chciałam już wstać, lecz signora przytrzymała mnie na krześle.

– Dopiero gdy wszystko skończę. Teraz suknia!

Odwróciła się i w końcu zaczęła rozpakowywać worek z suknią. Znów prawie zaniemówiłam, widząc ją w całej okazałości.

– Jest przepiękna.

Także signora przyglądała się jej z zadowoleniem.

– Jedna z naszych najpiękniejszych. Mój mąż od razu miał ją na myśli, kiedy Manin do niego zadzwonił. Nie chciał jednak pokazywać jej pani jako pierwszej, ponieważ tej pierwszej nigdy się nie wybiera – uśmiechnęła się szelmowsko.

– A signor Manin jak właściwie będzie ubrany? – próbowałam się dowiedzieć.

– Tego niestety nie wolno mi zdradzić. Wobec naszych klientów zawsze jesteśmy dyskretni.

Byłam rozczarowana. Czy będę mogła się o nim kiedyś czegoś dowiedzieć? Signora zauważyła moją zmianę nastroju i przyjrzała mi się uważnym wzrokiem.

– Lubi pani signora Manina?

– Tak.

– Długo już pani go zna?

Słowom tym nie towarzyszył ton charakterystyczny dla luźnej pogawędki. Zastanawiałam się, jak powinnam określić naszą znajomość. Ile razy go widziałam? Pewnie nie więcej niż sześć i tylko dwa razy przez chwilę rozmawialiśmy. A mimo to miałam wrażenie, że te spotkania były jednymi z najbardziej intensywnych w moim życiu. Wybrałam jednak właściwy wariant odpowiedzi:

– Nie. A dlaczego pani pyta?

Nie popatrzyła teraz na mnie, ale czułam, że coś przede mną ukrywa. Jej nieprzenikniony wyraz twarzy uzmysłowił mi jednak równie mocno, że – cokolwiek by to nie było – na pewno mi tego dzisiaj nie zdradzi.

Zamiast tego zdjęła ze mnie szlafrok i przystąpiła do ubierania. Z mieszanymi uczuciami pomyślałam o Tobii i czekającym mnie przyjęciu.

Rozdział 5

Dochodziła już prawie ósma, kiedy signora Minou po raz ostatni krytycznie mi się przyjrzała. Skinęła głową z zadowoleniem, po czym błyskawicznie spakowała swoje rzeczy.
– Życzę pani cudownego wieczoru.
Wyciągnęła do mnie swoją żylastą wiekową dłoń.
– I niech pani dobrze pilnuje Manina. To bardzo dobry człowiek.
Zanim jednak zdołałam zadać jej jakieś pytanie, signora zdążyła się już odwrócić i ruszyła w stronę schodów. Usłyszałam, jak przesuwa ciężką kurtynę, a następnie z korytarza dał się słyszeć przytłumiony odgłos jej kroków. Przywitała się krótko ze Scarpami i wyszła.
Zostałam sama w pokoju, który jak na tę suknię był bez wątpienia zbyt ciasny, bym mogła przespacerować się w niej na odległość kilku metrów. Plecy miałam usztywnione przez ciasny gorset i czułam, że jestem zmuszona do trwania w postawie, do której zupełnie nie przywykłam i która w ogóle nie przypominała postawy nieśmiałej Alice z przygarbionymi plecami. Jak ja w ogóle wyglądam? Ciągle jeszcze nie mogłam przyjrzeć się całej swojej sylwetce, gdyż w moim lokum znajdowała się jedynie mała szafka z lustrem w łazience. Ten brak dotychczas w ogóle mi nie przeszkadzał, gdyż stosunkowo rzadko przykładałam większą wagę do swojego wyglądu, jednak teraz nie miałam gdzie się przejrzeć. Czy w tych wszystkich lokach, warkoczykach, wstążkach i z całym tym makijażem nie wyglądam

przypadkiem jak monstrualna lala? I czy naprawdę mogę pokazać się w przebraniu, które absolutnie nie pasuje do mojego wizerunku, nie wydając się sobie przy tym śmieszną?

Gorączkowo zastanawiałam się, gdzie mogłabym znaleźć jakieś lustro. Sypialnia Scarpów nie wchodziła w rachubę, gdyż moi państwo z pewnością także byli zajęci przygotowaniami do balu. Lustro w korytarzu było zbyt małe, bym mogła się w nim przejrzeć w całości, lecz przecież było jeszcze to antyczne weneckie lustro w salonie, z częściowo niknącym odbiciem! Uniosłam do góry suknię i zaczęłam schodzić na dół. Szelest jedwabiu oraz mój płytki oddech spowodowany uciskiem gorsetu wydały mi się okropnie głośne na tych wąskich schodach, lecz w żadnym wypadku nie chciałam usłyszeć jakichkolwiek komentarzy, nie upewniwszy się przedtem, że w tej kreacji mogę pójść na bal. Ostrożnie otworzyłam drzwi do salonu i stanęłam przed okazałym lustrem.

Gdy zobaczyłam swoje odbicie, znieruchomiałam z wrażenia. Tak jak się spodziewałam, mój haftowany kostium pełen pereł, tasiemek i wyszywanych ręcznie wzorków prezentował się na mnie w całej okazałości. W świetle żyrandola połyskiwał we wszelkich możliwych odcieniach macicy perłowej niczym wnętrze okazałej muszli. Jednak to wcale nie suknia spowodowała, że zaniemówiłam. Zaskoczona byłam sobą i przemianą, jakiej dokonała na mnie signora Minou. Przede mną nie stała ani słodziutka lalka Käthe Kruse, ani sztuczna Barbie. Przede mną stała królowa!

Signora Minou za pomocą bardzo dyskretnego makijażu podkreśliła moje wyraziste linie i nadała blasku mojej normalnie bladej cerze, co było dla mnie zupełnie nietypowe, a jednak zdawało się stanowić moje własne ja. Moje nieco zbyt szerokie zielone oczy, trochę za długi nos i szerokie wargi ze znamieniem nie straciły nic ze swojego nietypowego kształtu, lecz zaczęły nagle sprawiać wrażenie, jakby były stworzone do tego kostiumu, nadając mi iście królewskiego powabu, jakiego nigdy bym się po sobie nie spodziewała. Nawet moja fryzura przy całej wprawie, jaką wykazała się signora Minou, układając ją, nie wyglądała wcale sztucznie, lecz miała właściwe proporcje. Wyglądała przy tym jak naturalna korona z zatkniętym kryształowym kwiatem, który tysiącami promieni rozpraszał światło żyrandola. Nigdy w życiu nie przypuszczałam, że mogę wyglądać tak pięknie.

Nie mogłam jednak długo napawać się swoim widokiem, ponieważ w tym momencie do pokoju wkroczyli państwo Scarpowie. I gdybym miała jeszcze choćby cień wątpliwości co do swojego udziału w tym balu, zostałby on w tym momencie ostatecznie rozwiany. Nigdy nie zapomnę min, jakie zrobili na mój widok. Signora Scarpa, instruująca właśnie siedemnastoletnią opiekunkę, którą znalazła w ostatniej chwili, że chłopcy mają leżeć w łóżkach najpóźniej o dziesiątej, zamilkła nagle na mój widok. Trwała tak przez chwilę z otwartymi ustami, wytrzeszczając na mnie oczy. Także signor, który do swojego eleganckiego kostiumu nałożył właśnie na głowę trikorn, przymknął najpierw oczy i zdumiony ponownie je otworzył.

– Alice, wyglądasz fantastycznie – wyjąkał.

Byłam rada, że w całym tym zdumieniu zapomniał mnie spytać, skąd miałam pieniądze na taki kostium. Podziękowałam mu za komplement z miłym uśmiechem, nie spuszczając wstydliwie głowy jak zazwyczaj.

Zaległa cisza. Signora Scarpa ciągle jeszcze nie ochłonęła po tym, jak nieoczekiwanie zjawiłam się przed nią. Usta miała nadal otwarte. W milczeniu wyszła z pokoju za swoim mężem. W drodze do drzwi wielokrotnie oglądała się za siebie, jakby chciała się upewnić, że nie jestem zjawą.

Wychodząc za nimi, pożegnałam się krótko z Giorgio i Frederico, którzy razem z opiekunką zajęci byli w swoim pokoju grami komputerowymi. Giorgio na moment odwrócił od nich wzrok. Chociaż zazwyczaj trudno go było oderwać od gier, sprawiał teraz wrażenie, jakby mój widok całkowicie go zaabsorbował. Energicznie szturchnął brata w bok i pokazał na mnie palcem, szczerząc zęby.

– Nie wiedziałem, że mamy w domu księżniczkę.

Frederico oderwał się od swojej zabawy i odwrócił niechętnie w moją stronę. W tej samej chwili jednak także się rozpromienił.

– Alice, ale jesteś piękna – zachwycił się, po czym wstał, podbiegł do mnie i się przytulił. – Jesteś najładniejszą opiekunką, jaką kiedykolwiek mieliśmy. Jeszcze ładniejsza niż mama – zawstydził się i spuścił głowę. – Mogę cię pocałować?

Pochyliłam się do niego z uśmiechem, pozwalając pocałować się w policzek, sama też pocałowałam go w czoło.

– A wy będziecie zawsze moimi królewiczami.

Mówiąc to, stanęłam prosto, skłoniłam się krótko również nowej opiekunce, po czym wyszłam z apartamentu.

Nie było mi wcale łatwo poruszać się w tej ekstremalnie szerokiej sukni na korytarzu, a potem schodami do wyjścia. Cały czas musiałam uważać, żeby nie zahaczyć o poręcz albo nie przewrócić jakichś przedmiotów, na przykład wazonów. Toteż signora, ubrana w rubinowy myśliwski strój, czekała na mnie zniecierpliwiona na ulicy. Głos jej drżał z poirytowania.

– Co się tak grzebiesz? Jesteśmy już spóźnieni. Nie chcę tam być ostatnia.

Byłam zdziwiona, skąd się nagle u niej wzięła ta niespotykana dotąd niecierpliwość, zawsze bowiem to ona kazała nam na siebie wiecznie czekać. Jednak tego wieczoru nic nie miało prawa wyprowadzić mnie z równowagi, toteż zbyłam jej połajankę milczeniem, by po chwili nieśpiesznie, lecz pełnym dostojeństwa krokiem ruszyć za nimi po wybrukowanej uliczce. Cieszyły mnie przy tym zaciekawione spojrzenia przechodniów, którzy znaleźli się na naszej drodze. Pewien japoński turysta wyciągnął nawet aparat. Signora wyminęła go nonszalancko, ja jednak miałam przyjemność, mogąc przez chwilę pozować mu do zdjęcia. Cieszyłam się na myśl, że niebawem będzie je wszystkim pokazywał tysiące kilometrów stąd.

    Jak wiedziałam już dzięki swoim spacerom, dojście do Palazzo Segantin zajmuje raptem kilka minut, toteż po chwili weszliśmy tam punktualnie przez wielką bramę, którą oglądałam zaledwie przed kilkoma tygodniami. Była teraz szeroko otwarta i wydawała mi się o wiele bardziej zapraszająca niż wtedy. Oświetlało nas ciepłe światło, a za masywnymi drewnianymi drzwiami znajdowało się obszerne wyłożone płytami pomieszczenie, w którym dwóch służących w liberiach odbierało damskie płaszcze, a od mężczyzn czarne prochowce. Tego wiosennego dnia nie czułam potrzeby, aby założyć kurtkę, gdyż w swoim podnieceniu straciłam zdolność odczuwania jakichkolwiek temperatur. Tak więc nie zatrzymując się przy garderobie, weszłam powoli przez stare oszklone podwoje do następnego pomieszczenia i zdumiałam się zobaczywszy szerokie elegancko zakrzywione kamienne schody. Razem ze Scarpami podążałam za innymi gośćmi, którzy tak jak my ubrani byli w rozmaite kostiumy, wytworne i ekstrawaganckie, i w skupieniu wchodzili na pierwsze piętro.

    Stanęłam u progu wielkiej sali, w której trzy murańskie żyrandole barwy kremowej rzucały blask świec. Ściany pokrywały zdobione tapety z jedwabiu, seledynowe oraz sepiowe, na których rozwieszono setki rozmaitej wielkości obrazów i rycin przedstawiających ptaki łowcze. Wyglądały one jednak dość nędznie. Szerokie pozłacane ramy i barokowe ornamenty zdawały się je miażdżyć, toteż dziwiłam się, co mogło skłonić Manina do nagromadzenia tych drogich, lecz jakże tandetnych malowideł.

Mój wzrok wędrował dalej, aż na drugim końcu sali zauważyłam charakterystyczne gotyckie okna ze szkła ołowiowego, zwieńczone na górze ostrym łukiem, wychodzące na Canal Grande. Tego ciepłego majowego wieczoru były w większości pootwierane, a niektórzy goście skorzystali ze sposobności, aby na wąskim balkonie prowadzić ożywione rozmowy. Pozostałe grupki pogrążone w rozmowach stały w środku, a w tle słychać było muzykę klasyczną, graną przez kwartet smyczkowy zajmujący miejsce w rogu sali. Kelnerzy w liberiach uwijali się, nosząc ostrożnie srebrne tace z kieliszkami szampana i aperitifu. Lawirowali wśród gości w krynolinach, trójrożnych kapeluszach oraz mundurach.

Nie wiedząc, dokąd mam pójść, stałam niezdecydowana na schodach. Scarpowie gdzieś zniknęli. W sumie to mogłam się domyślić, że nie mieli wcale ochoty pokazywać się w towarzystwie swojej pomocy domowej, choćby była ona nie wiadomo jak wystrojona. Poza nimi nie byłam w stanie rozpoznać ani jednej znajomej twarzy. Czułam, że serce znowu zaczyna mi walić jak oszalałe, bowiem znów ogarnęło mnie owo znajome uczucie, że w ogóle tutaj nie pasuję i znajduję się w niewłaściwym miejscu. Jakże często zdarzało mi się tak stać, kiedy na przykład rozpoczynałam na studiach nowe seminarium, a koledzy wlepiali we mnie wzrok, albo kiedy odważyłam się wejść do jednego z modnych butików, aby spytać o jakiś bardzo szykowny ciuch. Wiele razy się zdarzało, że wymykałam się ze sklepu, niczego nie wskórawszy, tylko dlatego że sprzedawczynie dawały mi odczuć, iż nie odpowiadam ich wizerunkowi odpowiedniej klientki. Dzisiaj także instynkt podpowiadał mi, że najlepsza w tym momencie byłaby ucieczka. Wewnętrzny głos sugerował mi, że nie pasuję do tego towarzystwa, że jestem tutaj intruzem podającym się za kogoś, kim wcale nie jestem. Zamknęłam na chwilę oczy, zmuszając się do wzięcia głębokiego oddechu. Czy naprawdę po to spędziłam tych kilka godzin z signorą Minou, żeby teraz postąpić podobnie i ulotnić się z przyjęcia po dziesięciu minutach? Skupiłam się zatem całkowicie na postanowieniu, że zanim na poważnie dopuszczę do siebie myśl o ewakuacji, podziękuję przynajmniej Tobii za to, że mnie zaprosił.

Tak spokojnie, jak tylko było to możliwe w tej sytuacji, przeszłam na środek sali, aby przynajmniej nie blokować przejścia do schodów i poszukać wzrokiem takiego miejsca, z którego mogłabym najlepiej obserwować otoczenie, sama nie będąc widoczna. Mój wzrok spoczął jednak na grupce ludzi wyglądających, jakby czekali na coś w kolejce w tylnej części sali. Zrobiłam krok w ich stronę, chcąc zobaczyć, na co tak czekają, i przez krótką chwilę na tle ściany pokrytej mahoniowym drewnem widziałam gospodarza przyjęcia, Tobię Manina, witającego gości.

Ostrożnie uniosłam suknię i udałam się na koniec kolejki, nie spuszczając go z oka. Byłam zdziwiona, widząc, że jako jedyna osoba nie miał przebrania i stał wśród gości w smokingu uszytym na miarę. Wyglądał w nim jak postronny obserwator. Żadnej z osób, które zbliżały się do niego, nie podawał ręki, lecz skłaniał się tylko ledwie widocznym ruchem głowy, a gdy ktoś do niego coś mówił, odpowiadał uprzejmie lub uśmiechał się łagodnie, kiedy chodziło o jakiś żart. Również dzisiaj nie miał okularów słonecznych, jakie zazwyczaj noszą ludzie niewidomi, i widziałam, że dość często poruszał oczami, nie zatrzymując jednak na nikim wzroku, lecz tylko obojętnie wpatrywał się w dal. Z zatroskanych spojrzeń ludzi stojących wokół niego byłam w stanie wyczytać tę samą myśl, która frapowała także i mnie: jaka jest przyczyna tej jedynej ułomności u tego skądinąd zabójczo przystojnego mężczyzny?

Obok Tobii stał drugi mężczyzna – dobijający może do czterdziestki i znacznie niższy od niego. Był w spodniach do kolan i długiej bogato zdobionej aksamitnej marynarce w kolorze królewskiego błękitu, która była na niego trochę za ciasna. Miał zblazowany wyraz twarzy, która była tak nabrzmiała, że jego oczy wydawały się nieproporcjonalnie małe, a kiedy w geście samozadowolenia przesuwał dłonią po swoich nażelowanych czarnych włosach, na jego mięsistych ustach, które sprawiały wrażenie zbyt wielkich, malował się sztuczny uśmiech. Sprawiał wrażenie, jakby interesowały go głównie dekolty witających się z nim dam. Wszystko u niego wydawało mi się odrażające. Zastanawiałam się, jaka relacja łączyła go z gospodarzem, skoro wolno mu było witać razem z nim gości.

Powoli przesuwałam się do przodu w kolejce. Nagle jednak z zaskoczeniem stwierdziłam, że stoję tuż przed moim gospodarzem. Nieruchomo i poważnie wpatrywał się w pustkę gdzieś ponad moją głową. Rozsądek podpowiadał mi, że – wzorem pozostałych gości przede mną – powinnam po prostu się do niego odezwać; jednak mój instynkt sprzeciwił się tej idei. Niewiele myśląc, zebrałam całą swoją odwagę i chwyciłam jego prawą dłoń, ujmując ją w swoją. Zorientowałam się, że ten niespodziewany dotyk nie sprawił mu wcale przyjemności i kiedy poczułam, że próbuje się z niego wyswobodzić, odezwałam się.

– Alice Breuer. Pamięta mnie pan jeszcze?

Na jego twarzy pojawił się uśmiech rozbawienia, po którym odwzajemnił mój uścisk.

– Oczywiście, Alice. Któż mógłby o pani zapomnieć? Cieszę się, że mogła pani przyjść.

Przytrzymał mnie łagodnie za rękę, a kiedy tak ostrożnie i w sposób ledwie wyczuwalny wodził czubkami palców po obu stronach mojej dłoni, nie mogłam oprzeć się wrażeniu, że czyta we mnie jak w książce. Nikt spośród stojących obok osób nie mógł dostrzec tych subtelnych ruchów, lecz zdawało mi się, że zarówno dla niego, jak i dla mnie czas na moment się zatrzymał. Żadne z nas się nie odezwało, aż w końcu Tobia niespodziewanie cofnął rękę.

– Mam nadzieję, że spędzi pani miło ten wieczór. Cieszyłbym się, gdybyśmy mogli później kontynuować naszą niedawną rozmowę. Czy mogę teraz przedstawić pani mojego brata Stefano?

Mówiąc to, wskazał na nieznajomego, sam zaś zwrócił się do następnego gościa.

– Dobry wieczór.

Stefano Manin ukłonił się lekko przede mną, po czym złożył na mojej dłoni zwiewny pocałunek, nie odrywając wzroku od mojego biustu.

– W Wenecji naprawdę są najpiękniejsze owoce.

Podziękowałam uprzejmie za zaproszenie, skłoniłam się lekko, po czym szybko cofnęłam swoją rękę. Weszłam do sali i poczęstowałam się kieliszkiem szampana, który wypiłam w kilku łykach. Stefano przyprawił mnie o dreszcze tym niewybrednym komplementem i z odrazą uświadomiłam sobie, że jest on bratem Tobii. Nie miałam wątpliwości co do tego, jakim typem człowieka jest Stefano Manin, i zastanawiałam się, czy obaj bracia nie są przypadkiem do siebie bardziej podobni, niż byłam skłonna to przyznać. Czy również Tobia nie był tylko tym, za kogo uważał go Scarpa, mianowicie cynicznym żigolo? Bo jak to możliwe, żeby mógł mieć takiego odpychającego brata? Kiedy tak snułam swoje ponure myśli, nagle ktoś mnie zagadnął.

– Sprawiasz wrażenie nieco zagubionej. Nie znasz tutaj nikogo?

Podszedł do mnie bardzo atrakcyjny młody mężczyzna w obcisłym czerwono-niebieskim mundurze gwardzisty, z zaczesanymi do tyłu włosami koloru blond, i spoglądał na mnie z przyjaznym uśmiechem. Pokręciłam głową.

– Jestem w Wenecji dopiero od kilku tygodni.

Młodzieniec uniósł brwi w udawanym zdziwieniu.

– Zwykle zna się tutaj każdego już po miesiącu. Mieszkamy w końcu w małym mieście – przyjrzał mi się dokładnie, po czym ciągnął dalej – ciebie jednak jeszcze nigdy tutaj nie widziałem, a przecież na pewno zwróciłbym uwagę na tak niezwykle piękną osobę.

– Nie wychodzę często z domu.

Zakłopotana utkwiłam wzrok w podłodze. Czy zauważył, że oblewam się rumieńcem?

– Powinnaś. Cała Wenecja leży u twoich stóp – w jego słowach raczej nie było ironii. – Ale pozwolisz, że się przedstawię. Jestem Giuliemo Fernandi. *Enchanté.*

Kiwnęłam lekko głową, próbując sobie przypomnieć, gdzie ja niedawno słyszałam już to nazwisko.

– Alice Breuer, ale… – nie mogłam się już dłużej powstrzymywać – wybacz mi moją ciekawość, ale czy mogę cię spytać, skąd znam nazwisko Fernandi?

– Prawdopodobnie z fundacji Fernandiego – podpowiedział z uśmiechem.

Nagle przypomniało mi się ogromne *palazzo* przy Canal Grande, które stało się jednym z najbardziej znanych muzeów sztuki w Europie i które dopiero przed kilkoma tygodniami zwiedziłam z Giorgiem i Frederikiem.

– Oczywiście! – Byłam zła, że od razu na to nie wpadłam. – Czy fundatorem tej kolekcji nie jest twój ojciec, Leonardo Fernandi?

Skinął głową, a ja uświadomiłam sobie, że właśnie rozmawiam z jednym z najbogatszych dziedziców we Włoszech.

– To twój pierwszy bal w Wenecji? – Giuliemo wydawał się rozbawiony moją niewiedzą.

– Tak, i muszę przyznać, że jest to dla mnie przytłaczające. Dla ciebie to pewnie codzienność? Mieszkasz w mieście?

– Tak, albo powiedzmy, że częściowo. Obecnie odbywam praktykę w Londynie, w jednym z naszych funduszy inwestycyjnych. Kiedy jednak przyszło zaproszenie od Manina, oczywiście natychmiast uznałem, że nie powinienem go zignorować. Przyjechałem tylko na weekend.

– Wygląda na to, że Maninem interesuje się cała Wenecja.
Roześmiał się.
– Można tak powiedzieć. Nieczęsto się zdarza, że ktoś wprowadza się tutaj, a my po tygodniu nadal nie wiemy o nim wszystkiego. Manin mieszka jednak już w tym mieście pół roku, a my jeszcze nie zdołaliśmy go rozgryźć. Moja mama jest zachwycona – wskazał na jedną z dam o mocno rozjaśnionych włosach, ubraną w kostium z różowych strusich piór, której wiek z powodu nadmiernego liftingu trudno było oszacować. – Już chyba ze trzy razy go zapraszała, lecz ani razu jej nie odpowiedział. Taka postawa oznacza w tym mieście zwykle towarzyskie samobójstwo, ale w tej sytuacji moja mama wybaczyła mu wszystko.
– A dlaczego?
– Popatrz na niego, Alice. Facet znakomicie wygląda, ma forsy jak lodu, zjednuje przychylność ludzi, wzbudzając współczucie swoim kalectwem, a poza tym otacza go pewna aura tajemniczości, gdyż mieszka tu już od dłuższego czasu, a mimo to on w ogóle nie istnieje: jego personel z nikim nie rozmawia i każdy się zastanawia, skąd pochodzą jego pieniądze i dlaczego jest niewidomy.

Spojrzałam na niego zdziwiona.
– Co masz na myśli, mówiąc, że on w ogóle nie istnieje? Przecież tam stoi.

Wskazałam na Tobię, który ciągle jeszcze witał się z gośćmi, lecz z wyrazu jego twarzy wyczytałam teraz zmęczenie. Sprawiał wrażenie, jakby nie był tak naprawdę szczęśliwy w swojej roli gospodarza. Zastanawiałam się, dlaczego zdecydował się na to wszystko. Giuliemo upił łyk szampana i dopiero potem mi odpowiedział.

– Ten człowiek nazywa się Tobia Manin. Sprawdzałaś jego nazwisko w Google?
– Tak.
– No i?

– Nic. Zupełnie nic.
Skinął głową.
– My też niczego nie znaleźliśmy. Tobia Manin to na pewno nie jest jego prawdziwe nazwisko.
– A czy on nie kupił tego *palazzo*?
– Kupił go pewien amerykański holding, jednak z powodu jego zagmatwanej struktury nie sposób się zorientować, kto jest jego prawdziwym właścicielem.
Zaniemówiłam. Manin to nie było jego prawdziwe nazwisko! Jaka ja byłam naiwna!
– Zszokowałem cię? – Giuliemo sprawiał wrażenie szczerze zatroskanego.
– Nie, wcale nie.
Próbowałam wziąć się w garść. I co ja teraz powinnam powiedzieć, żeby nie wyjść na naiwną?
– Zjemy coś? – zaproponowałam z uśmiechem.
Ucieszył się z tej propozycji i w ciągu następnych kilku godzin przez cały czas dotrzymywał mi towarzystwa. Stwierdziłam, że jest człowiekiem zaskakująco życzliwym i uprzejmym. Muszę przyznać, że czułam się mile połechtana tym, że gotów był spędzić ze mną tyle czasu, zwłaszcza że byłam pewna, iż większość Włoszek oddałaby wszystko, żeby być na moim miejscu i móc przebywać w towarzystwie tego urodziwego i bogatego spadkobiercy fortuny. Nie mogłam się jednak powstrzymać, żeby nie spoglądać co chwilę w stronę Tobii, ciągle bowiem miałam wrażenie, że nadal czuję jego delikatne palce na swojej dłoni. Przyłapywałam się co chwilę na tym, że stale o nim myślę, podczas gdy Giuliemo prawił mi jeden komplement za drugim i opowiadał o wszystkich jachtach, domach i firmach swojej rodziny. Tobia nagle gdzieś zniknął. Nie mogłam go nigdzie znaleźć wśród tych gości poubieranych w ekstrawaganckie kostiumy. Ani wśród tańczących, ani wśród jedzących, ani wśród tych, którzy zajęci byli rozmową.

Kiedy już w dużej sali poczęstowaliśmy się z Giuliemo paroma przekąskami i wypiliśmy kilka kieliszków szampana, udaliśmy się do sali na drugim piętrze, w której urządzono bufet z wszelkimi możliwymi potrawami. Królowały na nim wielkie kompozycje z kwiatów, figurki wyrzeźbione w lodzie oraz aranżacje ułożone z owoców. Zachwycona jego przepychem i wystawnością wprost nie mogłam nasycić wzroku tym fantastycznym światem, jaki dotychczas istniał jedynie w moich książkach. Giuliemo natomiast zdawał się w ogóle nie widzieć tego piękna i nie okazując żadnego zachwytu, poczęstował się jedynie kilkoma winogronami i kawałkami sera. W tym czasie przeszliśmy do sąsiedniego pokoju i usiedliśmy na jednym z przygotowanych miejsc pod ogromnym obrazem przedstawiającym mityczną scenę polowania.

Spojrzałam na niego zdziwiona.

– Jak to możliwe, że wszystkie te rzeczy prawie w ogóle cię nie interesują?

– Zbyt wiele razy już to widziałem. Zawsze są ci sami dekoratorzy i zawsze ten sam catering. Pasztet strasburski, udka z kurczaka z sokiem z cytryny, rosyjski kawior, toskańskie *crostini* i norweski łosoś – stale te same potrawy, które prawie nie różnią się smakiem. To przecież takie nuuuuudne.

Ostatnie słowo przeciągnął teatralnie, przewracając jednocześnie oczami. W zamyśleniu wzięłam do ust łyżeczkę pianki czekoladowej, która zdawała się rozpływać w moich ustach, w niczym nie przypominając tej z delikatesów, którą czasami zajadałam się w Teltow. Już chyba nigdy jej nie kupię, wiedząc teraz, jak naprawdę może smakować ten deser.

– To chyba musi być straszne, kiedy człowiek wszystko widział i niczym już nie potrafi się cieszyć.

Giuliemo popatrzył na mnie z powątpiewaniem.

– Co przez to rozumiesz?

– Mam na myśli to, że cieszę się, iż potrafię tutaj jeszcze czerpać radość ze wszystkiego. Wszystko jest dla mnie cudem. Potrafię delektować się każdą sekundą, a dla ciebie to już jest nudne. Tobie na pewno o wiele trudniej jest znaleźć coś, co naprawdę sprawi ci radość, prawda?

Nieco zaskoczony odwzajemnił moje spojrzenie i przez chwilę zdawał się zastanawiać nad tym, co powiedziałam. Nie ulegało jednak wątpliwości, że nie rozumiał, co miałam na myśli. W tym momencie naszą rozmowę przerwała grupa kilkorga rówieśników Giuliema, którzy byli jego znajomymi. Rozsiedli się niedbale na kilku fotelach obok nas i zaczęli wypytywać go o praktykę w Londynie. Uznali mnie za osobę mało ciekawą i grzecznie zignorowali. Ta niewielka grupa składała się z dwóch pań oraz trzech panów, którzy podobnie jak Giuliemo pochodzili z najlepszych rodzin Wenecji albo nawet Włoch. Na ich nadgarstkach lśniły zegarki, które znałam z wystaw berlińskich sklepów przy Kurfürstendamm i których wartość z pewnością przekraczała cenę małego samochodu. Podziwiałam zarówno ich swobodę, jak i pewność siebie, z jaką wymieniali się uprzejmymi głupstwami. Przez cały czas podchodzili do nas różni znajomi Giuliema, inni z kolei odłączali się od naszej grupy, żeby potańczyć, jednak wrażenie, jakie wywierali na mnie, cichej obserwatorce, było niezmienne: wydawało mi się, że przebywam w wolierze, w której co chwilę przefruwają koło mnie najpiękniejsze ptaki, między którymi jednak w ogóle nie dochodzi do dłuższej konwersacji. Ja zaś, będąc wróblem w przebraniu niepasującym do tych egzotycznych okazów, mogłam tylko siedzieć cicho i przysłuchiwać się ich trelom i gwizdom, stwierdzając, że jest to dla mnie zupełnie obcy świat.

Kiedy wróciliśmy w końcu do dużej sali, którą w tym czasie przemieniono w dyskotekę, Giuliemo poprosił mnie do tańca. Przez cały czas nigdzie jednak nie zauważyłam Tobii. Byłam rozczarowana, uświadomiwszy sobie, że najwidoczniej zmienił zdanie i jednak nie chce się ze mną wcale spotkać. Ale dzisiejszego wieczoru nie zepsują mi dziwne kaprysy Tobii. Pierwszy raz w życiu byłam na weneckim balu, więc powinnam, a raczej miałam obowiązek czerpać z niego przyjemność. W przeciwnym razie do końca życia będę żałowała, że nie nacieszyłam się w pełni tym wieczorem. Tak więc z uśmiechem przyjęłam zaproszenie Giuliema do tańca. W pełnym skupieniu poruszałam się na parkiecie w rytm muzyki disco, próbując nadążyć za melodią w mojej ogromnej sukni, nie odpychając przy tym partnera.

O czym to mnie zapewniał signor Minou? Że ta suknia stworzona jest do tańczenia? Już po krótkiej chwili czułam jej wielki ciężar, z powodu gorsetu ciężko mi się oddychało, a krynoliną ciągle uderzałam innych tańczących. Giuliemo natomiast przysuwał się do mnie coraz bliżej i spychając mi suknię coraz bardziej do tyłu, kokieteryjnie poruszał się przede mną w rytm muzyki. Niedwuznaczność jego gestów wydała mi się nagle odpychająca, i jedyne, czego w tej chwili pragnęłam, to wyrwać się z tego gorącego tłumu roztańczonych przebierańców. Znieruchomiałam nagle, odsuwając się od mojego partnera.

– Zrobiło mi się trochę gorąco. Wyjdę szybko na balkon.

Giuliemo zdziwił się i zaproponował, że mnie odprowadzi, jednak odrzuciłam jego propozycję.

– Zaraz wrócę. Muszę tylko trochę ochłonąć. Nie przerywaj, proszę, tańca.

Gdy tylko oddaliłam się z tej gromady tańczących, zobaczyłam, że w stronę Giuliema ruszyło kilka ślicznych młodych dziewczyn. Przypuszczałam, że nie będzie za mną tęsknił i w tym momencie było mi to nawet obojętne. Niech tam one sobie będą zdobyczami Giuliema na ten wieczór.

Wolnym krokiem podeszłam do wielkich okien i zatopiona w myślach wyszłam na balkon. Na dole pode mną sunęły w ciemności tramwaje *vaporetto* oraz kilka łodzi. Wyobrażałam sobie, że ich pasażerowie spoglądają w górę na *palazzo* i widząc blask świec oraz cienie tańczących za oknami, zastanawiają się pewnie, co to za bal się tam odbywa, zazdroszcząc nam. A jeszcze kilka tygodni temu sama miałam takie uczucia, kiedy tu przyjechałam. Nie miałam wątpliwości, że nie jest to mój świat, jednak teraz pragnęłam cieszyć się tą chwilą w całej jej dekadencji i obfitości. Zamknęłam oczy i wciągnęłam w siebie głęboko powietrze, a wraz z nim wchłaniałam zapachy i muzykę, aby móc je potem zawsze przywoływać we wspomnieniach.

– A, to znowu pani!

Wzdrygnęłam się przestraszona i zobaczyłam obok siebie Tobię, który schowany był za jedną z kolumn i musiał już być na tym balkonie, kiedy na niego wychodziłam. Jak on to robi, że zawsze mnie tak zaskakuje?!

– Co pan tutaj robi? Jako gospodarz powinien pan być przecież ze swoimi gośćmi.

– Przecież jestem – odparł, a jego twarz nie wyrażała żadnych emocji. – Jestem razem z panią.

Roześmiałam się.

– Z pewnością nie jestem najważniejszym gościem na pańskim przyjęciu. Zgromadził pan tutaj całą śmietankę towarzyską Wenecji. Ja jestem tylko opiekunką do dzieci z sąsiedniego domu.

– Pani się nie docenia – powiedział całkowicie szczerze, zwracając twarz w moją stronę. – Myśli pani, że dla kogo urządziłem to przyjęcie?

Mój śmiech zamarł.

– Co pan przez to rozumie?

– Chcę powiedzieć, że ten bal jest dla pani. Marzyła pani przecież o czymś takim, prawda?

– Skąd pan to wie?

Czyżby czytał w moich myślach? Mimowolnie cofnęłam się o krok. Teraz i on się roześmiał.

– Bo jest pani romantyczką. Spędza pani wieczory, siedząc na altanie zamiast z przyjaciółkami, spaceruje pani w nocy po wyludnionym mieście i przygląda się pani niewidomym mężczyznom, myśląc, że nikt pani na tym nie przyłapie.

– Może ma pan rację, ale nie uwierzę, że takie przyjęcie wydał pan specjalnie dla kogoś, kogo pan prawie nie zna.

– Dlaczego nie?

– No bo… bo… – szukałam rozpaczliwie powodu, lecz zdobyłam się jedynie na ciche – no bo to jest szalone.

Z twarzy Manina znikło napięcie, na którego miejscu pojawił się ironiczny uśmiech. Odpowiedział mi równie ściszonym głosem, zupełnie jakby chciał mi zdradzić jakąś pilnie strzeżoną tajemnicę.

– W takim razie nie tylko jestem niewidomy, ale również szalony – zażartował, po czym ciągnął dalej mniej ironicznym tonem: – Ale mówiąc poważnie, istnieje prosty powód tego zaproszenia. Po tej naszej rozmowie na altanie zastanawiałem się, w jaki sposób powinniśmy kontynuować naszą rozmowę, żebyś nie wyciągnęła z niej błędnych wniosków. – Zauważyłam z zadowoleniem, że zaczął zwracać się do mnie na „ty". – Niewiele jest rzeczy, które można robić w Wenecji, nie wywołując od razu stereotypowych romantycznych skojarzeń. Kolacja w hotelu Cipriani? Przejażdżka łodzią do Murano? Wieczór w teatrze La Fenice? – Uśmiechnął się z zadowoleniem. – Wszystko to mogłoby zostać przez ciebie niewłaściwie odczytane, a zwłaszcza przez wszystkich naszych sąsiadów. Dlatego wpadłem na pomysł, żeby wydać przyjęcie. Powinnaś sama móc podjąć decyzję, czy w ogóle chcesz przyjść, i nie powinnaś przy tym w ogóle czuć się zobowiązana do rozmowy ze mną. Ale… – uśmiechnął się wymownie – doświadczenie podpowiadało mi, że bal kostiumowy stanowić będzie niezłą pokusę, żeby nakłonić do przyjścia taką romantyczkę jak ty. A poza tym mamy okazję się poznać, nie wzbudzając przy tym złych skojarzeń.

Chociaż ten człowiek był niewidomy, potrafił prześwietlić człowieka na wylot jak rentgenem. Czy naprawdę byłam taka przewidywalna? I co on miał na myśli, mówiąc o „złych skojarzeniach"? Przez chwilę miałam w głowie taki mętlik, że w ogóle nie wiedziałam, co odpowiedzieć.

– Jakie złe skojarzenia masz na myśli? Czy ten kostium nie był już lekką przesadą, która mogła zrobić na mnie złe wrażenie? W końcu otrzymanie takiego zaproszenia do czegoś potem zobowiązuje, nie sądzisz? – spytałam po chwili.

– Mam nadzieję, że nikomu o tym nie wspomniałaś, bo w przeciwnym razie stałabyś się obiektem plotek całej Wenecji – młoda dziewczyna dająca się owinąć wokół palca niewidomemu kalece.

Potwierdziłam, że nie, a kiedy mówił dalej, widziałam, że przyjął to z ulgą.

– Uwierz mi, proszę, że nie oczekuję od ciebie żadnej wzajemności ani za to zaproszenie, ani za suknię, ani cokolwiek innego. Potrafię sobie wyobrazić, że zwłaszcza pomysł z kostiumem mógł ci się wydać nieco zbyt osobisty, ale po prostu zbyt późno przyszedł mi do głowy, gdyż nie przywiązuję już tak wielkiej wagi do rzeczy powierzchownych – wykrzywił usta w zbolałym uśmiechu. – Gdy tylko rozesłaliśmy zaproszenia, pomyślałem, że być może je odrzucisz ze względu na brak odpowiedniego stroju. – Przełknęłam ślinę. Znowu czytał w moich myślach. – I tak zrodził się pomysł z signorem Minou. Nie traktuj tego, proszę, jako zbytniej natarczywości, bo nie taka była wcale moja intencja. Po prostu zupełnie zapomniałem, że prawdopodobnie możesz nie mieć forsy, żeby sprawić sobie jakiś odpowiedni ubiór. Mam nadzieję, że jesteś zadowolona z rezultatu?

- Ta suknia jest naprawdę cudna. - Brakowało mi słów, żeby wyrazić moją wdzięczność. - Mam ci ją opisać?

Jego odpowiedź była tak szybka, że wydała mi się niemal szorstka.

- Nie. Proszę, nie.

Zauważyłam, że oblał się rumieńcem i nagle zmienił temat.

- Dobrze się bawisz na tym balu?

- Bardzo. Dziwi mnie tylko, że prawie przez cały czas nie mogłam cię nigdzie znaleźć, żeby ci podziękować.

Tobia westchnął.

- Musiałem zaczerpnąć świeżego powietrza, kiedy skończyłem już witać wszystkich gości, i chciałem trochę pobyć sam. To nie zawsze jest takie łatwe, kiedy wszyscy się w ciebie wpatrują. Muszę przyznać, że chyba trochę przesadziłem, bo już dawno nie postawiłem się w takiej sytuacji. Ale mam nadzieję, że dzięki temu miałaś sposobność, żeby poświęcić trochę uwagi swoim adoratorom.

Na jego twarzy pojawił się wyraz pewnego zaciekawienia.

- Muszę przyznać, że wszystko jest tutaj dla mnie niezwykle interesujące. Mam jednak poczucie, że zupełnie nie pasuję do tych wszystkich bogaczy i arystokratów. Oni wszystko już w życiu widzieli, wszystkich znają...

- ...za to nic ich nie cieszy - wpadł mi w słowo, mówiąc dokładnie to, co sama chciałam powiedzieć. Spojrzałam na niego zaskoczona.

- Skąd wiedziałeś, co akurat chciałam powiedzieć?

Tobia odwrócił się. Swój niewidzący wzrok utkwił w ciemnej wodzie znajdującej się pod nami. Zauważyłam, że nie chciał mi na to pytanie odpowiedzieć, i czułam, że to dlatego, iż nie chce ryzykować, że przejrzę go tak samo, jak on mnie.

Ogarnęło mnie nieznane mi dotąd poczucie złości i oparłam się obok niego o balustradę, tak że prawie się dotykaliśmy. O ile na ogół trzymanie uczuć pod kontrolą nie sprawiało mi nigdy trudności, o tyle teraz, przy Tobii, miałam wrażenie, że w ogóle mi się to nie udaje. Jeszcze nigdy nie czułam się przez nikogo tak wnikliwe analizowana i nie cisnęło mi się tyle pytań na raz, na które otrzymałam tak niewiele odpowiedzi. Czułam, że w coraz większym stopniu fascynuje mnie zarówno osoba Tobii, jak i jego znajomość ludzkiej natury, jego wahania uczuć i życie owiane tajemnicą.

– Dlaczego nigdy nie odpowiadasz na moje pytania? Czy uważasz, że twoje bogactwo i umiejętność zaglądania w duszę zwykłej opiekunki dają ci prawo do zadawania wszystkich pytań i nieodpowiadania na żadne?

Zachował stoicki wyraz twarzy i otworzył jedynie usta, chcąc mi przerwać, ja zaś ze zdziwieniem stwierdziłam, że nie miałam zamiaru pozwolić mu na żaden sprzeciw. Zbyt wielka była moja obawa, że pozwolę mu się onieśmielić i znów stanę się taką samą potulną Alice, jaką byłam przez dwadzieścia cztery lata: Alice, która unika wszelkich dyskusji, Alice, która nigdy nie dąży do konfrontacji i woli się wycofać, niż wyrazić swój sprzeciw, która żyje jedynie we własnym świecie marzeń i z nikim nie dzieli się tym, o czym naprawdę myśli.

– Pozwól mi coś powiedzieć. Zapraszasz mnie na przyjęcie i uważasz, że daje ci to prawo do tego, żeby dopowiadać za mnie zdania do końca bez słowa wyjaśnienia. Finansujesz mój drogi ubiór, nie mówiąc, dlaczego naprawdę to robisz, i unikasz wszelkich sytuacji, w których nie możesz sprawować kontroli – wyrzuciłam z siebie, prostując się. – Chciałabym jednak samodzielnie myśleć i mieć prawo do zadawania pytań, a przede wszystkim życzyłabym sobie od czasu do czasu uzyskać na nie odpowiedź. Czy potrafisz to zrozumieć?

Jego twarz wyrażała szczere zdumienie tym moim nagłym wybuchem.

– Jeśli sprawiło to na tobie takie wrażenie, to przepraszam. Myślę jednak, że ogólnie rzecz biorąc, jestem względem ciebie nadzwyczaj szczery. Nie zwodziłem cię przecież w sprawie powodu, dla którego zaprosiłem cię na tę imprezę. Zresztą obmyśliłem sobie to dokładnie już dość dawno – zamilkł na chwilę. – Zadaj mi jakieś pytanie. Odpowiem ci na nie, jeśli będę mógł.

Przez krótką chwilę zastanawiałam się, które pytanie spośród tych wszystkich, które przeleciały mi teraz przez głowę, powinnam mu zadać jako pierwsze. W jaki sposób stał się niewidomy? Skąd przybył? Dlaczego mieszka w Wenecji? Czy ja w ogóle wiem o nim cokolwiek? Czy ja przypadkiem dopiero dzisiaj nie uświadomiłam sobie, że nawet jego nazwisko i prawdziwa tożsamość ciągle jeszcze pozostają dla mnie zagadką?

– Zacznijmy od tego, jak się nazywasz, Tobio Maninie. Jak brzmi twoje prawdziwe nazwisko?

Było to jak cios. Błyskawicznie stanął w innej pozycji i oparł się o balustradę. Przypomniało mi się nagle jego rozdrażnienie w czasie naszej rozmowy na łodżii.

– Czy musimy zaczynać akurat od tego? Dlaczego interesuje cię moje prawdziwe nazwisko? Ono się wiąże z innym życiem, którym już nie żyję, i z zupełnie inną osobą, którą już nie jestem.

– Ale nie znając nazwiska, nie wiem, kogo mam przed sobą.

– Myślę, że wiesz, kogo masz przed sobą – niewidomego pół Amerykanina pół Włocha, który mieszka w Wenecji i spaceruje po nocach. Pozostańmy na razie przy tym.

Stanęłam prosto i popatrzyłam na niego. Ta rozmowa naprawdę nie miała sensu. Nigdy nie doczekam się od niego jakiejś odpowiedzi. Mój głos drżał, kiedy mówiłam dalej.

– Tak, pozostańmy na razie przy tym, a najlepiej w ogóle zapomnijmy o tym całym pomyśle, że moglibyśmy się poznać. Muszę ci bowiem wyznać, że pojęcia nie mam, jak w ogóle można kogoś poznawać, jeśli nawet nie wolno spytać tej osoby, jak się nazywa, żeby nie okazać się nadmiernie wścibskim.

Signor Manin, być może jestem jedynie biedną głupią dziewczyną *au pair*, ale na pewno nie pańską marionetką, jeśli przypadkiem akurat to się panu marzy.

Zanim jednak zdążył mi odpowiedzieć, na balkon wyszedł Giuliemo.

– Mam nadzieję, że nie przeszkadzam, ale dziwiłem się, dlaczego tak długo cię nie ma, Alice.

Ze zdziwienia na jego twarzy wyczytałam, że niczego nie słyszał z mojej rozmowy z Tobią, który uprzedził mnie swoją odpowiedzią.

– Akurat skończyliśmy, signor... – oznajmił, a jego twarz na powrót przybrała kamienny wyraz.

– Fernandi.

– Signor Fernandi – powtórzył przeciągle nazwisko Giuliema. W przeciwieństwie do mnie od razu wiedział, z kim ma do czynienia. – Zechce mi pan wybaczyć, ale chciałbym pana prosić, żeby odprowadził pan signorinę Breuer z powrotem na parkiet.

Nie czekając na żadną odpowiedź, odwrócił się, zwracając głowę w stronę wody. Nieco zdziwiony Giuliemo wziął mnie za rękę i wprowadził do środka.

– Rozmawiał z tobą? Co za cud! Dowiedziałaś się czegoś o nim? – dopytywał się, wpatrując we mnie oczekująco.

– Nie. Niestety nie.

Zatopiona w myślach pokręciłam głową i rzuciłam ostatnie spojrzenie na Tobię. Jak mogłam obrazić w taki sposób kogoś, kto właśnie sprezentował mi jeden z najpiękniejszych wieczorów mojego życia? Zrobiło mi się nieskończenie przykro i przez krótką chwilę miałam zamiar pobiec z powrotem i go przeprosić. W głębi ducha wiedziałam jednak, że się na to nie zdobędę.

– Masz ochotę? – Giuliemo wskazał tańczących. Skorzystałam z jego zaproszenia i ponownie weszłam na parkiet, aby w ciągu następnych kilku godzin tańczyć razem z nim, odpoczywając sobie w czasie krótkich przerw na jednej z kanap w małym salonie na drugim piętrze. Jednak mój wzrok nieustannie wędrował po całej sali. Próbowałam odszukać Tobię, lecz wyglądało zupełnie tak, jakby po naszej rozmowie wyszedł z własnego przyjęcia. Kiedy wracałam myślami do swoich słów, robiło mi się ciężko na sercu, jednak ich nie żałowałam. Tobia uroił sobie, że może mnie sobie kupić i że wybaczę mu wszystko w zamian za odrobinę poświęconej uwagi. Być może nie cieszyłam się nigdy wielkim powodzeniem, jednak miałam swoją dumę. Kiedy tak trwałam pogrążona w swoich myślach, na jednej z kanap rozsiadł się wygodnie brat Tobii w towarzystwie dwóch piersiastych blondynek. Był pijany i postawił sobie na grzbiecie dłoni jedną z pustych butelek po szampanie, próbując ją utrzymać.

Tymczasem mijały godziny i stopniowo pustoszały sale oraz pokoje. Giuliemo zabawiał mnie rozmową, prawiąc jeden komplement za drugim. I chociaż bardzo się starałam zrelaksować, od chwili mojej kłótni z Tobią byłam w paskudnym nastroju. Z rozczarowaniem zauważyłam, że chociaż Giuliemo był człowiekiem niezwykle atrakcyjnym i bardzo uprzejmym, to jednak również powierzchownym i zakochanym w sobie. Jego komplementy sprawiały wrażenie pustych, a opowieści dotyczyły wyłącznie jego samego i tego, co posiadał. Byłam zdumiona, uświadomiwszy sobie, że spędzenie z nim nocy w ogóle by mnie nie interesowało.

– Dziękuję ci za piękny wieczór, Giuliemo.

Zmęczona podniosłam się z kanapy.

– Chcesz już iść?

Uśmiechnęłam się.

– Już? Jest przecież trzecia nad ranem.

Przyjrzał mi się bacznie. Jego spojrzenie znawcy zdawało się podpowiadać mu, że jeszcze nie byłam zdobyta. Mrugnął do mnie.

– Znam coś, co na pewno ci się spodoba.

Zaskoczyła mnie u niego ta nieskrywana dwuznaczność. Do tej pory jego intencje były wprawdzie przejrzyste, ale jednak powstrzymywał się przed mówieniem rzeczy w sposób tak bezpośredni. Popatrzyłam na niego zdziwiona.

– To nie to, o czym myślisz! – roześmiał się. – Chociaż to też bym ci chętnie pokazał. Myślę, że jest coś, co na pewno cię ucieszy i czego z pewnością jeszcze nigdy nie przeżyłaś. Chodź ze mną!

Wstał i pociągnął mnie za rękę na pierwsze piętro, z którego dochodziły dźwięki muzyki. Nie była to jednak muzyka puszczana przez didżeja z płyt CD, lecz dźwięk dużego fortepianu stojącego w kącie za muzykami z kwartetu, którego wcześniej w ogóle nie zauważyłam. Wokół instrumentu zebrała się niewielka grupa młodych ludzi. Śpiewali pieśń, która wydawała mi się znajoma.

Madamina, il catalogo è questo
delle belle che amò il padron mio;
un catalogo egli è che ho fatt'io:
osservate, leggete con me.
In Italia seicento e quaranta,
in Lamagna duecento e trentuna,
cento in Francia, in Turchia novantuna,
ma in Ispagna son già mille e tre.
V'han fra queste contadine,
cameriere, cittadine,
v'han contesse, baronesse,
marchesane, principesse,
e v'han donne d'ogni grado,
d'ogni forma, d'ogni età.

– Co oni śpiewają?

Znałam tę melodię, lecz nie potrafiłam sobie przypomnieć, gdzie ją wcześniej słyszałam. Giuliemo uśmiechnął się tajemniczo.

– To „Don Giovanni", jedna z oper Mozarta. Służący Leporello wylicza kobiety, które Don Giovanni zdobył na całym świecie. W samej Hiszpanii miał on dokładnie tysiąc trzy kochanki. Nieźle, co?

Uśmiechnęłam się, gdyż gust muzyczny Giuliema nie stanowił dla mnie zaskoczenia. Nagle melodia zmieniła się i młoda kobieta w prostej srebrzystej sukni zaczęła grać walca, a jej palce z niezwykłą biegłością tańczyły po klawiaturze.

– Powinnaś wiedzieć, że tu, w Wenecji, pod koniec każdego przyjęcia, gdy wszyscy goście zdążyli się już porozchodzić do swoich domów, młodsi uczestnicy zawsze zostają nieco dłużej, żeby skorzystać z okazji do własnej zabawy w danym miejscu. Ja zazwyczaj nigdy nie zostaję, ale pomyślałem, że może ci się to spodoba.

Zobaczyłam, że kilkoro z nich odeszło od fortepianu. Weszli na parkiet i połączyli się w pary. Giuliemo mrugnął, biorąc mnie za rękę.

– Tych kostiumów nie stworzono przecież do dyskoteki.

Zbladłam. Miałam bowiem cichą nadzieję, że nie będę musiała tańczyć z nim walca w tej wielkiej sukni, w dodatku jeszcze o tej porze. Wyglądało jednak na to, że moje najgorsze obawy miały się właśnie urzeczywistnić! Giuliemo zdążył już mnie objąć w talii i uroczystym krokiem zaprowadził na parkiet. Fortepian rozbrzmiewał teraz pełnym dźwiękiem. Wokół siebie widziałam inne pary, których suknie i klapy fraków wirowały w powietrzu. Zrezygnowana poddałam się, próbując dotrzymać kroku Giuliemo najlepiej jak umiałam. Tylko co jeszcze mówił signor Minou? Powiedział, że w tych strojach należy tańczyć. Nareszcie pojęłam, co miał na myśli, mówiąc to! Ich nie stworzono wcale do żadnego disco, tylko do prawdziwego tańca. Miałam wrażenie, że unoszę się nad parkietem. Nikt nie widział moich pomylonych kroków. W czasie obrotów krynolina kołysała się wokół mnie, dając mi rozmach, który sprawiał, że niemal odrywałam się na krótko od ziemi. Giuliemo był znakomitym tancerzem i elegancko mnie prowadził. Na krótką chwilę zamknęłam oczy, czerpiąc radość z uczucia wznoszenia. Gdy skończył się trzeci walc, byłam kompletnie wyczerpana, lecz równie szczęśliwa.

– Dziękuję. To było naprawdę piękne.

Opadłam na jedno z krzeseł, które stały pod ścianą, i wyprostowałam nogi.

– Muszę jednak teraz naprawdę już iść. Jestem potwornie zmęczona i ledwie stoję na nogach.

– Ach, proszę, nie idź jeszcze.

Giuliemo usiadł obok mnie. Wyczekująco zaczął gładzić mnie ręką po szyi, nawijając sobie jeden z loków na palec wskazujący, aż w końcu dotknął kryształowego kwiatu.

– Co za piękny klejnot. I jak bardzo do ciebie pasuje!

Spojrzałam na niego pytająco.

– Dlaczego twierdzisz, że do mnie pasuje?

– Jest taki piękny, a równocześnie zimny i nieprzystępny. Zupełnie jak ty. Trudno ciebie odgadnąć. I właśnie to mnie u ciebie tak fascynuje.

Schylił głowę, żeby pocałować mnie w szyję. Zrobiłam ostrożny unik i wstałam. Byłam pewna, że przez cały wieczór dążył do tej chwili. Tej nocy najwyraźniej miałam stać się jego małą zdobyczą, jeszcze jednym trofeum w jego kolekcji. Zawdzięczałam mu wprawdzie, że ten bal mimo dziwnego zachowania Tobii nie stał się dla mnie rozczarowaniem, ale byłam pewna, że nie potrafiłabym się złączyć z kimś, kto zdolny jest jedynie do powierzchownego okazywania uczuć i pod wieloma względami tak bardzo różni się ode mnie. Tych kilka przetańczonych walców niczego tutaj nie zmieniało.

– Giuliemo! To był cudowny wieczór. Jesteś znakomitym tancerzem, ale wolałabym teraz sama wrócić do domu.

– Czy możemy się znowu spotkać?

Wstał razem ze mną i wydawał się zdziwiony moją odpowiedzią. Fernandiemu prawdopodobnie nie tak często dawano kosza.

– Nie wydaje mi się, żebyśmy byli zainteresowani tym samym, Giuliemo.

Cofnął rękę.

– Ale dlaczego?

– Bo ty pragniesz zdobywać, a ja wcale nie chcę być zdobywana.

Popatrzyłam na niego łagodnie, ale wyglądało na to, że jest dla niego oczywiste, że nie zdoła mnie przekonać.

– W takim razie życzę ci miłego wieczoru.

Nieco urażony pożegnał się ze mną, całując dwa razy w policzek i nie odwracając więcej, przyłączył do grupki młodych Wenecjan, którzy właśnie zaczęli śpiewać nową, nieznaną mi pieśń. Bez żadnych ceregieli położył rękę na ramionach młodej kobiety, którą widziałam już razem z nim na parkiecie.

Zeszłam na dół po schodach. Służący i garderobiani porozchodzili się dawno do domów, a w szatni wisiały tylko pojedyncze płaszcze i kurtki. Na podłodze leżały pozostałości po długiej nocy: zmięte serwetki, zgubione wachlarze, podeptane pióra, a nawet czyjś zgubiony but. Myśl, że ktoś tutaj mógł naprawdę odgrywać rolę kopciuszka, pokrzepiła mnie, uświadamiając równocześnie, że także dla mnie za tą bramą znajduje się stary świat – małżeństwo Scarpów, mały pokoik na poddaszu i żywot brzydkiego kaczątka. Ta noc będzie tylko jednorazowym przeżyciem, a już za kilka godzin dopadnie mnie zwykła codzienność. Westchnęłam jednak z zadowoleniem na myśl, że przynajmniej nikt nie odbierze mi tego wspomnienia.

Zatopiona w myślach chciałam właśnie otworzyć bramę, gdy usłyszałam zbliżające się kroki, które natychmiast poznałam. Były to kroki Tobii idącego z psem. Z zakłopotaniem poczułam, że serce zaczyna mi szybciej bić. Wyjść mu naprzeciw czy schować się do kąta i pozwolić, by przeszedł? Lecz przecież obiecałam mu, że nie będę się więcej przed nim ukrywać. Otworzyłam powoli bramę i stanęłam tuż przed nim.

– Dobry wieczór. Albo raczej dzień dobry.

Uśmiechnęłam się do niego, chociaż nie mógł tego widzieć i nawet skrzywił się nieco, zmuszając do uśmiechu.

– Skoro dopiero teraz pani wychodzi, mniemam, że dobrze się pani bawiła, signorino Breuer?

– To był cudowny wieczór, signor Manin. Dziękuję!

– Cieszę się.

Zapadło osobliwe milczenie, które on przerwał pierwszy.

– Czy wolno mi spytać, czy pani jest sama?

Wręcz czułam, jak bardzo musiał się przemóc, żeby zadać mi to pytanie, wyznając przy tym, że w tym momencie nie jest panem sytuacji. Wolnym krokiem podeszłam do niego.

– Jestem zupełnie sama, signor Manin, i może się pan do mnie nadal zwracać po imieniu, jeśli panu na tym zależy. Myślałam, że tę sprawę mamy już wyjaśnioną.

Zrobił się lekko czerwony.

– Masz rację. To tylko… – zamilkł na chwilę. – Przepraszam, że nie chciałem wcześniej odpowiadać na żadne z twoich pytań, ale być może satysfakcję sprawi ci fakt, że przez ostatnie dwie godziny włóczyłem się bez celu po Wenecji, zadręczając się wyrzutami sumienia z powodu mojego zachowania. Przyznaję, że moja postawa nie była właściwa – przerwał na chwilę, przełykając ślinę. – Nie miałem najmniejszej nadziei, że cię tu jeszcze spotkam, ale ponieważ jesteś, chciałbym cię prosić o wybaczenie.

Czułam, ile mogły znaczyć te słowa dla takiego dumnego człowieka jak on.

– Nie potrafię odczuwać satysfakcji, kiedy ktoś cierpi, ale ucieszyłabym się, gdyby oznaczało to, że w końcu możemy się teraz naprawdę poznać – odpowiedziałam łagodnie.

W odpowiedzi skinął lekko głową. Przez chwilę miałam ochotę zapytać go drugi raz o nazwisko, jednak czułam, że nie jest to właściwy moment. Było późno i oboje byliśmy zmęczeni.

– Czy moglibyśmy się jutro spotkać?

Jeszcze nigdy w swoim życiu nie zaproponowałam żadnemu mężczyźnie spotkania.

Po jego twarzy przemknął cień uśmiechu.

– Byłoby cudownie – odparł, lecz jego twarz znowu spochmurniała. – A nie umówiłaś się z tym twoim wielbicielem z balu? Z tym... jak mu tam... – od razu było widać, że tylko udaje, że nie może sobie przypomnieć jego nazwiska. – Fernandim. Zdaje mi się, że byłaby to niezła partia.

Nie mogłam powstrzymać się od uśmiechu. Czyżby to był przejaw zazdrości? Natychmiast jednak się zreflektowałam. Dlaczego taki facet jak Tobia miałby być o mnie zazdrosny? Z pewnością była to tylko zwyczajna uprzejmość z jego strony i pewnie się dziwił, dlaczego tak słabo mi poszło mimo tego luksusowego kostiumu, który mi zafundował.

– Bal był cudowny i sprawił mi wielką przyjemność, ale jak mówiłam – nie pasuję do tego towarzystwa i mam świadomość, że jutro obudzę się jak kopciuszek i znowu będę dawną Alice mieszkającą w małym pokoiku na piątym piętrze u państwa Scarpów. Po co miałabym się zadawać z jakimś księciem, który zapomniałby o mnie najpóźniej pojutrze? Nie – nie jestem umówiona. Tylko czy to na pewno dobry pomysł spotkać się w ciągu dnia, i to całkiem jawnie?

Doskonale bowiem pamiętałam jego słowa z naszej rozmowy na balkonie kilka godzin wcześniej.

– Tym się nie przejmuj. Jeszcze przez tydzień wszyscy będą rozmawiać o przyjęciu i o tym, kto kogo podrywał. Niewinne spotkanie nie będzie zbytnio podpadać... przynajmniej mam taką nadzieję.

Uśmiechnął się i w tym momencie wydał mi się nieco zawstydzony.

– W takim razie – oznajmił, schylając głowę w nieco staroświeckim ukłonie – cieszę się na jutrzejsze spotkanie. O dwunastej przyjdę po ciebie do Scarpów. Dobranoc, Alice z piątego piętra.

– Dobranoc, Tobio Maninie, albo jakkolwiek inaczej się nazywasz – wymamrotałam cicho do siebie, kiedy już wszedł po schodach za swoim czworonogiem.

Rozdział 6

Kiedy nazajutrz rano obudziłam się w swoim pokoiku u Scarpów, miałam wrażenie, że ta noc rzeczywiście była jak sen. Czy to możliwe, że ja to wszystko naprawdę przeżyłam, a nie zasnęłam, puszczając wodze fantazji? Naraz ogarnął mnie strach. Usiadłam w łóżku, chcąc się upewnić, że ta noc rzeczywiście miała miejsce. Spojrzałam na krzesło przy łóżku i uspokoiłam się, widząc, że ta wielka góra materiału, która na nim leży, to moja suknia. Kiedy wróciłam z *palazzo*, porozpinałam ją z wielkim mozołem i z największą ostrożnością ułożyłam na krześle.

W rozmarzeniu opadłam z powrotem na poduszkę, zamknęłam oczy i wróciłam myślami do przyjęcia. Jeszcze nigdy nie czułam się tak pewnie i nie byłam upojona taką lekkością. Odkąd sięgam pamięcią, pierwszy raz mi się zdarzyło, że cieszyłam się swoją radością, zamiast w nią wątpić. Upajałam się faktem, że Tobia Manin, najbardziej tajemniczy mężczyzna w Wenecji, wydał dla mnie bal, że niejaki Fernandi poświęcił dla mnie cały wieczór i że mimo to żadnemu z nich nie dałam się nakłonić z czystej wdzięczności do czegoś, czego bym potem żałowała. To niesamowite uczucie, pierwszy raz poczuć się pięknym łabędziem, a nie brzydkim kaczątkiem.

Kiedy w końcu wstałam, dochodziła już jedenasta. Z przejęciem przypomniałam sobie o czekającym mnie spotkaniu z Tobią. Ciągle jeszcze nie mogłam do końca uwierzyć, że mam się z nim naprawdę spotkać, i zastanawiałam się, czy wreszcie poznam jego prawdziwe nazwisko i dowiem się, kim był. Bolesna była dla mnie świadomość, że Tobia najwyraźniej czytał we mnie jak w otwartej księdze, podczas gdy ja w ogóle nie mogłam do niego przeniknąć, żeby pojąć, co dzieje się w jego wnętrzu. Drżącymi palcami wyciągałam szpilki, które ciągle jeszcze tkwiły w moich włosach. Lecz im dłużej nad tym się zastanawiałam, tym bardziej stawało się dla mnie jasne, że moja nerwowość nie wynikała wcale z niepewności, tylko z obawy, że mój tajemniczy sąsiad znowu zamknie się w swoim ochronnym kokonie.

Pogrążona przez cały czas w swoich myślach wzięłam prysznic, a następnie ubrałam się w dżinsy i cienki łososiowy T-shirt. Ze zdumieniem zauważyłam, jak dziwnie się nagle poczułam, mając na sobie znowu normalne ciuchy.

Krótko przed umówioną godziną wyszłam z apartamentu. Był piękny słoneczny dzień, a ciepłe powietrze wnikało do budynku, niosąc ze sobą okrzyki dzieci, zapachy potraw i gruchanie gołębi nad miastem, które przebudziło się już ze swojego niedzielnego snu. Ostatnie stopnie schodów pokonałam jednym susem, lądując przed drzwiami. Przez chwilę się zawahałam. Czy Tobia mógł się rozmyślić i nie przyjść? Po raz pierwszy w życiu zrozumiałam, co miały na myśli moje koleżanki, mówiąc o tremie przed pierwszym umówionym spotkaniem. Z drżącym sercem nacisnęłam klamkę.

Zobaczywszy, że Tobia czeka już na mnie ze swoim psem, stojąc nieruchomo w słońcu po drugiej stronie ulicy, poczułam ulgę. Mimo że pogoda była ciepła, wiosenna, do białego T-shirtu założył granatową wełnianą kurtkę. Czyżby nie czuł, że jest ciepło? Kiedy usłyszał, że drzwi zamknęły się za mną, odwrócił się w moją stronę.

– Alice?

Podeszłam do niego wesoło i chwyciłam za rękę, żeby się z nim przywitać.

– Dzień dobry, Tobia.

Odpowiedział mi uściskiem dłoni, jednak szybko ją cofnął. Nieco rozczarowana stwierdziłam, że tym razem jego palce nie badały dotykiem mojej dłoni.

– Dzień dobry, Alice. A tak przy okazji: to jest Geo.

Z czułością wskazał na psa, który na dźwięk swojego imienia zareagował i ruszył przed siebie, ciągnąc swojego pana. Tobia i ja ruszyliśmy za nim, dostosowując się do jego tempa.

– Dokąd on idzie?

– To niespodzianka.

Uśmiechnął się krótko, jednak jego twarz znowu przybrała wyraz pozbawiony jakichkolwiek emocji, co sprawiało, że nie sposób było z niej wyczytać jego prawdziwych uczuć. Pełna ufności ruszyłam za tą dziwną parą, jednak z każdym krokiem miałam poczucie, że Tobia staje się coraz bardziej spięty. Jego ruchy nie były miękkie jak zazwyczaj, lecz twarde i niespokojne. Jego zachowanie mocno kontrastowało z moim pogodnym nastrojem. Co też mogło tak go przygnębić, że aż stracił swoją pewność siebie?

Geo nareszcie zwolnił i wyglądało na to, że doszliśmy do celu. Przede mną znajdowała się krótka uliczka prowadząca do Canal Grande. Zaskoczona zauważyłam, że u jej wylotu cumowała jasnobrązowa motorówka. Łagodnie kołysała się na falach, a na jej pokładzie czekał na nas sternik.

Zawahałam się. Nie wiedząc, co o tym myśleć, wpatrywałam się milcząco w łódź. Z jednej strony byłam zaskoczona tym, że wreszcie będę mogła spełnić jedno z moich największych marzeń – przejechać się taksówką wodną, z drugiej zaś zastanawiałam się z niepokojem, jakie plany może mieć Tobia. Dlaczego musimy płynąć gdzieś motorówką, skoro chodzi nam tylko o zwykłe poznanie się? Czy wsiadanie do łodzi z mężczyzną, którego nazwiska nikomu nie wolno było znać i który, jak wiadomo, miał opinię outsidera, to na pewno dobry pomysł?

Odrzuciłam jednak zdecydowanie swoje obawy. Co może się wydarzyć? W końcu płynie z nami kierowca.

– Signor Manin, signorina.

Nasz kapitan ukłonił się lekko i podał mi rękę, abym bezpiecznie mogła wsiąść do chybotliwej łodzi. Geo i Tobia weszli za mną i widać było, że w przeciwieństwie do mnie nie pierwszy raz znajdują się na takiej łodzi.

Z wielkim podziwem przyglądałam się połyskującemu drewnu, skórzanym kremowym siedzeniom i błyszczącej desce rozdzielczej w środku. W końcu oszołomiona całą tą elegancją usiadłam na jednym z niezadaszonych miejsc całkiem z tyłu. Tobia ostrożnie zajął miejsce obok mnie, a Geo wszedł do środka i zwinął się w kłębek. Kierowca uruchomił mocny silnik i gwałtownie odbił od brzegu, biorąc ostry zakręt w stronę muzeum Punta della Dogana oraz laguny.

Nasza motorówka płynęła elegancko wśród wielu innych statków, które tego słonecznego dnia kursowały między Canal Grande a wyspą San Giorgio Maggiore. Oparłam się z rozkoszą w fotelu i zamknęłam oczy. Kiedy łódź płynęła z dużą prędkością, moją twarz skrapiała wilgotna mżawka, a włosy rozwiewał wiatr. W powietrzu czułam słonawy zapach laguny. Zawsze marzyłam o tym, żeby przepłynąć się taką luksusową motorówką, ale niestety kiedy Scarpowie zamawiali taksówkę wodną, nigdy nie zabierali mnie ze sobą. Z tęsknotą patrzyłam wtedy za nimi z pomostu, wyobrażając sobie, jak przyjemnie płynęłoby się razem z nimi.

– Czy mogę teraz spytać, dokąd płyniemy?

Otworzyłam oczy i zobaczyłam, że mijamy wyspę Lido, zmierzając na północ.

– Na Torcello.

Twarz Tobii pozostawała niewzruszona. Słyszałam o tej wyspie, która niegdyś była pierwszym osiedlem powstałym w lagunie, lecz obecnie stanowiła głównie docelowe miejsce letnich wycieczek, a zamieszkiwało ją niecałe dwadzieścia osób. Komunikacja drogą wodną była sporadyczna, a zimą często całkowicie wstrzymana, tak iż dotąd nie miałam okazji, żeby zwiedzić tę część laguny.

Dziwiłam się, że Tobia na nasze spotkanie wybrał tak odległą wyspę. Od chwili gdy wsiedliśmy do łodzi, w dalszym ciągu prawie się nie odezwał. Siedział nieruchomo obok mnie, trzymając ręce głęboko w kieszeniach kurtki, a jego twarz pozbawiona była jakiegokolwiek wyrazu. Postanowiłam, że przynajmniej spróbuję nawiązać z nim jakąś konwersację, i przyjrzałam się ponownie jego ubraniu, zbyt ciepłemu, jak na ten ciepły wiosenny dzień.

– Zimno ci?

Myślałam już, że zignoruje moje pytanie, jednak odpowiedział mi w sposób pozbawiony wszelkich emocji, nie odwracając nawet głowy w moją stronę.

– Kiedy się nie widzi światła, tylko zamiast tego czarną noc, nie czuje się również pomarańczowej poświaty ciepła. Mnie zawsze jest zimno.

Znów na minutę zapadła cisza. Moim normalnym odruchem byłoby próbować dalej, jednak ze względu na jego przygaszony nastrój postanowiłam, że przynajmniej nacieszę się przejażdżką i wspaniałym widokiem, a dopiero po przybyciu do Torcello zaryzykuję i znów się do niego odezwę. Tymczasem mnie również popsuł się humor. Tak więc zarówno Tobia, jak i ja nie odzywaliśmy się już więcej aż do Torcello. Kiedy nasza motorówka łagodnie przybijała do mola, mój stan psychiczny osiągnął dno. Przez krótką chwilę rozważałam nawet, czyby go nie poprosić, żeby odwiózł mnie z powrotem do Wenecji, bowiem po moim nastroju radosnego oczekiwania, jaki czułam jeszcze kilka godzin wcześniej, nie było już śladu. Melancholijny nastrój Tobii udzielił mi się w całej pełni. Dlatego po wyjściu z łodzi nie mogłam się powstrzymać, żeby nie przejść od razu do sedna.

– Co to wszystko ma znaczyć?

Łagodnie, lecz zdecydowanie chwyciłam go za rękę. Jeśli nie mógł widzieć, w jakim jestem nastroju, to przynajmniej powinien to poczuć.

Jego twarz wyrażała teraz zdziwienie.

– Co masz na myśli?

– Mam na myśli to odosobnione miejsce, twój ponury nastrój i nasze milczenie. Naprawdę nie tak wyobrażałam sobie nasze spotkanie.

Wyswobodził się z mojego uchwytu i cofnął o krok, tworząc doskonale znany mi dystans, który otaczał go niczym okrąg i który przy każdej mojej próbie zbliżenia tworzył na nowo, zupełnie jakby sterował nim jakiś niewidzialny system współrzędnych.

– Myślałem, że umówiliśmy się na obiad. Sądziłem, że Locanda Cipriani to dobre miejsce – odparł, po czym dodał z udawaną obojętnością – wolałabyś zjeść gdzie indziej?

Poczułam ukłucie w sercu. A więc na tym polegał jego plan. Przez tę całą nerwowość na śmierć zapomniałam, że byliśmy umówieni na dwunastą, co sugerowało, iż było to zaproszenie na obiad. No i oczywiście Locanda Cipriani znajdowała się na wyspie Torcello. Ten lokal wymieniony był we wszystkich przewodnikach turystycznych jako jedno z najpiękniejszych weneckich miejsc; z magicznym ogrodem, znakomitym jedzeniem i czarującą atmosferą. A teraz, kiedy wreszcie stanęłam w tym miejscu, czułam się paskudnie jak rzadko kiedy.

– Tobia, wiesz przecież równie dobrze jak ja, że nie chodzi wcale o to, co i gdzie będziemy jedli, tylko o to, że nie odzywałeś się do mnie przez ponad pół godziny i że jesteś w złym humorze. Dlaczego zgodziłeś się wyjść ze mną na obiad, skoro tak naprawdę w ogóle nie masz na to ochoty?

Zacisnął usta i zdążyłam się już nawet przestraszyć, że znowu mi nie odpowie, jednak odezwał się do mnie głosem nienaturalnie ściszonym.

– Masz rację, Alice. Nie przeczę, że wrażenie, które na tobie sprawiam, może ci się wydać idiotyczne – powiedział, kręcąc głową i nieopatrznie szarpnął szorkami.

Geo zaskomlał cicho, nie wiedząc, czy to dlatego, że jego pan był na niego zły, czy też może z innego powodu. Twarz Tobii sprawiała wrażenie pobladłej i zapadniętej. Przez krótką chwilę naszły mnie wątpliwości, czy przypadkiem nie byłam względem niego zbyt szorstka.

– Wejdźmy proszę do środka – dodał jednak po chwili. – Tutaj nie mogę rozmawiać. Powinniśmy usiąść. Obiecuję, że wszystko ci wtedy wyjaśnię i nie będę milczał. Słowo honoru.

Ciężkim, lecz zdecydowanym krokiem ruszył za swoim psem w stronę *locandy*, sprawiając wrażenie, jakby oczekiwał, że mam pójść za nim. Nadal nie byłam do końca przekonana, jednak pod tym względem Tobia miał rację. Molo nie było odpowiednim miejscem do prowadzenia dłuższych rozmów. Zauważyłam bowiem, że nie tylko nasz sternik z zaciekawieniem nadstawił uszu i przesadnie długo cumował łódź. Także dwaj niedzielni wędkarze zajęci naprawianiem sieci oraz członkowie czteroosobowej rodziny, która tej niedzieli także wybrała się na wycieczkę, podnieśli wzrok na dźwięk moich głośnych słów. Nie mając pewności, czy dobrze robię, podążyłam za nimi, kierując się w stronę starego wiejskiego domku, w którym prawdopodobnie znajdowała się *locanda*.

Zapewnienie Tobii trochę mnie ułagodziło. Przemogłam się więc i dogoniłam go, próbując nieco polepszyć nastrój.

– Powiadają, że Hemingway napisał w tym miejscu „Za rzekę, w cień drzew". Powieść co prawda nie zalicza się do jego najlepszych, ale za to miejsce jest historyczne!

Na krótką chwilę z twarzy Tobii zniknął smutek, a jego miejsce zajął ironiczny uśmiech.

– A ja myślałem, że najbardziej docenisz tu kuchnię.

Doszliśmy do budynku. Weszłam za nimi do środka, gdzie przywitał nas przystojny młody brunet, będący zapewne właścicielem.

– Miło nam, że wreszcie nas pan odwiedził, signor Manin.

Wykrzywił twarz w przesadnym uśmiechu, dając nam znak, żebyśmy wyszli za nim na zewnątrz. Przydzielił nam miejsca przy elegancko nakrytym stoliku w środku ogrodu jak z marzeń, w bezpiecznej odległości od pozostałych, niezbyt licznych gości – angielskiej pary oraz wesołej i dość licznej włoskiej rodzinki. Nikt nie mógł nas w tym miejscu słyszeć ani widzieć. Zauważyłam nieco zaskoczona, że mój nastrój znacznie się poprawił. W tak pięknym otoczeniu nie sposób było się dąsać. Zobaczyłam, że obok nas kwitną drzewka granatu, po ścianach pną się żółte i czerwone róże, a pergolę naprzeciw nas obrastają gałązki dzikiego wina. Wszędzie unosił się uwodzicielski zapach kwiatów, ziół oraz kusząca woń śródziemnomorskich potraw, które przyrządzano w kuchni.

– Czy podać państwu aperitif? – zapytał kelner, który podszedł do Tobii.

– Bardzo proszę. Dwa campari orange.

– Czy życzą sobie państwo kartę dań?

– Myślę, że nie potrzeba. Proszę nam podać coś, co poleca szef kuchni.

Odetchnęłam z ulgą wdzięczna Tobii, że dokonał za mnie wyboru menu. Pewnie znowu bym się łatwo zapędziła w kozi róg, nie mogąc się połapać w setkach rybnych dań o dziwnych włoskich nazwach. Ale i tak przez moment dopadło mnie zwątpienie. Czy naprawdę nie chciało mu się zwyczajnie wybierać, czy też może zdecydował się na najbardziej eleganckie rozwiązanie, nie mogąc przeczytać karty dań? Uświadomiłam sobie, że mimo swojego ograniczenia często świetnie sobie radził w różnych sytuacjach. Ciekawa tego, co teraz nastąpi, siedziałam naprzeciw niego, wpatrując się w jego nieruchomą twarz. W końcu odezwał się i przerwał wreszcie tę minutę okropnego milczenia.

– No więc siedzimy w końcu razem – dwie zupełnie obce sobie osoby, które dotąd spotkały się raptem kilka razy, i to przypadkiem. Pewnie się zastanawiasz, co to wszystko znaczy i czy wreszcie odpowiem ci przynajmniej na kilka twoich pytań – przemówił, ostrożnie ściągając brwi. – Zanim jednak do tego przejdę, chciałbym ci najpierw wyjaśnić, dlaczego siedzimy akurat tu, w tym niewątpliwie przecudnym otoczeniu, w ten słoneczny, wiosenny dzień, a mimo to widzisz, że jestem spięty i małomówny. Bo w końcu to ci się przecież nie podoba, prawda?

Skinęłam głową, lecz przypomniawszy sobie, że nie mógł tego widzieć, dodałam po cichu „Tak". Kiedy mówił dalej, jego głos przybrał nieco natarczywy ton.

– Nie jest wcale tak, że nie cieszę się z twojego towarzystwa, ale od chwili, kiedy pożegnaliśmy się dzisiaj w moim domu, nie było godziny, w której nie zadawałbym sobie pytania, czy naprawdę powinienem się z tobą dzisiaj spotkać. Mogę cię zapewnić, że jest to dla mnie niezwykłe uczucie – zamilkł na moment, po czym ledwie zauważalnie skinął głową, a następnie ciągnął dalej zdecydowanym tonem: – Możliwe, że myślisz teraz, iż moja wątpliwość bierze się stąd, że oczekuję od ciebie czegoś więcej niż tylko zjedzenia wspólnie obiadu w Torcello i że się boję, że mnie odepchniesz. – Uśmiechnął się lekko. – Jednak mogę cię zapewnić, że zupełnie niepotrzebnie się martwisz. Nie mam najmniejszego zamiaru cię uwodzić ani związanych z tym obaw, że nie odpowiadam twoim oczekiwaniom. Od dawna już nie stawiam sobie takich celów, a było tak w zupełnie innych czasach.

Byłam prawie pewna, że się teraz rozklei, lecz nic takiego nie nastąpiło. Był całkowicie opanowany.

– Nie interesuję się tobą jako kobietą i nie obraź się, proszę, że tak mówię – przerwał na chwilę, jakby w oczekiwaniu na protest z mojej strony, po czym mówił dalej: – Prawdziwym powodem mojej nerwowości jest to, że od czasu utraty wzroku stałem się człowiekiem całkowicie wycofanym i w ogóle nie oczekuję, że mógłby pojawić ktoś, kto pozwoliłby mi zwątpić w tę moją samotność, którą sobie wybrałem.

Bawił się łyżeczką do deseru, jakby koniecznie musiał zająć czymś ręce. Nie miałam odwagi wykonać choćby najmniejszego ruchu z obawy, że jakikolwiek szelest mógłby wytrącić go z monologu.

– Jednak spotkałem ciebie. Podczas naszego pierwszego spotkania przy Ponte dell'Accademia byłem początkowo zły, że tak się zachowujesz. Nie znoszę bowiem, kiedy ktoś mnie obserwuje, udając, że go nie ma, i myśli, że tego nie zauważę.

Wzdrygnęłam się. Miał całkowitą rację, a ja często dokładnie tak robiłam.

– I podobnie jak ty każdego przechodnia uważałem za intruza w mojej Wenecji.

Więc jednak się nie myliłam. Tobia miał odczucia podobne do moich. Zobaczyłam, że na jego twarzy pojawia się przelotny spontaniczny uśmiech. Jakże musiało go rozbawić i jednocześnie ucieszyć to moje wyznanie wtedy, na altanie!

– Jednak przy naszym drugim spotkaniu, w tym ciasnym zaułku przy La Fenice, musiałem na moment przystanąć. Nigdy przedtem nie natknąłem się bowiem na nikogo w nocy dwa razy w tak krótkim czasie. Zacząłem sobie wyobrażać, kim możesz być. I lepiej nie chciej wiedzieć, jakie podejrzenia przychodziły mi wtedy do głowy. Faktem jest, że w końcu nie mogłem się już powstrzymać i kiedy w czasie *aqua alta* znowu się spotkaliśmy, musiałem cię zagadnąć.

– Ale o nic mnie nie zapytałeś!

Skinął głową w zamyśleniu.

– To był początek mojego dylematu. Z jednej strony pragnąłem cię poznać, żeby się wreszcie dowiedzieć, dlaczego ktoś inny poza mną wybiera sobie do życia nocną porę, z drugiej jednak wiedziałem, że nie zniósłbym niczyjej obecności w swoim pobliżu.

Odłożył łyżeczkę i skierował spojrzenie prosto na mnie. Miał niesamowicie przystojną twarz, jednak jego martwe oczy w tym proporcjonalnie ukształtowanym obliczu przywodziły na myśl zimne kamienie. Jego słowa zaczęły nagle trafiać we mnie nieoczekiwanie i z pełnym impetem.

– Nienawidzę ludzi. Nienawidzę czuć, jak gapią się na mnie, nienawidzę współczucia, nienawidzę pomocy ofiarowanej z litości, nienawidzę świadomości, że byle jaki prostak ma więcej z życia ode mnie. Nienawidzę ciągłych pytań, w jaki sposób straciłem wzrok i jak mi się z tym żyje.

Znowu spuścił głowę i przez moment się zastanawiałam, czy chciał mi przez to oszczędzić widoku swoich oczu.

– Kiedy cię zagadnąłem, targały mną wątpliwości, czy rzeczywiście powinienem nawiązywać kontakt z kimś, kogo nie znam i kto współczułby mi tak samo jak wszyscy inni. I faktycznie – oddaliłem od siebie zawczasu tę pokusę i przysiągłem sobie, że dołożę wszelkich starań, żeby nie spotkać cię już więcej na ulicy. Zrezygnowałem nawet ze swoich ulubionych spacerów i przestałem w ogóle wychodzić z *palazzo*.

Strasznie żal mi się zrobiło, kiedy pomyślałam, że nieświadomie pozbawiłam go tej przyjemności, jednej z tych nielicznych, jakie mu jeszcze pozostały.

– Niedługo po tym doszło jednak do naszej rozmowy na altanie. Nie mogłem wtedy z tobą nie pogadać i czegoś się o tobie nie dowiedzieć. Przez krótki czas miałem nawet nadzieję, że zaspokoi to moją ciekawość i fascynację twoją osobą, jednak było zupełnie na odwrót. Pragnąłem dowiedzieć się o tobie czegoś więcej – wykrzywił twarz w wymuszonym uśmiechu, dodając w zamyśleniu: – Byliśmy do siebie tacy podobni, a jednak tacy różni. Chociaż obydwoje kochaliśmy noc i samotność, to jednak każde z nas z zupełnie innych powodów. Postanowiłem więc wydać przyjęcie, aby móc się z tobą spotkać bez powodowania jakichkolwiek zobowiązań dla nas obojga. Potrafisz to zrozumieć?

Przełknęłam ślinę.

– Potrafię – odparłam cicho. – Tylko nie gniewaj się, jeśli ci powiem, iż wydaje mi się, że nawet jeśli pragnąłeś mnie poznać, to w zasadzie nie byłeś gotowy, żeby otworzyć się przede mną choćby odrobinę. Najpierw gdzieś się zaszyłeś, a potem nie miałeś ochoty odpowiedzieć mi na moje pytania.

Skinął głową w zamyśleniu.

– Prawdę mówiąc, dzisiaj też nie mam.

Zatkało mnie. Czy on nigdy mi nie powie, kim naprawdę był? Czy opowiedział mi to wszystko jedynie po to, by uniknąć prawdziwych pytań? I znów, tak jak zwykle, jakby czytał w moich myślach.

– Ale nie obawiaj się, Alice – uspokoił mnie, a na jego twarzy zawitał niemal szyderczy uśmieszek. – Spełnię to, co obiecałem – zapewnił, przestając się uśmiechać. – Opowiedziałem ci o tym wszystkim, pragnąc ci jedynie wyjaśnić, dlaczego tak wielką trudność sprawia mi przyjęcie kogoś do mojej czarnej rzeczywistości.

Jego słowa oddzielały nas od siebie niczym skały. Tym większą ulgę poczułam, kiedy nagle zjawił się przy nas kelner, niosąc szklanki z campari orange.

– *Cin cin*, Alice.

Tobia wzniósł toast, jednak z jego twarzy nie wyczytałam wcale radości.

– Więc od czego zaczniesz?

– Jeśli nasze poznanie ma być fair, powinienem ci wyjawić przynajmniej tyle, ile ty mi – powiedział, obejmując dłonią szklankę. – Zdradziłaś mi już, że jesteś córką Niemki i Włocha i że z ojcem raczej nie masz dobrego kontaktu. Być może nawet powiedziałabyś mi coś więcej, gdybyś potrafiła obiektywnie spojrzeć na swoją historię. Powinienem pewnie spróbować tak samo, żebyś mogła odnieść właściwe wrażenie. – Zawahał się przez moment. – Wyobraź sobie małego chłopca. Chłopca, który dorasta w niewielkim miasteczku pod Mediolanem. Dziecko, jakich wiele – śliczny wesoły ośmiolatek, mający kochanych rodziców i nieco przemądrzałego, starszego brata. Załóżmy, że chłopiec miał na imię Tobia. Tobia był więc jednym z tych szczęśliwych otoczonych opieką dzieci w typowej włoskiej rodzinie klasy średniej, aż pewnego mglistego styczniowego poranka jego rodzice zginęli w wypadku samochodowym. Chłopcu zawalił się cały świat. Zrozumiał, że został sierotą i że ma tylko dwoje krewnych, którzy mogliby się nim zaopiekować: stryja będącego profesorem matematyki w Stanfordzie, którego jednak widział tylko raz w życiu i który gardził dziećmi, oraz samolubną ciotkę w Mediolanie, dla której dzieci to były tylko lalki do ubierania. Tobia i jego brat Stefano dowiadują się bardzo wcześnie, że ani stryj, ani ciotka nie będą chcieli przyjąć ich obu i że obydwoje krewni postanowili, że każde z nich przyjmie jednego chłopca. Losowanie rozstrzygnie, który chłopiec do kogo trafi. Los mimo wszystko okazał się łaskawy dla Tobii, któremu dane było wyjechać do surowego, lecz sprawiedliwego wujka, podczas gdy jego brata Stefano przydzielono ciotce. Życie Tobii zaczęło płynąć zupełnie innym torem. Zamiast w idylli małego włoskiego miasta dorastał na campusie amerykańskiego uniwersytetu w otoczeniu wielkich naukowców, którzy zachęcali go, aby na równi z dorosłymi włączał się do rozmów. Jego stryja, profesora Prode'a, którego nazwisko także nosi, trudno było nazwać czułym, jednak zaszczepił on w chłopcu swoje zamiłowanie do nauk przyrodniczych. Tobia okazał się zdolnym i sumiennym uczniem. Szybko stał się absolwentem tej uczelni, a jeszcze w czasie studiów założył firmę, która stała się jedną z wiodących w branży IT. Mając niespełna dwadzieścia lat, stał się milionerem, a w wieku dwudziestu trzech odniósł już tak wielki sukces, że pieniądze w jego życiu już nigdy nie powinny odgrywać żadnej roli. Po śmierci stryja Tobia zorganizował swojemu bratu Stefano – który wychowany został bez miłości przez ich ciotkę, rzucił szkołę i obecnie mieszkał w Hiszpanii – przeprowadzkę do Ameryki i przyjął go do swojej firmy. Obaj bracia zaczynają robić to, co zwykle robią faceci, którzy odnieśli sukces i mają kupę szmalu: kupują sobie wille, szybkie samochody i urządzają imprezki z udziałem mnóstwa pięknych kobiet.

– Naprawdę?

To pytanie wyrwało mi się mimo woli i gdyby Tobia mógł widzieć, zauważyłby, że się rumienię na policzkach. Wstydziłam się, że wykrzyknęłam to pytanie, ale jakoś nie potrafiłam sobie wyobrazić Tobii w takiej roli. Stefano taki styl życia na pewno się podobał, ale Tobii? Czy mężczyzna lubiący samotność i sprawiający wrażenie introwertyka mógłby czerpać radość z takich banałów?

Zawahał się przez moment, po czym mówił dalej.

– Pewnej czerwcowej nocy, niecałe cztery lata temu (Tobia miał wtedy dokładnie dwadzieścia osiem lat), nagle wszystko się zmieniło. Pojechał wtedy z bratem, jak zresztą dość często, na weekendową imprezę do swojej willi w Malibu. Kiedy ostatni goście już z niej wyszli, Tobia położył się spać, a Stefano wybrał się na krótki spacer wzdłuż plaży – zamilkł na chwilę, po czym gwałtownie się wyprostował. – Następną rzeczą, którą pamiętam był niewiarygodny ból głowy.

Zauważyłam, że przeszedł do opowiadania w pierwszej osobie.

– Włamywacz dostał się z tarasu przez otwarte drzwi i okradał dom z wartościowych przedmiotów. Kiedy zorientował się, że leżę w swojej sypialni, a nie poszedłem na plażę, jak zapewne przypuszczał, w przypływie paniki wycelował we mnie z pistoletu i pociągnął za spust.

– Został złapany?

– Tak. Stefano wrócił akurat w chwili, gdy zamierzał wybiec z domu. Chwycił pistolet, który zawsze znajdował się w kuchni, i strzelił. Złodziej zginął na miejscu.

– A ty?

– Stefano wezwał pogotowie i zabrali mnie w krytycznym stanie do szpitala. Lekarze do dziś nie potrafią wyjaśnić, jak to możliwe, że przeżyłem, chociaż zostałem trafiony ukośnie w skroń. Jedyne, co wiedzieli od razu, to to, że nie odzyskam już wzroku, gdyż kula bardzo mocno uszkodziła oba nerwy wzrokowe. Kiedy po kilku dniach wybudzili mnie ze śpiączki i otworzyłem oczy, byłem zupełnie ślepy. Nie widzę teraz nic, nawet czy jest jasno – po prostu nic.

Patrzyłam na niego, nie mogąc uwierzyć. A więc to głupie włamanie było tym, co zniszczyło jego życie. Zastanawiałam się, jak toczyłyby się dalej jego losy, gdyby to go nie spotkało – czy byłoby to życie w luksusie, pełne sukcesów i pozbawione wszelkich trosk, życie, o jakim można tylko marzyć? Nie ulega wątpliwości, że wtedy nigdy nie poznałabym tego Tobii. Moje rozmyślania przerwało pojawienie się kelnera, który podał nam przekąski w postaci cieniutkich plasterków carpaccio oraz polecanego do nich wina. Kiedy odszedł, odezwałam się ponownie.

– Dlaczego wybrałeś akurat Wenecję jako miejsce do zamieszkania?

– Wybacz mi proszę, ale to pytanie wolałbym zostawić bez odpowiedzi. Dzisiaj i tak już odpowiedziałem ci na wiele. Nie jestem przyzwyczajony do wywlekania na wierzch swoich wspomnień i uczuć. I chociaż pewnie może ci się to wydać dziwne, przywoływanie wspomnień sprawia mi jednak ból.

Kiedy w milczeniu i w smutnym nastroju dokończyliśmy pierwsze danie, a kelner zabrał od nas talerze, podając na ich miejsce ogromne porcje risotto alle verdure, Tobia ponownie odezwał się do mnie.

– Tak więc teraz wiesz już o mnie wszystko, i jak pewnie się domyślasz, prosiłbym cię, żebyś zachowała to dla siebie. Zwłaszcza moje prawdziwe nazwisko. Życzyłbym sobie pozostać signorem Maninem, bo nie znoszę, kiedy wszyscy wtrącają się do moich spraw. Ufam ci, że dochowasz mojej tajemnicy.

– Oczywiście

– Cóż, myślę, że teraz ja też mógłbym cię znowu o coś spytać.

– Co chciałbyś wiedzieć?

Ucieszyłam się, widząc, że nastrój mu się trochę poprawił, a z jego twarzy zniknęła bladość.

– Ile masz lat?

Rozśmieszył mnie. Jego pytanie było jak zwykle krótkie i bezpośrednie.

– Dwadzieścia cztery i pół.

– I zawsze pracowałaś jako opiekunka?

– Gdzie tam. Studiowałam właściwie germanistykę i zostałam potem księgarką.

– To pewnie jesteś molem książkowym?

Wręcz widziałam, jak na podstawie moich słów próbuje sobie odtworzyć mój wygląd.

– Jeśli miałoby to oznaczać rogowe okulary minus sześć, wybałuszone oczy i garb na plecach od czytania, to nim nie jestem. Lecz jeśli długie blond włosy, koński ogon, ignorancję w kwestii mody i przynajmniej jedną książkę na stoliku nocnym, to owszem.

Roześmiał się.

– Jeszcze jakieś pytania?

– Co mogło skłonić księgarkę do zostania opiekunką w Wenecji?
– Przyciągnęło mnie ogłoszenie Scarpów. Wiedziałam po prostu, że chcę to robić. Logiczny powód nie istniał – raczej setki argumentów, które przemawiały przeciw.
– A twoja mama? Jeśli dobrze sobie przypominam, miała bzika na punkcie Włoch. Czy to nie ona cię do tego przekonała?
– Moja mama zmarła dwa lata temu.
– Przykro mi.
– Nie szkodzi. Była rada z tego, że w końcu może odejść. Ale i tak to pewnie ona zabiła mi ćwieka. Zawsze uważała, że jestem za mało spontaniczna i że powinnam kiedyś wznieść się ponad siebie i po prostu zwyczajnie żyć. Być może dopiero teraz zapragnęłam chociaż raz posłuchać jej rady.
– I jesteś szczęśliwa po podjęciu tej pierwszej spontanicznej decyzji?
– Myślę, że… tak.
– Nie brzmi to do końca przekonująco.
Zastanowiłam się. Z jednej strony Scarpowie traktują mnie nie fair, z drugiej jednak na nic w świecie nie zamieniłabym moich nocnych spacerów i doświadczeń z ostatnich kilku dni.
– Moja mama miała absolutną rację. Trzeba częściej być spontanicznym – rzuciłam rezolutnie.
W tym momencie kelner przyniósł doradę, którą na naszych oczach zaczął filetować na sąsiednim stoliku i układać na naszych talerzach. Tobia w tym czasie popijał ze swojej szklanki, nasłuchując odgłosów.
– Jak długo będziesz w Wenecji? – zapytał, gdy kelner skończył podawać i znowu zostaliśmy sami.
– Do września.
– A potem?
Że też on zawsze musiał zadawać dokładnie te same pytania, które sama sobie stawiałam, nie znając na nie odpowiedzi!

– Nie wiem. Moje dawne życie wydaje mi się strasznie odległe, zwłaszcza tutaj. Prawie nie umiem już sobie wyobrazić, że wrócę i będę szczęśliwa z tego, że wróciłam, jednak zostanie tutaj również nie wchodzi w grę.

Tobia przez chwilę wyglądał, jakby się zamyślił. Postanowiłam zadać mu pytanie niezwiązane z jego przeszłością.

– Co byś zrobił na moim miejscu?

Znieruchomiał nagle zdziwiony, po czym odstawił kieliszek z białym winem, który zamierzał właśnie zbliżyć do ust.

– Ja? – zawahał się. – Zwiedziłbym świat.

Zdziwiła mnie jego odpowiedź. Sprawiał wrażenie człowieka w niewielkim stopniu zainteresowanego swoim otoczeniem i nie słyszałam, żeby wiele podróżował. Dlaczego więc mi to zaproponował?

– Sądzisz, że powinnam się włóczyć po świecie jak hippiska? Żyć z dnia na dzień i spać, gdzie popadnie?

Uśmiechnęłam się na tę myśl. Stanowiło to raczej dokładne przeciwieństwo tego, co zawsze sobie wyobrażałam – było ryzykowne i niezaplanowane. Po raz pierwszy chyba się zdarzyło, że Tobia mnie źle zrozumiał. Kiedy jednak mówił dalej, jego poważny ton uświadomił mi, iż była to dobrze przemyślana odpowiedź.

– Jeśli tylko stać cię na zwiedzanie świata, nie wahaj się – zachęcał mnie, obracając w palcach serwetkę, którą wziął z kolan. – Najważniejsze, żebyś to zrobiła, zanim będzie za późno – rzucił serwetkę na stół. – Nie lubię przyznawać się do swoich błędów, ale z pewnością jednym z moich największych było to, że nie zwiedziłem świata, kiedy jeszcze mogłem. Mógłbym wtedy przynajmniej żyć wspomnieniami – wykrzywił usta. – Kiedy jeszcze miałem wzrok, dokładniejsze poznanie świata odkładałem stale na później. Kiedy udawałem się w jakąś zagraniczną podróż, były to tylko podróże w interesach, a poza lotniskami, salami konferencyjnymi i hotelami nie zwiedziłem nic – wziął głęboki oddech. – Wyobrażasz sobie, jak bardzo można czegoś takiego żałować, nie mogąc już tego nadrobić? Jesteś w stanie sobie wyobrazić, jak to jest, kiedy się nie ma wspomnień związanych z pięknymi miejscami i nic już nie da się zrobić? Weźmy na przykład Wenecję. Być może myślisz sobie, że wiem, jak wygląda wszystko dookoła. Ale ja byłem tutaj tylko raz z rodzicami, jako małe dziecko, i niczego nie pamiętam. Pomijając to, co zupełnie przypadkowo zobaczyłem wcześniej na kilku zdjęciach w albumach, nie mam pojęcia, jak wygląda to miasto, i mogę ci powiedzieć, że te wszystkie spacery i wieczory spędzone na lodżii nie rozwiążą dla mnie tej zagadki – pochylił się w moją stronę, a jego głos nabrał przenikliwego tonu. – Oglądaj świat, póki możesz. Nigdy nie wiadomo, co zdarzy się jutro.

Przyszedł kelner i zaczął zbierać talerze i sztućce. Tobia odchylił się na oparcie krzesła.

– Co byś powiedziała na to, żebyśmy zjedli jeszcze szybki deser i poszli zwiedzić wyspę? Jeszcze nigdy nie byłem na Torcello, a ty? – zaproponował, a jego głos przybrał ponownie niezobowiązujący ton.

Z ulgą stwierdziłam, że on też pragnie zmienić temat rozmowy.

– Nie, ja też tu nigdy nie byłam i chętnie się rozejrzę, lecz jeśli idzie o deser, to chyba nie zmieszczę już ani kęsa – odparłam przesadnie wesołym tonem.

– To może espresso?

– Chętnie.

Dał znak kelnerowi, zakładając najwidoczniej, że ten przez cały czas na nas patrzy, i zamówił dwie filiżanki espresso, prosząc o przesłanie rachunku do Palazzo Segantin.

Wypiliśmy w pośpiechu kawę, a kiedy skończyliśmy, Tobia ponownie chwycił szorki Geo. Jego niecierpliwość i chęć do działania były zaraźliwe. I chociaż czułam nieprzepartą chęć, żeby złapać go pod ramię, to jednak oparłam się tej pokusie. Zbyt mocno obawiałam się, że mnie odtrąci i że ten pogodny lekki nastrój, który wreszcie zapanował, znowu się popsuje.

    Kiedy weszliśmy do kościoła, Tobia poprosił mnie, abym w kilku słowach nakreśliła mu to, co widzę. Z wielką chęcią spełniłam jego prośbę, mając świadomość, że pewnie wszystko musi wydawać mu się obce. Zaczęłam więc opisywać tę romańską budowlę, jej blednące kolory, spartańskie urządzenie wnętrza i nastrój, który udzielał mi się na jego widok. To miejsce, w swoim odosobnieniu i surowości, w dziwny sposób nastrajało człowieka melancholijnie, stąd też nie było mi trudno dzielić się owym błogim wrażeniem bycia odciętym od świata, jakiego doznałam na jego widok. Początkowo relacjonowałam to wszystko z lekką rezerwą, trochę się zacinając, jednak szybko zauważyłam, że Tobia słucha mnie zafascynowany. Dlatego mówienie o tym, co widzę, sprawiało mi coraz większą radość. Interesował go każdy szczegół. Starałam się niczego nie pominąć, aby na koniec mieć pewność, że naprawdę mógł wyrobić sobie kompletny obraz.

    Wyszliśmy z kościoła, spacerując dalej wzdłuż nielicznych domów, jakie znajdowały się na tej sennej i opustoszałej wyspie o bujnej zieleni. Zatrzymaliśmy się na chwilę przy „tronie Attyli", atrakcji turystycznej Torcello stanowiącej raczej legendę, niż autentyczny tron.

    Dopiero teraz zauważyłam, że zmieniła się pogoda i zdążyły nadciągnąć chmury. Nad laguną zrobiło dziwnie zimno, aż dostałam dreszczy. Moje letnie ubranie okazało się jednak niezbyt dobrym pomysłem. W kilku słowach opisałam Tobii widok nadciągających ciemnych chmur, które zdawały się przecinać mleczne niebo, oraz w kilku zdaniach nakreśliłam mu wygląd wody, która zdążyła przybrać niebieskoszary, stalowy kolor, a na jej powierzchni pojawiły się bałwany. Dygocząc z zimna, skrzyżowałam ręce na piersiach.

- Myślę, że powinniśmy już wracać, bo inaczej będziemy musieli tu przenocować.

Już teraz byłam w stanie sobie wyobrazić, co by o tym pomyśleli Scarpowie. Tobia sprawiał wrażenie, jakby wybudził się z transu.

- Tak, jedźmy już - odpowiedział nieobecnym głosem.
- Na którą zamówiłeś łódź?

Zaskoczony zmarszczył czoło.

- Dlaczego myślisz, że ją odesłałem? Czeka na nas. Możemy wrócić do Wenecji, kiedy tylko zechcesz.

Trudno mi było sobie wyobrazić, ile mogło kosztować wynajęcie motorówki z załogą na tyle godzin, ale i tak się cieszyłam, że już wracamy.

- Idziemy?

Tobia nie odpowiedział, ale widziałam, że Geo zmienił kierunek i zaczęliśmy iść z powrotem w stronę mola. Zapadło znowu milczenie i zaczęłam się obawiać, że nasz powrót będzie równie ponury jak podróż w tę stronę.

Wróciliśmy do łodzi, zajmując miejsca w jej wykończonej drewnem kabinie. Aby się ogrzać, przykryłam się jednym z moherowych kocyków, które były tam do naszej dyspozycji. Jednak kiedy pruliśmy przez lagunę na pełnym gazie, wracając do miasta, trzęsłam się nadal. Wilgotny chłód przenikał mnie do szpiku kości, tak iż skupiona byłam całkowicie na tym, by jak najszczelniej okryć się kocem. Ucieszyłam się, słysząc głos Tobii.

- Dziękuję ci za ten przepiękny dzień
- Podobało ci się?
- No pewnie! A jakżeby inaczej? Jeszcze nikt nigdy nie przykuł mojej uwagi słowami w taki sposób i nie stworzył dla mnie świata, który wcześniej w ogóle dla mnie nie istniał. Jeśli idzie o mnie, to moglibyśmy tu pobyć jeszcze przez wiele godzin. Jedynie myśl o powrocie działała na mnie nieco deprymująco.

Nie zauważyłaś tego, widząc wszystko tak jasno i wyraźnie? – zamilkł na moment. – Dziękuję ci.

Odetchnęłam z ulgą i oparłam się w fotelu.

– To ja ci dziękuję, że mnie zabrałeś na Torcello. To była dla mnie absolutna przyjemność, że mogliśmy tę wyspę... odkryć wspólnie.

– Mam nadzieję, że nie stanowiło dla ciebie zbyt wielkiego problemu to, że musiałaś mi to wszystko opisywać.

– To w ogóle nie był dla mnie problem. Ani trochę.

Pochyliłam się w jego stronę i zbliżyłam lekko dla podkreślenia, że mówię to z całkowitą powagą.

– Ja też miałam przyjemność, że mogłam ci opowiadać o czymś, co we mnie samej wzbudzało zachwyt – zamilkłam, widząc, że chce mnie o coś spytać.

– Alice?

– Tak?

– Czy mogę cię o coś prosić? – spytał z poważną miną, jakby oczekiwał, że się nie zgodzę. – Być może to pytanie wyda ci się dziwne – spuścił głowę – ale jak już mówiłem, ja prawie w ogóle nie znam Wenecji, a ty jesteś znakomitą przewodniczką. Dlatego chciałbym... – zająknął się – chciałbym cię spytać, czy mógłbym się z tobą jeszcze raz spotkać i czy pokazałabyś mi Wenecję tak samo jak Torcello? Oczywiście ci zapłacę.

– Nie.

Przestraszona odrzuciłam jego propozycję, widząc, że wzdryga się na moją gwałtowną odpowiedź. Tylko jak on mógł oczekiwać, że przyjmę od niego pieniądze za coś, co mi samej sprawia tyle przyjemności?

– No co ty? Jak możesz mi coś takiego proponować? Z miłą chęcią opowiem ci, jak wygląda miasto, ale wcale nie dlatego, że chcesz mi za to płacić tylko dlatego, że mi to sprawi przyjemność.

– Tylko że ja nie chcę, żebyś robiła to z litości.

– To lepiej z chciwości? – Nie mogłam pojąć tej jego logiki. – Drogi Tobio, dlaczego uważasz, że tylko z litości można pragnąć dotrzymać ci towarzystwa? Dlaczego w ogóle nie dopuszczasz myśli, że opisywanie ci czegoś może mi sprawiać przyjemność?

– Bo sam dawniej na pewno bym czegoś takiego nie robił. Nigdy bym nie poświęcił czasu na to, żeby opisywać komuś coś dla samej przyjemności.

Chciałam coś wtrącić, jednak Tobia nieprzerwanie mówił dalej.

– Alice, nie będę nalegał, żebyś robiła dla mnie coś, czego nie chcesz, ale jestem pewien, że na pewno będziesz potrzebować pieniędzy na przyszłość – powiedział z uśmiechem. – Pieniądze naprawdę nie stanowią dla mnie problemu. Gdybyś jednak zmieniła zdanie i zażyczyła sobie wynagrodzenia, po prostu daj mi znać. Ale za to – zaproponował, wyciągając do mnie rękę – będę cię chociaż zapraszał na dobre jedzenie, zgoda?

– Zgoda.

Podałam mu rękę i oparłam się z radością w miękkim, skórzanym fotelu, mając zamiar spytać, które ciekawe miejsca chciałby zwiedzić w pierwszej kolejności, gdy nagle uzmysłowiłam sobie, że przecież w najbliższych dniach o żadnym spotkaniu nie może być mowy.

– Będziemy z tym jednak musieli trochę poczekać. Jutro Scarpowie wyjeżdżają do Frankfurtu na jakiś kongres. Nie będę mogła wychodzić, bo chłopcy przez kilka dni mają teraz wolne, a nie chciałabym ich zostawiać samych.

Skinął głową.

– W takim razie może innym razem.

Czułam, że się zastanawia, czy to nie była wymówka i czy tak naprawdę to nie miałam ochoty spełnić jego życzenia, dlatego szybko uzupełniłam:

– Wracają w sobotę. Więc może w niedzielę? Co byś powiedział na Muzeum Guggenheima?

Zaproponowałam to całkiem spontanicznie, żeby tylko coś szybko dodać. Dlatego dopiero po chwili uświadomiłam sobie, jak bardzo niedorzeczne musiało się wydawać proponowanie osobie niewidomej wycieczki do muzeum. Zanim jednak zdążyłam się poprawić, po twarzy Tobia przemknął lekko ironiczny uśmiech.

– Muzeum? To będzie ciekawe. Od wielu lat nie byłem w żadnym. Zgoda. W niedzielę o dziesiątej czekam przed twoim domem.

Było dla mnie jasne, że jakikolwiek sprzeciw nie miał sensu. Tobia był ciekaw, jak poradzę sobie z taką wizytą. Ja jednak przeklinałam swoją głupotę. W tym momencie nasza motorówka zatrzymała się przy jednym z drewnianych pali. Dotarliśmy już do miasta i do naszego pomostu. Zrobiło się ciemno i zaczęło kropić. Nasz kapitan z galanterią przytrzymał nad nami parasol, kiedy wysiadaliśmy z łodzi. Tobia nie omieszkał odprowadzić mnie pod dom, aby pożegnać się tam ze mną krótkim uściskiem dłoni.

Rozdział 7

W zamyśleniu zamknęłam za sobą drzwi i weszłam po schodach do apartamentu, a następnie do swojego pokoju. Na korytarzu znalazłam informację od Scarpów, że wyszli z chłopcami na kolację. Odetchnęłam z ulgą. Przynajmniej nie będę musiała wysłuchiwać pretensji, że tak późno wróciłam.

    W pokoju zdjęłam z siebie wilgotne rzeczy, zrzucając je na podłogę, i ubrałam się w koszulę nocną. Nieco rozgrzana rzuciłam się na wielkie skrzypiące łóżko. Leżałam, wpatrując się w zacieki na drewnianym suficie. Czułam, jak moja twarz rozciąga się w szerokim uśmiechu i jednocześnie wydobywa się ze mnie głębokie westchnienie. Z przerażeniem stwierdziłam, że wbrew wszelkim moim postanowieniom jednak się zakochałam. Żaden chłopak jeszcze nigdy mnie tak długo nie słuchał, nie ziewając przy tym ze znudzeniem tylko dlatego, że nie rozmawiałam z nim o piłce nożnej albo innych jego zainteresowaniach. Nigdy też nie zdarzyło mi się, żeby ktoś aprobował moje romantyczne wyobrażenia, nie mówiąc już o tym, by je pochwalał; wprost przeciwnie – pamiętam jedynie wzgardę, z jaką odnosiły się do mnie koleżanki, kiedy zdarzyło mi się wyskoczyć z jakimś rzewnym monologiem. Tobia natomiast łapczywie chłonął każde moje słowo. Wręcz nie mogłam się nagadać o tym, co widzę, lub wyrazić w słowach nastroju, jaki towarzyszył mi w czasie oglądania. Jakże przyjemnie było widzieć szczęście na jego twarzy, kiedy opisywałam mu wszystko po kolei, i słyszeć jego pytania, które lepiej niż jakakolwiek odpowiedź uświadamiały mi, że

Tobia myśli i czuje to samo co ja. Po ciele przebiegł mi dreszcz i poczułam, że nagle ogarnia mnie lodowaty strach. Strach, którego nie czułam jeszcze nigdy wcześniej: co będzie, jeśli to uczucie okaże się głębsze? Pamiętałam dokładnie, jak powiedział, że nie interesuje się mną jako kobietą.

Usiadłam nagle, próbując sobie przypomnieć, czy Tobia w którymkolwiek momencie dał mi choć trochę odczuć, że widzi we mnie coś więcej niż tylko partnera do rozmowy. Wolno zamknęłam oczy, przywołując jedną scenę po drugiej, pragnąc znaleźć jakiś punkt zaczepienia, który umocniłby moją nadzieję. Chociaż starałam się mocno sobie to przypomnieć, wyglądało na to, że Tobia mówił jedynie o ciekawości i zainteresowaniu, jednak wcale nie mówił o uczuciach. Owszem, fascynował się mną, ale nie w sensie pożądania, tylko z chęci dowiedzenia się, kim naprawdę jestem. Z wyjątkiem powitań i pożegnań ani razu jeszcze się nie dotknęliśmy, a w czasie powrotu motorówką odniosłam wrażenie, że demonstracyjnie się przesiadł, kiedy zajęłam miejsce po tej samej stronie co on. Nie, miłość wygląda inaczej.

Po policzku spłynęła mi łza i przyszło mi na myśl, że tak samo musi czuć się tęcza – z jednej strony radosny blask słońca, a z drugiej posępna chmura. Mimo całego szczęścia dzisiejszego dnia wiedziałam aż nadto dobrze, że moje oczekiwania były większe niż to, co Tobia mógłby mi dać kiedykolwiek. Tak, był mną zainteresowany, jednak nie byłam dla niego kobietą, tylko oknem na świat. Człowiekiem, który przynajmniej częściowo zastąpi mu jego oczy. Wewnętrzny głos podpowiadał mi, że powinnam zapomnieć o swoich uczuciach wobec niego, jeśli nie mam ochoty niepotrzebnie cierpieć. Nie powinnam się już więcej z nim spotkać. Zagryzłam przekornie wargi, lecz w następnej chwili ponownie zwątpiłam w swoje postanowienie.

Jak mogę nie chcieć znowu spotkać się z Tobią, skoro to przecież w jego obecności obudziłam się wreszcie do życia i czułam, że rozumiał mnie lepiej niż jakikolwiek inny mężczyzna! Przy całej mojej samodyscyplinie, którą zwykle potrafiłam sobie narzucić, trudno było mi sobie wyobrazić, że mogłabym zrezygnować z tej przyjemności i nie spotkać więcej z Tobią Prode.

Tobia Prode – szeptałam cicho jego nazwisko. Nareszcie mi zdradził, jak się nazywa. Pełna nowej ochoty do życia zeskoczyłam z łóżka. Sprawdzenie w Google powinno teraz przynieść rezultaty. Okryłam się naprędce wełnianą kurtką i zbiegłam po schodach. Za oknem deszcz wciąż jeszcze bębnił w parapet wielkimi kroplami. Podniecona usiadłam przed komputerem, który był włączony, i wpisałam nazwisko Tobii. Wyszukało się ponad dziesięć tysięcy rezultatów. Tobia Prode nie był wcale taki nieznany jak Tobia Manin.

Drżącymi palcami zaczęłam otwierać pierwsze strony. Do chwili napadu Tobia był jednym z najbardziej wpływowych i odnoszących największe sukcesy przedsiębiorców w branży internetowej. Gdy skończył osiemnaście lat, od swojego stryja, Francesca Prode, wybitnego profesora uniwersytetu w Stanfordzie, otrzymał kapitał na założenie swojej pierwszej firmy, która w ciągu trzech lat stała się jedną z wiodących w branży IT. Z jej oprogramowania korzystał prawie każdy serwis internetowy. Dzięki sukcesowi Tobia został nie tylko multimilionerem czy wręcz miliarderem, ale także znanym playboyem. Jego zabójczy wygląd, światowa prezencja oraz włoski urok w połączeniu z bogactwem i inteligencją sprawiły, że stał się mile widzianym gościem podczas wielu okazji towarzyskich. Zobaczyłam go na zdjęciach w towarzystwie sławnych osobistości ze świata polityki i amerykańskiego show-biznesu, ramię w ramię z najpiękniejszymi kobietami, zawsze z przyklejonym uśmiechem wyrażającym pewność siebie.

Złakniona informacji czytałam dalej, próbując się zorientować, czy któraś z tych kobiet mogła odegrać ważniejszą rolę w jego życiu. Od razu można było jednak poznać, że kobiety w życiu Tobii służyły jako luksusowy dodatek – modelki, gwiazdki telewizji, jedna czy druga sportsmenka – wszystkie łączyło jedno: wyglądały szałowo, były blondynkami, a ich związek z Tobią nie trwał dłużej niż sześć miesięcy.

Zobaczyłam Tobię biorącego udział w talk-show, którego tematem był sukces. Sprawiał w nim wrażenie dokładnie takiego mężczyzny, jakim początkowo podejrzewałam, że jest: pewnym siebie, aroganckim i zakochanym w sobie. Dyskutował z rezerwą, wyrażając pogląd, iż każdy jest kowalem swego losu, i dlatego uważa za gorszych ludzi, którzy nic nie robią ze swoim życiem. Dwa tygodnie później, będąc u szczytu zawodowej kariery, został postrzelony w swojej letniej rezydencji w Malibu i stracił wzrok.

Z wielkim przejęciem przejrzałam szczegóły dotyczące włamania w obszernym artykule w „Los Angeles Times", dowiadując się, że włamywaczem był Hiszpan, niejaki Fernando Lerú. Przyjechał do Stanów Zjednoczonych jako turysta zaledwie półtora miesiąca wcześniej prawdopodobnie w poszukiwaniu pracy. Kiedy jednak, będąc posiadaczem wizy turystycznej, nie mógł jej znaleźć, doszedł widocznie do wniosku, że w legalny sposób nie zdoła się utrzymać, toteż zaaranżował swoje pierwsze włamanie. Za ostatnie pieniądze nabył broń i udał się do Malibu. Dlaczego wybrał akurat to miejsce, nie potrafiono wyjaśnić. Spekulowano jedynie, że zobaczywszy tutejsze wille w jednym z telewizyjnych seriali, uznał, że doskonale nadają się do włamania. Artykuł kończył się zarzutem, iż nie wyjaśniono, dlaczego włamywacz oddał strzał do śpiącego Tobii i dlaczego Stefano, mający już na swoim koncie drobne wykroczenia, nie został pociągnięty do odpowiedzialności za to, że z zimną krwią strzelił do Lerú.

Patrzyłam na ekran nieruchomym wzrokiem. Tak, dlaczego Lerú strzelił wtedy do Tobii? Mógł przecież zgarnąć łup i uciec.

Tobia najwyraźniej w ogóle się nie obudził, a Stefano w ogóle by go nie usłyszał. I dlaczego Stefano nie przytrzymał włamywacza na muszce, tylko od razu pociągnął za spust?

W zamyśleniu przejrzałam dalsze wyniki i stwierdziłam, że Tobia rzeczywiście wycofał się całkowicie z życia publicznego. Stery w firmie przejął jego brat, jednak z małym sukcesem, toteż straciła ona mocno na wartości, czego przyczyną był zastój w rozwoju nowych produktów.

Kiedy wyłączałam komputer, była już jedenasta. Miałam świadomość, że Scarpowie w każdej chwili mogą wrócić. Naczytałam się w sumie wielu artykułów o Tobii, o jego firmie i okolicznościach związanych z napadem, obejrzałam również na YouTube wiele wywiadów i programów z jego udziałem, a jego wizerunek wydał mi się mało sympatyczny. Zaproszenie na bal oraz na Torcello nagle przestały mi się wydawać miłe i niewinne. Wyglądało to raczej na rutynowe działanie mężczyzny, który wiedział, jak sobie zjednać czyjąś przychylność. Zaczęłam naraz widzieć w tym manipulację i brak uczuć, które tak bardzo przerażały mnie w czasie przyjęcia i o których zdążyłam dzisiaj tak szybko zapomnieć, względnie je wyprzeć. Tobia z pewnością nie interesował się mną jako kobietą, a tym, czego niemal na pewno oczekiwał, było decydowanie o mnie i opanowanie moich myśli. Być może to, co go interesowało i było mu potrzebne, to przywiązać do siebie drugiego człowieka, aby go potem porzucić.

Zbita z tropu wróciłam do pokoju i zapadłam w niespokojny sen. Jedyna sekwencja, którą na drugi dzień rano pamiętałam ze swojego snu, dotyczyła Tobii, który był widzący i gonił mnie z ostrym psem z wyszczerzonymi kłami. Uciekałam przed nimi wąskim zaułkiem, docierając do kanału. Kiedy zdecydowałam się w końcu rzucić do wody, aby w ten sposób przed nimi umknąć, obudziłam się nagle. Kościelny zegar wybijał właśnie siódmą.

Wyczerpana ubrałam się, zrobiłam śniadanie i pomogłam Scarpom zawlec walizki do łodzi, która miała zawieźć ich na lotnisko. Wrócili późno i nie ulegało wątpliwości, że signora spała zdecydowanie zbyt krótko jak na to, żeby mieć w miarę znośny nastrój.

– Dlaczego kawa jeszcze nie jest gotowa? Gdzie są te walizki? Dlaczego chłopcy jeszcze nie są ubrani?

Będąc już w łodzi, wyliczała jeszcze zadania, które miałam wykonać w tym tygodniu.

– Nie zapomnij odebrać nowej wiolonczeli od signora Rossiego! Odnieś mój kostium do atelier Parisien! W środę odbierz bilety do opery! – trajkotała, nie robiąc przerw między zdaniami.

Troszczyła się jedynie o to, abym podczas jej nieobecności nie oddawała się nadmiernemu leniuchowaniu. Jednak również signor, który bez przerwy mnie napominał, żebym dobrze uważała na dzieci, wręczył mi po raz pierwszy listę zadań przed swoim wyjazdem do Frankfurtu. Miałam zrobić wiosenne sprzątanie, poprzynosić na górę letnią odzież z pomieszczenia na parterze, a w tym samym miejscu umieścić odzież zimową. W tym samym czasie także chłopcy mieli być także w domu, toteż należało ich zabawiać. Było jasne, że nie będę mieć nawet minuty wolnego czasu.

W ciągu następnych dni jedynie dwa razy widziałam Tobię na lodżii i tylko chłodno się z nim przywitałam. Ciągle bowiem nie mogłam jeszcze przetrawić tego, co przeczytałam o nim w internecie. On także ograniczył się jedynie do krótkiego pozdrowienia.

Trzy dni po wyjeździe Scarpów signora Minou przyszła do mnie po suknię, gorset i dodatki. Zauważyłam, że zdążyła zasięgnąć informacji na temat balu.

– A więc udał się pani bal?

Popatrzyła na mnie przenikliwie.
- To dzięki pani. Było fantastycznie.
- A Fernandi?
- Widzę, że pani jest dobrze poinformowana, signora. Owszem, tańczyłam z Giuliemo i chyba mogę powiedzieć, że trochę się do mnie zalecał.
Pokręciła z dezaprobatą głową.
- On nie jest dla pani odpowiedni. Powierzchowny i zakochany w swoich zabawkach. A jak tam Manin?
- Mieliśmy krótką sprzeczkę.
Spojrzała na mnie z takim przerażeniem, że poczułam się w obowiązku, aby ją uspokoić.
- To nie było nic poważnego. Wszystko się wyjaśniło i nawet się potem spotkaliśmy.
- Zakochała się pani w nim?
Otworzyłam usta ze zdziwienia, chcąc wyjąkać jakąś lakoniczną odpowiedź, jednak signora przerwała mi.
- Moje dziecko, ja nie jestem żadną plotkarką, tylko starą kobietą, która niejedno już widziała, i dlatego lubi mówić wprost. Nie pytam wcale dlatego, że jestem wścibska, tylko dlatego, że mam nadzieję, że nie popełni pani błędu tylko dlatego, że Manin jest człowiekiem niewidomym.
- Ależ skąd, signora! To wcale nie tak.
Dziwne, ale to, że był niewidomy, wydawało mi się akurat najmniejszym problemem. Wolno spuściłam wzrok.
- Jakiekolwiek by nie były moje uczucia do signora Manina, jestem pewna, że to on nie wykazuje zainteresowania moją osobą.
Uniosła brwi z niedowierzaniem.
- Musi mu pani dać czas. On się boi.
- Boi? A czego?
- Zdawać się na panią, zostać zranionym.

– Ależ proszę pani! – roześmiałam się z oburzeniem. – Ja przecież jestem nikim w porównaniu z nim! Tobia może mieć każdą kobietę, jakiej zapragnie, a ja byłabym jedną z wielu jego zdobyczy.

Przypomniała mi się pieśń o Don Giovannim, którą słyszałam w czasie balu.

Signora Minou pokręciła przecząco głową.

– Pani się nie docenia! On mógł rozpoznać w pani nieoszlifowany diament. Może właśnie dlatego, że jest niewidomy.

Delikatnie ujęła moją dłoń i przyjrzała się jej.

– Nie znam przeszłości signora Manina. Wiem jedynie, że przestała pani być tą szarą myszką ze zwieszonymi ramionami i smutnym spojrzeniem, którą szykowałam tutaj w sobotę. Jest pani bardziej wyprostowana, mówi pani pewniejszym głosem i jest pani na dobrej drodze, by stać się kobietą. Manin dobrze na panią działa. Niech pani z niego nie rezygnuje.

Zastanowiłam się. Dlaczego ja tak ufam tej kobiecie? Przecież w ogóle jej nie znam.

– Pani zakłada, że on potrafi kochać. Ja jednak sądzę, że jedyne, czego on pragnie, to zdobywać ludzi i manipulować nimi.

Sięgnęła po kwiat, który zatknęła mi wtedy we włosach i który po zakończeniu balu trzymałam ukryty jak skarb w mojej komodzie.

– Wie pani, dlaczego patrząc na ten klejnot, myślałam o pani?

Pokręciłam przecząco głową.

– Niech pani spojrzy! Ten klejnot bez światła byłby jedynie kawałkiem szlifowanego szkła. Dopiero odbite światło czyni z niego dzieło sztuki. – Delikatnie obracała na swojej dłoni kwiat, tak że promienie tysiącami odbijały się ze wszystkich jego warstw i szlifów. – Tak samo jest z panią. Na pierwszy rzut oka jest pani cicha i nieprzystępna, lecz dopiero kiedy zajrzy się do pani wnętrza, widać, jaki skarb czeka w nim ukryty na to, aż zostanie postawiony we właściwym świetle. Niech pani na siebie spojrzy! – Wykonała teatralny gest, jakby chciała podnieść moją brodę do góry. – Jest pani kobietą myślącą, z zasadami, nie można pani kupić i nie daje się pani zwieść pozorom. I pani się obawia manipulacji? – parsknęła ze złością, pokazując, jak śmieszne wydają się jej takie wątpliwości. – Kobieta, która potrafi marzyć, która nie jest uzależniona od cudzych opinii, tylko kroczy własną drogą? – Zbliżyła się do mnie tajemniczo, ściszając głos niemal do szeptu. – Jeśli ktoś tutaj powinien się mieć na baczności, to z pewnością Manin, bo takich kobiet jak pani jest mniej, niż pani myśli. Jak to się ładnie mówi: piękno tkwi w oku tego, kto patrzy. Czy to nie ciekawe, że akurat ślepy potrafi to lepiej dostrzec niż widzący? – Odwróciła się w zamyśleniu, przestając bawić się kwiatem, po czym schowała tę drogocenną rzecz z powrotem do etui. – Czy potrafi pani dochować tajemnicy? – spytała, patrząc mi prosto w oczy.

– Ależ oczywiście!

– Jak pani wie, Manin zamówił u nas tę suknię. Kilka tygodni temu przyszedł do naszego atelier ze swoim czworonogiem, zapowiadając, że zjawi się u nas pewna młoda dama, Alice Breuer, żeby wybrać dla siebie kostium na jego bal – powiedziała, robiąc krótką, efektowną pauzę. – Pani jednak nie wie, że nasza usługa powinna polegać nie tylko na wypożyczeniu pani tego kostiumu, ale również na… – signora Minou zdawała się szukać odpowiedniego słowa – pokazaniu mu go.

– Co pani ma przez to na myśli?

– Manin poprosił nas, żebyśmy do niego zadzwonili zaraz po tym, gdy dokona pani wyboru i gdy przeróbka sukni będzie już gotowa. Chciał wtedy przyjść do atelier.

– A po co?

– Też się nad tym zastanawialiśmy, gdyż jeszcze nikt nie zwrócił się do nas nigdy z takim życzeniem.

– I co?

- Przyszedł i poprosił mojego męża, żeby zaprezentował mu ją na jednym z manekinów.
- A potem?
- Nie uwierzy pani, ale zbadał tę suknię dotykiem. Macał ją prawie przez pół godziny, chcąc się dowiedzieć, jaką ma pani figurę, jaki w dotyku jest materiał, badał perły - wziął do ręki każdą wstążkę, przejeżdżając po niej palcami.

Patrzyłam na nią oniemiała.

- I przy każdym detalu prosił mojego męża, żeby opisał mu kolor i czy widać na nim jakiś wzorek.
- Dlaczego?
- Jak to? Nie domyśla się pani? - popatrzyła na mnie zdziwiona. - Chciał wiedzieć, jak pani będzie wyglądać, kiedy przyjdzie pani na bal. Nie mógł przecież pani widzieć.

Zamknęłam oczy, nic na to nie mówiąc, stało się bowiem dla mnie jasne, dlaczego tak bezceremonialnie odrzucił moją propozycję, żebym opisała mu suknię. Nie był nią wcale niezainteresowany, tylko po prostu już ją „widział". Jedno pytanie przemknęło mi przez myśl.

- Czy Tobia nie spytał, jak wyglądam?
- Nie.

Czy mi się zdawało, czy signora Minou próbowała powstrzymać łzy?

- Mój mąż go zapytał, czy nie ciekawi go, jak pani wygląda, i czy ma mu panią opisać. I wie pani, co odpowiedział?

Pokręciłam głową.

- Powiedział, że każdy opis zawiera w sobie ocenę i że nie chce słyszeć o pani cudzego zdania - przerwała na chwilę, po czym dodała: - Mój mąż musiał mu przysiąc, że nikomu nie powie o tej wizycie, ale jak usłyszałam, że tak negatywnie się pani o nim wypowiada, nie mogłam się powstrzymać. - Spojrzała na mnie z naciskiem. - Czy naprawdę pani nie wierzy, że mężczyzna, który się tak zachowuje, mógłby nie kochać?

Mówiąc to, chwyciła swoje rzeczy i w typowy dla siebie oschły sposób wyciągnęła do mnie rękę na pożegnanie, zostawiając mnie oniemiałą.

W końcu nadeszła niedziela i wrócili Scarpowie. Nie mogąc się już doczekać, gorączkowo wyczekiwałam mojego spotkania z Tobią. Przez cały tydzień zastanawiałam się nad słowami signory Minou, zadając sobie pytanie, czy jej ocena Tobii była właściwa, czy też może ja miałam rację. Dlatego wiązałam z tym dniem nadzieję, że wreszcie będę mogła zrozumieć, kim jest prawdziwy Tobia Manin Prode. Podekscytowana wyjrzałam przez okno i zobaczyłam, że już teraz, krótko przed umówionym czasem, czekał na mnie oparty o ścianę budynku po drugiej stronie ulicy. Geo siedział cierpliwie u jego stóp. Tobia jak zwykle ubrany był zbyt ciepło jak na ten słoneczny dzień, ale pierwszy raz założył okulary słoneczne. Wzięłam z fotela torebkę, zamierzając udać się do wyjścia, gdy nagle na korytarzu zjawił się przede mną signor Scarpa.

– Jedną chwileczkę, Alice.
– Słucham?
– Jesteś znowu umówiona z Maninem?

Musiał mnie widzieć z okna swojej sypialni.

– Tak.
– Po tym balu to właściwie myślałem, że zdecydujesz się na Fernandiego. Byłby to z pewnością o wiele lepszy wybór – i może nawet nieco ambitniejszy.
– Giuliemo i ja spędziliśmy co prawda bardzo miły wieczór, jednak myślę, że nic nie stoi chyba temu na przeszkodzie, żebym przyjaźniła się z Tobią, prawda?
– Już raz ci mówiłem, że chcę cię tylko przed czymś ochronić. Mam w życiu większe doświadczenie niż ty. Czego spodziewasz się po niewidomym? Po człowieku, którego będziesz

musiała prowadzić i który zdany jest na innych. To inwalida! I jeszcze na dodatek z paskudnym charakterem.

– Tylko się przyjaźnimy – odpowiedziałam mu spokojnie, udając obojętność.

– Z facetem takim jak on nie ma przyjaźni. To samotny wilk. Zabawi się z tobą, a potem cię porzuci.

– Pan nie chce, żebym się z nim więcej spotykała.

– Tak jest.

Spojrzałam mu śmiało w oczy, zamiast jak zwykle spuścić wzrok.

– Więc przykro mi, ale niestety nie mogę panu tego obiecać. Chętnie spędzam czas z signorem Maninem, nawet jeśli pan nie potrafi tego zrozumieć. I naprawdę uważam, że nie powinno to pana interesować, z kim ja się spotykam w swoim i tak już ograniczonym czasie wolnym. A teraz przepraszam.

Ruszyłam w stronę drzwi, zostawiając go w pokoju w niemym osłupieniu.

Witając się z Tobią na ulicy, byłam jeszcze wzburzona po niedawnej rozmowie. Tobia najwyraźniej wyczuł, że nie jestem w normalnym nastroju.

– Czy coś się stało?

– Mała kłótnia ze Scarpą. Nic poważnego.

– Byłem jej powodem?

– Też – odparłam wymijająco. – Najlepiej będzie, jak już pójdziemy. Za chwilę mi przejdzie. Cieszę się, że wreszcie znów się widzimy.

Uśmiechnął się i pierwszy raz zobaczyłam, że robią mu się zagłębienia na policzkach. Nie zauważyłam ich wcześniej. Tobia wydał Geo komendę i szybkim krokiem ruszyliśmy w stronę Peggy Guggenheim Collection, niedaleko stąd. Nagle przystanął.

– Póki pamiętam, mogę cię o coś prosić?
– Tak?
Sprawiał wrażenie, jakby czuł się skrępowany swoją prośbą.
– Chciałbym cię spytać, czy mogłabyś zapłacić za bilety?
Zdziwiło mnie jego pytanie, gdyż nie sądziłam, że taki koszt mógłby przekroczyć jego budżet.
– Nie chodzi mi o to, żebyś zapłaciła za nie swoimi pieniędzmi, tylko moimi – wyjaśnił, podając mi błyszczący męski pugilares. – Ja prawie nigdy nie używam portfela. Posługując się kartą kredytową, nigdy nie widzę kwoty, pod którą mam się podpisać – wyjaśnił, a wyraz jego twarzy zdradzał, że miał w tym względzie złe doświadczenia. – Kiedy płacę gotówką, ciągle mam problem z rozpoznaniem banknotów i zawsze zajmuje mi to całą wieczność. Tak rzadko robię zakupy, że nie mam w tym wprawy. W Wenecji, gdzie wszyscy i tak mnie znają, zwykle proszę o przesłanie rachunku, ale z biletami tak się raczej nie robi – uśmiechnął się z bólem. – Wcale nie chcę, żebyś ze swojej skromnej pensji opiekunki płaciła za bilety.

Wiedziałam, że poczułby się urażony, gdybym odmówiła, więc bez słowa wzięłam portfel i schowałam do torebki.

– Znamy się zaledwie od paru dni, a ty już powierzasz mi swoje finanse? Jesteś pewien?

Uśmiechnął się.

– Po pierwsze, to nie są moje całe finanse, a po drugie, po tym wszystkim, co do tej pory od ciebie słyszałem, jestem pewien, że pieniądze znaczą dla ciebie równie niewiele jak dla mnie. Zatem nie ryzykuję.

Ruszyliśmy w dalszą drogę do Palazzo Venier dei Leoni, gdzie mieściło się muzeum, i dotarłszy do ogrodu parterowego, sprawiającego dziwne wrażenie nowoczesnego budynku, udaliśmy się do kas. Bilety sprzedawała młoda kobieta siedząca za białą ladą. Wskazując uprzejmie na Geo, odezwała się do mnie po angielsku z amerykańskim akcentem.

– Przykro mi, ale niestety zwierząt nie wolno wprowadzać do muzeum.

Chciałam właśnie coś odpowiedzieć, lecz Tobia zdążył mnie uprzedzić, wtrącając płynną angielszczyzną bez akcentu.

– Ten pies to jest pies przewodnik, jeśli nigdy pani wcześniej nie widziała. Jak pani na pewno wie, normalne przepisy ich nie obowiązują i wolno im wchodzić nawet do muzeów.

Ton jego głosu był stanowczy, lecz równocześnie szarmancki, przez co kasjerce jeszcze trudniej było zaprotestować.

– To muzeum jest prywatne. Mam polecenie, żeby nie zezwalać na wpuszczanie zwierząt. Proszę mnie zrozumieć. Jestem tu dopiero od tygodnia, a szefowej jeszcze nie ma. Gdy przyjdzie i zobaczy, że popełniłam błąd, wyrzuci mnie i będę musiała wracać do Kansas.

Zrobiło mi się żal tej dziewczyny. Widać było, że chciała nam pomóc, ale musiała jedynie przestrzegać swoich poleceń. Doskonale rozumiałam jej niechęć do ryzyka, które wiązało się z groźbą opuszczenia Wenecji, nawet jeśli działała wbrew własnym przekonaniom. Chciałam już dać jej spokój i sobie pójść, jednak zauważyłam, że Tobia wyprostował się i podszedł bliżej do dziewczyny, marszcząc gniewnie czoło. Przez chwilę zastanawiałam się, czy w grę wchodziła jego urażona duma, czy strach, że bez swojego czworonoga stanie się nagle bezbronny. Jednego w każdym razie byłam pewna. Muszę jak najszybciej jakoś zareagować. Dlatego zanim zdążył na nią naskoczyć, położyłam mu łagodnie dłoń na ramieniu, zwracając się do niego po cichu.

– Tobia, daj spokój, proszę. Wiem, że masz rację, ale ona musi tylko stosować się do swoich wskazówek. Chodźmy po prostu gdzieś indziej.

I chociaż nie odwrócił głowy w moją stronę, usłyszałam, jak odpowiada mi lodowatym głosem.

– Nie pójdę nigdzie indziej. Tak łatwo nie dam sobą pomiatać.

Zwracając się do dziewczyny, dodał:

– Ryzykuje pani utratę pracy, nie tylko wpuszczając psa, ale również nie wpuszczając go. Czy pani w ogóle wie, kogo ma przed sobą?

Twarz dziewczyny zbielała jak śnieg. Tobia jednak sprawiał wrażenie, jakby zupełnie nie czuł jej cierpienia lub po prostu ignorował je w swojej wyniosłości. Powoli zdjęłam rękę z jego ramienia, cofając się o krok.

– Tobia, ta dziewczyna chce jak najlepiej, ale ma swoje wytyczne. Uważam, że zachowujesz się jak dziecko i w tej sytuacji nie mam ochoty iść z tobą do tego muzeum. Albo zostawisz tutaj Geo w cieniu pod drzewami, a ja oprowadzę cię po muzeum, albo idziemy gdzie indziej. Ale na pewno nie przyczynię się do tego, żeby tę dziewczynę wyrzucono z pracy. Decyduj! – rozkazałam, ściszając głos do intensywnego szeptu.

Zdziwienie na twarzy Tobii wywołane moimi słowami było widoczne nawet pomimo jego wielkich słonecznych okularów. Usta zwęziły mu się do cienkiej szparki. Próbując nad sobą zapanować, ostatecznie wyraził zgodę.

– A więc dobrze. Zostawimy tutaj psa, a ty... będziesz mnie prowadzić.

Pochylił się wolno nad Geo, zdjął mu szorki, a z kieszeni kurtki wyjął normalną smycz, którą przyczepił do obroży.

– Znajdź mu, proszę, jakieś zacienione miejsce.

Chwyciłam smycz i zaprowadziłam wesoło węszącego psa do jednej z wielkich ławek, pod którą usiadł, zwijając się w kłębek. Wróciwszy do kasy, uśmiechnęłam się do młodej Amerykanki, prosząc ją, aby miała go na oku i przechowała dla nas jego uprząż. Uszczęśliwiona pokojowym zażegnaniem konfliktu podziękowała mi, biorąc szorki i wręczając bilety.

Tobia czekał obok mnie, nie okazując jakichkolwiek emocji. Na koniec chwyciłam z drżeniem jego rękę i położyłam sobie na ramieniu. Początkowo czułam, jak się wzdryga, jednak po chwili trzymał mnie już mocniej i szedł za mną, podczas gdy ja skierowałam swoje kroki w stronę głównego budynku.

Słyszałam, jak mruczał pod nosem – bardziej do siebie, niż do mnie – że już nigdy więcej nie ruszy się z domu bez laski. Jednak czułam, że stopniowo uchodzi z niego złość i że z wyczuciem dostosowuje się do moich ruchów.

Ciągle jeszcze nie mogłam sobie wybaczyć, że na miejsce drugiego spotkania wybrałam akurat muzeum. Moją nerwowość dawało się wyczuć, jednak Tobia zdawał się już cieszyć z tego, że będę mu zaraz zdawać relację na temat eksponatów. Kiedy weszliśmy do pierwszej z sal, z jego twarzy wyczytałam szczere zainteresowanie, które zastąpiło niedawny gniew, że musiał się poddać, pokazując słabość.

W skupieniu podeszłam do pierwszego obrazu – „La Baignade" Picassa – i zaczęłam go opisywać. Starałam się własnymi słowami określić jego kształty, odtworzyć kolory za pomocą porównań oraz scharakteryzować wygląd obu postaci bawiących się łódką. Tobia stał przy mnie, przechylając lekko głowę, i wsłuchiwał się w moje słowa. Ani razu mi nie przerwał, lecz skoncentrowany był całkowicie na wyobrażeniu sobie tego, o czym opowiadam. Kiedy skończyłam, okazało się, że prawie pół godziny spędziliśmy przed tym jednym obrazem. W takim tempie nie zdążymy obejść całego muzeum. Gdy w poczuciu obowiązku chciałam podejść do kolejnego eksponatu – jednej z rzeźb Caldera w holu wejściowym, Tobia delikatnie mnie powstrzymał.

– Wyobrażam sobie, jakie to musi być dla ciebie wyczerpujące, dobierać odpowiednie słowa. Wybierz po prostu sama obrazy, które chcesz mi opisać. Do pozostałych wrócimy tu innym razem.

Spojrzałam na niego zadziwiona. Moje emocje i zmiany nastroju nigdy nie umykały jego spostrzegawczości. I chociaż taki nieczuły wydawał się wtedy przy wejściu, to jednak teraz, kiedy stał przy mnie, był wyrozumiały i pełen życzliwości, dostosowywał się do mnie i starał się mnie nie przemęczać

Skoncentrowana, lecz na luzie oprowadzałam go więc po muzeum, wybierając obrazy, które szczególnie mi się podobały. Im więcej opowiadałam, tym pewniej się czułam, uświadamiając sobie, że to wcale nie perfekcyjna dokładność moich opisów przybliżała Tobię do ich poznania, lecz uczucia i emocje towarzyszące mojej kontemplacji.

Nigdy wcześniej nie zastanawiałam się poważnie nad tym, jak silnie mogą na człowieka oddziaływać sztuki plastyczne. Do tej pory to książki były w stanie mnie oczarować, a nie rzeźby albo obrazy. Dopiero dzięki Tobii zaczęłam naprawdę przeżywać nastrój, jaki udzielał mi się w czasie oglądania, a działo się tak dlatego, że starałam się mu go odtworzyć. Oglądałam najpierw jakiś obraz, zapamiętywałam go, a następnie zamykałam oczy, przywołując uczucie i wspomnienie związane z tym, co przed chwilą widziałam, po czym znowu otwierałam oczy, chcąc się upewnić, czy czegoś nie zapomniałam.

W końcu doszliśmy do ostatniego obrazu, jaki znajdował się na wystawie. Od razu wiedziałam, że nie mogę go pominąć.

– Przypominasz sobie może, czy widziałeś kiedyś przed wypadkiem któryś z obrazów René Magritte'a? Niebo jasne jak za dnia, ale krajobraz ciemny jak w nocy, przez co powstaje sprzeczność, gdyż widz nie orientuje się, czy jest dzień, czy noc?

– Tak – skinął głową. – Wydaje mi się, że w MoMa w Nowym Jorku jest taki obraz.

– Stoimy właśnie przed pierwszym obrazem tej serii. Nosi tytuł „Imperium świateł". Ciemna nocna ulica mocno kontrastuje z pastelowo-błękitnym niebem i delikatnymi obłokami.

Wzrok Tobii utkwiony był nieruchomo na wprost. Niemal widać było, jak tworzy sobie ten obraz w swojej wyobraźni.

– Wyobrażam go sobie bardzo dokładnie – powiedział z lekkim uśmiechem. – Może to porównanie wcale nie jest złe: dookoła mnie jest światło, podczas gdy ja tkwię w ciemności.

– Nie mów tak! – skarciłam go oburzona tym, co powiedział, jednak ciągnął dalej.

– Czasami myślę, że moje kalectwo jest karą boską. Może jeszcze o tym nie wiesz, ale dawniej robiłem niemal wszystko, czego nie powinno się robić, będąc przyzwoitym. Nie miałem skrupułów ani współczucia zarówno w życiu prywatnym, jak i zawodowym. Wysługiwałem się dobrymi ludźmi, próbując zawsze przeciągnąć korzyść na swoją stronę. Nie chodziło mi wcale o pieniądze. Sukces polegał dla mnie na tym, że mogłem wszystkim udowodnić, że jestem lepszy, mądrzejszy i piękniejszy. Był dla mnie ważniejszy niż wszystko inne – potrząsnął głową pełen odrazy. – Pewnie mnie potępisz, ale muszę ci wyznać, że nie byłem człowiekiem wiernym ani tym bardziej szczerym. Największą przyjemność sprawiały mi kobiety i wzajemne podburzanie ich przeciw sobie – zamilkł, jakby w oczekiwaniu na jakiś komentarz z mojej strony, ale ponieważ milczałam, mówił dalej cicho: – Byłem dumny, że nie podjąłem nigdy żadnej decyzji, kierując się sentymentem, nigdy nikogo nie oszczędziłem, jeśli w grę wchodził mój interes, i zawsze miałem wszystko pod kontrolą. Chełpiłem się również tym, że nie muszę do nikogo żywić prawdziwych uczuć – dodał, unosząc brwi. – Nie potrafisz sobie wyobrazić, jak bardzo kobiety próbowały mnie przekonać, że jest zupełnie na odwrót. To był doskonały sposób na podryw – one wtedy robiły wszystko, żeby wyleczyć mnie z oziębłości, a ja robiłem im nadzieję, że mają u mnie szansę i że ja nie spotkałem tylko jeszcze tej właściwej. Ta metoda była tak skuteczna, że stosowałem ją bez skrupułów na okrągło. Miałem przy tym świadomość, że wiele z nich mocno zraniłem – znów zamilkł na chwilę. – Tak, być może ta kara mi się należała.

Mówienie o uczuciach sprawiało mi wielką trudność. Zebrałam całą odwagę i chwyciłam jego dłoń.

– Nie wierzę, że to kara, bo nie wierzę, że Bóg karze. A może raczej otrzymałeś zadanie, które w pewnym sensie miało ci otworzyć oczy?

– Co chcesz przez to powiedzieć? – zapytał, cofając rękę.

– Ja też muszę ci coś wyznać. Po tym, gdy zdradziłeś mi swoje prawdziwe nazwisko, szukałam w internecie informacji o twoim dawnym życiu i zastanawiałam się, czy nadal jesteś tym, kto jest tam opisany, czy też może stałeś się kimś innym.

– I co myślisz?

– Myślę, że pragniesz stać się kimś innym. Przed chwilą przy kasie miałam okazję poznać dawnego Tobię Prode'a – faceta, który za wszelką cenę musi mieć rację. Faceta, który nie zna litości i nie chce uchodzić za mięczaka, nikomu nie współczuje i pragnie manipulować innymi.

Na twarzy Tobii odmalował się zgorzkniały uśmiech.

– Z czego wnioskujesz, że zamierzam się zmienić?

– Z tego, że starasz się kogoś rozumieć, a nie tylko nad nim dominować.

Uśmiechnęłam się, ponieważ w tej chwili sama pojęłam, co mnie skłoniło do wyciągnięcia takiego wniosku.

– Mężczyzna, który godzinami potrafi słuchać, którego interesuje każdy szczegół i który pragnie uchwycić emocje, jakie wywołuje kościół w Torcello, obraz w muzeum albo widok laguny, nie pragnie zdobywać. Taki mężczyzna pragnie jedynie rozumieć i wieść taki żywot, jaki mu przypadł. To prawda, Tobia, ty właśnie stajesz się takim człowiekiem.

– Możliwe, że masz rację, jednak Tobia, którego teraz masz przed sobą, jest być może takim – nazwijmy to – „lepszym mężczyzną", ale za to stuprocentowym kaleką. I co tu jest lepsze?

Postanowiłam nie odpowiadać na to żadnym błahym i pokrzepiającym wyjaśnieniem. Pozostawiłam to pytanie bez odpowiedzi i delikatnie położyłam sobie jego rękę z powrotem na ramieniu, aby zaprowadzić go do ogrodu, gdzie czekał Geo. Cóż bowiem mogłabym mu odpowiedzieć? Być może był egoistą i emocjonalnym kaleką, jednak lubił swoje życie i z pewnością nie chciał go zmieniać. Możliwe też, że teraz stał się człowiekiem bardziej szlachetnym, ale za to niewidomym i o wiele mniej szczęśliwym. Nie miałam wątpliwości, co bym wolała na jego miejscu. Jego smutek bardzo mnie poruszał, i wiedziałam, co to znaczy, stracić wszystko i mieć świadomość, że wprawdzie można stać się lepszym człowiekiem, lecz za żadne skarby świata nie pomoże to odzyskać tego, co się utraciło. Łatwo było zrozumieć, dlaczego postrzegał to jako karę.

W wyniku tej rozmowy dla mnie jednak wszystko się zmieniło. Przestałam podejrzewać, że Tobia pragnie przede mną coś zademonstrować. Jego smutek i ból były zbyt autentyczne, a jego pragnienie, by rozumieć – zbyt głębokie.

Doszliśmy do muzealnego ogrodu. Odnosiłam dziwne wrażenie, że z każdym krokiem spada ze mnie ciężar minionych tygodni i lat. I chociaż trudno było mi to pojąć, nagle wiedziałam, że znalazłam człowieka, którego mogłam i chciałam pokochać. Przytłoczona uczuciami usiadłam na jednej z ławek, podczas gdy Tobia przywitał się z Geo i odebrał od dziewczyny uprząż, którą ponownie założył psu. Zauważyłam, że nagle wszystko wokół mnie zaczęłam odczuwać intensywniej. Czy te ptaki wcześniej też tak głośno śpiewały? I czy te liście były już takie zielone, kiedy przyszliśmy?

– Powinniśmy teraz coś zjeść. Co byś powiedziała na restaurację hotelu Monaco & Gran Canale? – zaproponował, wytrącając mnie z zadumy.

Popatrzyłam na niego z wahaniem.

– Błagam, nie!

Zbyt dobrze potrafiłam sobie wyobrazić, że znowu znajdę się w jednej z tych najdroższych luksusowych restauracji, gdzie kelnerzy tylko czekają, aby mnie obsłużyć, a za plecami pewnie będą komentować mój nieodpowiedni ubiór.

– Pozwól mi dzisiaj wybrać lokal, proszę. Kiedy załatwiam różne sprawy dla Scarpów, często przechodzę obok fantastycznej *bacari* – takiej jednej starej weneckiej tawerny z tradycyjnym jadłem. Zawsze chciałam tam kiedyś zajrzeć. Jedzenie na pewno nie będzie tam takie wyśmienite jak w Monaco & Gran Canale, ale za to prawdziwie weneckie i atmosfera też będzie świetna. A dla ciebie coś zupełnie innego.

Nie był przekonany do mojej propozycji. Zobaczyłam, że zmarszczył czoło. Widać, że nie przywykł do tego, aby innym dawać możliwość decydowania. Kiwnął jednak głową na znak, że się zgadza.

– Dobrze, spróbujmy zatem.

Zaprowadziłam ich do lokalu, w którym wszystko było czerwone. Zobaczyłam przez okno stoliki, które do ostatniego miejsca pozajmowane były przez całe rodziny, studentów oraz turystów, jednak z ulgą zauważyłam, że w rogu jest jeszcze jeden mały stolik wyglądający na wolny. Pełna zapału i z niemal przesadnie dobrym humorem otworzyłam drzwi, do których przyczepionych było mnóstwo dzwonków, i weszłam z Tobią do ciasnego pomieszczenia. Gdy znaleźliśmy się w środku, mój dobry nastrój natychmiast prysł. I tak jak jeszcze przed chwilą przy wszystkich stolikach panował ożywiony gwar, tak teraz na widok Tobii z psem wszyscy jakby nagle zamilkli. Widziałam, że wszystkie pary oczu wycelowane są prosto w nas. Prowadząc Tobię do wolnego stolika i próbując sama jak najszybciej zająć przy nim miejsce, miałam wrażenie jakbyśmy poruszali się w zwolnionym tempie.

Tobia, który tak samo jak ja musiał zdać sobie sprawę z tej nagłej ciszy, usiadł w milczeniu naprzeciw mnie, a jego twarz zastygła w bezruchu na kształt maski. Geo natomiast zwinął się w kłębek pod stołem. Zdjęłam tylko kurtkę, i podeszłam do baru, aby wybrać kilka specjałów, które wystawiono w małej staromodnej witrynie. Zamiast jednak skupić uwagę na kanapkach tramezzini, nadpalonych małżach, makaronach bigoli oraz wszystkich pozostałych weneckich smakołykach, które kusiły mój wzrok, podchwytywałam strzępki rozmów, które słyszałam dookoła i które dotyczyły przystojnego niewidomego oraz jego towarzyszki.

Z niepokojem zerknęłam w stronę Tobii i natychmiast zorientowałam się, że on także nasłuchuje. Jego postawa, wyrażająca dotąd pewność siebie, ustąpiła miejsca pozie wyprężonej i sztywnej jak świeca, a jedyną częścią jego ciała, która zdawała się być ruchoma, były jego palce, uporczywie obracające znajdującą się na stole solniczkę.

– Czym mogę pani służyć?

Stojąca po drugiej stronie witryny bufetowa czekała na moje zamówienie. Z ulgą stwierdziłam, że przynajmniej jej wzrok nie wydał mi się współczujący, kiedy podawała mi kilka dań. W pośpiechu zabrałam tacę, na której ustawiła jeszcze koszyk z chlebem i dwa rustykalne kieliszki z białym winem. Balansując nią ostrożnie, wróciłam do stołu.

– Mam nadzieję, że trafiłam w twój smak – odezwałam się, starając nadać mojemu głosowi pogodny ton.

– Jestem pewien, że tak.

Tobia jednak nie zabrał się do jedzenia.

– Nie podoba ci się tutaj?

– Podoba.

– To dlaczego jesteś taki spięty?

– Alice, jestem może ślepy, ale nie głuchy. Myślisz, że nie słyszę, co się dookoła nas dzieje? Czy wydaje ci się, że nie czuję tych spojrzeń, którymi wszyscy się we mnie wpatrują? – Wziął głęboki oddech. – Być może powinno tak być, ale komuś, kto zawsze dążył do tego, żeby być lepszym od innych, naprawdę trudno jest nagle uświadomić sobie, że wzbudza tylko współczucie... – Nerwowo przejechał dłonią po swoich długich kręconych włosach. – Zjedzmy szybko.

Widziałam, że raczej niczego tu nie zje, i sama też straciłam apetyt. Apatycznie ułamałam kawałek chleba i umoczyłam w oleju. Nie byłam jednak w stanie delektować się smakiem marynowanej ryby, świeżych ziół ani warzyw, widząc, jak Tobia siedzi naprzeciw mnie blady jak kreda, sprawiając wrażenie, jakby odliczał sekundy do czasu, aż wreszcie sobie stąd pójdziemy...

Skończyłam jeść, a kiedy już zamknęły się za nami drzwi od lokalu i znaleźliśmy się na świeżym powietrzu tego niedzielnego popołudnia, widać było, że odczuwa ulgę.

– Dlaczego ten lokal tak bardzo cię zestresował, o wiele bardziej niż tamta *locanda* w zeszłym tygodniu?

– A myślisz, że dlaczego zawsze jadam tylko w samych luksusowych restauracjach? Wcale nie dlatego, że jestem dekadencki, tylko dlatego, że jest tam o wiele mniej ludzi, a większość z nich próbuje się przynajmniej jakoś zachować. I nikt się nie gapi na mnie tak ostentacyjnie, jak przed chwilą.

– Ale nie możesz przecież przez resztę życia się wycofywać i przynajmniej od czasu do czasu nie pobyć trochę wśród normalnych ludzi. Dlaczego stanowi to dla ciebie tak wielki problem, że ludzie na ciebie się gapią? Unikasz towarzystwa i żyjesz tylko w oderwanym od rzeczywistości luksusowym świecie, w którym za pieniądze możesz sobie kupić przyzwoite zachowanie innych.

– A co ty robisz dzięki tym twoim wszystkim książkom? Żyjesz sama w realnym świecie?

Tobia zrobił ponurą minę.

– Nie, ale...

- To mam dla ciebie propozycję. Załóż sobie kiedyś czarną opaskę i spróbuj tak przez cały dzień wszędzie z nią chodzić: jeść, pić, płacić – po prostu wszędzie. Wtedy pogadamy.

Pogładził się dłońmi po twarzy, trącając przypadkiem swoje okulary. Zauważyłam ze zdumieniem, że prawe oko miał spuchnięte.

- Tobia, zraniłeś się?
- Moja gospodyni twierdzi, że wyglądam, jakbym oberwał w walce bokserskiej. Ale oczywiście nie całkiem tak było.

Zdjął okulary i zobaczyłam, że istotnie miał porządne limo, które w większości było niebieskie, a na skraju powiek nawet żółtawe.

- Próbowałem ci przed chwilą uzmysłowić, w jakim świecie żyję, i że można czasem zaliczyć takie niespodzianki, kiedy na przykład głupie krzesło nie stoi na swoim zwykłym miejscu. W moim *palazzo* wiem na pamięć, w których miejscach stoją wszystkie meble, tak że nie jestem ciągle zdany na Geo albo na laskę. Jeśli jednak coś zostanie przestawione, może się to dla mnie okazać bardzo bolesne. – Ponownie założył okulary. – W byciu niewidomym dobre jest przynajmniej to, że ma się pretekst do założenia okularów, dzięki czemu można czasami ukryć ślady obrażeń.

- Ale ty przecież prawie nigdy ich nie nosisz. Dlaczego?
- A dostrzegasz w tym jakąś korzyść? Ja swoich oczu wcale nie muszę chronić przed słońcem, i to już wiesz. Wiele osób niewidomych zakłada okulary, aby oszczędzić innym nieprzyjemnego widoku, gdyż ich oczy doznały widocznego urazu. Ponieważ jednak moje wyglądają tak samo jak przed postrzeleniem, tyle że są całkiem bezużyteczne, nie widzę powodu, żebym miał je zakładać. Chyba że źle wyglądam?

- Wcale nie – westchnęłam. – Spytałam po prostu ze swojej ciekawości, którą tak uwielbiasz.

Po twarzy przemknął mu słaby uśmiech.

– Porozmawiajmy może o czymś innym. Dzisiaj już chyba dosyć nagadaliśmy się o tej cholernej ślepocie.

– Na co więc masz ochotę?

Sprawiał wrażenie zmęczonego, jednak po chwili odpowiedział:

– Pokaż mi swoje ulubione miejsce w Wenecji. Może to nas trochę rozerwie.

– San Giorgio Maggiore – podsunęłam cichutko po krótkiej chwili zastanowienia.

– Dlaczego akurat wyspa? Musielibyśmy zamówić łódź, a to trochę potrwa...

– Możemy przecież wsiąść do *vaporetto*.

Jego twarz zastygła.

– Nigdy nie korzystam z *vaporetto*.

No pewnie. Mogłam była się tego domyślić – skoro normalny lokal mógł wywołać u niego szok, to co dopiero publiczny chybotliwy statek przepełniony niedzielnymi turystami?

– To przejdźmy się na Zattere i posiedźmy sobie na słońcu.

To miejsce było zaledwie kilka kroków stąd – słoneczna promenada naprzeciw wyspy Giudecca, skąd można sobie patrzeć na imponujące wycieczkowce, obładowane towarami barki, stare holowniki albo na sunące wolno po wodzie statki parowe przewożące pasażerów. Tylko raz miałam okazję, by posiedzieć godzinę na ławce i pogapić się na panujący tam ruch.

Tobia zgodził się bez wahania.

Doszliśmy do Zattere, zajmując miejsce na jednej z parkowych ławek. Geo usiadł przed nami. Także tutaj widziałam, że niektórzy przechodnie przyglądają się nam. Szybko jednak zawiesiłam wzrok na przepięknej panoramie Giudecca. Tobia najwidoczniej znowu się uspokoił.

– Opowiedz mi, proszę, co widzisz.

Zaczęłam obszernie opisywać mu piękno kanałów, których szmaragdowa zieleń połyskiwała w popołudniowym słońcu, okazały przepych białych murów kościoła Il Redentore na tle lazurowego błękitu nieba, urok niskich domków, byłych fabryk i zakładów znajdujących się na przeciwległym brzegu. Czułam jednak, że Tobia nie może się uspokoić. Nerwowo przesuwał dłońmi po swoich dżinsach oraz długich włosach. W pewnej chwili zamilkłam.

– Co jest?

– Alice, proszę, nie zrozum mnie źle, ale to, co mówisz, brzmi jak tekst z jakiejś ulotki biura informacji turystycznej. Nie muszę wcale wiedzieć, jak dokładnie wyglądają poszczególne obiekty, i nie tak opisywałaś mi wtedy Torcello albo obrazy w Guggenheimie. Chciałbym wiedzieć, co one sobą wyrażają, jaki przekazują nastrój i co bym czuł, gdybym sam je widział.

Miał rację. Mnie samej także się wydawało, że zmieniłam styl. Tylko dlaczego?

– Odnoszę wrażenie, że ciągle jeszcze jesteś na mnie zła z powodu tej sytuacji w barze. Dlatego nie potrafisz przekazać swoich odczuć ani nastroju. Ale proszę, postaraj się.

Zauważyłam, że proszenie zawsze jest dla niego mało przyjemne. Przyzwyczajony był do wydawania poleceń, i widać było, że sama myśl o wyrażaniu prośby była dla niego krępująca.

Z wahaniem zaczęłam opowiadać od nowa ściszonym głosem. Po chwili już czułam, że Tobia się odpręża, odchylając z zadowoleniem na oparcie ławki, i wsłuchuje w to, co mówię. Coraz bardziej odchylał głowę do tyłu, wystawiając twarz do słońca. Zaczęłam nagle dostrzegać szczegóły, które wcześniej umknęły mojej uwadze, lecz to właśnie one przyczyniały się do stworzenia spokojnego i czarującego nastroju tego miejsca: nieustannie zmieniające się światło, biały blask istryjskich kamieni, elewacje domów pomalowane na kolor ochry i swobodna elegancja wenecjan. Kiedy skończyłam opowiadać, mając wrażenie, że trwało to całą wieczność, wyczerpana zamknęłam oczy.

– Dziękuję ci. Jakiś czas temu mój brat próbował opisać mi to miejsce, jednak w ogóle nie mogłem zrozumieć, dlaczego ludzie tak się nim zachwycają. Wydawało mi się pospolite i podobne do wielu innych miejsc w tym mieście. Ale po tym, jak mi je opisałaś, rozumiem, dlaczego dla wielu ludzi jest ono takie szczególne.

Wzięłam głęboki oddech.

– Twój brat to dziwny facet.

Tobia usiadł prosto.

– Nie powinnaś o nim źle myśleć. Jest o trzy lata ode mnie starszy, a po śmierci rodziców to ja miałem szczęście, że wyjechałem do Stanów, podczas gdy on zamieszkał u naszej cioci w Mediolanie, która prawie w ogóle o niego nie dbała. Mając siedemnaście lat, uciekł od niej na Ibizę. Rzucił szkołę, wpadł w złe towarzystwo i robił interesy z niewłaściwymi ludźmi – westchnął z rezygnacją, zupełnie jakby to on był starszym bratem, który musi usprawiedliwiać się za wybryki młodszego. – Tak naprawdę Stefano jest jednak bardzo troskliwym człowiekiem i dobrym bratem. Gdyby nie on, to pewnie nigdy nie wychodziłbym wieczorami z biura, tylko bym ciągle pracował. A po tym jak... straciłem wzrok, troskliwie się mną opiekował. Kiedy łapałem doła, zawsze był przy mnie.

Wątpiłam w to, co mówi, jednak zachowałam swoje wątpliwości dla siebie. Trudno mi było uwierzyć, żeby ten zadowolony z siebie typek z przyjęcia, który pokazując lipne sztuczki, próbował zrobić wrażenie na damach, mógłby być tym troskliwym bratem, jakiego właśnie opisał Tobia.

– On mieszka z tobą w Wenecji?

– Nie. Mieszka w zasadzie w Stanach, w moim dawnym domu. Przyleciał tylko na bal, a na drugi dzień rano od razu musiał wracać, bo miał jakieś ważne spotkanie w poniedziałek.

– Często się widzicie?

– „Widzieć" to może trochę za dużo powiedziane – skwitował, uśmiechając się krzywo.

Zagryzłam wargi. Cholera! – najlepiej będzie, jak po prostu zapomnę to słowo.

– Chodzi mi o to, czy często jest w Wenecji.

– Raz w miesiącu. Lubię wiedzieć, co dzieje się w firmie. Obecnie mamy trochę problemów z nowymi produktami, a on mi opowiada, na czym stoimy. Jutro znowu przyjeżdża, a potem na kilka dni jedzie do Mediolanu.

– Ufasz mu?

– Całkowicie. Jest moim wzrokiem.

Przełknęłam ślinę na myśl, że miałabym ufać takiemu draniowi.

– Ale on nie mówi ci, jaka jest Wenecja?

– On nie potrafi. Dla niego wszystko dzieli się tylko na czarne i białe, duże i małe albo ładne i brzydkie. Jego opisy nigdy nie trwają dłużej niż dziesięć sekund, bo nigdy nie widzi więcej niż tyle co na pierwszy rzut oka. To jest dobre, jeśli rzecz dotyczy umów albo spraw służbowych, ale zupełnie nie nadaje się do opisywania nastrojów.

– Tobia, wiem, że nie lubisz pytań dotyczących przeszłości – zaczęłam ostrożnie, widząc, jak twarz zaczyna mu pochmurnieć – ale jedna rzecz nie daje mi spokoju. Przeczytałam już wszystko, co było na temat tamtego włamania, i po prostu nie rozumiem, dlaczego Lerú strzelił do ciebie. Wiesz to?

Zaległo krótkie milczenie.

– Jak myślisz, ile razy sam już sobie zadawałem to pytanie? Nie, Alice. Nie wiem, dlaczego strzelił. Wiadomo na pewno, że się nie obudziłem, bo leżałem na brzuchu, kiedy mnie znaleźli, a kulę, która przestrzeliła mi głowę, znaleziono w poduszce. Nikt jednak nie potrafił mi nigdy wyjaśnić, dlaczego po prostu nie zwinął rzeczy i nie wybiegł z domu, nie oddając tego cholernego strzału.

Wszystko byłoby inaczej, gdyby Lerú nie podjął tej fatalnej decyzji. Postanowiłam, że odważę się zadać mu jeszcze jedno pytanie.

– A Stefano? Dlaczego strzelił? Mógł przecież przytrzymać Lerú na muszce.

– Stefano zrobił jedynie słuszną rzecz. Gdyby trzymał go na muszce, wówczas ja zdążyłbym się w tym czasie wykrwawić. Dlaczego ciągle o nim tak źle myślisz? Wyczuwam, co o nim sądzisz, ale musisz zrozumieć, że uratował mi życie, a Lerú na nic innego sobie nie zasłużył po tym, co mi zrobił. Policja też tak wtedy to widziała.

Wstał i widać było wyraźnie, że posmutniał.

– Powinniśmy już iść. Jest późno i nie chciałbym, żebyś znowu miała awanturę ze Scarpami. Ale póki pamiętam – wyciągnął z kieszeni srebrne etui i wyjął z niego wizytówkę. – To jest numer mojej komórki. Możesz mnie w każdej chwili zastać pod tym numerem. Dzwoń do mnie śmiało, zwłaszcza kiedy twoi gospodarze będą się znowu okropnie zachowywali.

Spojrzałam na niego pytająco. Nigdy nie powiedziałam złego słowa o Scarpach! Skąd on mógł wiedzieć, że mnie wykorzystują?

– Skąd wiesz...

– ...że cię wykorzystują?

– Dowiadywałeś się czegoś o nich?

Pokręcił pobłażliwie głową.

– Nie było potrzeby. Opiekunka, która w tygodniu ma tylko jeden dzień wolny, a w pozostałe dni haruje od rana do wieczora, chyba nie trafiła do normalnej rodziny, prawda?

Wzięłam od niego wizytówkę i schowałam do portmonetki, przypominając sobie przy okazji, że muszę mu oddać jego pugilares. Kiedy jednak chciałam mu go włożyć do ręki, odepchnął go zdecydowanym ruchem.

– Miej go jeszcze. Życzyłbym sobie… albo nie, mam wielką nadzieję, że niedługo znowu się spotkamy.

– W przyszłą niedzielę?

Uśmiechnął się lekko pod nosem.

– Wcześniej Scarpowie na pewno nie będą się mogli bez ciebie obyć. Więc niech będzie niedziela o dziesiątej u ciebie. Będę jak zwykle czekał na dole z psem.

Rozdział 8

Miałam szczęście, że przynajmniej w tym tygodniu Scarpowie przydzielili mi kilka zadań, które różniły się od moich zwyczajnych zajęć, wnosząc nieco urozmaicenia do mojej codzienności. Dzięki temu moje wyczekiwanie do niedzieli było nieco znośniejsze. Signora Scarpa najwyraźniej postanowiła jednak, że będzie także regularnie sprawdzać, czy jej polecenia są wykonywane. Zaczęło narastać we mnie dziwne poczucie, iż dążą do tego, aby mieć pewność, że nie znajdę czasu na spotkanie się z Tobią, a kilka razy wydawało mi się nawet, że ktoś mnie obserwuje i śledzi, kiedy załatwiam sprawy na mieście. Nigdy jednak nie udało mi się przyłapać na tym mojej pani. Jednym z tych nietypowych zadań na ten tydzień było odebranie w środę pewnego przyjaciela rodziny z parkingu Piazzale Roma i przyprowadzenie do apartamentu. Było wczesne lato i cieszyłam się, że tego słonecznego dnia mam okazję gdzieś wyjść z ciągle jeszcze zimnego i wilgotnego mieszkania.

Przyjaciel państwa Scarpów, niejaki signor Piatti, przyjechał samochodem. Miałam na niego czekać przed wjazdem na wielopoziomowy parking. Ciągle jeszcze nie mogłam pojąć, dlaczego ktoś w ogóle przyjeżdża samochodem do Wenecji, gdzie samochód jest zupełnie bezużyteczny. Ale to nie było moje zmartwienie. Zmęczona robieniem zakupów, na których byłam tego dnia rano, dotarłam do wielkiego parkingu i rozejrzałam się. Parkujące samochody poruszały się na wjeździe wolno i ostrożnie, lecz nagle nadjechało żółte porsche, które z piskiem opon wzięło ostry zakręt, przejeżdżając koło mnie niemal na styk.

– Co za cham! – wyrwało mi się.

I chociaż widziałam kierowcę zaledwie przez krótką chwilę, od razu wydał mi się niesympatyczny w swoich wielkich czarnych okularach, z włosami zaczesanymi do tyłu na żel. Nie miałam wątpliwości: to był Stefano, brat Tobii.

Przypomniałam sobie, że Tobia wspominał o tym, że Stefano ma przyjechać do Wenecji, a potem udać się w dalszą podróż do Mediolanu. I chociaż jego widok wzbudził we mnie wstręt, to jednak z ulgą stwierdziłam, że na szczęście z nim się nie spotkam.

W tym momencie moje rozmyślania przerwało zjawienie się signora Piattiego. Był to przystojny, elegancko ubrany mężczyzna o skroniach lekko przyprószonych siwizną. Wyszedł z parkingu i rozpoznał mnie po wielkim musztardowożółtym kapeluszu z luźno opadającym rondem, który był znakiem rozpoznawczym. Signora, która sama chyba jeszcze nigdy go nie założyła, uparła się, żebym koniecznie miała go na głowie. Signor Piatti przywitał się ze mną uprzejmie. Wstydząc się, zdjęłam kapelusz i poprosiłam, żeby poszedł za mną, jednak on w ogóle nie zareagował na moje polecenie, tylko zastygł w bezruchu, wpatrując się we mnie pytająco.

– Czy coś nie tak?

Nie byłam pewna, czy przypadkiem nie zrobiłam czegoś, co mogło go aż tak przestraszyć.

– Nie – pokręcił głową. – Tylko… – powiedział, niemal się jąkając – kiedy zdjęła pani kapelusz, nagle zaczęła mi pani przypominać kogoś, kogo bardzo dobrze znam. – Ponownie przybrał zdystansowaną postawę. – Chodźmy już.

Nie zamieniając z nim już zbyt wielu słów, przyprowadziłam go do apartamentu, gdzie Scarpowie przywitali go wylewnie, podczas gdy ja zaniosłam jego bagaż do pokoju gościnnego.

Byłam zniesmaczona ich nienaturalną uprzejmością. Łatwo było zauważyć, jak bardzo ważną osobą musiał być dla nich Piatti, skoro tak mocno udawali. Odłożyłam ze wzgardą kapelusz na komodę i spojrzałam na zegar. Signora kazała mi zrobić kilka ostatnich zakupów potrzebnych do kolacji, jednak o tej godzinie sklepy nie były jeszcze otwarte. Z ulgą stwierdziłam, że nadmiernie gorliwa krzątanina moich gospodarzy wokół gościa zapewniła mi przynajmniej dziesięć minut przerwy. Postanowiłam wykorzystać tę chwilę spokoju, aby wreszcie znowu wyjść na altanę.

Gdy tylko otworzyłam okno i wyszłam na zewnątrz, natychmiast uleciała ze mnie cała moja niechęć do Scarpów, zmęczenie i wszelkie napięcie. Bo jak w tym miejscu nie mieć dobrego nastroju? Czułam lekki powiew bryzy niosącej w moją stronę zapach grillowanej ryby i rozmarynu. Pewnie gdzieś w tym gąszczu budynków ktoś już szykował sobie kolację. Mój wzrok z sympatią przeskakiwał po setkach kominów, z których żaden nie był podobny do drugiego.

Tymczasem zaczęło zmierzchać. Całkiem w oddali byłam w stanie rozpoznać wierzchołki katedralnych kopuł. Widziałam też stado gołębi, które wzbijały się w stronę nieba. Gdybym nie stała w tym miejscu naprawdę i nie czuła zapachu powietrza, widząc tę scenę, podziałałaby ona na mnie niczym fragment kiczowatego filmu. Teraz jednak miałam świadomość, że wszystko to stało się moją rzeczywistością.

Zamknęłam oczy, pragnąc nawdychać się wieczornego powietrza przed ponownym zejściem na dół, lecz otworzyłam je ponownie, kiedy usłyszałam nagle skrzypienie doskonale znanych mi drzwi.

– Tobia?

Wolnym krokiem wyszedł na balkon i skierował twarz w moją stronę. Z zadowoleniem stwierdziłam, że po obu stronach twarzy pokazały mu się dołki, a fioletowe zabarwienie podbitego oka już prawie zniknęło.

– Nie sądziłem, że cię tu spotkam.
– Mam tylko chwilę, bo zaraz idę po zakupy.
– Kiedy się znowu spotkamy, Alice?
– Scarpowie mają ważnego gościa, więc będę miała tyle roboty, że przed niedzielą raczej nie wyjdę – odpowiedziałam jak najbardziej ściszonym głosem.
– To może wyjdziesz na spacer dzisiaj w nocy – tak jak kiedyś? Chciałbym ci coś pokazać.
Perspektywa spotkania z Tobią była zbyt kusząca, bym mogła odrzucić takie zaproszenie.
– Czwarta na moście Accademia?
– Będę czekał.

Tej nocy po raz pierwszy od mojego przyjazdu nastawiłam budzik. Przy moim ciągłym zmęczeniu nie chciałam ryzykować, że prześpię swoje spotkanie z Tobią. Jednak mój wewnętrzny zegar i tak obudził mnie kilka minut przed wpół do czwartej, więc szybko się ubrałam i dotarłam na most, gdzie zniecierpliwiony Tobia czekał już na mnie ze swoim psem.
– Więc dokąd idziemy?
– Do Palazzo Segantin!
Promienny uśmiech rozlewał się na całej twarzy Tobii.
– Słucham?
Byłam zaskoczona jego propozycją. Czyżby było to zaproszenie do spędzenia z nim wspólnej nocy?
– Spokojnie, Alice – powiedział z uśmiechem. – Spodziewałem się, że zareagujesz nerwowo, jeśli o tej porze zaproszę cię do *palazzo*. Mam jednak całkiem przyzwoite zamiary. Zaufaj mi!
Ciekawa tego, co mnie czeka, dostosowałam się do rytmu ich kroków, i po kilku minutach doszliśmy do *palazzo*.
Tobia zręcznie otworzył wielki portal archaicznym kluczem i zaprosił mnie do środka. Z nabożeństwem przekroczyłam

próg i znalazłam się w zimnym przedsionku. W pomroce, którą rozświetlało jedynie czerwone światło kinkietu, rozpoznałam schody prowadzące na piętro. Uderzył mnie wilgotny chłód. Przypomniało mi się pierwsze wrażenie związane z tym miejscem, kiedy to wejście kojarzyło mi się bardziej z wejściem do jaskini niż do domu.

Tobia niemal bezszelestnie zaczął prowadzić mnie na pierwsze piętro. Nie miałam odwagi zapytać, czy można zapalić tu światło, więc tak jak mogłam, szłam za nim w słabej poświacie, którą dawało światło ulicznej latarni wpadające przez niewielkie okno, aż w końcu doszliśmy do salonu, w którym na czas balu urządzono kącik z miejscami do siedzenia. Ucieszyłam się na widok kontaktu i nacisnęłam go. Pomieszczenie rozjaśnił jaskrawy blask. Odetchnęłam z ulgą, rozglądając się ciekawie po pokoju. Ciekawe, co mi chciał pokazać.

Nic już tutaj nie przypominało aranżacji z kwiatów, barokowych kanap ani świeczników i półmisków z orzeszkami i owocami, które sprawiały wtedy, że ten pokój był taki przytulny. Teraz znajdował się w nim jedynie masywny rzeźbiony stół, na którym stał laptop, oraz sześć lekkich krzeseł.

– Usiądź, proszę.

Wskazał na stojące przed nim krzesła i ostrożnie zajął miejsce przed komputerem. Kiedy otworzył laptopa, zdziwiłam się, widząc całkiem normalną klawiaturę. Tobia widocznie spodziewał się mojego zdumienia, kiedy kilkoma szybkimi uderzeniami wpisywał hasło.

– Pewnie się dziwisz, że używam normalnego komputera, ale muszę ci wyznać, że nie znam alfabetu Braille'a.

– Myślałam, że alfabet Braille'a jest najważniejszą rzeczą, którą trzeba opanować, będąc niewidomym, żeby można było czytać.

Uśmiechnął się.

– To jest właśnie to, o czym wszyscy mi mówią. Ja jednak zawsze upierałem się, że w epoce komputerów jest to staromodne przekonanie. Po co miałbym w wolnym tempie prześlizgiwać się palcami po wielu stronach, skoro mogę polecić komputerowi, żeby przeczytał mi wszystko dwa razy szybciej? Od kiedy skończyłem dziesięć lat, życie zaczęło mi upływać przed komputerem, i jeśli jest jakaś rzecz, którą już wtedy potrafiłem robić z zamkniętymi oczami, to orientować się na klawiaturze.

– Ale kiedy używasz programów, to jak otwierasz i zamykasz okna? Jak ci się udaje trafiać na coś myszą i skąd wiesz, w którym miejscu trzeba coś wpisać?

– Nie używam myszy. Pracując, posługuję się skrótami klawiatury i używam bardzo sprytnego programu, który wszystko czyta na głos i pomaga mi poruszać się po stronach.

Dopiero teraz zwróciłam uwagę na cichy głos dochodzący z głośników. Tobia musiał być niesamowicie wyćwiczony, skoro rozmawiając ze mną, potrafił jednocześnie obsługiwać komputer.

– Nie zaprosiłem cię jednak o czwartej nad ranem, żeby się chwalić, że potrafię obsługiwać komputer.

W tym samym czasie otworzył stronę, która zawierała jedynie kilka słów i pól edycyjnych.

– Nie zwracaj uwagi na wygląd strony, zespół grafików już nad tym pracuje, więc zanim ją udostępnimy, będzie atrakcyjna także dla widzących. – Uśmiechnął się. – To jest na razie wersja beta, w trakcie rozwoju. Do tej pory oprócz ciebie ten program widziała jedynie garstka osób.

Przysunął do mnie komputer, wyłączając głos.

– Wypróbuj!

– Co mam zrobić?

– Wpisz nazwiska dwóch osób, o których wiesz, że istnieje między nimi ścisły związek.

Wpisałam siebie w pierwszym polu, a w drugim moją mamę.
– Naciśnij enter.
Uczyniłam, co mi polecił, i na ekranie pojawił się znaczek kręcącego się kółka, które oznaczało przetwarzanie danych. Następnie pokazał się tekst, który przeczytałam głośno.
– Alice Breuer, córka Marii Breuer.
Pod spodem były dalsze linijki, które podawały nasze pokrewieństwo, również to, że byłyśmy zameldowane w tym samym mieszkaniu i że przejęłam telefon po mamie. Lista informacji była długa na wiele stron i zawierała ponad sto punktów. Udokumentowane były moje lata szkolne, członkostwo w stowarzyszeniach, a także zainteresowania wynikające z prenumeraty czasopism i udziału w różnych wydarzeniach.
– To nie do wiary!
– Wpisz teraz dwie osoby, które nie mają ze sobą tak wiele wspólnego. Na przykład Scarpów i siebie.
Wpisałam, a po kilku sekundach na ekranie znowu pojawiły się wyniki.
– Luca Scarpa i Alice Breuer widnieją w Facebooku jako znajomi i oboje należą do stowarzyszenia Ratujmy Wenecję.
– Niezbyt wiele powiązań.
– To prawda, ale fakt, że się znacie, jest znany.
– Co to jest za program?
– Wiesz, co to są media społecznościowe?
– Tak, wszystkie te rzeczy typu Facebook, Linkedin i tak dalej.
– No właśnie. Jakiś czas temu zastanawiałem się, czemu by nie spróbować zrobić użytku z tych wszystkich informacji i nie stworzyć wyszukiwarki, która znajdywałaby jedynie powiązania między osobami. Opiera się ona na algorytmie stworzonym przeze mnie, wykorzystującym wszystkie informacje, do których mamy legalny dostęp. Możesz dzięki temu się dowiedzieć, czy ktoś jest posiadaczem konta na Facebooku, kogo ma na swojej

liście kontaktów na Skypie oraz czy dane osoby się znają, co mają wspólnego i czy może już chociaż raz komunikowały się ze sobą, na przykład poprzez komentarz do jakiegoś bloga.

– Tylko czy te informacje są takie dostępne?

– Zdziwiłabyś się, wiedząc, jakie informacje już dzisiaj istnieją w sieci. Oczywiście założyłem kilka firm joint venture i wykorzystałem również luki w systemie. Jednak bardzo wiele informacji i tak jest dostępnych, wystarczyło je tylko usystematyzować.

– A kto będzie z nich korzystał?

– Myślę, że może to być świetne narzędzie do zabawy w sieci, ale również do wykrywania potencjalnych klik i powiązań. Większość użytkowników będą pewnie stanowić ciekawscy chcący się dowiedzieć, kto kogo może znać.

– Kiedy to wejdzie na rynek?

– Za około dwa miesiące system będzie oddany do dyspozycji małej grupie użytkowników testowych, żeby sprawdzili, jakie ma jeszcze usterki, a za jakieś pół roku chcemy zaprezentować go szerszej publiczności.

– I ty to wymyśliłeś? – spojrzałam na niego pełna podziwu.

– Koncepcję ja, ale rozwinąłem ją razem z trzema moimi najlepszymi programistami z Kalifornii. – Zawahał się na chwilę, sprawiając wrażenie wręcz nieśmiałego, po czym mówił dalej cicho: – To jest pierwszy program, który rozwinąłem do końca od czasu, gdy zostałem postrzelony.

– To wspaniale.

Przez krótką chwilę sprawiał wrażenie, jakby rozkoszował się moimi słowami, jednak już przy następnym zdaniu wyczułam troskę w jego głosie.

– Mam nadzieję, że ten program uratuje firmę. Od czasu incydentu w Malibu nie stworzyliśmy już nic znaczącego, i jak tak dalej pójdzie, będziemy musieli zwalniać ludzi. Ten program może nam pomóc zmienić kurs.

Co też mogło napędzać tak tego człowieka? Znów zaczął stanowić dla mnie zagadkę tym swoim niezwykłym połączeniem arogancji i zwątpienia, nadziei i rozpaczy, chęci działania i pesymizmu. Dlaczego w ogóle jeszcze starał się odnieść sukces? Czy powodem było współczucie dla pracowników? Pragnienie, by znowu udowodnić swoją wielkość? A może radość z pracy? Sukces finansowy to raczej nie mógł być, Tobię stać było bowiem na wszystko, a spełnienia jego największego pragnienia, by znowu móc widzieć, nie można było kupić. Patrzyłam na niego. Siedział wyprostowany, czekając w napięciu na moją reakcję. Wydawał mi się bardziej pociągający niż kiedykolwiek wcześniej. Długie czarne włosy okalały jego wysokie kości policzkowe i gładkie czoło. Mimowolnie omiotłam wzrokiem jego sylwetkę. Jego niedbale zapięta koszula podkreślała zarys kształtnego torsu. Jakże wielką miałam ochotę pogładzić go dłonią po skórze. Ledwie jednak zdążyłam o tym pomyśleć, uświadomiłam sobie także, że taki gest oznaczałby koniec tego spotkania. Przede mną nie siedział normalny mężczyzna, który chętnie zaciągnąłby mnie do łóżka, przede mną siedział mężczyzna, który w każdym momencie sprawował nad sobą kontrolę i tego samego oczekiwał ode mnie.

– Jestem pewna, że to będzie sukces. Pozwól mi jeszcze raz spróbować.

Ponownie podsunął mi laptopa. Zastanowiłam się przez chwilę, czyja znajomość mogłaby mnie jeszcze interesować. Nie zastanawiając się długo, wpisałam „Luca Scarpa" i „Tobia Prode". Kółeczko przez chwilę się kręciło, a potem pojawiło się kilka linijek, które sprawiły, że prawie zaniemówiłam.

– Tobia! Teraz rozumiem, dlaczego Scarpowie tak cię nie cierpią!

Odwrócił twarz w moją stronę, robiąc pytającą minę. Ponieważ wyłączył wcześniej tryb głosowy, musiał zaczekać na moje wyjaśnienie.

- Za co mnie nie cierpią?

Zadrżałam na wspomnienie o tym, jak signor Scarpa za każdym razem starał się nie dopuszczać do moich spotkań z Tobią. Przez cały czas wierzyłam, że chociaż w jednej kwestii ma na względzie moje dobro. Posądzałam go nawet skrycie o żywienie ojcowskich uczuć, gdyż próbował mnie przestrzec przed nieprzemyślanym wdawaniem się w związek z człowiekiem niewidomym. Teraz jednak widziałam w nim tylko tego, kim naprawdę był: mściwego egoistę.

- Nabyłeś ten dom na aukcji?

Mówiłam prawie szeptem. Tobia skinął głową.

- Mój notariusz go kupił w imieniu naszego włoskiego holdingu Manin Enterprise. Dlaczego pytasz?

- Czytam, że w rejestrze widnieje wpis mówiący, że Scarpa również złożył ofertę w imieniu swojego klienta.

- Widocznie go przelicytowałem - Tobia uśmiechnął się. - Trudno się dziwić, że mnie nie cierpi. I pewnie jeszcze się boi, że mu sprzątnę opiekunkę, którą sobie zatrudnił. To dlatego zarzuca cię pracą. Chce się na mnie odgryźć.

Spojrzałam na niego oszołomiona.

- Potrafisz sobie wyobrazić, że ja mu prawie uwierzyłam, że jesteś złym człowiekiem?

Nie odpowiedział, ale za to jego twarz wykrzywiła się w beznamiętnym uśmiechu.

- A więc mój program pierwszy raz się do czegoś przydał. Przynajmniej teraz masz świadomość, że signor Scarpa raczej nie jest najlepszą osobą do tego, by mnie oceniać.

Tej nocy sprawdziliśmy jeszcze wiele kombinacji, a kiedy wpisaliśmy nasze nazwiska, stwierdziliśmy w dodatku, że mamy wiele powiązań poprzez strony internetowe i że w pewnym sensie wiele razy spotkaliśmy się za pośrednictwem licznych blogów. Nie mogłam powstrzymać się od śmiechu, kiedy wpisałam nazwisko mojej sąsiadki z Teltow razem z moim byłym szefem z księgarni, bowiem okazało się, że biorąc pod uwagę ich członkostwo w stowarzyszeniach i prenumeraty czasopism, stanowiliby idealną parę. Już dawno byłam o tym przekonana! Jeśli kiedykolwiek jeszcze wrócę do Teltow, zabawię się w Amora i spiknę ich ze sobą. Tobia siedział obok mnie i widziałam, że dołki po obu stronach jego twarzy pogłębiły się i że cieszył się z mojej niemal dziecinnej radości z tego programu.

Kiedy o siódmej wstałam w końcu od komputera, Geo razem ze swoim panem odprowadzili mnie do wyjścia. Byliśmy w dobrych nastrojach i nasz śmiech odbijał się echem w korytarzach, wypełniając wnętrze *palazzo*. Tobia stał przede mną wyprostowany, wyciągając rękę.

– Ponieważ teraz wiemy, że signor Scarpa zrobi niemal wszystko, żeby storpedować naszą znajomość, będę się pewnie musiał o nich zatroszczyć, żeby mieć szansę, aby przynajmniej od czasu do czasu móc się z tobą spotkać.

– Tobia, czy ty coś planujesz?

– No bo przecież kto by tam się bał niewidomego?

Uśmiechnął się lekko, przykładając palec do ust. Wiedziałam, że nic więcej już mi nie powie, a kiedy wyszłam z *palazzo*, zastanawiałam się, co też mógł mieć na myśli.

Odpowiedź poznałam już następnego wieczoru. Signor Piatti wyjechał rano, ja zaś szykowałam się akurat do czyszczenia specjalnym preparatem wszystkich srebrnych ram znajdujących się w różnych częściach mieszkania, gdy nagle do domu wrócił signor Scarpa. Jego twarz wyrażała wielkie zadowolenie.

– Ilaria?

Pierwszy raz słyszałam, jak woła swoją żonę.

– O co chodzi, Luca? – spytała jego małżonka, wybiegając z pokoju.

– Nie uwierzysz! – piał w zachwycie. – Mamy zaproszenie na trzy tygodnie na jacht Onorevole Pedrelli!

Zobaczyłam, że zbladła, przykładając sobie dłonie do ust.

– Luca! Jak to załatwiłeś?

By móc dalej nasłuchiwać, przystąpiłam do pucowania jednej z wyjątkowo dużych ram.

– Przed chwilą ktoś zadzwonił do mnie, że Pedrelli dowiedział się od dobrego znajomego, że bezbłędnie załatwiłem sprawę Piattiego. Facet chce mnie bliżej poznać. A ponieważ planuje rejs na Sardynię z kilkoma przyjaciółmi, nas też zaprosił.

– Wiesz, kim są ci przyjaciele?

Zauważyłam błysk w jej oku.

– Nie, ale to pewnie jacyś zamożni ludzie. To może dla mnie oznaczać wielki przełom – tego typu znajomości są na wagę złota.

– Kiedy to się zaczyna?

– W niedzielę!

– W tę niedzielę?

Jej głos stał się piskliwy, jak zwykle, kiedy dawała się czemuś ponieść.

– Jak ja mam się ze wszystkim przygotować na trzy tygodnie, mając na to tylko trzy dni?

Uśmiechnęłam się – z pewnością miała na myśli jedynie swoją garderobę, a nie dom albo dzieci, które spadną wtedy na moją głowę.

– Póki pamiętam: dzieci jadą z nami!

Jego słowa spowodowały, że nie tylko jego żona, lecz obie spojrzałyśmy na niego zdumione. Scarpowie spędzą trzy tygodnie na jachcie razem z dziećmi! Nie mogłam w to uwierzyć. Giorgio i Frederico pewnie jeszcze nigdy nie widzieli swoich rodziców tak długo.

– Z nami? – signora Scarpa zrobiła wielkie oczy. – Myślisz, że to dobry pomysł?

– Onorevole Pedrelli poprosił mnie o to z naciskiem. Wszystkie zaproszone pary zabierają swoje dzieci.
– Ale przecież wakacje są dopiero za dwa tygodnie!
– Ilaria! – zagrzmiał signor, tłumiąc szorstko jej protest. – Czego oni jeszcze się uczą? Świadectwa są już przecież wystawione. Poza tym załatwi się dla nich specjalne zwolnienie.

Znowu nie mogłam uwierzyć, jak to we Włoszech wszystko jest możliwe. Onorevole Pedrelli był widocznie niezwykle wpływową osobistością, skoro potrafił to wszystko tak sprawnie zaaranżować, a signor Scarpa od razu rzuca wszystko i dostosowuje się do jego planów.

Signora wzruszyła ramionami i zniknęła w swoim pokoju, zastanawiając się pewnie, jakie ubrania ma zabrać.

Poszłam do kuchni. Ręce mi drżały. Ta wycieczka to pewnie sprawka Tobii. Jak on to zrobił, że udało mu się nakłonić tego tajemniczego Pedrellego, aby na trzy tygodnie zaprosił na swój jacht całą rodzinę Scarpów? Nie mogłam się doczekać, aż będę mogła pójść do swojego pokoju, żeby wysłać Tobii SMS-a.

Skończywszy wreszcie czyścić wszystkie ramy, pognałam na górę i z szuflady nocnego stolika wyjęłam swoją starą komórkę, której prawie w ogóle nie używałam. Drżąc z przejęcia, wystukałam kciukiem pytanie do Tobii.

„Jak to zrobiłeś?"

Wysłałam SMS-a, wpisując numer z wizytówki i czekałam niecierpliwie na odpowiedź. Tobia wyjaśnił mi, że jego specjalny telefon dla osób niewidomych odczytuje mu wiadomości po wciśnięciu odpowiedniego przycisku.

Odpowiedział mi po niecałych dwóch minutach.

„W niedziele ci powiem. Wszystko się udało?"

Co za łobuz! Dlaczego on zawsze musi być taki tajemniczy? Tak bardzo chciałam wiedzieć, ale on postanowił potrzymać mnie w niepewności. Zła, lecz równocześnie pełna podziwu, że tak to wszystko uknuł, postanowiłam, że też go trochę przetrzymam.

„Dowiesz się więcej w niedzielę!", odpowiedziałam lapidarnie.

W ciągu następnych dni panował typowy pośpiech, jaki zwykle towarzyszył wyjazdom Scarpów. Należało spakować walizki, zanieść i odebrać ubrania do czyszczenia oraz załatwić specjalne zwolnienie dla chłopców. Scarpowie w podnieceniu biegali po całym mieszkaniu.

W końcu nadszedł dzień wyjazdu i cała rodzina z samego rana wyszła z domu, aby udać się łodzią na dworzec. Do zniesienia po schodach było całe mnóstwo walizek. Kiedy na koniec podałam Scarpie rękę na pożegnanie, z trudem łapaliśmy oddech.

– Alice, dbaj dobrze o mieszkanie – signor Scarpa patrzył mi prosto w oczy.

– Oczywiście. Będę dbała o porządek i sumiennie wykonam wszystkie zadania.

W dalszym ciągu świdrował mnie swoim wzrokiem i położył mi rękę na ramieniu w geście, który wyrażał niemal życzliwość.

– I trzymaj się z dala od tego Manina. Masz teraz trzy tygodnie, podczas których możesz się cieszyć Wenecją. Znajdź sobie jakiegoś urodziwego wenecjanina i baw się z nim dobrze, tylko nie z tym zakochanym w sobie Amerykaninem!

Miałam ochotę odpowiedzieć mu, że doskonale wiem, iż nie ma wcale na względzie mojego dobra. Tylko po co miałabym w ostatniej chwili psuć nam obojgu humor, narażając w dodatku tę wyprawę? Miałam spokój od Scarpów na trzy tygodnie i mogłam robić w tym czasie, co chciałam. Tylko to się liczyło. Dlatego jedynie uśmiechnęłam się do niego uprzejmie.

– Postaram się, signor.

Kiedy dwie godziny później Tobia czekał na mnie pod domem, na jego twarzy widniał uśmieszek zadowolenia.

– Dzień dobry, Alice.

– Dzień dobry, Tobia. Dzień dobry, Geo.

Pogłaskałam po głowie psa. Ucieszony popatrzył na mnie i z sympatią przytulił swój łeb do mojej nogi. Tobia od razu chciał ruszyć w drogę, jednak przytrzymałam go delikatnie za ramię.

– Zanim jednak zaczniemy korzystać z czasu, który Scarpowie zostawili do naszej dyspozycji, chciałabym wiedzieć, w jaki sposób zdołałeś zaaranżować ten ich nagły wyjazd? Wprost umieram z ciekawości!

Zmarszczył czoło w udawanym oburzeniu, jednak nie był dobrym aktorem.

– Mam nadzieję, że nie jesteś na mnie zła, ale zaczęli przeszkadzać, więc pomyślałem, że mała wycieczka z pewnością dobrze im zrobi.

– Ale jak nakłoniłeś tego Onorevole – jak mu tam – żeby ich zaprosił?

Uśmiechnął się.

– Zawsze dobrze jest mieć przyjaciół. Onorevole Pedrelli to kolega ze studiów mojego wujka i jego najlepszy przyjaciel. Każdego lata spędzaliśmy z nim urlop. Poznałem go, mając dziesięć lat.

– I od razu się zgodził zaprosić na swój jacht zupełnie obcych ludzi na trzy tygodnie tylko po to, żeby wyświadczyć ci przysługę?

Tobia zrobił poważną minę.

– Nigdy jeszcze nie prosiłem go o żadną przysługę. Wiedział, że to było dla mnie ważne... tylko kto ci powiedział, że on na tym statku rzeczywiście spędzi trzy tygodnie? Jego trzecia żona Eleonora jest niestety dokładną kopią signory Scarpy, więc z pewnością będą się świetnie dogadywały, ale

Pedrelli prawdopodobnie po dwóch dniach się pożegna i wróci do Rzymu.

– Biedny signor Scarpa – nie mogłam powstrzymać się od śmiechu.

– Jestem pewien, że Pedrelli wymyśli coś, co go zajmie. Ale dosyć już o tych Scarpach. – Dał sygnał Geo. – Nie po to wysłałem ich na pełne morze, żeby marnotrawić nasz czas na gadanie o nich. Musimy dobrze wykorzystać te tygodnie!

Rozdział 9

Kolejne dni mijały szybciej, niż wydawało mi się to możliwe. Zwiedziliśmy San Michele, Burano i Murano, gdzie Tobia – nie zważając na moje protesty – nabył przepiękny gigantyczny wazon ze słynnego murańskiego szkła, w którym się zakochałam, lecz którego nigdy nie będę mogła postawić w swoim mieszkaniu w Teltow. Tobia zbył ten argument ze śmiechem, mówiąc, że musi mi poszukać męża, którego będzie na to stać, żeby kupić mi odpowiednio duży dom.

We wszystkim, co mówił i robił, widać było, że nigdy nie pozwalał sobie na to, żeby zbliżyć się do mnie bardziej, niż było to konieczne. Unikał wszelkich aluzji na temat dalszego rozwoju naszej znajomości. Z tęsknotą wracałam myślami do czasu, kiedy podejrzewałam go, że tamten bal oraz kostium zorganizował specjalnie po to, żeby zwabić mnie do łóżka. Ach! – żeby to wtedy naprawdę tak było… Zamiast tego był on doskonałym dżentelmenem, pozwalającym mi marzyć, gotowym spełnić każde moje materialne życzenie, jednak nigdy nie próbował się do mnie zbliżyć, przez co każdego dnia wydawał mi się coraz bardziej pociągający.

Nie było wieczoru, podczas którego nie poszlibyśmy do jednej z najdroższych restauracji w mieście albo nie przesiedzieli całej nocy w barze hotelu Gritti lub w innym luksusowym hotelu. Jeszcze nigdy w życiu nie próbowałam tak wielu różnych potraw i niezwykłych win. Nawet jeśli ten świat był dla mnie nowy i fascynujący i nawet jeśli po porażce w *bacari* całkowicie zrezygnowałam ze swoich prób przybliżenia Tobii normalnego życia, to i tak nie czułam się komfortowo w całym tym luksusie. Gwiazdy show-biznesu, bogaci cudzoziemcy oraz przedstawiciele włoskiej elity, którzy bywali w tych lokalach, z grzeczności nie zwracali na nas uwagi i nie dawali odczuć Tobii jego kalectwa. Kiedy jednak rozglądałam się wokół siebie, widząc ich współczujące spojrzenia, uświadamiałam sobie, jak złudny był świat, w którym funkcjonował.

Postanowiłam nie mówić mu jednak o swoich spostrzeżeniach, gdyż im więcej czasu z nim spędzałam, tym większą miałam świadomość, jak bardzo starał się udowodnić sobie i otoczeniu, że nadal jest tym dumnym Tobią, jakim był, kiedy jeszcze widział. Rozumiałam też, jak wielki ból sprawiłaby mu świadomość, że wszystkie jego wysiłki, takie jak szybki marsz, wyprostowana postawa, zachowanie wyrażające pewność siebie i cyniczne spostrzeżenia, i tak nie zmienią niczego w tym, że ludzie będą widzieć w nim głównie jego kalectwo.

Nie były to jednak moje najważniejsze doświadczenia tych dni. Rzeczy pozytywne również miały miejsce: Tobia zaczął odpowiadać na większość moich pytań. Ba, niekiedy sprawiał nawet wrażenie, że jest zrelaksowany i na luzie, a ja zaczęłam stopniowo nabierać wyczucia, kiedy mogę zadawać mu pytania, a kiedy nie. W końcu dowiedziałam się również, co skłoniło go do tego, że przeprowadził się do Wenecji.

Tym razem zwiedzaliśmy cmentarz położony na wyspie San Michele. W ciągu dnia robiło się coraz bardziej gorąco i duszno. Kiedy wróciliśmy w okolice Ponte dell'Accademia, poprosiłam o chwilę przerwy. Chciałam trochę odpocząć i wziąć prysznic. Tobia chętnie na to przystał. Ten dzień dał się we znaki także jemu i Geo. Umówiliśmy się zatem na aperitif w Caffè Florian, by następnie udać się na kolację do hotelu Cipriani.

Czekałam na niego w chłodnym wnętrzu antycznej kawiarni odświeżona, ubrana w letnią sukienkę i delektowałam się ciszą. Większość dziennych turystów znowu opuściła miasto, dlatego byłam tam jednym z nielicznych gości. Umościłam się wygodnie w rogu jednej z dekoracyjnych sal. Uprzejmi kelnerzy podali mi mały aperitif oraz kieliszek spritza, zabawiając jednocześnie miłą rozmową, która w tego typu lokalach najwyraźniej stanowiła element obsługi gościa.

W drzwiach pojawił się Tobia. Jak zwykle był punktualny i pewnym krokiem wszedł do sali, tym razem z laską, bez psa. Kelnerzy oraz nieliczni goście błyskawicznie skierowali wzrok w jego stronę, przypatrując mu się z typowym połączeniem ciekawości i dyskrecji. Wstałam, aby się z nim przywitać, po czym możliwie zwyczajnie i niewymuszenie zaprowadziłam do naszego stolika.

– Zostawiłeś Geo w domu?

Skinął głową.

– Znowu zrobi się późno, a on nie lubi leżeć pod stołem przez cały wieczór.

Podszedł do nas kelner.

– Co panu podać, signor Manin?

– Poproszę bellini.

Gdy odszedł, Tobia zwrócił się do mnie.

– Długo musiałaś czekać?

– Wcale nie – uśmiechnęłam się. – Przyszłam tylko trochę wcześniej, bo uwielbiam przyglądać się tutaj ludziom: pilotowi, który nie może odkleić rąk od stewardessy, starszej Włoszce, która przez całe popołudnie się szykowała, strojąc tylko po to, aby siedząc teraz tutaj w Caffè, w swoich zakręconych lokach i z ustami umalowanymi na różowo, prezentować się jak *bella figura*, oraz zakochanej parze z Austrii, która skarżąc się na wysokie ceny, psuła sobie wieczór. Tak więc czas minął mi zupełnie niepostrzeżenie. Wenecja zawsze jawiła mi się niczym jeden wielki teatr.

– Czy to jest prawdziwy powód, dla którego tu przyjechałaś?

– Nie. Chciałam zobaczyć Wenecję, ponieważ o tym mieście marzyła moja mama, ale nigdy nie było nas na to stać, żeby tu przyjechać. A ty... – próbowałam drążyć niby mimochodem – dlaczego właściwie przyjechałeś tutaj?

Roześmiał się.

– Alice, nie musisz udawać. Zadałaś mi to pytanie już w Torcello i nie odpowiedziałem ci wtedy. Nie udawaj więc, że to wcale nie jest dla ciebie takie ważne.

Przyszedł kelner z kieliszkiem bellini i zaczekawszy grzecznie, aż Tobia dokończy zdanie, postawił koktajl na okrągłym stoliku razem z miseczką orzeszków ziemnych. Trąciliśmy się kieliszkami.

– Za Wenecję – wzniósł toast, upijając głęboki łyk. – I za twoje pytania – dodał, a jego głos na powrót przybrał poważniejszy ton. – Masz rację, powinienem ci powiedzieć – przyznał, odstawiając kieliszek. – Dlaczego mieszkam w Wenecji? Żeby wyjaśnić moją decyzję, będę musiał chyba wrócić do czasów sprzed włamania.

Odchylił się na oparcie krzesła i tak bardzo ściszył głos, że aby go zrozumieć, musiałam sama pochylić się do przodu.

– Obudziłem się w szpitalu i powiedziano mi, że już nigdy nie będę widział. Początkowo starałem się zakwestionować tę diagnozę. Nie było chyba słynnego lekarza, do którego nie zwróciłbym się z prośbą o pomoc. Stefano razem z moją asystentką całymi tygodniami zajęci byli wyłącznie szukaniem choćby cienia nadziei na horyzoncie badawczym okulistyki. Jednak z każdym dniem było coraz bardziej oczywiste, że w takim przypadku jak mój nadziei na wyzdrowienie nie ma – westchnął, wzruszając ramionami, jakby od tego bólu wcale nie dzieliły go lata, lecz był on dla niego tak aktualny, jakby to wszystko wydarzyło się dopiero przed chwilą. – Zacząłem więc modlić się o cud. Skoro nauka nie mogła mi pomóc, to może jakaś nadprzyrodzona moc? I chociaż zawsze uważałem religię za brednie, pojechałem z bratem do Lourdes, stamtąd na grób ojca Pio, a potem nawet jeszcze do Indii do słynnego guru. Pieniądze nie grały roli, gdyż oddałbym wszystko, żeby tylko móc znowu widzieć. Mimo tych wszystkich modłów, medytacji i czego ja tam jeszcze nie próbowałem, musiałem jednak pogodzić się z tym, że ani pieniądze, ani wysiłki w niczym mi nie pomogą. Od czasu tamtej nocy w Malibu otacza mnie stale taki sam mrok. Przygnębiony zaszyłem się w swoim mieszkaniu w Nowym Jorku, miesiącami nie wychodząc z domu. Całymi dniami słuchałem jedynie książek w wersji mówionej, które zamawiał dla mnie Stefano.

Uśmiechnął się smutno
– A Wenecja?

W zamyśleniu przejechał dłonią po włosach i ponownie pogrążył się we wspomnieniach.

– Choć może się to wydawać dziwne, powód, dla którego osiadłem w Wenecji, był taki, że w pewnym momencie nie mogłem już znaleźć nowych książek. Zrozumiałem, że będę musiał pewnie znowu wyjść ze swojego mieszkania. Również dzięki pomocy nauczycielki nauczyłem się w miarę dobrze obsługiwać komputer, jednak przestało mi to sprawiać jakąkolwiek przyjemność, a nie chciałem też spędzać całych dni w samotności, słuchając jedynie głosu z komputera. Nie wyobrażasz sobie, jak szybko może to się człowiekowi znudzić – uśmiechnął się krzywo. – Tak więc odważyłem się postawić pierwszy krok i ponownie wyjść na świat. Oszczędzę ci szczegółów, jak to jest, kiedy się błądzi na ślepo po Nowym Jorku w otoczeniu ludzi, hałasu i zapachów, które są wszędzie i które wcześniej można było ignorować, nie mówiąc już o wszystkich niebezpieczeństwach. Wyszedłem na ulicę bodaj ze trzy razy i wiedziałem, że w tym mieście zostać nie mogę. Malibu i Kalifornia także nie wchodziły w grę, gdyż wspomnienie tego, co się wydarzyło, było dla mnie zbyt bolesne. Toteż postanowiłem znaleźć sobie miejsce, w którym będę mógł się całkowicie zaszyć.

– A dlaczego w Wenecji?

– Po pierwsze dlatego, że moja mama pochodziła stąd i nazywała się Manin – uśmiechnął się. – Moje nazwisko nie jest więc całkowicie zmyślone.

– A po drugie?

– Po drugie miałem świadomość, że w tym mieście nic nie będzie mi przypominać dawnego życia. Nie mam tutaj przyjaciół i niewiele jest tu rozrywek spośród tych, którym dawniej chętnie się oddawałem, a były nimi: kino, jazda samochodem, nocne kluby albo kongresy branży IT. Nie mam tutaj poczucia, że coś mnie omija – życie w Wenecji sprawia wrażenie równie zatrzymanego jak moje własne.

– A nie boisz się tego, że wszędzie tutaj jest woda?

Miałam na myśli zagrożenia, na jakie wystawia się tutaj człowiek niewidomy.

– Owszem. Początkowo bałem się tych wszystkich kanałów, ale potem trafił mi się Geo. Właściwie to nie chciałem mieć psa przewodnika. Nie przepadam za zwierzętami – westchnął. – Jednak bez niego nie mógłbym tutaj mieszkać. Za to teraz stał się on moim drugim najlepszym przyjacielem po Stefano.

– Jesteś więc tutaj szczęśliwy?

– Jestem tak szczęśliwy, jak tylko mogę być.

To powiedziawszy, powstał z miejsca w charakterystyczny dla siebie gwałtowny sposób i zakończył rozmowę, polecając kelnerowi, aby ten przesłał mu rachunek. Wiedziałam, że tego wieczoru nie odpowie mi już na więcej pytań. W milczeniu szłam obok niego do taksówki wodnej mającej nas zawieść do hotelu Cipriani. W końcu jednak odzyskał równowagę i podjął nowy wątek.

Wraz z upływem początkowych dni tego lata upał w mieście stawał się coraz bardziej nieznośny. I chociaż z nagłówków lokalnej gazety „Il Gazetino" wyczytałam, że są to pierwsze zwiastuny ocieplenia klimatu, i że jeśli poziom morza nadal będzie wzrastał, koniec Wenecji jest bliski, postanowiliśmy jednak zignorować ten nieuchronny koniec świata i zrelaksować się na plaży.

Tobia jak zwykle uznał, że w grę może wchodzić wyłącznie najbardziej ekskluzywne kąpielisko, więc popłynęliśmy na Lido na elegancką plażę hotelu Excelsior. Podróż przebyta znaną mi już zapierającą dech motorówką, kulisa stwarzającej orientalny nastrój architektury hotelu oraz ogromnych rozmiarów białe namioty plażowe – wszystko to wydawało mi się nierzeczywiste, jakby przenoszące mnie do innego stulecia.

W moim bikini z H&M, blada i z piegami czułam się jednak trochę nie na miejscu w tym pięknym otoczeniu. Moje odczucie spotęgowało się, kiedy Tobia wyszedł z przebieralni w samych kąpielówkach i pierwszy raz ujrzałam jego idealną sylwetkę.

– Jak to robisz, że masz takie perfekcyjne ciało? – spytałam, wprost nie mogąc oderwać od niego wzroku.

– Nie lubię tracić formy. Kiedyś wcale tak świetnie nie wyglądałem, a kiedy nie byłem z siebie zadowolony, to po prostu przymykałem oczy – uszczypnął się w bok. – Dzisiaj przynajmniej godzinę dziennie spędzam w mojej siłowni.

– Gdybyś wiedział, jak to jest leżeć sobie u boku adonisa i mieć przy tym wrażenie, jakby się było świąteczną gęsią.

Roześmiał się z tego porównania, ja zaś z westchnieniem opadłam z powrotem na leżak.

– Trudno mi sobie wyobrazić, żeby to wrażenie mogło być zgodne z rzeczywistością. Jeśliby jednak tak było, to zaczekaj, aż ten adonis niczym ślepy Samson ruszy do morza, potykając się po drodze o leżaki. Wtedy zmienisz zdanie.

Tobia jednak wszedł do wody z moją pomocą, nie wzbudzając wielkiego zainteresowania. Bez lęku zaczął płynąć przed siebie, a zagadnięty o to wyjaśnił, że będąc dzieckiem, zdobył mistrzostwo Kalifornii w pływaniu. Pływanie było jedynym sportem, jaki tolerował jego surowy wujek, dlatego Tobia codziennie chodził na basen albo na plażę. Ja zaś, nie mogąc w dzieciństwie prawie nigdy chodzić na pływalnię z chorą mamą, miałam umiejętności pozwalające mi jedynie utrzymać się na wodzie, toteż byłam rada i całkowicie wyczerpana, gdy Tobia postanowił wreszcie, że wychodzimy na brzeg.

Zażywszy tej ochłody, zamówiliśmy lekki obiad z przyniesieniem na plażę. Nagle poczułam czyjąś zimną rękę na swoich plecach. Zerwałam się przestraszona. Nade mną stał Stefano.

– *Buongiorno*! – uśmiechnął się do mnie, a ja zmusiłam się do tego, by również miło się uśmiechnąć.

– Stefano? Ty tutaj? – spytał zaskoczony Tobia.

– Twoja gospodyni powiedziała mi, że was tu znajdę, więc przyjechałem szybko motorówką. Mam nadzieję, że nie przeszkadzam?

Miałam ochotę odpowiedzieć mu, co naprawdę myślę, jednak się powstrzymałam.

– Ależ skąd, braciszku. Cieszymy się, że dotrzymasz nam towarzystwa podczas tej naszej krótkiej wycieczki na plażę.

Stefano kazał przynieść sobie leżak. Bez przerwy zabierał głos i przy każdej okazji starał się być zabawny, żartując nieustannie.

Rozmowa szybko zeszła na nowy projekt i zobaczyłam, jak słabo Stefano wspierał koncepcję Tobii. Miał pełno zastrzeżeń, które zgłaszał jedno po drugim. Nie mogłam zrozumieć, że nie potrafi dostrzec potencjału tego programu, i z każdą chwilą stawało się dla mnie coraz bardziej jasne, że to Stefano był pewnie przyczyną staczania się ich firmy. Nawet dla mnie, niemającej bladego pojęcia o przedsiębiorczości, było jasne, że człowiek, który nie potrafi przewidzieć sukcesu tej koncepcji, nie nadaje się do prowadzenia takiej firmy. Jak to możliwe, że Tobia, który zazwyczaj wszystko dokładnie analizował, nie potrafił dostrzec nieudolności swojego brata? Kiedy o szóstej wyruszyliśmy w drogę powrotną do Wenecji, cieszyłam się, że ten dzień dobiegł wreszcie końca. Podziękowałam również za zaproszenie na wspólną kolację.

Stwierdziłam ze złością, że Stefano zepsuł cały ten dzień, i miałam żarliwą nadzieję, że niebawem będzie musiał znów wyjechać w jakichś pilnych interesach gdzieś na drugi koniec świata, znikając tym samym z życia Tobii. Nie mogłam także w żaden sposób przewidzieć, że problemem nie okaże się wcale czas pobytu Stefano, lecz to, że w czasie następnego spotkania, moja niechęć do niego przerodzi się w prawdziwy strach.

Następny dzień zaczął się całkiem niewinnie. Tobia zaprosił mnie na obiad do Palazzo Segantin. Signora Auda, gospodyni, która chyba była niemową, otworzyła mi posępnie drzwi. Z góry nie dochodziły żadne dźwięki, więc zaczęłam się zastanawiać, gdzie mogli się podziać obaj bracia, gdy nagle usłyszałam kroki i zobaczyłam Stefano schodzącego po szerokich kamiennych schodach. Ubrany był jedynie w krótki biały szlafrok odsłaniający jego grube włochate łydki. Signora Auda w milczeniu odeszła do kuchni.

– *Buongiorno*, Alice – przywitał mnie, obdarzając swoim typowym, obleśnym uśmieszkiem.

– *Buongiorno*, Stefano.

Zmusiłam się do tego, żeby także się uśmiechnąć. Zachowanie Tobii na plaży uświadomiło mi ponownie, że brat jest dla niego najważniejszym doradcą i przyjacielem, więc jeśli chcę liczyć na to, że będę nadal spotykać się z Tobią, nie wolno mi ryzykować i podawać w wątpliwość ich wzajemnej relacji. Będę zatem tak miła, jak tylko to będzie możliwe.

– Gdzie jest Tobia? – rzuciłam pytanie tak niewymuszenie, jak tylko się dało.

– Jest na spacerze z Geo. Skorzystał z wolnego czasu. – Podszedł do mnie, kładąc rękę na moim ramieniu. – Możemy za to pobyć trochę ze sobą. Tobia nie wróci przed drugą.

– Ale przecież byliśmy umówieni na pierwszą – spojrzałam na niego pytająco.

– Powiedziałem Tobii, że zadzwoniłaś, mówiąc, że się spóźnisz.

– Że jak? – zawołałam głosem, który nagle stał się piskliwy. Cofnęłam się przerażona, unikając dotyku jego ręki, jednak Stefano sprawiał wrażenie, jakby w ogóle nie czuł się niczemu winny.

– Tylko spokojnie, Alice. Co za temperament! Dokładnie taki, jak lubię.

– Nie dotykaj mnie! Bo powiem Tobii.

Czułam, że ręce zaczynają mi drżeć.

– Myślisz, że ci uwierzy? – roześmiał się głośno. – Mój brat wręcz mnie ubóstwia. A do ciebie – dodał, a jego twarz zastygła w bezruchu – nie ma najmniejszego zaufania. Myślisz, że kto tutaj będzie górą? Jego brat, czy jakaś obca *au pair*?

Spojrzałam na niego zdziwiona.

– Dlaczego sądzisz, że Tobia nie ma do mnie zaufania?

Nie odpowiedział, tylko wpatrywał się we mnie rozbawiony. W końcu przemógł się.

– Chodź, pokażę ci.

Wszedł na schody, lecz ponownie się odwrócił, widząc, że się waham.

– Nie bój się – jeszcze nikogo nie zgwałciłem.

Poruszona nieprzyjemnie tą wypowiedzią, podążyłam za nim. Kiedy weszliśmy na piętro, zaprowadził mnie do jednego z pokoi znajdujących się na samym końcu, których podczas moich obu wizyt w tym *palazzo* nie zauważyłam jeszcze do tej pory. Otworzył drzwi, przekręcając w zamku ogromny klucz, i przesadnie zamaszystym gestem zachęcił, bym weszła do środka.

Znajdowaliśmy się w pokoju będącym pewnego rodzaju pomieszczeniem gospodarczym, rozświetlanym jedynie przez blade światło padające z góry. Znajdowała się w nim duża liczba segregatorów poustawianych w nieładzie na metrowych regałach. Niektóre z nich stały, inne leżały, a jeszcze inne pospadały na podłogę. Na większości z nich byłam w stanie odczytać oznaczenia, które były wypisane mało czytelnym, koślawym pismem, a te z nich, które odczytałam, zawierały nazwy firm i banków. Nie wiedząc, po co tu jestem, odwróciłam się do Stefano, widząc, że sięga akurat po czerwony segregator z napisem „Alice", który następnie mi podał.

– Tylko dla ciebie.

Sprawiał wrażenie, jakby próbował wzbudzić moje zaufanie, lecz kiedy do mnie mrugnął, wzmocnił tylko moją niechęć. Niewiele brakowało, a rzuciłabym się w popłochu do ucieczki, jednak przemogłam się i wzięłam z jego rąk segregator, który zaczęłam przeglądać. Miałam przed sobą raport niejakiego Angelo Micheliego, prywatnego detektywa z Padwy, który zaadresowany był do Tobii Manina. Zawierał on kilkustronicowy opis przedostatniego dnia przed wyjazdem Scarpów: o 10:23 byłam oddać rzeczy do czyszczenia, o 11:12 wróciłam i po dwudziestu minutach wyszłam znowu do rzeźnika, żeby dokupić trochę polędwicy *filetti di manzo*.

Drżącymi dłońmi przeglądałam skoroszyt, dowiadując się, że w ciągu ostatnich tygodni każdy dzień mojego życia został w nim skrupulatnie odnotowany: sprawy, które załatwiałam, spacery, wszelkie czynności, kiedy, gdzie i z kim rozmawiałam. Od prawie dwóch miesięcy byłam śledzona przez Micheliego albo któregoś z jego ludzi, i jak wynikało z kartek znajdujących się na samym końcu, raport zawierał także szczegółową analizę mojej sytuacji finansowej. Zobaczyłam kopie wyciągów z konta, rachunków za telefon komórkowy, a nawet umowę najmu mojego mieszkania w Teltow.

Przerażona zamknęłam oczy. W jaki sposób Micheli zdobył te wszystkie informacje i dlaczego Tobia mu to zlecił?

– Tobia kazał mnie śledzić?

Stefano skinął pobłażliwie głową i westchnął głęboko.

– Taka jest prawda.

– Ale dlaczego?

– Nie ufa ci i ma fioła na punkcie kontrolowania. Nie wiedziałaś?

Pokręciłam głową. Nadal nie mogłam uwierzyć w to, co zobaczyłam.

– Ale te raporty – przecież on ich w ogóle nie może przeczytać?

Stefano uśmiechnął się.

– A myślisz, że skąd ja wiem o tej teczce? Kazał mi sobie je czytać co wieczór. Jednak... – Stefano wręcz przewiercał mnie swoim lodowatym spojrzeniem. – Nie chciałem i nie mogłem już dłużej przed tobą tego ukrywać.

Patrzyłam na niego zdziwiona.

– Dlaczego mi o tym powiedziałeś? Dlaczego zdradzasz własnego brata?

Stefano w milczeniu odstawił segregator z powrotem na regał, pokazując mi, że mam wyjść, po czym starannie zamknął pomieszczenie. Następnie odwrócił się w moją stronę i bardzo mocno się zbliżył. Byłam wciśnięta w przestrzeń między nim a drzwiami. Kiedy szeptał mi do ucha, jego twarz była oddalona od mojej zaledwie o centymetry.

– Nie zdradzam swojego brata. Chcę tylko dać ci wybór. Podoba ci się on w dalszym ciągu po tym, jak dowiedziałaś się, jakim jest człowiekiem? Czy może wolałabyś właściwego faceta? Takiego, który nie robi podchodów, po którym wiadomo, czego się można spodziewać i którego nie trzeba prowadzić za rękę jak małe dziecko?

Nagle o mało nie zaczął rozwiązywać sobie szlafroka, toteż dałam stamtąd szybkiego susa.

– Stefano, ja nie wiem, co mam sądzić o tym, że Tobia zatrudnił prywatnego detektywa, i wielki ból sprawia mi świadomość, że mnie szpieguje, ale nie sądzę, żeby to mogło między nami coś zmienić.

Przestał się uśmiechać i cofnął o krok.

– Nie można zmuszać ludzi do szczęścia. W końcu to twoja decyzja, że wolisz takiego faceta jak mój brat, lecz chyba nie zdajesz sobie jasno sprawy z tego, że powinnaś czuć się zaszczycona, że ja w ogóle czegoś chcę od ciebie. W końcu w przeciwieństwie do niego ja widzę, że nie jesteś niczym nadzwyczajnym. Trzeba chyba być ślepym, żeby uważać cię za piękność.

Ponownie zawiązał sobie szlafrok. Ignorując jego obelgę, odetchnęłam z ulgą.

– I nie myśl sobie, że ja dopuszczę, żebyście obydwoje, ty i mój brat, stali się czymś więcej, niż tylko wymuszoną, żałosną komitywą. Nie mam nic przeciw temu, że oprowadzasz go po mieście i że obżerasz się na jego koszt, ale... – ponownie przybliżył swoją twarz do mojej, lecz teraz z wyrazem szczerej nienawiści – trzymaj od niego łapy z daleka!

Ledwie wypowiedział te słowa, odwrócił się i mijając mnie, ruszył do salonu. Po chwili usłyszałam trzaśnięcie drzwiami piętro wyżej. Próbowałam zebrać się, będąc całkiem oszołomiona po tym wydarzeniu i po jednoznacznej groźbie Stefano. Dopiero po kilku minutach byłam w stanie odnaleźć drogę do salonu. Czując, jak moja twarz odzyskuje z wolna swój normalny kolor, zastanawiałam się, jaką postawę powinnam przyjąć względem Tobii. Co teraz powinnam zrobić? Czułam się zraniona, wiedząc, że Tobia kazał mnie śledzić. Lecz gdzieś, w głębi duszy, jakiś cichy głos podpowiadał mi, że powinnam go jednak bronić. Być może przesadą byłoby oczekiwać, że człowiek, który prawie nic o mnie nie wie, miałby po prostu darzyć mnie takim zaufaniem. Tak, być może zatrudnienie prywatnego detektywa było nawet rozsądne, gdyż mógł się w ten sposób upewnić, kim naprawdę jestem. I przecież nie miałam nic do ukrycia. Postanowiłam więc, że nie będę żądać od niego wyjaśnień, tylko przywitam się z nim za pół godziny tak swobodnie i beztrosko, jak tylko się da.

– Alice, ty już tutaj? – Tobia zdziwił się rozpromieniony, kiedy powitałam go u progu schodów. – Myślałem, że chciałaś przyjść później.

Odpowiedziałam mu z przesadną beztroską.

– Poszło jednak szybciej, niż myślałam. Usiądziemy?

Nie mam pojęcia, w jaki sposób udało mi się w tym dniu przetrwać ze Stefano i Tobią wspólny obiad i wszystkie następne godziny, nie wracając ani słowem do zachowania Stefano. Stefano zresztą nie zostawiał nas samych także w czasie następnych dni. Wyobrażałam sobie, że wieczorami pewnie próbuje go ode mnie odwodzić. Jego ostre, a niekiedy pogardliwe uwagi na temat mojego wyglądu, mojego włoskiego i w ogóle mojego zachowania miały mu uzmysłowić, że nie życzy sobie widzieć, że łączy mnie z Tobią coś bliskiego. Nie było trudno zauważyć, że Stefano dąży do tego, aby uniemożliwić nasz związek. Toteż z wielką ulgą odetchnęłam, gdy Tobia zadzwonił do mnie w końcu czwartego dnia z informacją, że Stefano musi niestety pilnie wyjechać z powodu nagłego terminu prezentacji dla klienta w San Francisco.

Kolejne dni uświadomiły mi jednak, że ziarno rzucone przez Stefano zaczęło przynosić plon. Początek był podstępny. Utartym zwyczajem, jaki zapanował między nami od chwili wyjazdu Scarpów, spotykaliśmy się codziennie, zwiedzając muzea, kościoły oraz place. Tak wiele nie opowiadałam w swoim życiu jeszcze nikomu. Tobia jednak zaczął się ode mnie dystansować. Każdego dnia znajdował jakiś pretekst, żeby po zakończeniu zwiedzania samemu wrócić do *palazzo*. I chociaż wiele razy proponowałam, że chętnie mu jeszcze opowiem, jak wygląda laguna w lecie albo ruchliwe uliczki wieczorową porą, to jednak szybko zmieniał temat.

Z dnia na dzień było mi coraz bardziej smutno, a moje opisy stawały się coraz mniej staranne i sztywne. Niektóre ważne elementy pomijałam nawet całkowicie, brakowało mi bowiem motywacji do szukania słów, za których pomocą mogłabym je właściwie opisać. W milczeniu szłam wtedy za Tobią i jego psem, uświadamiając sobie, że właśnie go tracę.

Akurat w chwili, gdy opuszczaliśmy budynek Scuola Grande di San Rocco, wychodząc na skwar, jaki panował tego dusznego czerwcowego dnia, u Tobii niespodziewanie zadźwięczał telefon. Podczas tych wszystkich dni nie zdarzyło się to jeszcze ani razu. Tobia przystanął w napięciu.

– Przepraszam cię na moment, ale czekam na jeden bardzo ważny telefon.

Wypuścił z dłoni szorki i odwróciwszy się ode mnie, wyjął telefon z wewnętrznej kieszeni swojej lnianej marynarki. Cofnęłam się dyskretnie o krok. Po kilku minutach wrócił do psa. Widać było od razu, że nie miał dobrych wiadomości.

Złapał się za czoło, mierzwiąc włosy. Sprawiał wrażenie, jakby w ogóle nie dostrzegał, że wciąż przy nim stoję.

– Co się stało, Tobia? Mogę ci w czymś pomóc?

Przestraszył się i odwrócił do mnie. Był całkiem blady.

– Wybacz, Alice, ale ta rozmowa miała zupełnie inny przebieg, niż oczekiwałem.

Zawahał się na moment, po czym spuścił głowę. Czułam, że znów dopada go melancholia.

– Ten program, który niedawno ci pokazywałem, nie zdał testu wśród konsumentów.

Spojrzałam na niego zdziwiona.

– Słucham?

– Program, który pokazałem ci wtedy w nocy, nie wypadł dobrze w testach z udziałem potencjalnych użytkowników. Większość jednoznacznie zadeklarowała, że nie będzie z niego korzystać – pokręcił z niedowierzaniem głową. – Stefano, z którym przed chwilą rozmawiałem, powiedział mi, że z powodu aż tak złych wyników podjął decyzję o wycofaniu się z tego projektu.

Ja również czułam się tak, jakbym dostała obuchem w łeb. Jak to możliwe, że ludzie mogli nie docenić korzyści, jakie dawał ten program?

– Jesteś pewien, że przyczyną tej złej oceny był sam program, a nie jego wygląd lub prostota obsługi?

Tobia skierował na mnie swoje martwe spojrzenie, odpowiadając drżącym głosem.

– Skąd ja mogę to wiedzieć? Jeśli jeszcze tego nie zauważyłaś, Alice, jestem niewidomy! Nie mam bladego pojęcia, jak wygląda ten cholerny program!

– A może mogłabym ci jakoś w tym pomóc?

Chciałam, żeby to pytanie zabrzmiało jak najbardziej przekonująco, jednak mimo to oczekiwałam, że z oburzeniem odrzuci taką propozycję. Tym bardziej byłam zdziwiona, kiedy zawahał się i w końcu mruknął po cichu.

– Pomogłabyś?

– Każdego dnia opisuję ci, jak wygląda Wenecja, więc myślę, że z programem komputerowym nie powinnam mieć większych trudności.

Sprawiał wrażenie, jakby w dalszym ciągu nie był przekonany, jednak kiedy ponownie chwycił uprząż Geo, zauważyłam, że z jego twarzy częściowo zniknęło napięcie.

– Znalazłabyś czas?
– No pewnie. Dopóki nie wrócą Scarpowie, jestem do twojej dyspozycji.
– Tylko proszę, bądź obiektywna i niczego nie pomijaj.

Kiedy włączał laptopa i otwierał stronę z formularzem do wprowadzania danych, jego woskowa twarz wyrażała zmartwienie. Siedzieliśmy w stołowej części salonu. Czekałam w napięciu, kiedy wreszcie będę mogła włączyć program.

– Nie chciałbym też, żebyś starała się mnie uspokoić z grzeczności. Chcę znać prawdziwy powód, dlaczego jest aż tak źle.
– Możesz mi zaufać. Niczego nie będę ukrywać.

Jego nerwowość była zaraźliwa, toteż poczułam ulgę, kiedy wreszcie przysunął do mnie laptop i mogłam zobaczyć stronę. Prawie mnie zatkało. To, co przed sobą ujrzałam, było tak nieopisanie szkaradne, że aż brakło mi słów. Już nawet pierwsza wersja, którą widziałam, składająca się wtedy z czarnego tła i zielonych liter, była o niebo lepsza od tej jaskrawo-pstrokatej, migającej i tandetnej strony, która raziła teraz moje oczy.

– Alice?

Tobia siedział przede mną wyprostowany jak świeca.

– Jaka jest? Opisz mi ją!
– Jest... – wyjąkałam – jest... jak by to powiedzieć...
– No co?

W końcu przemogłam się.

– Jest po prostu wstrętna. Jedna trzecia powierzchni od góry zapchana jest nagłówkami i banerami reklamowymi we wszystkich możliwych kolorach i rozmiarach. Potem są reklamy kontekstowe Google Ads, które wyglądają zupełnie nieprofesjonalnie i odwracają uwagę od tego, co istotne. Pola do wpisywania tekstu są tak małe, że wielką trudność sprawia nawet samo umieszczenie w nich kursora. Kolor czcionki jest zielony, pole do wpisywania pierwszego nazwiska pomarańczowe, a do drugiego turkusowe. Tło malwowe. Wyobraź sobie to mniej więcej tak: tłum holenderskich kibiców zebrał się na lawendowym polu pod błękitnym niebem.

– A jak wprowadzisz jakieś dane?

Zastanowiłam się przez moment. Co by tu wpisać? Może Scarpów i siebie? Tylko ich już sprawdzałam, rozwiązanie nie byłoby dobrym testem. Nie, to musi być coś, czego jeszcze nie szukałam. Chciałam już spytać Tobię, czyje nazwiska mam wpisać, gdy nagle zaświtał mi pewien pomysł. Pewnie dlatego, że pomyślałam w tej chwili o Stefano, który najwyraźniej usiłował pozbawić Tobię tego triumfu. Wstukałam pośpiesznie „Stefano Prode", a drugim polu „Fernando Lerú" – nazwisko człowieka, który postrzelił Tobię.

Kółeczko na ekranie obracało się niemal całą wieczność. Myślałam już, że system w ogóle przestał już działać, lecz w końcu pojawiła się odpowiedź. I chociaż składała się tylko z jednej linijki, była niczym cios w żołądek. Westchnęłam.

– Co jest, Alice? Aż tak źle?

Zmartwiony głos Tobii przypomniał mi, że muszę się pozbierać. Nie mogąc zdradzić, czyje nazwiska wpisałam do sprawdzenia, ograniczyłam się jedynie do opisania wyglądu powierzchni.

– Bardzo wolno szuka, a kiedy pojawia się wynik, znowu roi się od reklam. Przeszkadzają również takie, które wyskakują na pierwszy plan. Trudno jest znaleźć wynik, a potem go przeczytać. Zwłaszcza że rozmiar tekstu jest bardzo mały.

– A kolor?

– Zupełnie inny niż na pierwszej stronie. Można odnieść wrażenie, że jest się w zupełnie innym programie.

Tobia zakrył dłońmi twarz, jednak nie ze zmartwienia, tylko z wściekłości.

– Co ten Stefano sobie wyobraża? Mówiłem mu przecież, że chciałem czegoś prostego. Nie mamy zarabiać na reklamach znajdujących się na stronie do wpisywania, ewentualnie tylko na tej z wynikami. Ale już na pewno nie przy wpisywaniu, użytkownicy tego nie znoszą. I do tego jeszcze te wszystkie kolory i zupełny brak *corporate identity*.

Chociaż terminologia, którą się posługiwał, była mi obca, to jednak nie miałam wątpliwości, że z rzeczy, które mu opisałam, ani jedna nie odpowiadała jego wyobrażeniu.

– Tobia, ja się wcale nie dziwię, że ten program poniósł porażkę. Sama bym go nie używała w takiej postaci. Jest nieatrakcyjny, wolny i trudny w obsłudze.

Tobia skinął głową i zamyślił się. Ja zaś byłam wdzięczna, że rozmyśla teraz nad tym, co powinien zrobić. Dzięki temu mogłam jeszcze raz wczytać się w wiadomość, która przed momentem mnie zmroziła. Stefano i człowiek, który strzelił w Malibu do Tobii, być może się znali. Przejrzałam tekst na stronie z wynikiem. Człowiek o nazwisku Fernando Lerú w latach 1997–1998 był wydawcą broszur informacyjnych jednego z biur maklerskich na Ibizie. A niejaki Stefano Prode pracował w tym biurze jako makler od roku 1996 do 1999.

Zastanawiałam się w panice. Czy mógł to być jakiś inny Stefano Prode, który nie był bratem Tobii? Nie, raczej nie. Wiedziałam, że Stefano pracował w Hiszpanii. Tylko na ile było prawdopodobne, że ten Lerú był dokładnie tym, który postrzelił Tobię? Być może to nazwisko było bardzo popularne w Hiszpanii. A jeśli tak, to dlaczego policja w Malibu o tym nie wiedziała? Nagle zakiełkowało we mnie mgliste podejrzenie. Może Stefano dlatego tak zawzięcie zwalczał najnowszy wynalazek Tobii, ponieważ mógł on wydobyć na jaw to, co do tej pory pozostawało niewidoczne. Odetchnęłam głęboko. Ta myśl była zatrważająca. Ponieważ jednak wiedziałam od razu, jakie działania muszę teraz podjąć, ogarnął mnie błogi spokój. Postanowiłam, że jeszcze tej nocy sama sprawdzę pewne rzeczy w internecie na komputerze u Scarpów. To miejsce i czas nie były odpowiednie, żeby konfrontować Tobię z tak strasznym podejrzeniem, ryzykując, że bez dowodów zacznie podejrzewać brata o morderstwo. W pośpiechu wyłączyłam stronę z wynikami.

– Alice, czy mógłbym cię prosić o pewną przysługę? – zapytał Tobia, obracając nerwowo karteczkę leżącą na stole. – Musisz mi jednak obiecać, że będę mógł ci zapłacić za tę pracę! Czy mogłabyś razem ze mną popracować nad wyglądem tego programu, żebyśmy mogli go jeszcze raz zaprezentować?

Wzdrygnęłam się, cofając odruchowo.

– Tobia, ja nie mam bladego pojęcia o designie i programowaniu. Nie sądzę, żebym się do tego nadawała.

Tobia pochylił się w moją stronę.

– Alice, proszę. Nie musisz wcale mieć o tym pojęcia. Chodzi wyłącznie o to, żebyś mówiła mi, co widzisz. Powiem Stefano, że nie rezygnuję z tego programu, nawet jeśli nie przeszedł testu, bo jestem przekonany, że powodem tej porażki była realizacja, a nie koncepcja.

– Ale Stefano nie wierzy w tej projekt i nie będzie cię wspierał.

– Owszem, będzie robił wszystko, żeby projekt upadł, bo nie cierpi, jak ktoś zmienia jego decyzje. Tym razem jednak nie podzielam jego zdania, dlatego potrzebuję ciebie, żeby mieć pewność, że znowu nie stworzy czegoś szkaradnego. Skontaktuję się bezpośrednio z moimi programistami, co da im gwarancję, że Stefano nie będzie sprawował nad nimi kontroli. Popracujemy z nimi intensywnie przez kilka dni do czasu, aż to, co mi opiszesz, będzie wyglądało tak, jak to sobie wyobrażam. Zrobiłabyś to dla mnie?

Jego głos przybrał niespotykanie łagodne brzmienie, które mnie ujęło i niemal zahipnotyzowało. Oczywiście nie mogłam powiedzieć „nie".

Po tym ustaleniu jak w transie wróciłam do apartamentu Scarpów i klapnęłam na krzesło, zasiadając w kuchni przed komputerem. Mając świadomość tego, co się wydarzyło, uśmiechałam się do siebie coraz bardziej. O ile jeszcze wczoraj wszystko wskazywało na to, że to Stefano jest tym silniejszym, który trzyma Tobię w garści, tak teraz karta się odwróciła. W ciągu najbliższych dni Tobia opracuje ze mną coś, na czym mu bardzo zależy, będąc gotów nawet zaryzykować, że Stefano się wścieknie.

Komputer Scarpów wolno się włączał. Wpisałam w wyszukiwarce nazwisko Lerú. Gdy pojawiły się pierwsze wyniki, zaczęłam w skupieniu, wręcz ze strachem, przeglądać stronę po stronie, pragnąc poznać przeszłość Fernando. Chociaż szukałam bardzo dokładnie, to jednak nie mogłam niczego znaleźć. Oprócz artykułów dotyczących napadu na Tobię, nie było na jego temat żadnych innych informacji.

– Cholera!

Zamknęłam okno wyszukiwarki. Musiał przecież być ktoś, kto go znał i mógłby mi powiedzieć, czy Fernando Lerú, który drukował broszury, był tym, który strzelał w Malibu.

Nagle wpadłam na pomysł – biuro maklerskie! Może jest jeszcze ktoś, kto znał ich obu i nadal w nim pracuje. Szybko wpisałam nazwę filii na Ibizie, szukając osób do kontaktu. Trafiłam na zdjęcia kilku młodych maklerów, a wśród nich zdjęcie kobiety, z wyglądu nieco starszej. Nazywała się Elena Arruda i była asystentką dyrekcji. Sądząc po jej wieku, musiała już tam pracować nieco dłużej. Postanowiłam, że nawiążę z nią kontakt. Nie zastanawiając się długo, napisałam do niej maila po angielsku, w którym przedstawiłam się jako była dziewczyna Fernanda, która pragnie się z nim skontaktować i chciałaby spytać, czy nadal pracuje on w tym biurze.

Na odpowiedź musiałam jednak trochę zaczekać, a w ciągu następnych dni niemal każdą godzinę spędzałam u Tobii. Przez cały ten czas między Wenecją a San Francisco krążyła niezliczona ilość wersji szaty graficznej programu, w której ciągle trzeba było coś poprawiać albo ulepszyć. Tobia, skoncentrowany i pełen determinacji, zachęcał nas, motywował, czasem coś poprawiał i wysuwał nowe pomysły. Cały czas ze świadomością, że zostało nam niewiele dni, zanim prasa dowie się o niepowodzeniu pierwszej wersji i nastawi krytycznie, o ile nie zdąży wcześniej zobaczyć nowej mocno ulepszonej wersji. Pracowaliśmy niezmordowanie, telefonując przez cały czas lub analizując nowe propozycje. Przerywaliśmy jedynie wtedy, gdy signora Auda podawała nam posiłki oraz gdy późną nocą chwiejnym krokiem wracałam do apartamentu.

Wbrew moim obawom Stefano robił stopniowe ustępstwa, zgadzając się na nasze propozycje, i nawet nie przyjechał do Wenecji, gdyż widocznie uznał, że ważniejszą sprawą jest utrzymanie swojej pozycji w San Francisco. Zakulisowo próbował jednak po cichu wpływać na programistów. Starał się również przeszkadzać wszystkim uczestnikom, wysuwając możliwie najbardziej absurdalne pomysły. Mimo to czuło się, że z każdym dniem zmieniała się hierarchia władzy i że większość pracowników zaczęła ignorować obiekcje i pomysły Stefano. Dzięki komentarzom i mailom widziałam coraz wyraźniej, jak bardzo zespół Tobii cieszy się, że wreszcie znowu zaczął aktywnie uczestniczyć w życiu firmy. I nie tylko oni nagle się ożywili: nigdy wcześniej nie widziałam Tobii tak zapalonego i pełnego entuzjazmu. Nie zauważyłam też ani razu, żeby popadł w swoją dawną melancholię. W tym czasie w ogóle nie rozmawialiśmy o jego kalectwie. Nie było też chwili, w której wadziłby się ze swoim losem. Zupełnie, jakby zaakceptował, że to ja byłam jego wzrokiem przez ten czas. Miał do mnie pełne zaufanie, i to zarówno wtedy, gdy mu coś opisywałam, jak i podczas mojej jednoznacznej oceny tej rzeczy.

Kiedy po tygodniu w prasie fachowej pojawiły się pierwsze negatywne doniesienia dotyczące nowego programu, nasza nowa wersja była już na tyle dobra, że Tobia uznał, iż można ją zaprezentować publiczności. Po raz pierwszy od czasu wypadku zdecydował się na wzięcie udziału w telekonferencji z udziałem dziennikarzy, deklarując osobiste zaangażowanie w przeprowadzenie badań rynkowych nowej wersji.

W czasie prezentacji siedziałam obok, wsłuchując się w to, co mówi. Słysząc jego zdecydowany, pełen przekonania głos, czułam, że ogarnia mnie poczucie dumy. Jego pewność nie brała się jedynie stąd, że sprawował nad wszystkim kontrolę; wynikała ona raczej z zaufania, którym darzył mnie oraz pozostałe osoby. Tuż po zakończeniu tej trwającej godzinę telekonferencji zaczęły pojawiać się pierwsze doniesienia, które prześcigały się w zachwytach nad nowym projektem Tobii.

Tobia zaś sprawiał wrażenie, jakby spadł z niego wielki ciężar. Dokonał czegoś, co sam uważał za niemożliwe.

Dla uczczenia tego dnia udaliśmy się na kolację do hotelu Metropol. Rozmawialiśmy o minionych dniach i śmialiśmy się, dziwiąc, że po tylu pracowitych godzinach nie chciało nam się jeszcze spać. A kiedy wracaliśmy przez opustoszały plac św. Marka, włócząc się wolno, w powietrzu przez cały czas wisiała euforia wywołana naszym pierwszym wspólnym sukcesem.

– Odprowadzić cię do domu, Alice? Ostatnie dni były dość wyczerpujące. Pewnie jesteś zmęczona.

– Jeszcze nie, proszę.

Tobia zatrzymał się.

– A na co jeszcze masz ochotę?

– Wspominałam ci już kiedyś o wyspie San Giorgio Maggiore?

Ironia w moim głosie nie uszła jego uwagi. Ile to już razy zachęcałam go, żeby udał się tam razem ze mną, ale zawsze mi odmawiał. Wiedziałam, że znowu minie trochę czasu, zanim ponownie nadarzy się taka okazja.

Zdziwił się, przechylając głowę.

– Chcesz jeszcze dzisiaj płynąć na tę wyspę? O tej porze *vaporetti* już nie kursują, a nie chciałbym też budzić faceta z motorówką.

– Jest również nocne połączenie – odparłam z triumfem w głosie. – Po północy statek pływa tam co pół godziny. Możemy zdążyć, jeśli się pośpieszymy.

Tobia nie był zachwycony.

– Alice, wiem, że mam u ciebie wielki dług za ostatnie dni i jestem gotów na wszystko, ale czy naprawdę musimy?

– Godzinę później wsiądziemy na statek, który zabierze nas z powrotem.

– Bitą godzinę w nocy na lodowatej wyspie…

– Tobia, nie martw się, prawie nikogo nie będzie na tym statku. Masz okazję, żeby wreszcie przejechać się *vaporetto*, a ja będę mogła ci opisać San Giorgio Maggiore. Trochę świeżego powietrza dobrze nam zrobi po tych wszystkich dniach, które spędziliśmy w *palazzo*.

Wiedziałam, że po tym wszystkim, co w ostatnich dniach dla niego zrobiłam, nie odmówi mojej prośbie. Toteż skinął niechętnie głową i po dziesięciu minutach doszliśmy w milczeniu do przystanku *vaporetto*, gdzie pomogłam mu wejść na chybotliwą platformę razem ze sceptycznie patrzącym Geo. Tobia, mający bardziej wyczuloną percepcję, odczuwał falowanie znacznie intensywniej niż ja. Zacisnął mocno usta i nawet Geo sprawiał wrażenie, jakby czuł się niepewnie i trzymał się blisko swojego pana.

– Właśnie nadpływa nasz *vaporetto*.

Na szczęście nie musieliśmy długo czekać. Po twarzy Tobii widać było, że on także odczuwa ulgę, że wreszcie może zejść z tej platformy. Wszedł ostrożnie na pokład, podążając za mną i za swoim psem, a kiedy już zajął miejsce na jednym z plastikowych krzeseł, odetchnął głęboko.

Razem z nami płynęła jedynie garstka pasażerów. Prawie nikt nie zwracał na nas uwagi. Ludzie rozmawiali ze sobą w parach, pisali coś w swoich telefonach albo zmęczeni wyglądali przez porysowane szyby.

Próbowałam nieśmiało podjąć jakąś konwersację, jednak Tobia prawie w ogóle nie reagował na to, co mówię, toteż szybko zaprzestałam swoich prób. Kiedy nasz tramwaj przybił do przystani na wyspie, a moi towarzysze w ogóle nie chcieli wstać, chwyciłam Tobię pod ramię, delikatnie pociągnęłam do góry i sama wyprowadziłam go z pokładu. Przez chwilę wyglądał, jakby postarzał się o dobrych parę lat, i jak staruszek człapał koło mnie. Tymczasem obok nas zaczęła się już przeciskać grupka młodych nocnych marków udających się na Giudecca albo do Wenecji. Zobaczyłam, jak statek odcumowuje i z wolna odbija od przystani. Stojąc przed imponującym kościołem projektu Andrei Palladio, byliśmy jedynymi ludźmi, którzy zostali na wyspie.

– Usiądziemy?

Odpowiedział samym skinieniem głowy. Ostrożnie zaprowadziłam go do ławki i usiadłam przy nim. Geo położył się obok nas i zwinął się w kłębek.

– Nie gniewaj się, ale chciałam, żebyś chociaż raz prawdziwie poczuł Wenecję. Taksówki wodne to fantastyczna rzecz, ale w nich prawie w ogóle się nie czuje, że się jest na wodzie.

– Jest okay – powiedział, lecz z jego głosu wynikało, że wcale tak nie myśli.

– Co ci jest? – spojrzałam na niego zaniepokojona.

Jego usta drżały.

– Bałem się.

Dopiero teraz dostrzegłam łzę na jego policzku. Powoli spuścił głowę i obiema dłońmi przeczesywał długie włosy, jakby próbował na powrót odzyskać swoje zwyczajne opanowanie. Mimo to coraz więcej łez kapało na jego sweter i letnie białe spodnie.

Objęłam dłońmi jego palce i wolnym ruchem przyciągnęłam do siebie, zbliżając do ust. Czułam, że próbuje cofnąć dłoń, lecz przytrzymałam ją mocno. Całując coraz mocniej jego dłonie, kątem oka dostrzegłam, że siedzi przy mnie niespokojnie i sztywno, próbując nad sobą zapanować. Przestał płakać, jednak jego twarz wyrażała wielkie napięcie i rozdarcie. Nagle wyrwał dłonie z mojego uścisku, a jego palce, z początku nieśmiało, a potem coraz odważniej, zaczęły dotykać mojej twarzy. Zamknęłam oczy, czując, jak dotyka moich powiek, wodzi palcami wzdłuż nosa, czoła i policzków oraz po szyi i ustach. Jego ruchy były łagodne i ostrożne, równocześnie jednak pełne energii i gorliwości. Kiedy już dotknął każdego miejsca na mojej twarzy, odniosłam wrażenie, że ogarnęło go nagłe zwątpienie, że być może czegoś nie zapamiętał albo chciał tylko jeszcze raz potwierdzić swoje pierwsze wrażenie. Jego palce ponownie zaczęły badać moją twarz, jednak teraz mniej systematycznie. Poczułam, że zatrzymał palce wskazujące na moich ustach.

Mimowolnie pochyliłam się do przodu, lecz Tobia błyskawicznie zabrał ręce. Zaskoczona otworzyłam oczy. Znów siedział nieruchomo przede mną, a jego twarz zastygła bez ruchu.

– Dlaczego przestałeś? Nie podobam ci się?

Patrzyłam na niego. Wiedziałam naturalnie, że nie jestem żadną pięknością. Bałam się tej chwili, w której Tobia pierwszy raz zbada moją twarz swoim dotykiem, aby odtworzyć w wyobraźni mój wygląd.

– Wcale nie, Alice. Jesteś… Jesteś bardzo piękna. Piękniejsza, niż myślałem. Masz wyraźne rysy, długą i szczupłą szyję, duże oczy i te twoje pełne usta – wziął głęboki oddech. – W pewnej chwili o mało nie przestałem nad sobą panować.

Tobia pocierał ręce. Kiedy mówił do mnie cichym głosem, miał spuszczoną głowę.

– Od dawna byłem ciekaw, jak wyglądasz i często wyobrażałem sobie, że dotykam twojej twarzy, żeby się przekonać, jaka jest. Zawsze jednak wiedziałem, że jeśli to zrobię, wówczas wszystko stanie się jeszcze trudniejsze.

– I stało się?

– Tak. Jest bardzo trudno zachować zdrowy rozsądek.

– A po co chcesz być koniecznie rozsądny? Co byłoby w tym złego, gdybyśmy stali się sobie bliżsi? – wstałam, musząc odetchnąć głębiej. – Tobia! Z jednej strony wydajesz dla mnie bal, chcesz się ze mną spotykać, zabierasz mnie w najbardziej romantyczne miejsca, spędzasz ze mną całe dnie i noce, pracując nad swoim programem, i stale mi robisz nadzieję, że łączy nas coś więcej niż przyjaźń. Z drugiej strony dystansujesz się, gdy tylko zaczynamy się do siebie zanadto zbliżać – popatrzyłam na jego zachwycającą twarz, z której nie dało się jednak wyczytać żadnych emocji. – Czego ty właściwie oczekujesz ode mnie? Jestem twoim kaprysem? Czy potrzeba ci tylko towarzyszki, asystentki, z którą możesz robić, co chcesz? – wyrzuciłam z siebie głosem drżącym z rozpaczy. – Czy ty nie czujesz, że dla mnie to wszystko znaczy więcej niż tylko tyle? Czy nie masz wrażenia, że manipulujesz moimi uczuciami, a każde nasze spotkanie jest dla mnie emocjonalną huśtawką?

Stanęłam dwa kroki dalej, patrząc na lagunę, która leniwie rozciągała przede mną swoje wody.

– Tobia, ja całe swoje życie bałam się przed kimkolwiek otworzyć. Zaszywałam się w swoich książkach, nikogo do siebie nie dopuszczając. Gdybyś mógł mnie widzieć, zobaczyłbyś brzydulę, która przy najmniejszej próbie zbliżenia wycofuje się i chowa.

Odwróciłam się powoli w jego stronę.

– Alice, wiesz przecież, że to nieprawda. Jesteś fantastyczną kobietą, silną. Kobietą, z niewiarygodną empatią i zasadami…

– Tobia, jestem tym, kim mówię ci, że jestem: samotniczką czującą strach przed życiem. Dlaczego niby przyjechałam tutaj, do tego miasta? Wenecja pociągała mnie zawsze dlatego, że ma się tutaj wrażenie, jakby życie toczyło się w zupełnie innym czasie, który nie ma nic wspólnego z teraźniejszością. Jak ja się myliłam! – Roześmiałam się gorzko. – Akurat ty musiałeś stanąć na mojej drodze – facet, na którego mój system obronny nie zadziałał, bo myślałam, że w niczym mi nie zaszkodzisz. Powoli, lecz nieuchronnie zakochiwałam się w tobie, pierwszy raz w życiu zaczęłam darzyć drugiego człowieka zaufaniem. – Wzięłam głęboki oddech i popatrzyłam na niego. – Wiem, że w kontaktach damsko-męskich nie mam takich doświadczeń jak ty, ale naprawdę myślałam, że również dla ciebie coś znaczę.

Kiedy ponownie spojrzałam na wodę, byłam zapłakana.

– Alice – głos Tobii był ledwie dosłyszalny. – Proszę, usiądź z powrotem koło mnie.

Zawahałam się. Jaki sens miało ciągnięcie tej rozmowy? Uległam złudzeniu i zbyt mocno dałam się ponieść uczuciom. Podeszłam niechętnie do ławki i usiadłam.

– Alice, wiesz przecież, że wiele dla mnie znaczysz: więcej, niż bym sobie tego życzył. Nie jesteś moim kaprysem, jesteś pierwszą i jedyną osobą, którą dopuszczam do siebie tak blisko. Ale proszę cię, miej na względzie to, że właśnie z tego powodu nie możemy stać się kimś więcej niż tylko dobrymi przyjaciółmi.

– Tylko dlaczego? Sam przecież mówisz, że wiele dla ciebie znaczę, i na pewno od jakiegoś czasu też czujesz, że nie jesteś mi obojętny. Dlaczego więc nie dasz nam szansy? Czy jestem ciebie aż tak niegodna, dlatego że jestem biedna i niepozorna? Czy chodzi o to, co powiedział Stefano? Dlatego tak się nagle zmieniłeś po tym, jak przyjechał?

Zaległo długie milczenie, aż zaczęłam się obawiać, że Tobia znowu nie zechce mi odpowiedzieć. Nerwowo zagryzłam wargi – tym razem nie odezwę się pierwsza tak jak zwykle.

W końcu westchnął i przemówił urywanym głosem.

- Jak mogłaś w ogóle pomyśleć, że uważam cię za osobę niegodną? Wiesz przecież równie dobrze jak ja, że „godna" to mało powiedziane, i właśnie dlatego nie powinienem sobie robić nadziei. Stefano pod tym względem ma rację: nie powinnaś i nie spędzisz ze mną swojego życia.

- Słucham? - spojrzałam na niego osłupiała.

- Alice, do czasu, aż wkroczyłaś w moje życie tamtej przeklętej marcowej nocy, przed wejściem na Ponte dell'Accademia, zdążyłem się w tym życiu jakoś odnaleźć odpowiednio do mojej sytuacji. Byłem schowany w swoim *palazzo*, żyłem nocami, przestałem prawie w ogóle pracować i miałem już niewiele oczekiwań wobec siebie i życia. Kiedy cię poznałem, wszystko się jednak zmieniło. Każdy dzień, w którym mogę cię spotkać, wydaje mi się wart przeżycia i pierwszy raz od długiego czasu cieszę się, kiedy rano dzwoni mój budzik i muszę wstać. Chcę zwiedzać razem z tobą Wenecję, słuchać twoich poglądów i przemyśleń i zrobić coś znowu ze swoim życiem.

- To przecież cudownie!

- Tak. Tylko dzisiaj jesteśmy przyjaciółmi i chcę mieć nadzieję, że nasza przyjaźń będzie trwała długo. Poznam twojego męża i może zostanę chrzestnym jednego z twoich dzieci. Nasze życia powinna łączyć długotrwała przyjaźń. Potrafisz sobie wyobrazić, co by to oznaczało, gdybym zrobił sobie więcej nadziei, pogłębiając naszą znajomość? - W jego głosie pojawił się rozpaczliwy ton. - Gdybym mógł cię pokochać i mieć poczucie, że jesteś ze mną? Przez pewien czas byłbym w siódmym niebie, ale ty wcześniej czy później zaczęłabyś się nudzić u boku takiego bezradnego niezguły.

Zamilkł na moment, aby zaczerpnąć tchu.

- Nawet jeśli nie chcesz się do tego przed sobą przyznać, jesteś romantyczką. Potrzebujesz księcia, który cię uratuje, bohatera takiego jak z twoich książek, a nie faceta, którego będziesz musiała prowadzić. - Zmarszczył czoło, jakby widział tę scenę oczami swojej wyobraźni. – Moje pieniądze być może mogłyby nieco odwlec w czasie twoje odejście, ale ty nie jesteś z tych, które pieniędzmi dałyby się nakłonić do pozostania. Kierujesz się uczuciami, które nie są na sprzedaż. Wraz z tobą opuściłaby mnie jednak cała moja nadzieja i radość – mówił drżącym głosem. – A stracić ciebie to tak, jakbym drugi raz miał stracić wzrok. Nie mogę ryzykować. O tym właśnie rozmawiałem ze Stefano, i tylko dlatego odsunąłem się od ciebie. Nie chcę i nie będę podążał za złudzeniami.

Chwyciłam się dłońmi za twarz.

– Jak możesz mówić coś takiego?! Nie możesz zajrzeć do mojej głowy, żeby dowiedzieć się, czego potrzebuję albo czego pragnę. To przecież szaleństwo, żeby nie sięgnąć po szczęście, które się znalazło, ze strachu, że można je stracić – przerwałam na chwilę, żeby się opanować. – Nie słuchaj Stefano. On nie chce, żeby poza nim ktoś jeszcze był obecny w twoim życiu. Zaufaj mi! Zdążyłeś się przecież zorientować, jakim jestem człowiekiem!

Po raz pierwszy odważyłam się wspomnieć o czerwonym segregatorze Ile to już razy w ciągu ostatnich dni odczuwałam wielką pokusę, żeby go o to spytać, a jednak powstrzymywałam się, chociaż w czasie naszej pracy przebywaliśmy w miejscu oddalonym o niecałe trzy metry od pokoju, który pokazał mi Stefano.

– Micheli? – Tobia zrobił zdziwioną minę. – Kto to jest?

– Prywatny detektyw, którego zatrudniłeś, aby mnie wysondować.

– Że co zrobiłem? – zawołał z niedowierzaniem, odchylając się do tyłu, a jego twarz zastygła w bezruchu. – Co ty sobie o mnie myślisz, Alice? Naprawdę ci się wydaje, że mam do ciebie tak małe zaufanie? Słuchając ciebie całymi dniami i pozwalając się wszędzie prowadzić? Nie zatrudniłem nigdy żadnego detektywa. Skąd ci to przyszło do głowy?

Czyżby Stefano zwabił mnie w pułapkę, pokazując fałszywy raport Micheliego zaadresowany do Tobii? Ale przecież widziałam te dokumenty, rachunki na nazwisko Tobii Prode'a. Jak on mógł...

– Tobia, przepraszam, ale myślałam, że... Stefano...

Przerwał mi szorstko.

– Alice, nie mam pojęcia, co w ciebie weszło tego wieczoru, ale być może dobre w tym wszystkim było chociaż to, że w końcu wiemy, na czym stoimy. O żadnym prywatnym detektywie nie mam pojęcia i nie mieszaj do tego Stefano, a jeśli idzie o moje nastawienie, to nie podlega ono dyskusji. Mam nadzieję, że to uszanujesz – oświadczył, po czym ciągnął dalej bardziej pojednawczym tonem: – Ostatnie dni były męczące, i być może to one stanowią przyczynę twoich błędnych uczuć, które powinnaś sobie w spokoju przemyśleć. Jestem jednak pewien, że przy odrobinie czasu do przemyśleń zrozumiesz także, że moje wątpliwości są słuszne.

Powoli i z wysiłkiem podniósł się z ławki, podczas gdy jego słowa jak gromy odbijały się we mnie echem.

– Zmartwiłbym się bardzo, gdyby było inaczej, bo w przeciwnym wypadku nasze drogi musiałyby się w tym miejscu rozejść. A poza tym jeśli miałbym jeszcze wracać z tobą do tej dyskusji, to wolałbym, żebyśmy od razu dzisiaj się rozstali.

Ostrożnie wyjął telefon z kieszeni spodni, a kiedy w skupieniu wybierał palcami numer, dorzucił jeszcze z nieznanym mi dotąd chłodem i arogancją.

– Powiem ci szczerze, że ta dzisiejsza wyprawa wcale mi się nie podobała. Komuś, kto nie widzi, to miejsce wydaje się tylko zimne, wietrzne i odludne.

Byłam jak w transie, słysząc, jak zamawia taksówkę, i widząc, jak rusza z psem w stronę przystani. Zdawał się oczekiwać, że wrócę teraz razem z nim i że zaakceptuję fakt, że możemy pozostać jedynie przyjaciółmi. Tylko jak mogłam podjąć taką decyzję tu i teraz? Wolno i niechętnie szłam w jego kierunku. W tym momencie przewaga była po jego stronie.

– Zatem akceptujesz moje warunki?

– Dołożę wszelkich starań, aby nie wodzić cię na pokuszenie.

Wyglądał na zadowolonego z tej odpowiedzi. Wyciągnął do mnie rękę.

– Za najlepszą przyjaźń.

Podałam mu rękę, w milczeniu zalewając się łzami.

Rozdział 10

Kiedy nazajutrz rano spotkaliśmy się o zwykłej porze, żadne z nas ani słowem nie nawiązało do wczorajszej rozmowy. Po tym, jak nasza praca przed komputerem dobiegła końca, okazując się sukcesem, w oczywisty sposób wróciliśmy do naszych spacerów po Wenecji. Wesoło i swobodnie, jak tylko było to możliwe, starałam się przekazywać Tobii nastrój obrazów i fresków, jeśli akurat nie byliśmy na jednym z licznych koncertów albo spektakli teatralnych, na które zaciągał mnie w następnych dniach, pragnąc w ten sposób unikać wszelkich pogawędek.

Ani razu nie zaprosił mnie już do Palazzo Segantin i również ja nie zapraszałam go do siebie. Wydawało się, że wraz z obietnicą złożoną wtedy na San Giorgio Maggiore, została między nami wytyczona niewidzialna linia oddzielająca ścieżki naszego życia, której Tobia przekraczać nie chciał, mnie zaś nie było wolno. Fizyczna bliskość i jakakolwiek zbyt daleko idąca serdeczność przestały być możliwe. A kiedy któregoś razu – po jego niezwykle obrazowej opowieści, jak to będąc małym chłopcem, rozkładał na części wszelkie urządzenia elektryczne swoich rodziców, chcąc się dowiedzieć, jak działają – poklepałam go ze śmiechu po ramieniu, wzdrygnął się i niedługo potem pożegnał na resztę dnia.

Dni upływały i zbliżał się dzień powrotu Scarpów. W czasie swojej podróży wielokrotnie do mnie dzwonili, żeby sprawdzić, czy nie urządzam w domu dzikich imprez, albo żeby mi szczegółowo opisać, jakich wspaniałych ludzi poznali i jak cudowne jest Porto Cervo i Isola di Maddalena. Słuchałam ich obojętnie. Kiedy w końcu nastał ostatni wieczór przed ich powrotem, poprosiłam Tobię, żebyśmy spędzili go w restauracji hotelu Cipriani znajdującego się na wyspie Giudecca, do której dotrzeć można było wyłącznie statkiem. Już kilka razy jedliśmy kolację w tej tarasowej restauracji, a ja starałam się odtworzyć Tobii jej niewiarygodny nastrój. To wcale nie luksus był tym, co zwabiało mnie tutaj, lecz niepowtarzalność tego miejsca, które każdego wieczoru oświetlone było inaczej, za każdym razem stanowiąc nowe odkrycie. Miałam nadzieję, że panująca tutaj atmosfera doda mi otuchy także tego wieczoru, kiedy mój nastrój osiągnął dno. Jednak ani panorama, ani znakomite jedzenie, ani kwitnące ogrody, ani nawet mili kelnerzy nie byli w stanie poprawić mi humoru. I chociaż żadne z nas nie powiedziało tego głośno, mieliśmy całkowitą świadomość, że powrót Scarpów wiązać się będzie z tym, że nie będziemy mieli prawie czasu na spotkania, co stanowić będzie cezurę naszej przyjaźni.

– Za minione tygodnie.

Tobia sięgnął po kieliszek słodkiego vin santo, które kelner podał do deseru.

– Za minione tygodnie.

Zauważyłam z ulgą, że ostatni goście opuścili restaurację roześmiani i w doskonałych nastrojach, dzięki czemu nikt nie zauważy moich łez. Jednak znowu nie doceniłam empatii Tobii.

– Smutna jesteś, Alice, prawda?

Potrzebowałam chwili, żeby odzyskać panowanie nad głosem.

– Tak. Piękny czas niestety się kończy i nie wiem, co będzie dalej.

Tobia spuścił głowę, a ja miałam poczucie, że przekroczyłam niewidzialną linię.

- Wszystko będzie takie samo, jak było przed wyjazdem Scarpów. Będziemy się widzieć, kiedy będziesz miała czas.
- Wiesz przecież równie dobrze jak ja, że nie będziemy mogli znowu żyć tak samo jak przedtem. Przekonałam się, jak to jest móc spędzać z tobą każdy dzień, i nie chcę, żeby to się skończyło.
- Alice...
- Tobia. Nie mówię o miłości. Wiem, że to dla ciebie w ogóle nie wchodzi w rachubę, ale czy naprawdę wierzysz w to, że chciałabym spędzić resztę mojego życia tutaj w Wenecji, mieszkając u Scarpów, by raz w tygodniu móc się z tobą widzieć?
- Nie.
- Ale przecież ku temu to właśnie zmierza! Te tygodnie pokazały mi, jak piękne jest życie, tak że nie mogę i nie chcę wracać znowu do dawnego, które składało się jedynie z marzeń i książek. Nie mówię tutaj wcale o luksusie ani o wszystkich tych rzeczach, które mi kupujesz albo za które płacisz. Potrafiłabym się zadowolić kanapkami w parku na ławce albo winem chianti z supermarketu. Tym, czego pragnę, jest spędzanie z tobą czasu i możliwość rozmowy z tobą, kiedy chcę.

Ze zdziwieniem zauważyłam, że się uśmiechnął.

- Ja także się już nad tym zastanawiałem, nie miałem jednak odwagi, żeby z tobą o tym porozmawiać, bo nie znam twojego punktu widzenia.

Nadzieja, która nagle we mnie odżyła, że wreszcie pójdzie po rozum do głowy i zacznie myśleć o naszej wspólnej przyszłości, przyprawiła mnie o szybsze bicie serca.

- Alice, chyba znalazłem rozwiązanie. - Jego zimne oczy były utkwione we mnie nieruchomo. - Co byś powiedziała na to, gdybym urządził ci piękny apartament w Wenecji? Nie musiałabyś pracować i moglibyśmy się spotykać, kiedy tylko mielibyśmy na to ochotę. Pomagałabyś mi w pracy i moglibyśmy nawet od czasu do czasu wybrać się do innego miasta, żeby

zwiedzić razem Florencję albo Rzym, albo nawet Paryż i Londyn. – Przechylił się do przodu. – Oczywiście zapłaciłbym ci za to i mogłabyś wreszcie uwolnić się od tych strasznych Scarpów. Nie rozmawiałem jeszcze o tym ze Stefano, ale myślę, że on również uzna to za świetny pomysł.
Zaniemówiłam. Czy on naprawdę wierzył, że zgodzę się zostać jego utrzymanką? Czy faktycznie była to propozycja, żebym stała się dla niego kimś w rodzaju płatnej towarzyszki zabaw?
– Mówisz poważnie? – spytałam z niedowierzaniem.
– No pewnie. Sprawię, że niczego ci nie zabraknie. Sam będę się ogromnie cieszył, mogąc zaoferować ci życie jak z marzeń.
– Nie powinieneś tracić na mnie swoich pieniędzy – odparłam, starając się ukryć sarkazm w moim głosie.
Tobia zignorował mój ton.
– Alice! Myślę, że nie zdajesz sobie sprawy z tego, jak bardzo jestem szczęśliwy, że wreszcie odkryłem pożyteczny użytek dla moich pieniędzy. Mieć pieniądze, to brzmi kusząco dla kogoś, komu ich brakuje, jednak na końcu się okazuje, że nie są one wcale wiele warte. Zastanów się nad tym – nawet mój cały majątek nie przywróci mi wzroku. Dlaczego więc rozrzutnością miałoby być kupienie sobie odrobiny szczęścia?
Zacisnęłam pięści, żeby powstrzymać łzy.
– Właśnie o to chodzi, Tobia. Próbujesz sobie kupować swoje wyobrażenie szczęścia. Zbyt długo brałam w tym udział, nie mogąc znieść obawy, że nie będę mogła się z tobą więcej widzieć, i godziłam się z tym, że nie życzysz sobie niczego więcej ponad przyjaźń. Ale tej oferty nie mogę przyjąć. Nie jestem do kupienia. Sam to zawsze powtarzałeś, więc nie rozumiem, dlaczego myślisz, że to się nagle zmieniło.
Zebrałam się w sobie, by móc wyrzucić z siebie kolejne słowa.
– Przykro mi niezmiernie, ale właśnie nastał koniec, i to zarówno tego wieczoru, jak i naszej dziwnej, nierównej przyjaźni.

Jestem człowiekiem i mam uczucia. Jeśli przystałabym na twoją propozycję, oznaczałoby to dla mnie emocjonalne samobójstwo.

Wstałam powoli i spokojnym ruchem położyłam na stole serwetkę, którą trzymałam na kolanach.

– Alice!

Tobia także wstał, jednak ja zwróciłam się już w stronę wyjścia. Ostrym głosem zawołałam:

– Nie jestem twoją niewolnicą, Tobia, ani służącą będącą do twojej dyspozycji, gdzie tylko sobie zażyczysz i kiedy. Nawet jeśli pracuję u Scarpów jako *au pair*. Twoje pieniądze mnie nie obchodzą. Tym, co mnie interesuje, jesteś ty oraz miłość między dwojgiem osób równych sobie – niezależnie od statusu i konta w banku. I właśnie dlatego wolę wypruć sobie serce, niż spędzić życie jako twoja poddana. *Addio*, Tobio Maninie.

Łzy zalewały mi twarz, kiedy szłam do wyjścia, i poprosiłam portiera, żeby zamówił dla mnie łódź, która zawiezie mnie z wyspy z powrotem do San Marco.

Recepcjonista nagle podszedł do mnie.

– Madame?

Próbowałam dojrzeć go przez łzy.

– Tak?

Podał mi chusteczkę.

– Wiem, że to, co zaszło między panią a signorem Maninem, to nie nasza sprawa, i że to, co teraz robię, nie jest zgodne z naszym kodeksem pracy, ale z drugiej strony państwo również nie są naszymi stałymi gośćmi.

Zdziwiona otarłam łzy.

– W ostatnich tygodniach gościliśmy panią wielokrotnie. Zawsze cieszyliśmy się, mogąc widzieć, jak signor Manin odradza się do życia w pani towarzystwie.

– Tak?

Zrobiłam się niecierpliwa. Nie obchodziło mnie już więcej, czy Tobia się odradza. Jedyne, czego pragnęłam, to uciec stąd.

– Signorina, nie proszę pani jako recepcjonista tego hotelu, tylko jako człowiek. Niech pani się obejrzy i zastanowi, czy naprawdę chce pani iść.

Pokręciłam energicznie głową.

– Signor Manin jest człowiekiem dorosłym. Jeśli chce mi coś powiedzieć, to niech nie posyła do mnie pośredników mówiących za niego. A teraz poproszę o łódź, którą wrócę do domu.

Wzruszył ramionami i pożegnał się uprzejmie. Owinęłam się mocniej swetrem, gdyż zaczęłam się już trząść, i patrzyłam w stronę Canale della Giudecca. Dlaczego jeszcze nie było łodzi? W pewnej chwili usłyszałam dźwięk fortepianu, na którym właściwie już od dłuższej chwili nikt nie grał, po tym jak inni goście opuścili taras. Recepcjonista sprawiał wrażenie, jakby naprawdę za wszelką cenę próbował zwabić mnie z powrotem do restauracji. I tak nie zdoła. Ucieczka od Tobii kosztowała mnie wszystkie siły i drugi raz już nie zdołam tego powtórzyć. Nie mogłam zaryzykować, że wrócę do niego.

– Alice.

Łagodny głos Tobii rozległ się tuż za moimi plecami. Zamknęłam oczy, nie odwracając się. Dlaczego on tak nam to utrudnia? Dlaczego poszedł za mną? Wiedziałam, co mi powie – że nie możemy być parą i że musimy być silni. Nie chciałam tego słuchać. Mówiłam, nie oglądając się.

– Tobia, proszę, odejdź. Nie utrudniaj mi tego bardziej, niż i tak już jest.

– Alice.

Prawą ręką dotknął mojego ramienia i delikatnie pociągnął po szyi. Jeszcze nigdy mnie w ten sposób nie dotykał. Odwróciłam się, żeby na niego spojrzeć. Czy to możliwe, że zmienił zdanie? Ledwie na niego spojrzałam, zbliżył się, ujął moją głowę w obie dłonie i przycisnął swoje usta do moich. W głowie mi zaszumiało tak, że nie potrafiłabym powiedzieć, gdzie jestem, czy jeszcze stoję ani jak długo się całujemy.

Kiedy na koniec uwolniliśmy się wreszcie z naszych objęć, nie byłam w stanie powiedzieć czegokolwiek. Tobia również sprawiał wrażenie, jakby nie mógł znaleźć odpowiednich słów, ale w końcu przerwał ciszę.

– Dlaczego czekaliśmy tak długo?

– My? Ja na pewno nie czekałabym, gdybyś tylko mi dał szansę.

Uśmiechnął się, przyciskając mnie mocno do siebie.

– Nie zniósłbym tego, gdybym cię stracił.

– A twój strach?

– Po co mam się martwić tym, co zdarzy się jutro, skoro dzisiaj mogę przeżyć takie szczęście. Proszę, zostań przy mnie.

– W apartamencie, który mi sprezentujesz?

– W moim domu, ma się rozumieć!

Wtuliłam się w niego, wpatrując w stronę Canale della Giudecca. Łodzi ciągle jeszcze nie było.

– To ty wysłałeś tego portiera? – spytałam, podnosząc do niego głowę.

– Nie – odparł, gładząc w zamyśleniu moje włosy. – Po tym, jak odeszłaś od stołu, podszedł do mnie kelner i spytał, czy wszystko w porządku. Próbowałem go przegonić, żeby sobie poszedł jak najszybciej. Nie miałem zamiaru ciebie gonić. Między tymi wszystkimi krzesłami, które tu są, nigdy bym cię nie dogonił bez Geo przed przybyciem łodzi – wyjaśnił, unosząc przepraszająco brwi.

Ja też nie mogłam się powstrzymać od uśmiechu na myśl o Tobii uwięzionym w gąszczu metalowych krzeseł.

– Jednak kelner ani myślał sobie pójść i powinienem chyba być mu wdzięczny, że mi potem powiedział wprost, że będę skończonym osłem, jeśli za tobą nie pójdę. Po prostu chwycił mnie za ramię i przywlókł tutaj.

– A w tym czasie recepcjonista mnie przetrzymał i wcale nie zamówił żadnej łodzi.

Roześmialiśmy się, a ja otarłam sobie łzy.

– Przynajmniej wiedzieli, jak należy słusznie postąpić.

Krótko potem motorówka jednak przypłynęła. Widząc roześmianego kierowcę, zorientowałam się, że on też był wtajemniczony. Pewnie jeszcze długo by się nie zjawił.

Trzymając się za ręce, weszliśmy na pokład i pierwszy raz mogłam cieszyć się widokiem na Wenecję, znajdując się w jego objęciach. Księżyc w pełni odbijał się w wodzie, oświetlając pałace i kościoły, a my płynęliśmy wolno w stronę Palazzo Segantin. Mój świat wydawał mi się teraz doskonały. Przytuliłam się do Tobii. Kiedy nasza łódź wolno brała zakręt przy moście Accademia, nagle znieruchomiałam.

– Oczekujesz kogoś?

Tobia wyprostował się.

– Nie. A dlaczego?

– W twoim *palazzo* palą się wszystkie światła.

– Widocznie Stefano postanowił, że jednak przyjedzie.

I tak jak dosłownie jeszcze przed chwilą myślałam, że mam przed sobą jeden z najpiękniejszych wieczorów mojego życia, tak teraz moja radość nagle się skończyła. Przybycie Stefano nie wróżyło dla mnie nic dobrego. Motorówka zbliżyła się do przystani *palazzo*.

Tobia podał mi rękę i pomógł wysiąść z łodzi. Jak zwykle byłam zaskoczona tym, jak szybko się poruszał, gdy tylko znalazł się we własnym domu.

Jednak gdy tylko weszliśmy na pierwsze piętro, z cienia jednej z kolumn wyłoniła się czyjaś postać i ciężkim krokiem zaczęła zbliżać się w naszą stronę. Wzdrygnęłam się i cofnęłam odruchowo, jednak Tobia już wcześniej usłyszał te kroki.

– Stefano! Przyjechałeś? Nie spodziewałem się ciebie.
Podszedł do niego, jednak Stefano stał nieruchomo, nie mając zamiaru zbliżyć się do brata.
– O co chodzi? Jesteś zły?
Stefano posłał mi nienawistne spojrzenie, nie mówiąc nic.
– Chodzi o Alice? Nie podoba ci się, że tu jest? Stefano, wszystko ci wyjaśnię – głos Tobii był niemal służalczy, jakby to wcale nie on był panem domu. – Ona w ogóle nie jest taka, jak myślisz. Rozmawialiśmy dzisiaj wieczorem i naprawdę wierzę, że to się może udać.
Dał mi znak, żebym podeszła bliżej, i otoczył mnie ramieniem.
– Jesteśmy parą – oznajmił, a jego twarz opromienił uśmiech.
Po twarzy Tobii przebiegł uśmiech.
– Jesteś idiotą – skwitował Stefano i kręcąc z odrazą głową, podszedł bliżej do brata. – Że ty akurat nie widzisz, jaką smarkulę sobie podłapałeś, trudno mieć do ciebie pretensje, ale mam ci za złe, że za nic masz opinię jedynego brata, który wszystko dla ciebie zrobił i na wszystko jest gotów.
Zamierzał właśnie odwrócić się i wyjść, jednak Tobia złapał go za rękaw koszuli.
– Stefano, proszę.
Nie mogłam na to patrzeć. Niedobrze mi się robiło na tę poddańczość Tobii.
– Tobia! – zawołałam. – Chciałabym sobie już pójść. Wygląda na to, że musicie omówić coś między sobą, a ja wam tylko w tym przeszkadzam – oznajmiłam, po czym dodałam łagodnym głosem, zwracając się bezpośrednio do Tobii: – Spotkamy się jutro?
Skinął głową zatopiony w myślach.
– Masz rację, Alice. Trafisz sama do domu?

- Tak, dziękuję. W końcu nie pierwszy raz będę szła sama nocą w tym mieście.

Tobia uśmiechnął się.

- Oczywiście. W takim razie do jutra. Dziesiąta przed twoim domem?

Nawet po wyjściu z *palazzo* słyszałam jeszcze, jak Stefano z wściekłością najeżdża na Tobię. Serce waliło mi jak młotem i przez chwilę niewiele brakowało, a wróciłabym z powrotem, żeby przeciwstawić się Stefano. Zmusiłam się jednak do tego, by zamknąć za sobą drzwi, i zdecydowanym krokiem ruszyłam do apartamentu Scarpów.

Tej nocy nie mogłam zasnąć. Nazajutrz rano spodziewałam się, że Tobia nie pojawi się w umówionym czasie. Może znowu dał się przekonać Stefano, że przyszłość ze mną nie wchodzi w grę? Co chwilę nerwowo wyglądałam przez okno. Kiedy wreszcie na końcu uliczki rozpoznałam wyprostowaną postać idącą z psem, krzyknęłam z radości i zbiegłam szczęśliwa po schodach.

- Tobia! - zawołałam, szturmem wypadając przez drzwi.

- Alice, nie pamiętam cię jeszcze w takim natarciu.

Rozłożył szeroko ramiona i pocałował mnie równie namiętnie jak poprzedniego wieczoru. Kiedy uwolniliśmy się z objęć, po policzkach spływały mi łzy radości, które Tobia delikatnie ocierał czubkami palców.

- Ale o co chodzi, Alice?

- Tobia, tak się bałam, że Stefano naopowiadał ci o mnie samych złych rzeczy i że znowu się rozejdziemy.

- Wcale nie - pokręcił łagodnie głową. - Rozmawialiśmy bardzo długo, aż w końcu zrozumiał, jak bardzo mi na tobie zależy i że jestem skłonny podjąć to ryzyko. Zaakceptował fakt, że chcemy być razem i nie będzie się już więcej wtrącał.

- Jesteś pewien?

Stefano nie wyglądał na kogoś, kto łatwo się poddaje.

- Zaufaj mi! A teraz... - głos Tobii przybrał energiczny ton - mam dla ciebie niespodziankę.

Spojrzałam na niego pytająco, ale Geo zdążył już ruszyć do przodu, zaczynając nas prowadzić. Gdy dotarliśmy do celu, zorientowałam się, że znajdujemy się na najdroższym pasażu handlowym Wenecji. Tobia wskazał na butiki, które ciągnęły się przed nami jeden obok drugiego.

- Wybierz sobie coś!
- Ale dlaczego?
- Mamy zaproszenie do Palazzo Venturini na dziś wieczór, i domyślam się, że w swojej szafie raczej nie znajdziesz nic odpowiedniego do ubrania.
- Ale ja nie mogę tego od ciebie przyjąć!
- A dlaczego nie? Myślisz, że nie mam ochoty pochwalić się swoją dziewczyną, nawet jeśli sam nie mogę jej zobaczyć?

Zaczerwieniłam się. Pierwszy raz użył określenia „moja dziewczyna".

- Oczywiście, ale to jest zbyt wielki prezent. Na pewno w H&M albo w ZARA też znalazłabym coś ładnego.

Uśmiechnął się.

- Też tak sądzę, ale jestem pewien, że zakupy tutaj sprawią ci większą przyjemność. A skoro nie możesz zaakceptować ode mnie prezentu, to pamiętaj, że za twoją pracę jestem ci jeszcze winien zapłatę. Potraktuj to jako zaliczkę. A teraz nie traćmy już więcej czasu.

Zniecierpliwiony pociągnął mnie w stronę jednego z butików. Z wahaniem zaczęłam przyglądać się wyłożonym częściom garderoby.

Po niecałych dwóch godzinach z torbami pełnymi zakupów dotarliśmy z powrotem na uliczkę, przy której znajdował się dom Scarpów. Tobia za każdym razem prosił, żeby mu opisać, jak dana rzecz wygląda. Niebieska wieczorowa suknia z ramiączkami z pereł, którą sobie wtedy wybrałam, przekonała go, gdyż opisałam mu ją z wielkim zachwytem i entuzjazmem. Wodził dłonią po moich plecach, wsuwając delikatnie palce pod niebieski satynowy materiał, którego kolor przypominał mi bardzo lagunę w czasie burzy. Do sukni dobraliśmy jeszcze w innych sklepach buty oraz torebkę. A kiedy podliczyłam, jakie rachunki trafią niebawem do Palazzo Segantin, miałam świadomość, że ich wysokość przekracza znacznie wszelką możliwą zapłatę. Jeszcze nigdy w życiu nie wydałam w jeden dzień tylu pieniędzy.

Zbliżając się do apartamentu Scarpów, zobaczyłam, że drzwi wejściowe są otwarte i że signora Scarpa wnosi do środka torbę. Spojrzała na nas z wyrzutem. Nie jestem pewna, czym była bardziej zszokowana: widokiem mnie idącej pod rękę z moim towarzyszem z mnóstwem torb zakupowych czy też może faktem, że nie czekałam na nią w domu, żeby pomóc jej z bagażami.

– Alice, gdzie byłaś? Wiedziałaś przecież, kiedy wracamy. Cały bagaż musieliśmy sami taszczyć na górę!

Chciałam właśnie coś odpowiedzieć, lecz Tobia ścisnął mnie za rękę i wszedł mi w słowo.

– Przepraszam, że się wtrącam, signora, ale z tego, co mi wiadomo, nie określiła pani godziny swojego przyjazdu, więc pozwoliłem sobie nieco uprzyjemnić czekanie signorinie Breuer.

– Niech pan się nie wtrąca, Manin – upomniał go signor Scarpa, który pojawił się w drzwiach. – Nie było nas przez trzy tygodnie, więc mamy chyba prawo oczekiwać, że dziewczyna będzie na miejscu i że wreszcie znowu będzie do czegoś przydatna.

Poczerwieniał ze złości, jednak Tobia zachował spokój. Nie było po nim widać śladu wzburzenia.

– Alice dbała o pański dom, i na ile ją znam, jest on z pewnością utrzymany w doskonałym stanie – tylko czy pan jej za to płaci? Czy Alice otrzymała już swoje dotychczasowe należne jej wynagrodzenie?

Signor Scarpa wściekł się jeszcze bardziej.

– Nie, nie otrzymała jeszcze swojego... Tylko co to w ogóle pana obchodzi, Manin?

Tobia zrobił drwiącą minę.

– Aha, i uważa pan, iż może oczekiwać, że Alice bez zapłaty będzie jeszcze po trzech tygodniach czekała tutaj na pana, żeby pomóc panu wnosić na górę bagaże?

– Oczywiście, że tak!

Do rozmowy wtrąciła się signora Scarpa ze swoim piskliwym głosem. Wzrok miała utkwiony w moich torbach, a na twarzy wręcz wypisaną zazdrość z moich zakupów.

– Alice wie, że potrzebujemy jej pomocy, choćby ze względu na dzieci.

Giorgio i Frederico, którzy schowali się w holu wejściowym domu, spuścili wzrok. Widać było, że jest im przykro, że zostali wykorzystani jako pretekst.

– Darujmy sobie te dyskusje i wnieśmy wreszcie wszystko do domu.

Nie mogąc dłużej znieść tej napiętej atmosfery, wcisnęłam Tobii torby do ręki i złapałam jedną z walizek, aby wnieść ją na górę. Nie oglądając się za siebie, zawołałam:

– Tobia, będę gotowa za pół godziny. Zaczekaj, proszę, na mnie w *palazzo*.

Ignorując spojrzenia Scarpów, zawlokłam ostatnią walizkę na górę, podczas gdy Tobia, trzymając torby i psa, pożegnał się uprzejmym skinieniem głowy i zniknął, kierując się w stronę Palazzo Segantin.

Kiedy dotarłam wreszcie do *palazzo*, była już prawie ósma. Scarpowie nalegali, żebym pomogła im się rozpakować, i nastawiła pierwsze pranie, a Giorgio i Frederico koniecznie chcieli pokazać mi po kolei: muszelki, pocztówki i nowy zestaw gier video, który kupili im rodzice chcący mieć spokój na jachcie. Signor Scarpa nie szczędził kąśliwych uwag, iż nie życzy sobie, żebym tego wieczoru jeszcze gdzieś wychodziła, więc w końcu powiedziałam mu, że zostałam zaproszona z Tobią na przyjęcie w Palazzo Venturini. Signora Scarpa, która podsłuchiwała moje słowa, rzuciła się z miejsca do skrzynki na listy, żeby sprawdzić, czy oni też zostali zaproszeni. Zdążyłam jeszcze tylko dosłyszeć początek ich dyskusji o tym, czy powinni pójść na przyjęcie. Pożegnałam się po cichu z Giorgiem i Frederikiem, żeby ich rodzicom nie zdążył wpaść do głowy pomysł, by zatrzymać mnie w charakterze niańki.

Dotarłszy do Palazzo Segantin, nacisnęłam dzwonek i po kilku sekundach otworzyłam portal. Przede mną stał Tobia.
– Zacząłem już się niepokoić, czy przyjdziesz. Po Scarpach wszystkiego można się spodziewać – powiedział z wyrazem ulgi na twarzy. Ramię w ramię weszliśmy na górę, gdzie wskazał mi pokój, w którym mogłam się przebrać. Ubranie, które dla siebie wybrałam, leżało starannie rozłożone na wielkim łóżku. Przebrałam się szybko. Upięłam włosy w kok, zostawiając kilka pasemek, które fantazyjnie opadały mi na czoło, dokładnie tak, jak nauczyłam się tego od signory Minou.
Kiedy wyszłam z pokoju, zobaczyłam, że Tobia w tym czasie też się przebrał i w smokingu siedział wygodnie na fotelu w salonie. Przy nim leżał Geo, który na mój widok leniwie podniósł łeb.
– Jestem gotowa.
Podbiegłam do Tobii, pociągnęłam go z fotela, żeby wstał, i przyłożyłam jego dłonie do swojej talii.
– Ile ja bym dał, żeby móc cię teraz widzieć. Jestem pewien, że wyglądasz cudnie.
Wolnym ruchem przesuwał palcami po moich włosach i delikatnie gładził po policzku. Chciałam właśnie odpowiedzieć

na jego pieszczoty, całując go, gdy nagle usłyszałam, że drzwi otwierają się za moimi plecami. Spojrzałam w lustro znajdujące się za plecami Tobii i zobaczyłam, że do pokoju wszedł Stefano. Taksował mnie nienawistnym wzrokiem.

– Dobry wieczór, Alice. Widzę, że ładnie się ubrałaś. Pewnie za pieniądze Tobii?

– Przestań, Stefano! Myślałem, że już to sobie wyjaśniliśmy.

Głos Tobii nie dopuszczał żadnego sprzeciwu. Z ulgą zauważyłam, że pierwszy raz zaczął stawiać opór swojemu bratu. Myliłabym się jednak, sądząc, że Stefano się obrazi. Wykrzywił tylko twarz w szyderczym uśmiechu.

– Masz rację, Tobia. Jestem tu właściwie tylko po to, żeby ci powiedzieć, że Robert wysłał do nas maila w sprawie umowy. Myślę, że powinniśmy mu jeszcze dzisiaj odpowiedzieć.

– Teraz? Nie chciałem już tego wieczoru zajmować się sprawami służbowymi.

– Obawiam się, że to naprawdę pilne.

Udawana życzliwość w głosie Stefano nadawała jego słowom pewnej stanowczości, ale jego twarz była nieruchoma, a lodowate spojrzenie przez cały czas utkwione we mnie. Gdyby Tobia mógł go zobaczyć, byłby przerażony.

– Czy mogę cię zostawić na kwadrans, Alice? Robert jest naszym prawnikiem, a kiedy się do nas zwraca, to na ogół jest to sprawa niecierpiąca zwłoki. Muszę do niego zadzwonić.

Pocałował mnie przelotnie w policzek i zniknął za wielkimi drzwiami.

– Mamy zatem chwilę, żeby zamienić parę słów.

Stefano posłał mi szyderczy uśmiech. Nagle pojęłam, że ten mail był tylko pretekstem. Usiadł w fotelu.

– Droga Alice, zapewne pamiętasz jeszcze tamten czerwony segregator?

– Tak, pamiętam. – Stefano milczał, więc mówiłam dalej: – Pytałam o niego Tobię, ale powiedział mi, że nigdy nie korzystał z usług żadnego prywatnego detektywa.

Stefano uśmiechnął się triumfująco.

– Bo to prawda. To ja go wynająłem.

Na krótką chwilę zaniemówiłam. Padłam ofiarą kłamstwa Stefano.

– Czego ode mnie chcesz? – spytałam nieuprzejmie.

– Stefano pochylił się do przodu, a jego głos przybrał ostry ton, który pierwszy raz słyszałam wtedy, gdy czekał na mnie w szlafroku.

– Micheli śledzi cię od chwili, gdy Tobia pewnego razu do mnie zadzwonił, opowiadając o tajemniczej kobiecie, która wzbudziła jego zainteresowanie. Jeszcze nigdy nie interesował się tak żadną kobietą – nawet kiedy jeszcze widział. Możesz sobie wyobrazić, że bynajmniej nie byłem tym zachwycony. – Przewrócił teatralnie oczami. – Mój brat jako zakochany kogut. Czym to by się dla mnie mogło skończyć? Ale mówiąc wprost: zatrudniłem Micheliego, żeby zebrać na ciebie trochę haków i położyć kres temu związkowi – westchnął. – Jednak przy twoim nudnym życiu trwało wieczność, zanim znaleźliśmy coś, co rzeczywiście mogłoby zainteresować Tobię i zakończyć waszą znajomość. Ale teraz – uśmiechnął się triumfująco – być może coś mam. Albo nie. Powiedzmy lepiej: ja na pewno coś mam. Coś, co rozwali wasz związek z siłą bomby atomowej!

Spojrzałam na niego zdziwiona.

– Tak? A co niby?

Stefano przybrał pozę człowieka obłudnie sympatycznego.

– Och! Nie chciałbym się pozbawić radości z twojego zaskoczenia.

– Dlaczego więc mi o tym mówisz?

– Bo chcę dać ci szansę! Jeśli zerwiesz z Tobią dzisiejszego wieczoru i mi obiecasz, że już nigdy więcej z nim się nie spotkasz, to nie podzielę się z nim prawdą na twój temat, a ty zaoszczędzisz mu trochę bólu.

– A jeśli tego nie zrobię?

– Jestem człowiekiem z duszą romantyka. Zawsze lubiłem odrobinę teatralności – zamilkł, jakby nad czymś się zastanawiał. – Zróbmy zatem tak, żeby było nieco dramatycznie. Daję ci czas do północy. Jeśli do tego czasu nie zerwiesz z Tobią, porozmawiam z nim i zapewniam cię, że po tej rozmowie nie będzie chciał mieć z tobą nic wspólnego.

Gorączkowo zastanawiałam się, co też ten Micheli mógł takiego znaleźć na mój temat, ale mimo szczerych chęci, nie przychodziło mi nic do głowy.

– Stefano, ja naprawdę nie sądzę, żeby w moim życiu mogło być coś, co przemawiałoby na moją niekorzyść, i dlatego oświadczam ci już teraz: tak łatwo zaszantażować ci się nie dam.

Uśmiechnął się szyderczo.

– Skoro nie, trudno. Możesz się jeszcze zastanowić do północy. Ale to nie będzie przyjemne, skompromitować się na oczach tylu ludzi, wychodząc na chciwą smarkulę, która czerpie satysfakcję z nieszczęścia innych.

Kiedy patrzyłam na niego, nie rozumiejąc, przypomniało mi się stare powiedzenie, że najlepszą obroną jest atak.

– Chwileczkę, Stefano – nie tak prędko, skoro już mowa o tajemnicach.

Wyprostowałam się, zrobiłam krótką pauzę i zaczęłam mówić głosem tak pewnym, na jaki tylko było mnie stać.

– Niedawno bawiłam się trochę nowym programem Tobii i pewnie nie uwierzysz, ale zobaczyłam w nim, że niejaki Fernando Lerú i Stefano Prode w tym samym czasie pracowali dla tego samego biura maklerskiego na Ibizie. Dziwny zbieg okoliczności, nie sądzisz? Nie pracowałeś kiedyś także jako makler na Ibizie?

Patrzyłam mu prosto w oczy, lecz były one całkiem spokojne.

– Co chcesz przez to zasugerować?

– Nic, ale myślę, że w tej kwestii także jest kilka rzeczy niewyjaśnionych.

Podszedł do mnie.

– Bądź lepiej ostrożna z rzucaniem podejrzeń, bo czasem może się okazać, że szybko staną się one twoim przekleństwem – ściszył głos do szeptu. – A co do prawdziwości twoich urojeń, to muszę cię rozczarować. Być może tego nie wiesz, ale mój brat kilka tygodni przed włamaniem ustalił mnie swoim jedynym spadkobiercą. Gdyby umarł, odziedziczyłbym wszystko.

– No właśnie. I dlatego nakłoniłeś swojego dawnego kumpla Lerú, żeby odwalił za ciebie brudną robotę!

Stefano pokręcił łagodnie głową, sygnalizując wyższość uśmiechem.

– Po pierwsze nie znam żadnego Lerú, a po drugie – jeśli faktycznie chciałem, żeby mój brat umarł, to dlaczego tak szybko wezwałem karetkę i uratowałem mu życie, udzielając pierwszej pomocy? Naprawdę myślisz, że postąpiłbym tak, gdybym zaplanował to włamanie? Czy zamiast tego nie wróciłbym spokojnie ze spaceru godzinę później, ze świadomością, że wszystko zostało doprowadzone do końca i jestem już bogaty? Albo czy nie wezwałbym po prostu pogotowia o dziesięć minut za późno? Tobia by się wykrwawił. Po co miałbym to robić, będąc łasym na pieniądze? – zachowując pełen spokój, cofnął się o krok i wpatrywał we mnie pewny zwycięstwa.

Zaniemówiłam. Tak, dlaczego miałby ratować Tobię w ostatniej chwili, gdyby rzeczywiście planował jego śmierć? Gorączkowo próbowałam znaleźć jakieś wytłumaczenie, jednak na próżno.

– Alice, ja doskonale rozumiem, co sugerujesz. Wierzysz w to, że Lerú i ja znaliśmy się i że wynająłem go do tego, żeby strzelił do Tobii. A co twoim zdaniem sprawdziła policja? Myślisz naprawdę, że twoja amatorska zabawa w detektywa daje ci lepszą wiedzę od tej, jaką dysponuje profesjonalny zespół dochodzeniowy? – Pokręcił współczująco głową. – Alice, jesteś naprawdę naiwna. To ja próbuję cię ochronić, ostrzegając, a ty mi się odwdzięczasz, insynuując, że próbowałem zabić mojego jedynego brata.

Znów lekceważąco pokręcił głową.

– Naprawdę myślałem, że stać cię na coś więcej, niż snucie takich niedorzecznych wizji. A teraz wybacz – odwrócił się i ruszył w stronę drzwi, przy których się zatrzymał, dodając: – miłego czasu przed północą. To twoje ostatnie godziny z Tobią.

Chwilę potem Tobia wrócił do salonu, przepraszając wylewnie, że musiał zostawić mnie samą. Dobrze, że nie widział, jak zbladłam. Kiedy w milczeniu szłam za nim do łodzi mającej nas zawieźć do Palazzo Venturini, groźba Stefano przez cały czas odbijała się echem w mojej głowie.

Dopłynęliśmy szybko. Tobia nie zauważył, że byłam milcząca, gdyż sam miał doskonały humor i był nadzwyczaj rozmowny. Kiedy przybyliśmy na miejsce, wszyscy ważni goście już tam byli i ubrani w eleganckie wieczorowe stroje stali na schodach i w salach tego *palazzo*, który urządzony był bardzo nowocześnie. Egzaltowana pani domu, wychudzona Amerykanka ubrana w cieniutką srebrną suknię z cekinami, stała roześmiana wśród swoich gości, przypominając mi pewną postać z powieści Scotta Fitzgeralda. Kiedy zobaczyła nas wchodzących, oderwała się od grupki otaczającej ją w tym momencie, witając się z nami owacyjnie.

– Manin! Nareszcie mnie pan zaszczycił swoją obecnością. Wygląda pan jak nowo narodzony – ileż potrafi zdziałać odrobina rumieńca na twarzy! I pana urocza towarzyszka. Signorina…

– Breuer.

– Signorina Breuer. Słyszałam już o pani. Cieszę się, że zdołała pani wyciągnąć trochę naszego eremitę z jego jaskini. A teraz… – chwyciła Tobię pod ramię – przedstawię panu wreszcie parę wenecjan, których koniecznie musi pan poznać.

Tobia wyswobodził się z jej uchwytu w sposób elegancki, lecz zdecydowany.

– Signora Meyer, cieszę się bardzo z zaproszenia na pani przyjęcie i widzę, że nie straciła pani entuzjazmu od czasu obiadu w amerykańskim konsulacie, jednak muszą panią rozczarować. Tego wieczoru nie chciałbym jednak poznawać nowych ludzi. O wiele bardziej wolę spędzić ten czas w obecności mojej towarzyszki.

– Och, naturalnie. – Signora Meyer skłoniła mi się nieco urażona. Ponownie jednak przywołała uśmiech, mrucząc pod nosem: „Co się odwlecze, to nie uciecze", po czym odłączyła się od nas.

Odetchnęliśmy z ulgą, a Tobia wyjaśnił mi, skąd ją zna.

– Signora Meyer jest Amerykanką. Poznałem ją na jedynej kolacji, na którą przyjąłem zaproszenie od czasu, gdy mieszkam w Wenecji. Przez cały czas próbowała mnie przekonać, że powinienem więcej wychodzić do ludzi – zasępił się. – Ale dajmy spokój pani Meyer. Szczerze mówiąc, istnieje tylko jeden powód, dla którego cię dzisiaj tutaj zabrałem.

– Tak? – spojrzałam na niego zdziwiona.

– Chciałabyś zatańczyć?

– Zatańczyć?

Moje zdziwienie go rozbawiło.

– Nie znalazłaś w internecie żadnych informacji na temat moich wielkich umiejętności tanecznych?

– Nie. Dobrze tańczysz?

Tobia roześmiał się głośno.

– Nie, Alice. Wielkim tancerzem nigdy nie byłem i teraz już pewnie nie zostanę, ale jest to jedna z tych rzeczy, które uwielbiałem robić – przybliżył do mnie głowę, ściszając głos do szeptu. – Najpierw brakowało mi odpowiedniej partnerki, a potem musiałem sobie odmawiać, gdyż nie mogłem znieść, że czując twoją bliskość, nie dotykałem cię z czułością. Ale teraz mogę to spokojnie powiedzieć: w czasie balu odchodziłem niemal od zmysłów, wiedząc, że tańczysz, a ja nie mogę cię zobaczyć.

Pogładziłam go czule po włosach.

– Byłeś zazdrosny?

– Można tak powiedzieć. Lecz, jak mówiła moja krajanka – powiedział, skłaniając się lekko – co się odwlecze, to nie ucieczę. Nadróbmy zatem tę zaległość.

Ramię w ramię weszliśmy na drugie piętro, gdzie urządzono dyskotekę z didżejem i efektami świetlnymi, a grupa około pięćdziesięciu osób poruszała się w rytm nieznanej mi włoskiej piosenki. Kiedy muzyka wybrzmiała do końca, na twarzy Tobii zawitała pełna wyczekiwania radość. Widać było jednak również to, że ciąży na nim nerwowość i lęk przed ośmieszeniem. Pod dotykiem swoich rąk czułam jego mięśnie naprężone w oczekiwaniu na pierwsze dźwięki.

Kiedy muzyka ponownie zaczęła grać, z radością stwierdziłam, że była to dyskotekowa wersja „Another one bites the dust". Podczas gdy pozostali uczestnicy nastawili się na śpiewanie do wtóru z klaskaniem w odpowiednich momentach, ja przytuliłam się bardziej do Tobii i zaczęłam kołysać się w rytm muzyki. Tobia objął mnie mocniej w talii i podążał za moimi ruchami. Powoli zaczęliśmy wczuwać się w rytm piosenki. Gdy muzyka znowu się zmieniła i zabrzmiała teraz wolna ballada, Tobia nareszcie przestał być taki spięty. Chwycił mnie mocniej. Poruszał się w sposób łagodny i elastyczny, równocześnie jednak był zdecydowany i silny i pierwszy raz pomyślałam o tym, jaką przyjemność sprawiały mu moje ruchy. Zamknęłam oczy, starając się odgadnąć jego wrażenia, gdy tymczasem on przeszedł płynnie do następnego utworu. Tobia całkowicie przejął prowadzenie w tańcu.

Gdy w końcu po czwartej piosence otworzyłam oczy, zauważyłam Giuliema, który przytulony do jakiejś młodej ślicznej dziewczyny tańczył obok nas i wpatrywał się we mnie wiele mówiącym spojrzeniem. Zastanawiał się pewnie, w jaki sposób taki facet, jak Tobia zdołał mnie zdobyć, jeśli nie udało się to nawet jemu. Tobia wyczuł moje nagłe znieruchomienie i zapytał w typowy dla siebie bezpośredni sposób:

– Ktoś, kogo znasz?
– Giuliemo Fernandi.

Tobia wzdrygnął się.

– Wolałabyś tańczyć z nim? – spytał szorstko.
– Oczywiście, że nie. Zdziwiłam się tylko, że go widzę. Dlaczego nie chcesz mi uwierzyć, że z nikim innym nie chciałabym być bardziej niż z tobą?

Westchnął.

– Bo ciągle jeszcze nie mogę uwierzyć, że naprawdę może tak być. Dlaczego kobieta taka jak ty wybiera faceta takiego jak ja?

Nie zdążyłam mu jednak odpowiedzieć, ponieważ zobaczyłam nagle znajomą twarz, która zbliżała się w moją stronę.

– Signor Scarpa? Co pan tu robi?

Twarz Tobii także wyrażała zdziwienie.

– Alice! Musimy porozmawiać – signor Scarpa spojrzał na Tobię. – Sami!
– Ale… – chciałam przeprosić Tobię, jednak gestem ręki zasygnalizował mi, że zaczeka i żeby ta rozmowa trwała jak najkrócej.

Zaniepokojona tym, że signor Scarpa tak pilnie musi ze mną porozmawiać, udałam się z nim w bardziej zaciszny kąt sali i spojrzałam na niego wyczekująco. Na krótką chwilę dopadło mnie podejrzenie, czy to wszystko nie zostało przypadkiem ukartowane przez Stefano.

– Alice – signor popatrzył na mnie przenikliwym wzrokiem. – Pewnie się dziwisz, że tutaj przyszedłem. Mogę cię zapewnić, że dwie godziny temu sam nie miałem zamiaru tutaj się zjawiać. Ilaria i ja byliśmy zmęczeni naszą podróżą. Powodem mojej obecności tutaj nie jest wcale ta impreza, tylko ty.

Spojrzał na mnie wyczekująco, jakbym miała mu się zaraz rzucić na szyję za to, że wyświadczył mi tę uprzejmość. Ponieważ jednak milczałam, a on najwyraźniej zauważył, że patrzę na niego, nic nie rozumiejąc, dlatego zaczął mówić dalej:

– Chcę cię tylko uchronić przed błędem, Alice. Widzę, że twój związek z Maninem rozwija się szybciej i głębiej, niż się kiedykolwiek spodziewałem albo bym sobie tego życzył, i chciałbym cię przestrzec, żebyś nie rzucała mu się na szyję z powodu jego pieniędzy, rujnując sobie tym samym życie.

– Signor, proszę!

Czy naprawdę przyszedł tylko po to, żeby powtórzyć to, co już mi mówił tyle razy? Dlaczego on ciągle wraca do tej sprawy? Zamierzałam go właśnie wyminąć, odsuwając na bok, lecz przytrzymał mnie gwałtownie za ramię.

– To jeszcze nie wszystko, co mam ci do powiedzenia. Alice, posłuchaj mnie. Dzisiaj wieczorem odebrałem telefon, który gruntownie odmieni twoje życie. Z rozmowy, którą odbyłem, wynika, że nie musisz już wcale zadawać się dłużej z tym Maninem. Na ten telefon czekałaś prawdopodobnie od ponad dwudziestu lat.

– O czym pan mówi?

– O twoim ojcu.

– Moim ojcu?

– Przypominasz sobie, że jakiś czas temu gościł u nas niejaki signor Piatti? Odbierałaś go z dworca.

– Tak.

– Signor Piatti jest bardzo zamożnym mieszkańcem Rzymu. Odwiedził nas, gdyż zamierza w Wenecji kupić hotel dla swojej firmy. Wynegocjowałem dla niego umowę i był bardzo zadowolony z moich usług. O wiele bardziej jednak interesował się chyba tobą. Nie mógł się wręcz na ciebie napatrzeć, bo tak bardzo przypominałaś mu jego najlepszego przyjaciela.

Zatkało mnie, gdyż w tym momencie zaczęło ogarniać mnie pewne przeczucie.

– Ten przyjaciel od dziesiątków lat nie mieszka w Rzymie, tylko w Południowej Afryce.

Prawie niezauważalnie skinęłam głową, co signor Scarpa potraktował jako znak, że może mówić dalej.

– Podczas swojego pobytu u nas Piatti dopytywał się o ciebie. Wypytywał o twój wiek, twoje nazwisko i wszystko, co wiem na twój temat. Potem powiedział swojemu staremu przyjacielowi Corrado, że poznał młodą kobietę w Wenecji, która do złudzenia mu go przypomina.

Miałam wrażenie, że wokół mojej szyi zaciska się niewidzialna pętla.

– I co…? – szepnęłam ledwo słyszalnym głosem.

– Corrado pamiętał jeszcze dobrze twoją matkę i list, w którym prosiła go o pomoc, gdyż spodziewała się dziecka. W popłochu uciekł wtedy z Rzymu, widząc już siebie z młodą żoną i dzieckiem w ciasnym mieszkanku u swoich rodziców. Nigdy nie odpowiedział twojej matce. Zamiast tego rzucił się w wir pracy w Afryce Południowej i z uwodziciela przemienił się w biznesmena. Dzisiaj twój ojciec jest jednym z najbogatszych ludzi w RPA. Jego imperium składa się z hoteli, biur podróży i nocnych klubów.

Zamknęłam oczy. Nie było dnia w ciągu tych wszystkich lat, w którym nie myślałabym o ojcu, żywiąc cichą nadzieję, że to wcale nie tchórzostwo i egoizm powstrzymywały go przed tym, żeby mnie znaleźć i poznać, lecz to, że już od dawna nie żył, że być może uległ jakiemuś śmiertelnemu wypadkowi.

– Dlaczego pan mi to wszystko mówi? – spytałam spokojnie, odzyskawszy powoli równowagę.

– Ponieważ Piatti oraz twój ojciec zadzwonili do mnie dzisiaj wieczorem. Sprawdzili twój wiek, twoje nazwisko i twoje pochodzenie. Jesteś córką Corrada.

Czyżby mój ojciec szukał ze mną kontaktu dopiero teraz, kiedy już nie miał żadnych zobowiązań? Wzdrygnęłam się na tę myśl.

– No i?

Signor Scarpa popatrzył na mnie zdziwiony moim zjadliwym tonem głosu.

– Corrado chciałby cię poznać. Nigdy się nie ożenił i nie miał więcej dzieci. Życzyłby sobie, żebyś do niego pojechała i na pewien czas zamieszkała u niego... – schylił głowę, nadając swojemu głosowi współczujący ton. – Do jego śmierci – powiedział, przełykając ślinę nieco zbyt teatralnie. – Alice, przykro mi, że muszę ci to powiedzieć, ale twój ojciec jest śmiertelnie chory i nie pożyje zbyt długo.

Nie wiedziałam, co mam odpowiedzieć. Ledwo się dowiedziałam się, że jednak mam ojca, a już się okazuje, że znowu znika z mojego świata.

Scarpa złapał mnie za ramię i potrząsnął.

– Alice, czy ty nie rozumiesz? Będziesz jego jedyną spadkobierczynią. Jesteś bogata! Bogatsza niż potrafisz to sobie wymarzyć! Nie potrzebujesz wcale Manina, żeby wyrwać się ze swojego życia w roli biednej opiekunki.

Nagle zrozumiałam. Jego wcale nie interesowało to, że mam ojca, który pragnie mnie zobaczyć. Myślał tylko o swojej zemście na Tobii. Zupełnie poważnie wierzył, że jedyną rzeczą, przyciągającą mnie do Tobii są pieniądze.

– Uważa pan, że jestem z Tobią tylko dlatego, że jest bogaty?

– A jaki mógłby być jeszcze inny powód?
– Jestem z nim, bo go kocham!
Popatrzył na mnie z niedowierzaniem.
– Nie chcesz się z nim rozstać teraz, kiedy jesteś bogata?
– Signor Scarpa – pomimo wściekłości starałam się mówić jak najciszej – po pierwsze nie jestem bogata. Mój ojciec jeszcze żyje, a ja nie mam w ogóle pewności, kiedy i czy w ogóle mam ochotę go poznać. – Signor chciał coś powiedzieć, ale szybko dodałam: – Co się zaś tyczy Tobii, to już raz panu mówiłam, że mój związek z nim nie powinien pana interesować, dopóki rzetelnie wykonuję swoją pracę. Zostały jeszcze dwa miesiące, podczas których będę u pana mieszkać. Wszystko jest więc tak, jak uzgodniliśmy, ponieważ lubię pana dzieci i dotrzymuję słowa. Proszę jednak, żeby nie wtrącał się pan do mojego życia prywatnego.

Signor Scarpa stał przede mną z otwartymi ustami, zszokowany moim rezolutnym wystąpieniem. W końcu cofnął się o krok, wolnym ruchem sięgnął do kieszeni smokingu i wyciągnął z niej wizytówkę.

– Masz – wręczył mi kartonik. – Nie będę się więcej wtrącał do twojego prywatnego życia, ale tutaj jest numer do Piattiego. Na wypadek gdybyś chciała nawiązać z nim kontakt.

Chwyciłam wizytówkę i wsunęłam do torebki, nie poświęcając jej dalszej uwagi. Pożegnałam się z nim, kłaniając się, i wróciłam do Tobii, który stał nieruchomo oparty o kolumnę i czekał na mnie. Podchodząc do niego, zastanawiałam się, czy to, co właśnie usłyszałam z ust signora Scarpy, w jakikolwiek sposób może zaważyć na moich decyzjach. Czy fakt, że istnieje jednak jeszcze ktoś, kto wykazuje zainteresowanie moją osobą, albo czy to, że być może jestem bogata, cokolwiek we mnie zmienia? Jakie znaczenie miałoby to dla mojego związku z Tobią? I czy to była ta nowina, której Stefano dowiedział się na mój temat i zamierzał wykorzystać o północy przeciwko mnie?

I chociaż znów byłam przy Tobii, to jednak trudno było mi odzyskać ten przyjemny nastrój, jakim cieszyłam się, gdy tańczyliśmy. Tobia przestał opierać się o kolumnę i chwycił mnie za rękę.
– No i?
– Signor Scarpa dostał wiadomość od osoby, o której myślałam, że już nie żyje.
– A zatem dobra wiadomość?
Tobia chyba wyczuwał, jak bardzo jestem wzburzona, jednak nie miałam teraz ochoty wywlekać spraw związanych z moim dzieciństwem ani wyjaśniać, jakie są moje uczucia związane z ojcem, którego nigdy nie miałam.
– Nic, co mogłoby mieć dla nas znaczenie dzisiaj wieczorem – odparłam sztucznie pogodnym tonem. – Chodźmy potańczyć.
Pociągnęłam go w stronę parkietu, pozbawiając możliwości jakiegokolwiek sprzeciwu.

Kolejne godziny, które spędziliśmy tego wieczoru w Palazzo Venturini, były w zadziwiający sposób niczym niezakłócone. Tańczyliśmy, gawędziliśmy lub zwyczajnie staliśmy na balkonie, trzymając się za ręce i oddychając ciepłym powietrzem, spowici blaskiem setek świec znajdujących się w żyrandolach i na ścianach. Pozostali goście rzadko ośmielali się dołączyć do nas, żeby z nami porozmawiać. Rozmawialiśmy z nimi grzecznie i przyjaźnie, dążąc jednak do tego, aby rozmowa za każdym razem była jak najkrótsza, dzięki temu więcej czasu mogliśmy mieć tylko dla siebie.
Tym bardziej nierzeczywista wydała mi się ta chwila, kiedy zegar ścienny w dużym salonie wybił w końcu dwanaście razy i podszedł do nas Stefano z wyrazem samozadowolenia na twarzy. Może to się wydać naiwne, ale faktycznie w ciągu ostatnich godzin zupełnie o nim zapomniałam. Jego nagłe zjawienie się

spowodowało, że przeszedł mnie dreszcz i przypomniała mi się jego ponura groźba z Palazzo Segantin.

– Stefano, ty tutaj? – Tobia przywitał się z nim przyjaźnie. – Co za niespodzianka! Nie chciałeś przecież w ogóle zjawiać się na tym przyjęciu!

Tobia przyjacielsko pogładził brata po ramieniu, a kiedy Stefano odwzajemnił jego gest, po plecach przebiegły mi ciarki.

– Cieszę się, że jednak wpadłeś. Napijmy się czegoś razem.

Niechętnie podeszłam z nimi do niewielkiego baru, który urządzony był w rogu sali. Czułam, jak serce podchodzi mi do gardła na myśl o tym, co teraz może nastąpić. Z zachowania Stefano wyraźnie wynikało, że jest pewny swojej sprawy. Tylko co to mogło być, co byłoby w stanie zagrozić mojemu związkowi z Tobią?

– Wygląda na to, że świetnie się bawicie?

Stefano spojrzał na mnie i nawet jeśli przez cały czas był uśmiechnięty, a jego głos najwidoczniej wydawał się Tobii przyjacielski, to widok jego mrożącego spojrzenia znów mnie przeraził.

Pociągnął długi łyk whisky, którą podał mu barman, i wbił we mnie wzrok.

– Dobrze się bawiliście?

– Nawet bardzo – odpowiedział promiennie Tobia. – Nie uwierzysz, brachu, ale nawet tańczyłem.

– Potrafisz jeszcze?

– Tak, ale Alice i tak mnie znakomicie prowadziła.

– Przez jakieś pięć minut pozwolił mi się prowadzić.

Złapałam go za rękę szczęśliwa, że wreszcie mogę wziąć udział w ich konwersacji.

Stefano podszedł bliżej do Tobii.

– Chciałbym przez chwilę porozmawiać z tobą w cztery oczy.

– Stefano, ja nie mam przed Alice tajemnic. Powiedz, co masz do powiedzenia.

Miałam ochotę go pocałować za ten przejaw zaufania, jednak Stefano pozostał niewzruszony. Jego głos stał się ostry i natarczywy.

– Proszę cię. Nie przy niej – zaprotestował.

Tobia wzruszył przepraszająco ramionami i zwrócił się do mnie.

– Tylko jedną minutę – uspokoił mnie.

Nie dając mi szansy, bym mogła jeszcze coś powiedzieć, chwycił Tobię pod ramię i zaprowadził do sąsiedniego salonu. Zostałam sama. Kiedy po pięciu minutach napiętego oczekiwania ciągle jeszcze nie wracali, poczęstowałam się kieliszkiem chardonnaya i usiadłam zniecierpliwiona na jednej z kanap, popijając niespokojnie.

W końcu nie wytrzymałam, odstawiłam kieliszek i weszłam do salonu, w którym rozmawiali. Odniosłam wrażenie, że spełniły się moje najgorsze obawy: zobaczyłam stojącego Stefano, który energicznie przemawiał do Tobii, trzymając go mocno za oba ramiona. Jednak to wcale nie szorstki głos Stefano, jego gesty ani docierające do mnie słowa były tym, co najbardziej mną wstrząsnęło, lecz przemiana, jaka dokonała się w Tobii. Tobia, który jeszcze przed chwilą emanował energią i chęcią życia, stał się teraz bladym odbiciem samego siebie. Na jego zapadłej twarzy nie widziałam śladu rumieńca. Ramiona zwisały mu bezwładnie, a głowę zwiesił tak nisko, że wyglądał prawie na śpiącego. Sprawiał wrażenie, jakby uszła z niego cała energia.

W następnej chwili Stefano zauważył mnie.

– Alice!

Patrzył na mnie z triumfalnym uśmiechem. Roztrzęsiona podeszłam do nich. Co też takiego mogło się wydarzyć, że Tobii tak nagle zmienił się nastrój?

– Tobia?

Chciałam łagodnie położyć dłoń na jego ramieniu, lecz gdy tylko poczuł mój dotyk, cofnął się.

– Proszę, Alice. Daj spokój.
Spojrzałam oniemiała na Stefano.
– Co ty mu naopowiadałeś?
– Prawdę!
– Jaką prawdę?
– Czy twoja mama zmarła na stwardnienie rozsiane? – zapytał Tobia łamiącym się głosem.
– Tak. A skąd to wiesz? I dlaczego to takie istotne?
– Opiekowałaś się nią przez trzy lata?
– Tak, nawet znacznie dłużej – w ciągu wielu lat bywały dłuższe okresy, kiedy leżała w łóżku. Ale nie rozumiem, dlaczego to cię tak szokuje. Kochałam swoją mamę. Czy nie powinnam była tego robić?
Sprawiał wrażenie, jakby nie dosłyszał tego, co powiedziałam.
– A jak wygląda sprawa z osobami sparaliżowanymi i wieloma inwalidami, którymi opiekowałaś się w minionych latach? Czy jestem aktualnie ostatni na twojej długiej liście?
Nadal nie rozumiałam, o czym była mowa. Stefano ponownie zabrał głos.
– Nie chodzi o to, czy opiekowałaś się swoją mamą albo kimkolwiek innym, tylko o to, że czerpałaś z tego przyjemność i wyszukujesz sobie bezbronne ofiary.
– Co chcesz przez to powiedzieć?
– Wiesz, co to jest syndrom pomocnika?
– Tak, to jest chorobliwa obsesja osób, które szukają bezbronnych lub upośledzonych ludzi, aby im pomagać, osiągając tą drogą samozaspokojenie. Są one... – przerwałam nagle w połowie zdania.
Nagle zaczęło do mnie docierać, do czego zmierzali.
– Artykuł – wybełkotałam przerażona.
– Właśnie! Artykuł.
Stefano triumfował, podczas gdy Tobia stał koło niego przygnębiony.

– Dlaczego nigdy nie wyznałaś Tobii, że osoby upośledzone wywołują u ciebie stan upojenia? – ostatnie słowo wyrzucił z siebie z udawaną pogardą.

– Bo to nieprawda jest!

Miałam ochotę krzyczeć ze złości. Jak to możliwe, że użyto przeciwko mnie głupiego artykułu, w którym roiło się od kłamstw? W swojej rozpaczy zwróciłam się do Tobii.

– Tobia, pozwól, że ci wyjaśnię. Proszę.

– Co jeszcze chcesz wyjaśniać, Alice? – zapytał Tobia głosem bezsilnym i pełnym rezygnacji. – Z faktów wynika jasno, że cierpisz na syndrom pomocnika i znalazłaś sobie kolejnego kalekę, któremu możesz matkować, realizując swoje chore fantazje. Jestem dla ciebie tylko nadającą się do tego ofiarą, a nie mężczyzną, którego wybrałaś ze względu na niego samego. – Wykrzywił twarz w nienawistnym uśmiechu. – Czy to nie ironia losu, że zawsze się bałem, że cię stracę, ponieważ stanę się dla ciebie ciężarem? – Westchnął cicho. – Wtedy dopiero miałabyś uciechę z mojej bezradności!

Jego ręka bezsilnie poszukała ramienia brata. Ze zwieszoną głową mamrotał coś bardziej do siebie niż do mnie.

– Nie wiem, jak w ogóle mogłem ci uwierzyć, że facet taki jak ja może być jeszcze w ogóle atrakcyjny dla normalnej kobiety.

Zrozpaczona próbowałam podejść do niego bliżej.

– Przecież ten artykuł jest kompletnie fałszywy. Napisał go mój kolega ze studiów. Poprzekręcał fakty, bo nie chciałam się z nim spotykać, i chciał się na mnie zemścić. Błagam, nie słuchaj Stefano! On chce nas poróżnić. Boi się, że jego wpływ na ciebie będzie mniejszy przeze mnie. Przysięgam ci, że nie mam żadnego syndromu pomocnika!

– Alice, nie trudź się – powiedział Stefano, taksując mnie lodowatym spokojnym wzrokiem. – Tobia wszystko dobrze zrozumiał. Nie próbuj zwalić winy na mnie. Twoja fałszywa gra jest tym samym zakończona. Ostrzegałem cię.

Z przesadną ostrożnością chwycił brata za rękę.

– Chodź, Tobia. Chyba już się dosyć nasłuchaliśmy. Wracajmy do domu.

Tobia zupełnie bezwolnie pozwolił się bratu zaprowadzić do wyjścia.

– Tobia!

Podbiegłam do drzwi, próbując przed nimi stanąć, jednak Stefano odepchnął mnie na bok z siłą, jakiej się po nim nie spodziewałam. Przewróciłam się na podłogę... Z przerażeniem zobaczyłam, że Tobia nawet nie drgnął, chociaż na pewno słyszał, jak upadałam.

Wspięłam się na jedną z kanap i wcisnęłam głowę w poduszki, aby stłumić szloch i nie zwrócić na siebie uwagi pozostałych gości.

Zmęczona płaczem wyszłam z *palazzo* o trzeciej nad ranem pogrążona w całkowitej obojętności. Na dźwięk melodii z „Don Giovanniego" zrobiło mi się smutno. Wyobrażałam sobie, jak młodzi wenecjanie kończą imprezę odtańczeniem walca. Gdyby nie Stefano, to pewnie teraz także z Tobią mogłabym wreszcie przeżyć tę chwilę. Odsunęłam jednak od siebie tę myśl i chwiejnym krokiem wróciłam zmęczona do apartamentu Scarpów. Moje dawne przepełnione pustką życie znów mnie dopadło.

Rozdział 11

Następnego dnia Scarpowie zdążyli się już oczywiście dowiedzieć, że wyszłam z przyjęcia zapłakana, i wyciągnęli z tego swoje wnioski. Signorę rozpierała chęć działania i przez cały dzień wynajdywała dla mnie nowe zadania. Giorgio i Frederico cieszyli się ogromnie, że wrócili wreszcie z długiej i nudnej podróży morskiej, i tylko signor wykazywał niezwykłą jak na niego powściągliwość w kwestii wydawania rozkazów, chociaż wyraźnie widać było po nim zadowolenie z tego, że znów jestem samotna. Był wobec mnie nadzwyczaj uprzejmy, równocześnie jednak nie krył drwiny i nie przepuszczał żadnej okazji, żeby nie powiedzieć czegoś złego o Tobii, dziwiąc się zapewne w duchu, dlaczego nie wsiadłam od razu do pierwszego samolotu lecącego do RPA.

Ignorując jego komentarze, przez cały czas starałam się nawiązać kontakt z Tobią. Wielokrotnie pisałam do niego długie SMS-y, w których starałam się mu wszystko wyjaśnić, lub próbowałam się do niego dodzwonić. Jednak ani razu mi nie odpowiedział. Po kilku dniach otrzymałam wiadomość, że abonent zmienił numer i przestał być osiągalny.

Niezrażona zaczęłam znów chodzić na nocne spacery. Nasłuchiwałam znajomych kroków, pragnąc przyczaić się na Tobię, jednak nigdzie nie mogłam go znaleźć. W końcu zebrałam się na odwagę i zadzwoniłam do drzwi Palazzo Segantin. Oprócz cienia, który przemknął w jednym z górnych okien, nie było żadnej reakcji. Drzwi były zamknięte. Stefano odwalił kawał skutecznej roboty.

Pierwszy raz czułam wdzięczność za tak dużą liczbę zadań, które miałam do wykonania.

Niemniej wieczorami, kiedy chłopcy spali już w swoich pokojach, a signora Scarpa bawiła się na przyjęciach wydawanych na Lido albo na koncertach plenerowych, leżałam w swoim pokoju, nie będąc w stanie odpędzać od siebie dłużej dręczących myśli. Nieustannie odtwarzałam w myślach przebieg tamtego fatalnego wieczoru w Palazzo Venturini. Nie mogłam sobie wybaczyć, że nie doceniłam wpływu Stefano. Mimo tylu wątpliwości, które ogarniały mnie już na sam jego widok, nie podejrzewałam, że będzie on skłonny w taki sposób zniszczyć szczęście swojego brata. Oczywiście byłam świadoma, że zrobi wszystko, aby się mnie pozbyć jak najprędzej, jednak sposób, który wybrał, był chyba dla Tobii najbardziej bolesny. W pewnym sensie czułam się współodpowiedzialna za to, że tak cierpiał. Kiedy jeszcze raz z perspektywy Tobii przeczytałam w internecie artykuł Martina Müllera, moje poczucie winy stało się jeszcze większe.

Pochodząca z Teltow Alice B. stanowi znakomity przykład fatalnych skutków syndromu pomocnika. Będąc córką samotnej matki, która dość wcześnie zachorowała na stwardnienie rozsiane, kompensuje sobie niskie poczucie własnej wartości poprzez nieustanne pielęgnowanie swojej matki, i jest emocjonalnie przywiązana do swojej roli opiekunki. Odgrywanie tej roli stało się z biegiem czasu centralnym punktem w życiu B., prowadząc do tego, że nawet wstępowanie w partnerskie związki o charakterze seksualnym możliwe jest jedynie wtedy, jeśli dany partner zdany jest na jej pomoc. W krótkich odstępach czasu wiąże się z osobami niepełnosprawnymi i fizycznie okaleczonymi, aby opiekować się nimi tak długo, aż jej poczucie własnej wartości zostanie przez to wzmocnione. Często zdarza się, że osobom tym okazywana jest udawana miłość, w rzeczywistości jednak nie chodzi wcale o związek opierający się na wzajemnym przyciąganiu i szacunku, lecz o bezwarunkową zależność osoby potrzebującej. Charakterystyczne przy tym jest to, że dla B. pomaganie stało się nałogiem i że dąży ona w ten sposób do ideału, za którym tęskniła we własnym dzieciństwie. Związek z pacjentem dializowanym zerwała natychmiast po zakończeniu jego terapii, wstępując w nowy z partnerem sparaliżowanym. Życie z chorą matką wystylizowane zostało do tego stopnia, by utrzymać otoczenie w ciągłym zachwycie nad jej ofiarną pomocą. Osoby dotknięte tym syndromem posuwają się do tego, że ludzi, z którymi nie wiąże ich żadna emocjonalna więź, otaczają współczuciem i ofiarują im swoją pomoc. Ta zależność i podziw podopiecznych zapewnia tym ludziom szczęście. Gdy tylko nastąpi jej koniec, czy to wskutek śmierci, wyzdrowienia lub innych przyczyn, powstaje konieczność znalezienia sobie nowej ofiary, potrzebnej do tego, by nie czuć się bezużytecznym lub zbędnym.

Wyłączyłam artykuł przepełniona odrazą. Martin Müller był studentem psychologii, który uczęszczał ze mną na jedno z seminariów i nie mógł zrozumieć, jak mogłam go zignorować – inteligentnego i pewnego siebie pięknisia z dobrego domu, który niebawem kończył studia. Mieliśmy napisać wspólny artykuł i wypadło tak, że musiał przyjść do mnie, gdzie poznał moją mamę. Jego zachowanie względem niej było nietaktowne. Nie potrafił zrozumieć, dlaczego tak się dla niej poświęcam, i nawet próbował mnie przekonać, żebym oddała ją do zakładu opiekuńczego. Sugerował mi żartobliwie, że cierpię na syndrom pomocnika i że upaja mnie fakt, że ktoś zdany jest na moją pomoc. Te wzgardliwe komentarze na temat mojej mamy uważałam za wstrętne, a jego samozadowolenie i pseudowiedza przekonały mnie, że jak najszybciej powinnam zerwać z nim kontakt. Wpadłam wówczas na pomysł, który wydawał mi się wtedy niewinnym wybrykiem.

Zadzwoniłam do dawnego kolegi ze szkoły, Olivera, prosząc go o przysługę. Oliver kilka lat wcześniej uległ wypadkowi, łamiąc sobie kręgosłup. Od tamtej chwili poruszał się na wózku inwalidzkim. Do czasu jego wypadku byliśmy bliskimi przyjaciółmi, jednak nasze drogi się rozeszły, gdyż został skierowany do szkoły przystosowanej dla uczniów poruszających się na wózkach. Dlatego w ciągu następnych lat tylko sporadycznie spotykaliśmy się w mieście przy okazji zakupów. Zakupy często robiłam z mamą, która również skazana była na wózek, i być może to właśnie ta okoliczność sprawiła, że moje stosunki z Oliverem pozostały nadal całkiem swobodne. W chwilach kiedy inni dawni koledzy usuwali mu się z drogi, z zakłopotaniem uciekając spojrzeniami w bok, ja cieszyłam się z każdego spotkania. Kiedy opowiedziałam Oliverowi, w czym rzecz, przedstawiając swój plan, natychmiast wyraził gotowość wzięcia w nim udziału.

Dwa dni później zaaranżowałam spotkanie z Martinem w jednej z kawiarenek w pobliżu uczelni pod pretekstem zadania mu kilku dodatkowych pytań dotyczących naszego referatu, twierdząc, że potrzebna mi jest jego pomoc. Oczywiście zgodził się, mile połechtany, toteż niebawem siedzieliśmy przy stoliku pogrążeni w rozmowie, popijając wodę sodową z sokiem jabłkowym, a jego zaloty stawały się coraz bardziej prostackie. Nagle podjechał do nas Oliver, tak jak się umówiliśmy, i przywitał mnie pocałunkiem.

– Cześć skarbie, ciągle jeszcze ślęczysz nad tym artykułem?

Objęłam go radośnie.

– Oliver! Co ty tu robisz? – zawołałam z udawanym zaskoczeniem. – Umówiliśmy się dopiero na wieczór – dodałam, odwracając się do Martina. – Poznajcie się: to jest Oliver, mój chłopak, a to Martin, kolega ze studiów. Był tak miły, że zgodził się przygotować ze mną referat na seminarium, o którym ci opowiadałam.

Martin spojrzał na mnie zdumiony. Oczywiście nigdy przedtem nie wspomniałam mu o Oliverze. Moja opinia singielki była na uczelni powszechnie znana. Ponieważ zdawał się czekać na jakieś wyjaśnienie z mojej strony, nie omieszkałam zaserwować mu krótkiej historyjki.

– Oliver i ja jesteśmy parą od kilku tygodni. Nie chciałam się z tym zbytnio obnosić, bo dopiero trzy miesiące temu rozstałam się z Ronaldem, po tym jak w końcu znalazł się dla niego dawca nerki.

Martin gapił się na mnie oniemiały, podczas gdy ja ciągnęłam dalej.

– Ronald mieszka w Hamburgu, a ja ze względu na mamę nie mogłam oczywiście ciągle być przy nim. Zresztą to już nie ma znaczenia. – Złapałam Olivera za rękę, przesadnie udając pogodę ducha. – Teraz z Oliverem jesteśmy parą. Oliver skupia na sobie całą moją uwagę.

Chociaż Oliver z trudem powstrzymywał się od śmiechu, to jednak dobrze odgrywał swoją rolę, dość wiarygodnie odwzajemniając moje ckliwe spojrzenia. Na twarzy Martina jednak malowało się absolutne przerażenie.

W pośpiechu dopił wodę sodową, po czym pożegnał się z nami. Siedzieliśmy jeszcze przez chwilę, natrząsając się z jego miny, zadowoleni, że plan nam się udał.

Sprawa tym samym była dla mnie zakończona. Mój cel, którym było danie Martinowi jednoznacznie do zrozumienia, że nie jestem nim zainteresowana, został bowiem osiągnięty. Kiedy później bez żadnego komentarza zrezygnował z tego seminarium, dokończyłam swój artykuł dzięki pomocy innego kolegi. Martin jednak sprawiał wrażenie, jakby ta historia nie dawała mu spokoju. Po trzech miesiącach posłużyłam mu jako obiekt dla jego studium przypadku, który opisał.

Nie poświęcałam już wtedy większej uwagi temu artykułowi. Jak mogłam przewidzieć, że takie jednoznaczne oszczerstwo stanie się kiedyś moim przekleństwem?

Nagle dopadły mnie także wątpliwości. Wątpliwości, czy może racja nie leży jednak po stronie Stefano, a ja naprawdę mam chorą psychikę. Może faktycznie mam syndrom pomocnika? W końcu dlaczego dwie najważniejsze osoby w moim życiu były osobami potrzebującymi pomocy? I dlaczego granie na emocjach Martina sprawiło mi wtedy taką radość? Zaczęłam czytać po kolei wszystkie dostępne informacje na ten temat, starając się żadnej nie przeoczyć, aby przekonać się w miarę obiektywnie, czy przypadkiem nie wpisuję się w ten schemat. Mimo intensywnych poszukiwań, nie znalazłam jednak żadnych punktów zaczepienia, co sprawiło mi ulgę. Wprost przeciwnie: szukając, zyskiwałam coraz większą świadomość, że wcale nie uważałam za bezradnych ani mojej mamy, ani Tobii, lecz że to ja potrzebowałam ich wsparcia.

Chociaż moja mama była krucha pod względem fizycznym, to jednak psychicznie zawsze była silna. Nic nie było w stanie odwieść jej od stanowiska zajętego w danej sprawie, we wszystkich sytuacjach stanowiła dla mnie wsparcie i ukształtowała mnie na osobę niezależną, którą jestem dzisiaj. Przy wszystkich moich zarzutach – dotyczących jej decyzji w sprawie mojego ojca i mnie – pozostała w swoich przekonaniach niezachwiana, a jej nastawienie zawsze było pozytywne. I dopiero teraz, po tym jak poznałam Tobię, wiedziałam, jak wielką miała rację i jaką silną i mądrą kobietą zawsze była. Nie, moja mama nigdy nie była moją ofiarą, tylko pocieszeniem i ucieczką.

Tobia również nie był bezradnym kaleką, jakiego często odgrywał. Ze zdumieniem odkryłam, że to nie on potrzebował mojej pomocy, lecz ja jego. Tak, może musiałam go czasem prowadzić albo płacić, posługując się jego portmonetką, ale czym to wszystko było w porównaniu ze zmianą, jakiej on we mnie dokonał? Zanim go poznałam, żyłam pogrążona w swoich książkach, nie mając odwagi urzeczywistniać swoich marzeń albo chociaż uwierzyć, że mogą się spełnić. Byłam jak zombie, który wprawdzie funkcjonował, lecz nie sam, tylko żyjąc w fantazjach innych. Byłam ślepa na życie oraz własne talenty i pragnienia. On jednak słuchał mnie i uświadomił, jakie skarby we mnie drzemią, pokazując oprócz tego, jak wielką wartość stanowi rzeczywistość.

Gdybym więc rzeczywiście szukała sobie ofiar, gdyby rzeczywiście nakręcało mnie poczucie, że ktoś jest ode mnie zależny, to z pewnością poszukiwałabym osób słabszych i mniej samodzielnych.

W końcu starałam się zapomnieć o Tobii – chociaż wiedziałam, że to mi się nie uda – i próbowałam podjąć decyzję dotyczącą mojej przeszłości. Nagle przypomniał mi się znowu mój ojciec. Wyjęłam wizytówkę Piattiego, którą signor Scarpa wręczył mi tego fatalnego wieczoru. Myśl, żeby wreszcie poznać faceta, który tak urządził moją mamę, wbrew pozorom nie była wcale tak kusząca, jak się wydawało. Nie. Tym, co mnie pociągało, była perspektywa wyjechania z Wenecji. Każdy most, każdy kanał oraz niezliczone zakątki tego miasta każdego dnia przypominały mi o Tobii. I chociaż kochałam to miasto, to jednak w głębi ducha żywiłam nadzieję, że i tak zobaczę jeszcze Tobię. Zadawałam sobie pytanie, czy nie lepiej będzie, jeśli zostawię za sobą wspomnienia i zacznę żyć od nowa. Z człowiekiem, który być może znaczy dla mnie więcej, niż jestem skłonna to przed sobą przyznać, i który jest moim jedynym jeszcze żyjącym krewnym. Za każdym razem, kiedy dochodziłam do tego punktu moich rozważań, ogarniały mnie ponure myśli. Jedynym uczuciem, jakie żywiłam do tego człowieka, była pogarda. Miałabym również poczucie, że dopuszczam się zdrady wobec mamy, dążąc do takiego rozwiązania. Przez wszystkie te lata w ogóle się nami nie przejmował. Żył hucznie, a teraz, wiedząc, że nie pozostało mu już wiele życia, myśli, że mu wybaczę i przyjadę do niego, by przy łożu śmierci odegrać dla niego rolę kochającej córki. Na taką satysfakcję niech nie liczy. Odłożyłam zatem wizytówkę i wróciłam do swojej codzienności u Scarpów.

Kiedy któregoś wieczoru trzy tygodnie później sprawdziłam pocztę, zobaczyłam, że przyszedł mail od Eleny Arrudy. Drżącymi palcami otworzyłam wiadomość.

Szanowna Pani Breuer!
Dziękuję za Pani wiadomość i przepraszam, że odpisuję tak późno, ale obecnie na naszej wyspie panuje szczyt sezonu. Musiałam najpierw poszperać trochę w dokumentach.
Ma Pani rację. Fernando Lerú zajmował się u nas broszurami, ale musieliśmy się z nim rozstać. Niestety nie wiem, czym się obecnie zajmuje, ale w trakcie moich poszukiwań natrafiłam na zdjęcie, zrobione w czasie jednej z naszych letnich imprez, które przesyłam Pani w załączeniu. Może się Pani przyda.
Pozdrawiam serdecznie,
Elena Arruda

Wydrukowałam zdjęcie. Przedstawiało ono grupę około dziesięciu roześmianych osób ubranych w kąpielówki albo bikini, którzy znajdowali się w barze niedaleko plaży. Przyjrzałam się twarzom. Nietrudno było rozpoznać Fernando, którego zdjęcie doskonale pamiętałam z artykułu w „Los Angeles Times". Miał czarne mokre włosy i był na tym zdjęciu o kilka lat młodszy, jednak przez jego wielki nos, wystający podbródek oraz duże ciemne oczy nie mógł mi się pomylić z kimś innym. Mój wzrok wędrował dalej. Następna osoba na zdjęciu sprawiła, że zastygłam w bezruchu. Był to Stefano, brat Tobii. Stał swobodnie obok Fernando, trzymając rękę na jego ramieniu.

Tej nocy źle spałam. Dręczył mnie koszmar. Stefano ścigał mnie uzbrojony w wielki karabin, a po trwającej chyba wieczność ucieczce, zaczęłam się zapadać w wielkiej wydmie, podczas gdy jakaś postać w czarnym kapturze rozpaczliwie próbowała odgarniać piasek rękami. Kiedy na koniec dźwięk budzika wyrwał mnie ze snu, byłam zlana potem. Wstałam i potykając się, poszłam pod prysznic.

W niewiele lepszym nastroju zeszłam do kuchni, żeby zrobić śniadanie. Zdziwiłam się, zobaczywszy, że cała rodzina wyjątkowo siedzi już przy stole. Nawet signora się wachlowała, siedząc przy otwartym oknie, ubrana w cienką, letnią suknię. Signor był całkowicie pochłonięty gazetą, a chłopcy zajęci swoimi konsolami do gier. Postawiłam na stole tosty, kawę, płatki kukurydziane i sałatkę z owoców, a następnie usiadłam, zamierzając zjeść banana. Kiedy zaczęłam go jeść, signor nagle rzucił gazetę na kontuar, informując z nieskrywaną radością, o czym dowiedział się podczas benefisu, który odbył się wczorajszego wieczoru.

– Nie uwierzycie, ale wreszcie pozbyliśmy się tego Manina.
Podniosłam wzrok.

– Ernesto Bianchi z jachtklubu powiedział wczoraj, że Manin wynajął już firmę od przeprowadzek i chce się stąd wynieść w następnym tygodniu.

Spojrzał na mnie rozpromienionym wzrokiem, jakby chciał się upewnić, że ja także zrozumiałam tę wiadomość. Czułam, że ściska mi się żołądek i muszę wstać od stołu.

– Przepraszam.

Rzuciłam serwetkę na stół i w pośpiechu wybiegłam z jadalni, słysząc za sobą szepty Scarpów.

Najchętniej rzuciłabym się na łóżko, wybuchając niepohamowanym płaczem, jednak po tych wszystkich tygodniach trosk i smutku nie byłam zdolna do odczuwania czegokolwiek prócz poczucia bezradności. Być może takie właśnie głębokie poczucie straty dręczyło Tobię wtedy, kiedy po raz pierwszy zobaczyłam go stojącego na swojej lodżii. Z bólem uświadomiłam sobie, że to, co teraz czuję, stanowi pewnie tylko namiastkę lęku, który on odczuwał. Jeśli tak smakuje strata, to może naprawdę lepiej jest nigdy nie posiadać? Czy nie byłoby zatem lepiej, gdybym nigdy nie poznała Tobii i nigdy nie przyjechała do Wenecji?

Kiedy zdołałam się już trochę pozbierać, ponownie zeszłam na piętro Scarpów, gdzie na korytarzu natknęłam się na signora pakującego rzeczy do swojej aktówki.

– Alice.
– Tak, signor?

Spodziewałam się, że usłyszę z jego ust jakiś głupi komentarz, jednak ani słowem nie nawiązał do sceny przy śniadaniu. Poprosił mnie, żebym pojechała do Padwy i odebrała od jego kolegi pewien ważny dokument. Dzieci spędzą ten dzień u Branców, więc nie muszę się śpieszyć.

Zastanawiałam się przez chwilę, czy signor nie poczuł przypadkiem wyrzutów sumienia i czy nie chciał mnie tylko zająć czymś innym albo czy rzeczywiście chodziło o ten dokument. W gruncie rzeczy było mi to jednak obojętne, gdyż liczyło się jedynie to, że mogłam wyjechać z miasta. Zgodziłam się więc chętnie, a kiedy siedziałam już w pociągu, cieszyłam się z tej podróży i z tego, że jestem daleko od Wenecji, Tobii i wszystkich tych wspomnień.

Ale już wieczorem, kiedy wróciłam do pustego domu i do mojego nagrzanego od słońca pokoju, było to dla mnie niczym powrót do przeszłości. Przygnębiona otworzyłam okno i wyszłam na altanę. W dogasającym świetle tego upalnego lipcowego dnia patrzyłam na znane mi setki kominów i anten, zbieraninę dachówek oraz niezliczoną ilość barw i kształtów składających się na to miasto. Widok ten przestał mnie już jednak uszczęśliwiać. Dzień spędzony w Padwie uświadomił mi, że świat po drugiej stronie mostu przez lagunę nie stoi wcale w miejscu, a mimo to miałam poczucie, że żałuję czegoś, co minęło i co nigdy więcej się nie powtórzy. Wolno zamknęłam oczy i wzięłam głęboki oddech. Co ja teraz zrobię? Tobia zamierza wyprowadzić się z miasta. A może już wyjechał. Całkiem możliwe, że już go nigdy nie spotkam i strach mnie ogarniał na myśl, że resztę swojego życia spędzi u boku człowieka, który być może spowodował, że stał się kaleką. Tylko w jaki sposób mam go ostrzec, jeśli unika ze mną wszelkiego kontaktu? I jak zdołam go przekonać? Policja też mi pewnie nie uwierzy na podstawie jednego zdjęcia i mglistych podejrzeń. Dla niej była to sprawa zamknięta. Nie, nie mam szans. Nie powinnam dłużej zostawać w Wenecji, jeśli nie mam zamiaru nabawić się depresji. Może mój dawny szef przyjmie mnie z powrotem do pracy? Mieszkanie w Teltow jest tylko odnajęte.

Zmęczona otworzyłam oczy, zamierzając wejść już do środka, aby zastanowić się nad treścią mojego wypowiedzenia umowy ze Scarpami. Jeszcze raz rzuciłam okiem na pustą lodzię Tobii. Jej opustoszała stojąca na wprost mnie balustrada z białym marmurowym stopniem w świetle zachodzącego słońca miała rdzawożółty kolor. Nagle wpadł mi do głowy pewien pomysł. Co by zrobiłaby moja mama w takiej sytuacji, będąc jeszcze w pełni sił? Gdyby człowiek, którego kochała najmocniej, znajdował się od niej nie dalej niż sześć metrów i nie potrafił złapać swojego szczęścia? I gdyby groziło mu być może niebezpieczeństwo? I gdyby miał nigdy nie poznać prawdy na temat swojego brata?

W jednej chwili wiedziałam, co by wtedy zrobiła. Poderwałam się z miejsca i zaczęłam powoli przechodzić przez barierkę. Bez względu na cenę musiałam ostatni raz zobaczyć się z Tobią. To przecież tylko parę kroków do przejścia: najpierw końcówka naszego dachu, potem kilka metrów po dachu Rossich, który przylega do naszego, a na koniec już tylko jeden mały krok, krótszy nawet niż metr, aby przedostać się na dach *palazzo*. Przy odrobinie zręczności nie powinno to być szczególnie niebezpieczne. Dachy nie były strome, więc bez trudu mogłam przegramolić się przez kalenicę, znajdując oparcie po obu stronach na wypadek, gdybym poczuła się niepewnie. Ostrożnie postawiłam prawą stopę na pierwszych dachówkach, które niepokojąco zazgrzytały. Ciekawe, ile mogą mieć lat. Żeby tylko nie popękały!

Postawiłam szybko drugą stopę, aby móc lepiej rozłożyć ciężar. Stawiając ostrożnie krok za krokiem, szłam przed siebie w zwolnionym tempie, aż wreszcie dotarłam do lodżii. Zastanawiałam się przez chwilę, co bym odpowiedziała komuś, kto jeszcze cztery miesiące wcześniej oznajmiłby mi, że dla mężczyzny byłabym skłonna zaryzykować upadek z wysokości dwudziestu metrów. Z rozmachem, jakiego się po sobie nie spodziewałam, przeskoczyłam przez balustradę.

Znajdowałam się teraz w miejscu, w którym stał Tobia, kiedy zobaczyłam go po raz pierwszy. Tkliwie dotknęłam krzesła, na którym zwykł był siadać. Miałam wrażenie, że od tamtego czasu zdążyła upłynąć cała wieczność.

Podeszłam do drzwi. Czułam, że narasta we mnie strach. Jaka jest szansa na to, że drzwi nie są zamknięte? A nawet jeśli są otwarte, co czeka mnie w środku *palazzo*? Geo na pewno mnie nie pogryzie, bo zbyt dobrze mnie zna. Tylko czy w budynku nie ma alarmu i czy ta cała moja akcja nie zostanie uznana za włamanie? Stanowczo odpędziłam od siebie te myśli i drżącą dłonią nacisnęłam klamkę. Ku mojemu zaskoczeniu drzwi się otworzyły. Nie były zaryglowane.

Weszłam do środka i znalazłam się przy ciemnym wejściu, które prowadziło na schody. Nie włączając światła, aby nie zwrócić na siebie czyjejś uwagi, zeszłam ostrożnie po schodach, dochodząc do korytarza, który zapewne prowadził do pokojów sypialnych. Czułam przyspieszone tętno. Wolno wyszłam na korytarz, który tak samo jak poprzedni tonął w mroku. Wszystkie zasłony były zaciągnięte, okiennice pozamykane i do wnętrza *palazzo* nie docierało żadne światło. Ponieważ wydawało mi się, że Canal Grande musi być z prawej strony i po tej samej stronie zapewne również jest pokój Tobii, postanowiłam tam skręcić.

Najciszej, jak tylko mogłam, zakradłam się do drzwi, które były lekko uchylone. Tutaj także panowała ciemność. Z ulgą stwierdziłam, że widać było dochodzący nie wiadomo skąd słaby blask światła. Będąc już prawie przy drzwiach, zauważyłam, że ten blask pochodzi od komputera stojącego na stole, który roztaczał w pokoju zielonkawą poświatę. Przed komputerem siedział Tobia i wsłuchiwał się w skupieniu w cichy głos rozlegający się z urządzenia. Zastygłam w bezruchu. Z przerażeniem uświadomiłam sobie, że w czasie tej mojej spontanicznej akcji nie zastanowiłam się do tej pory nad tym, co chcę powiedzieć Tobii. Jak długo jednak mogę tak stać, nie zdradzając swojej obecności?

W tym momencie Tobia podniósł głowę i zaczął nasłuchiwać dźwięków dochodzących z mojego kierunku.

– Kto tam jest?

Jego twarz wyrażała napięcie. Kiedy wstawał z krzesła, szukając po omacku swojej laski, zobaczyłam, że ma mocno podkrążone oczy.

– To ja.

W życiu nie przypuszczałabym, że mój głos może przynieść taki efekt. Tobia błyskawicznie zmienił postawę. Opadło z niego całe napięcie, ustępując wyrazowi szczęścia.

– Alice?

– Wybacz, że tak cię nachodzę – odparłam drżącym głosem – ale miałam wątpliwości, czy zostanę tutaj wpuszczona normalnym wejściem.

– A jak się tutaj dostałaś? Oprócz mnie nie ma w tym domu nikogo, kto mógłby cię wpuścić.
– Przez dach.
– Przez dach? Zwariowałaś? Mogłaś przecież spaść!
– Byłam ostrożna.
– Dlaczego to zrobiłaś?
– Chciałam cię jeszcze raz zobaczyć.
– Słyszałaś już o tym?
– Tak. Wyjeżdżasz z Wenecji.
Skinął głową.
– Dlaczego? – spytałam, nie potrafiąc ukryć smutku w głosie.
– Proszę, usiądź.
Wskazał mi kąt pokoju, ale w tym niezbyt jasnym świetle byłam w stanie dostrzec jedynie przedmioty znajdujące się w najbliższej odległości.
– Mogę zapalić światło?
– Ależ oczywiście.
Podeszłam do kontaktu i włączyłam go. Ciepłe światło staromodnego żyrandola z brązu, który zwisał z ozdobionego stiukami sufitu, natychmiast wypełniło pomieszczenie. Rozejrzałam się wokoło i po pierwszym spojrzeniu zorientowałam się, że jest to duży pokój, którego środek zajmował stół do pracy, na którym stało kilka komputerów, ale tylko jeden był włączony. W narożniku znajdowało się nieco spartańskie jednoosobowe łóżko, na nim skłębione prześcieradła. Mój wzrok wędrował dalej i zobaczyłam, że w jednym z rogów pokoju stoi kanapa z brązowej skóry oraz dwa fotele do kompletu. Oprócz tego była tam jeszcze szafa na ubrania i olbrzymi regał na książki, na którym jednak zamiast książek były setki płyt CD. Wszystko to sprawiało bardzo skromne i proste wrażenie w porównaniu z luksusem, jaki dominował w pozostałej części *palazzo*.
– Pewnie się dziwisz, że ten pokój nie pasuje do pozostałych, które dotychczas widziałaś. Większość wyposażenia,

które znajduje się w tym *palazzo*, wybierał Stefano, a ja tylko ten pokój urządziłem samodzielnie. Niektóre z tych mebli, na przykład kanapę i regał, miałem już w Malibu, dlatego wiem, jak wyglądają. Chciałem się czuć komfortowo w tym pomieszczeniu. Wybacz mi, proszę, ten bałagan, ale nie jestem przyzwyczajony do odwiedzin.

– Gdzie jest Stefano?
– Będzie dopiero jutro w południe. Pomoże mi przy pakowaniu.
– A Geo?

Twarz Tobii spochmurniała.

– Geo jest u weterynarza. Gdzieś się czymś zatruł. Przez kilka dni był w stanie krytycznym, ale już mu jest lepiej.
– Przykro mi.

Z przerażeniem pomyślałam, jak bezbronny jest Tobia bez swojego psa. Zrozumiałam, że pewnie także z tego powodu przestał wychodzić z domu. Nic dziwnego, że nie mogłam go nigdzie spotkać. Wolno i ostrożnie stąpałam nad starannie ułożonymi kablami od komputera, przyklejonymi do marmurowej podłogi taśmą klejącą. Zauważyłam, że wszystkie meble poustawiane są względem siebie pod kątem prostym, tak by Tobia mógł się orientować.

Dotarłszy do kanapy, odsunęłam na bok wełniany pled i usiadłam na niej. Tobia zajął miejsce w fotelu naprzeciw mnie. Zaległo milczenie, które nie bardzo wiedziałam jak przerwać.

– Tobia?
– Tak?
– Tak mi przykro.
– Dlaczego?
– Że skończyło się coś, co jeszcze nie zdążyło się zacząć. Tak mi ciebie brakuje!

Jego uśmiech zastygł.

- Nie mogę zawierać związku, którego istotą jest współczucie zamiast miłości. Kocham cię, Alice, i ciężko mi jest na sercu, kiedy siedzę tu obok ciebie, wiedząc, że nie możemy dłużej być razem, ale ja nie oczekuję od ciebie opieki, tylko miłości.

- Tobia, ja wcale nie chcę być twoją opiekunką, a gdybyś chociaż przez chwilę był obiektywny, wiedziałbyś, że wcale nie potrzebujesz żadnej opiekunki. Gdybym naprawdę miała syndrom pomocnika, byłbyś ostatnią osobą, jakiej bym szukała.

- Ale przecież zabiegałaś o mnie. Po co miałabyś to robić, jeśli nie z litości? Stefano przeczytał mi ten artykuł. Masz syndrom pomocnika i szukasz sobie ofiar.

- Tobia, ten artykuł napisał facet, który się na mnie obraził. Nigdy przed tobą nie byłam w żadnym związku z człowiekiem niepełnosprawnym. A że się opiekowałam swoją mamą, to chyba jest zrozumiałe? Twierdzisz, że niby o ciebie zabiegałam. Czy to właśnie Stefano mi zarzuca? Fakt, że zakochałam się w tobie i chciałam dowiedzieć się, kim jesteś, ale nie zrobiłam ani kroku, żeby się do ciebie zbliżyć, gdyż zbyt mocno się wtedy bałam wchodzenia w związek.

Wróciłam myślami do tych pierwszych nocy, podczas których spotykałam Tobię.

- Nie pamiętasz już, jak stale cię obserwowałam, nie odzywając się do ciebie? Zapomniałeś, że to ty byłeś tym, który szukał pierwszego kontaktu? I czy to nie był twój pomysł, żeby wspólnie zwiedzić Wenecję, wysyłając Scarpów na wycieczkę? Gdybyś chociaż na chwilę przestał słuchać Stefano, to od razu zauważyłbyś, że jak dotąd ani razu za tobą nie latałam.

Przysunęłam się do niego jeszcze bliżej i zebrałam na odwagę, przemawiając bardziej stanowczym tonem.

- Ale chciałabym postawić sprawę jasno: dzisiaj to ja przejmuję inicjatywę! Przyszłam do ciebie, bo wiem, że przez resztę życia nie mogłabym sobie wybaczyć, że nie walczyłam o ciebie do samego końca.

Chociaż oczy napełniły mi się łzami, to jednak głos mi nie drżał. Kiełkująca nadzieja dodawała mi sił, żeby ciągnąć dalej. Tobia zmarszczył czoło, jak zwykle, kiedy słuchał uważnie. Dłonie trzymał spokojnie na kolanach swoich granatowych dżinsów.

– Kocham cię, Tobia. Kocham człowieka, który rozpoznał moje uzdolnienia, który mnie rozumie i potrafi słuchać, a nie interesuje go tylko powierzchowne piękno. Kocham mężczyznę, który zna moje myśli, zanim zdążę je wypowiedzieć, który patrzy na życie tak samo jak ja, ponieważ umie patrzeć sercem.

W pewnym momencie pokój, w którym się znajdowałam, zaczął mi się zamazywać przed oczami, gdyż łzy zalały moją twarz. Jak w transie słyszałam swój głos.

– Masz rację. Twoje pieniądze nie są w stanie mnie zatrzymać, gdyż człowiek szybko się do nich przyzwyczaja i obojętnieje na te wszystkie przyjemności, które może sobie kupić, tak jak Giuliemo i jemu podobni. Tym, co mnie trzyma, nie są pieniądze, tylko twoja bliskość, twój śmiech i doświadczanie świata z tobą i dla ciebie. Nie uważasz, że to dobry fundament dla prawdziwego partnerstwa?

Wierzchem dłoni otarłam łzy i w końcu zobaczyłam, że Tobia też zaczął płakać. Nadal jednak siedział wyczekująco w fotelu, wyprostowany jak świeca.

Nie zwlekając ani chwili, przyklękłam koło jego fotela, żeby chwycić go za rękę. Spuścił głowę i widziałam, że walczy sam z sobą. W głębi ducha byłam nastawiona na to, że znów mnie odtrąci. Lecz nagle przyciągnął moją dłoń i zaczął ją całować.

Coraz bliżej przysuwał do mnie swoją głowę – całował moje ramiona, szyję, brodę, aż w końcu jego usta natrafiły na moje.

Rozdział 12

Nazajutrz rano obudziły mnie dzwony pobliskiego kościoła. Przez krótką chwilę nie wiedziałam, gdzie jestem. Zauważyłam, że leżę na kanapie przykryta tylko cienkim prześcieradłem. Zdumiona podniosłam wzrok. Tobia owinięty w szlafrok siedział przede mną na fotelu. Jego pogodną twarz opromieniał uśmiech.

– Dzień dobry.

Najwyraźniej zauważył, że się obudziłam.

– Dzień dobry.

Zaspanym ruchem odgarnęłam włosy z czoła. Nie mogłam uwierzyć w to, co miało miejsce tej nocy. Czy kiedykolwiek byłam w stanie sobie wyobrazić, że seks może być taki wspaniały?

– Dziękuję.

– Za co?

– Za tę noc.

Roześmiał się.

– To ja ci dziękuję. O mało nie popełniłbym najgłupszego błędu w moim życiu.

– A na czym miałby on polegać?

– Że wyjechałbym bez ciebie.

– To znaczy, że teraz jesteś pewny?

– Pewny? Wiem na pewno, że jeszcze nigdy nie spędziłem z nikim takiej nocy. Było cudownie.

Położyłam się z powrotem na kanapie i utkwiłam spojrzenie w sufit, jak często miałam to w zwyczaju robić, leżąc w swoim łóżku u Scarpów. Jednak teraz nie znajdowałam się w tym ciasnym pokoiku, samotna i marząca na jawie. Byłam z mężczyzną, którego pragnęłam bardziej niż cokolwiek innego na świecie i który jeszcze wczoraj wydawał mi się nieosiągalny. A mimo to w następnej chwili dręcząca obawa dopadła mnie na powrót.

– Co będzie, gdy wróci Stefano?

Tobia westchnął, usiadł ostrożnie koło mnie i zaczął gładzić mnie po włosach.

– To takie smutne, że dwoje ludzi, których kocham najbardziej na świecie, nie znoszą się. Porozmawiam ze Stefano i wytłumaczę mu, że źle cię ocenił.

Poczułam dreszcz i owinęłam się mocniej prześcieradłem.

– Dlaczego tak bardzo mu ufasz?

– Wtedy w Malibu uratował mi życie, a potem jeszcze wiele razy wyciągał mnie z głębokich zapaści. Wybacz mu ze względu na mnie.

W jego twarzy widziałam smutek i troskę. Strach, że mogłabym go zmusić do wyboru między jego bratem a mną. Jak ja mam mu powiedzieć, że to, o czym myślę, nie tylko wymusiłoby na nim taki wybór, ale nawet oznaczałoby koniec jego zachwytu dla Stefano? Że było całkiem prawdopodobne, iż jego brat zlecił komuś zamordowanie go. Przez krótką chwilę rozważałam nawet, czy nie opowiedzieć mu o mailu od Eleny Arrtudy i o fakcie, że Lerú i Stefano się znali. Porzuciłam jednak ten pomysł, nie chcąc popsuć tej chwili. Powiedziałam więc tylko:

– Postaram się jak najmocniej, tylko proszę cię, żebyś przestał mu już tak bezkrytycznie ufać i nigdy więcej nie pozwolił, żeby znowu wbił klin między nas.

Cofnął ręce od mojej twarzy i odchylił się do tyłu.

– Alice, dlaczego tak mało ufasz mojemu bratu? Stefano kocha mnie bardziej niż własne życie. Przeciwstawił się wtedy włamywaczowi, żeby mnie obronić. Zrobił wszystko, żeby mnie uratować, mimo że był już ustanowiony moim jedynym spadkobiercą.

Przełknęłam ślinę. Tobia miał rację – Stefano uratował go. Tylko pytanie, dlaczego to zrobił, skoro wcześniej zwerbował Lerú?

– Na temat tego, co się zdarzyło wtedy w Malibu, nie chcę dzisiaj spekulować, ale jestem pewna, że Stefano nigdy mnie nie zaakceptuje. Ma wiele do stracenia. Zrobi wszystko, żeby się mnie pozbyć.

Ponownie usiadłam i chwyciłam Tobię za rękę.

– Nie zauważyłeś, że on ma teraz wszystko to, co ty miałeś przedtem? Jest szefem twojej firmy, ma twoje samochody, mieszkania i pełen dostęp do twoich pieniędzy. To on jest tym silniejszym w waszym duecie, ponieważ od niego zależysz. Ogromnie skorzystał na tym, że straciłeś wzrok, a ja stanowię dla niego tylko zagrożenie, gdyż obawia się, że przejmę od niego tę rolę.

– Jak możesz mówić coś takiego?

Pobladł i cofnął rękę.

– Bo jestem tego pewna. Tobia, proszę, zaufaj mi!

– Żądasz ode mnie, żebym usunął brata z mojego życia? Czy tego właśnie chcesz, Alice?

Byłam w stanie wyczuć, jak wielki strach wywołało w nim to, co przed chwilą powiedziałam. Jeszcze raz z czułością złapałam go za rękę – nie cofnął jej, kiedy zaczęłam ją głaskać.

– Nie, nie oczekuję wcale, że usuniesz Stefano ze swojego życia, tak jak on to zrobił ze mną, i rozumiem, że jesteś mu wdzięczny, ale pozwól sobie powiedzieć tylko jedno… Kiedy patrzę mu w oczy, nie widzę w nich żadnej miłości. Jego oczy są zimne i beznamiętne. Ale pomówmy o tym innym razem. Nie chcę psuć nastroju tego przepięknego dnia.

– Skoro rozmawiamy o ludziach, którym nie ufamy, chciałbym cię również o coś prosić, Alice.

Spojrzałam na niego zaskoczona.

– Wypowiedz, proszę, swoją umowę ze Scarpami i wprowadź się do mnie. Nie chcę już dłużej dzielić się tobą z kimś innym.

Roześmiałam się.

– Oczywiście, tylko czy ty się teraz nie wyprowadzasz?

Tobia spoważniał.

– Miałem zamiar wyjechać z Wenecji, żeby nie musieć więcej o tobie myśleć, bo wszystko mi tutaj ciebie przypomina. Teraz jednak sprawy wyglądają inaczej. Wolałabyś tu zostać?

Moje serce na chwilę przestało bić. To był pierwszy raz, kiedy Tobia dał mi możliwość podjęcia decyzji.

– To zależy.

– Od czego?

– Od tego, dokąd wyjeżdżasz. Wiem tylko, że się stąd wynosisz, ale nie wiem dokąd.

Uśmiechnął się.

– Widzę, że przynajmniej nie nauczyłaś się jeszcze czytać w cudzych myślach. Chciałem znowu bardziej zatroszczyć się o swoją firmę i wrócić do San Francisco. Pojechałabyś tam ze mną?

Jakże chętnie zgodziłabym się od razu i z miejsca rzuciła do pakowania walizek. Ta przeprawa przez dach uświadomiła mi, że warto podejmować ryzyko, nawet jeśli własna duma może na tym ucierpieć.

– Tobia, chętnie pojechałabym razem z tobą, ale przedtem muszę jeszcze coś załatwić?

– A co takiego?

– Muszę się spotkać z pewnym człowiekiem.

Zbladł i jednym ruchem zabrał ode mnie rękę.

– Jest jeszcze ktoś inny w twoim życiu?

– Bez obaw, to nie jest twój konkurent. Chodzi o mojego ojca. Dał znać o sobie znowu po tych wszystkich latach. Stał się bogatym człowiekiem, mieszka w Afryce Południowej i chciałby mnie zobaczyć, ponieważ jest chory i niedługo umrze.

– I pojedziesz do niego?

– Przez długi czas myślałam, że tego nie zrobię. Nigdy nie troszczył się ani o mamę, ani o mnie, a teraz, kiedy jest umierający, przypuszczam, że oczekuje ode mnie rozgrzeszenia za swoje zaniedbania. Właściwie to nie chciałam wyświadczać mu tej uprzejmości, ale… – zamilkłam.

– A dlaczego zmieniłaś zdanie?

– Nie wiem dokładnie. Wydaje mi się, że po prostu zrozumiałam, że nie można zawsze stawiać logiki ponad wszystko. Kiedy wczoraj przeszłam do ciebie po dachu, wyzbyłam się całej swojej dumy i wszystkich moich wyobrażeń. Zrobiłam po prostu to, co w tamtym momencie uważałam za słuszne. Pojęłam, że wcale nie pragnę się mścić. Ostatecznie jestem pewna, że mama nie żywiłaby urazy i na pewno życzyłaby sobie, żebym wspierała ojca, nawet jeśli on sam tego nie robił. Dlatego polecę do niego.

Tobia wyglądał, jakby głęboko się zamyślił. Moje słowa najwyraźniej odbijały się w nim echem, jednak nie potrafiłam rozpoznać, czy się ze mną zgadza, czy nie.

– I staniesz się bogatą spadkobierczynią.

– Nie dlatego to robię, wiesz przecież.

– Oczywiście, że wiem. Kto jak kto, ale ty, Alice Breuer, nie zaliczasz się do osób, które można kupić. Ale jestem przekonany, że poczucie niezależności mimo wszystko byłoby dla ciebie dobre.

– I nie musiałabym być twoją utrzymanką!

Przysunął się bliżej mnie.

– O tym jeszcze kiedyś pogadamy. A wracając do tematu: pożegnasz się ze Scarpami jeszcze dzisiaj, a jutro polecimy do RPA?

– Jutro nie. Wiem, że Scarpowie są wstrętni, ale żal mi jest ich dzieci. Muszę im poświęcić przynajmniej kilka dni, żeby mogli się zorganizować. Nie mogę z dnia na dzień zostawić ich samych z chłopcami.

– A dlaczego nie? Są w końcu ich rodzicami.

– Ponieważ to nie jest w moim stylu.

– Zawsze niezawodna Alice – skomentował z lekką drwiną w głosie.

– Muszę niestety już iść. Dzisiaj jest sobota i nie mam wolnego. Scarpowie będą się dopytywać, gdzie byłam. – Spojrzałam na zegarek. Było już po ósmej. Na dziewiątą miałam zaprowadzić Giorgia i Frederica na trening wioślarstwa.

– Kiedy im powiesz?

– Jeszcze dzisiaj, to pewne – pocałowałam go w czoło i wstałam. – Będę mogła się wyprowadzić najwcześniej pod koniec przyszłego tygodnia.

– A kiedy będziemy mogli się znowu spotkać?

– Może dzisiaj wieczorem na altanie?

Było mi obojętne, że chłopcy będą mogli mnie podsłuchać.

– Mam przejść do ciebie po dachu?

Uśmiechnęłam się na myśl, że miałby ochotę dostać się do mnie tą drogą, jednak po nim można się było wszystkiego spodziewać.

– Ani mi się waż. Zawołam cię, jak wyjdę na altanę.

Tobia pokręcił głową.

– Napisz mi lepiej SMS-a, zanim wszyscy sąsiedzi się zbiorą. Wyślę ci mój nowy numer na komórkę.

– Nie zmieniaj już nigdy swojego numeru, nie podając mi nowego.

Tobia ze skruchą wzruszył ramionami.

– Wybacz mi, ale miałem już dosyć, widząc, że do mnie dzwonisz i nie mogąc odebrać – pocałował mnie czule w usta. – Zatem do wieczora!

Kiedy wróciłam do apartamentu Scarpów, przemknęłam po cichu schodami do swojego pokoju, aby szybko wziąć prysznic i przyłączyć się do śniadania. Na szczęście okazało się, że miałam klucz w kieszeni od spodni i nie musiałam wracać przez dach. Zdziwiłam się jednak, przechodząc przez korytarz, że w mieszkaniu unosił się intensywny zapach perfum, który znałam jedynie z nocnych spotkań służbowych signora Scarpy. Przez krótką chwilę zastanawiałam się, czy nie przyprowadził przypadkiem swojej kochanki do apartamentu. Tylko gdzie była wtedy jego żona?

Nie zdążyłam jednak dokończyć tej myśli, gdyż ledwie zamknęłam za sobą drzwi w szufladzie nocnego stolika rozdzwoniła się moja komórka. W pierwszej chwili pomyślałam, że to Tobia. W pośpiechu wyjęłam telefon.

– *Pronto.*

Po drugiej stronie był signor Scarpa.

– Alice, jest prawie dziewiąta rano, a pani dopiero teraz wraca do domu. Proszę, żeby natychmiast zeszła pani na dół, gdyż musimy o czymś porozmawiać.

Rozłączył się. Zdziwiona jego telefonem oraz faktem, że zwracał się do mnie per pani, rzuciłam komórkę na łóżko i zeszłam po schodach. Wbrew oczekiwaniu nie zastałam jednak rodziny w jadalni. Nie słyszałam także telewizora, który był włączony zawsze, kiedy dzieci były w domu. Wolno poszłam korytarzem dalej, do salonu, gdzie czekali na mnie państwo Scarpowie, patrząc na mnie z wyrzutem. Siedzieli obok siebie na kanapie, a signor zabrał głos.

– Alice, jest pani u nas od ponad trzech miesięcy i jesteśmy pewni, że byliśmy dla pani dobrymi gospodarzami, dając pani wystarczająco dużo swobody. Dlatego tym bardziej jesteśmy rozczarowani tym, co wydarzyło się dzisiejszej nocy.

Popatrzyłam na nich zdziwiona.

– A co się wydarzyło?

– Co się wydarzyło? – Scarpa gwizdnął cicho przez zęby. – Nie wróciła pani do domu!

– Mam dwadzieścia cztery lata. Myślę, że nie muszę się usprawiedliwiać z tego, że raz mnie nie było.

– Ale nie podczas wieczoru, kiedy powinna pani właściwie pracować!

– Słucham? Przecież powiedział pan, że zostaną państwo na kolacji u Branców.

– Mówiłem, że nie musi się pani spieszyć z powrotem, ale nie, że ma pani w ogóle nie wracać do domu. Wróciliśmy o dziewiątej i w zasadzie chcieliśmy potem jeszcze wybrać się z Brancami na przyjęcie. Kiedy jednak przyszliśmy do domu, żeby zostawić z panią chłopców, nie było pani, i nawet nie miała pani ze sobą telefonu. Tylko lukarna była otwarta.

– Musieliśmy zostać w domu! – signora Scarpa była bliska łez. – To niedopuszczalne.

– A jeszcze gorsze… – signor wstał i podszedł od mnie – jeszcze gorsze jest to, iż obawiam się, że znowu była pani u tego Manina. Miałem nadzieję, że wreszcie nabrała pani rozumu. Czy pani się nie wstydzi?

– Czego?

– Że znowu jest pani z tym facetem, z tym… kaleką.

Na krótką chwilę mnie zatkało, ale potem wygarnęłam im to, co już od dawna chciałam im powiedzieć.

– Tobia Manin jest osobą niewidomą, ale nie jest emocjonalnym kaleką, tak jak pan i pańska żona. Ma uczucia, kocha i jest człowiekiem. Pan natomiast otacza się wyłącznie ludźmi, którzy są dla pana użyteczni. Robi pan tylko to, co przynosi panu korzyści. Dzieci ma pan chyba tylko dlatego, że należy to do dobrego tonu. A opiekunka niech się nimi zajmuje!

Signor Scarpa patrzył na mnie nieruchomo, po czym zabrał głos, kręcąc głową:

– Tak myślałem, że po pani skandalicznym zachowaniu dzisiaj w nocy nasza dalsza współpraca nie jest możliwa, a pani słowa potwierdzają moją opinię. Po tym, co się stało, nie ma możliwości dalszego zatrudnienia pani w naszym domu. Postanowiliśmy więc jeszcze dzisiaj zwolnić panią z pracy.

Patrzyłam na niego wytrącona z równowagi, podczas gdy signora dorzuciła podniesionym głosem:

– Jesteśmy zaproszeni na pierwszą na obiad i chcemy, żeby do tego czasu spakowała pani swoje rzeczy i zwróciłam nam klucz. A ponieważ pani nieusprawiedliwiona nieobecność jest wystarczającym powodem do bezterminowego zwolnienia, wypłacimy pani wynagrodzenie jedynie za ten tydzień.

Jeszcze nigdy nie widziałam Scarpów w takiej harmonii. Kiedy ona mówiła, on wyjął z kieszeni osiemdziesiąt pięć euro, które musiał mieć przygotowane wcześniej.

– A co będzie z Giorgiem i Frederikiem?

Ze współczuciem pomyślałam o chłopcach.

– To już nie powinno pani interesować, ale z przyjemnością pani powiem, że sami też sobie dobrze poradzimy. Najbliższe tygodnie chłopcy spędzą w Jesolo razem z synem signory Branca i ich niezawodną opiekunką. Signora Branca była uprzejma złożyć nam tę propozycję po tym, jak usłyszała, jakie mamy z panią problemy. Przed chwilą odebrała chłopców.

Było mi nieskończenie przykro, że nie mogę pożegnać się z dziećmi. W ciągu tych wszystkich tygodni, kiedy ich rodzice traktowali mnie jak powietrze, Giorgio i Frederico byli jedynymi partnerami do rozmowy i jedyną moją radością. Będzie mi ich brakowało.

Przynajmniej dowiedziałam się wreszcie, czyimi perfumami przesiąknięte były marynarki signora Scarpy. Dzisiaj rano była tutaj signora Branca. I to właśnie tym intensywnym, orientalnym zapachem jaśminu, którego nie potrafiłam zidentyfikować, przesiąknięte było każde włókno ubrań mojego gospodarza, kiedy wracał ze swoich wieczornych spotkań. Wprost nie do wiary, że signora Scarpa nie zorientowała się, że signora Branca jest kochanką jej męża.

Oszołomiona chwyciłam pieniądze z jego ręki, popatrzyłam na nie i położyłam na stole, po czym wyszłam bez słowa. Nigdy w życiu nie przyjęłabym czegoś, co wiązałoby się z taką obrazą.

W pokoju usiadłam na łóżku i zadzwoniłam do Tobii.

– Pamiętasz mnie jeszcze?

– Jesteś tą gorącą blondynką, którą niedawno wiozłem do Mediolanu moim porsche.

Pierwszy raz pozwolił sobie na odrobinę ironii.

– Czy mogę jednak skorzystać z twojej propozycji, którą złożyłeś mi dzisiaj rano?

– Co się stało?

– Scarpowie mnie zwolnili. Mam się jak najszybciej spakować.

– To fantastycznie. Ile czasu ci to zajmie?

– Godzinę.

– To za długo. Będę u ciebie za pół.

Moja przeprowadzka do Tobii odbyła się szybko. Tobia poprosił swojego lokaja, żeby przyprowadził go do mnie i przeniósł mój bagaż do *palazzo*. Był to ten sam lokaj, który wtedy, wieki temu, potraktował mnie tak nieuprzejmie i który teraz przedstawił mi się jako Flavio. Scarpowie byli zdziwieni, widząc, że do ich mieszkania we własnej osobie zawitał Tobia Manin, ale szybko zaciągnęłam go schodami do mojego pokoju.

Kiedy Flavio zabrał już moje walizki i wyruszył z nimi do *palazzo*, zostaliśmy nagle sami.

– Zatem to już koniec twojej roli jako *au pair*. Nie jest ci smutno? – spytał Tobia.

– Nie, ale jestem wdzięczna, że mogłam tu mieszkać. Gdyby nie ten pokój z altaną, prawdopodobnie nigdy bym cię nie poznała.

Wyciągnął do mnie rękę i wolnym krokiem wyszliśmy przez niskie drzwiczki. Stojąc na balkonie, czuliśmy powiew wiatru. W oddali słychać było skrzeczenie mew.

– A więc z tego miejsca mi się przyglądałaś?

Wolną ręką przesuwał po balustradzie balkonu.

– Co też ci przyszło do głowy, żeby zakochać się w takim facecie jak ja?

– Pomyślałam sobie, że znalazłam swojego księcia.

Objęłam go łagodnie ramieniem i on też przytulił się do mnie. W jego głosie pobrzmiewała jednak melancholia, kiedy mówił do mnie w zamyśleniu.

– Czy w prawdziwej bajce nie powinno być tak, że to książę ratuje swoją księżniczkę, która nie musi wspinać się po dachach, żeby wybudzić swojego księcia ze snu śpiącej królewny? Przykro mi, że nie jestem już tym, kim kiedyś byłem, i że nigdy już nie dokonam takich bohaterskich czynów.

Nie zdążyłam jednak zaprotestować, ponieważ nagle rozległ się piskliwy wrzask.

– Alice!

Zrozumiałam, że Scarpowie chcieli się nas wreszcie pozbyć ze swojego domu.

– Chyba musimy już iść.

Powoli wprowadziłam Tobię z powrotem do pokoju. Rozłożył swoją laskę, żeby ostrożnie zejść po stromych schodach. Mnie pozostało już tylko zabrać plecak i ostatni raz rzucić okiem na pokój.

Kiedy zeszłam po schodach, zauważyłam, że Tobia wyszedł już z mieszkania. Drzwi wejściowe były otwarte. Scarpowie siedzieli w salonie i czekali na mnie w napięciu.

— Proszę, tu jest klucz — powiedziałam, kładąc go na stole. — Przykro mi, że to się tak musiało skończyć. Proszę pozdrowić ode mnie Giorgia i Frederica.
— Wyjeżdża pani z Wenecji?
— Nie. Najpierw zamieszkam u signora Manina — obwieściłam, a widząc, że signor Scarpa zamierzał właśnie coś powiedzieć, dodałam szybko — pan wybaczy, signor, ale wydaje mi się, że w tej sprawie ani pan, ani ja nie mamy już sobie nic więcej do powiedzenia.

Po tych słowach obróciłam się w stronę drzwi i już na zawsze wyszłam z ich apartamentu.

Tobia czekał na mnie przed wejściem. Mimo słonecznych dni czułam, że przeszywa mnie zimny dreszcz.

Kiedy weszliśmy do *palazzo*, rozdrażniony Stefano powitał nas już w holu wejściowym.

— Stefano, wróciłeś z Padwy? — zdziwił się Tobia, wyciągając do niego przyjaźnie rękę.

Stefano jednak nie przywitał się z nim, tylko cofnął o krok. Popatrzył z lekceważeniem na brata.

— A jednak zeszły się obydwa gołąbeczki! — rzucił wzgardliwie.

W jego głosie pobrzmiewał sarkazm. Jeszcze nigdy nie widziałam go tak wściekłego. Po jego spiętej postawie, rozbieganych oczach i niespokojnych rękach, którymi bez przerwy targał sobie włosy, widać było, jak bardzo niecierpliwie na nas czekał.

— Stefano, świetnie, że już wróciłeś. Pewnie jesteś zdziwiony, że Alice znowu tu jest, ale…

— Lokaj już mi powiedział! — wpadł mu w słowo Stefano. — Jak mogłeś tak się dać omotać, dzieciaku! Myślisz naprawdę, że jej chodzi o twoje dobro? W głowie się nie mieści — pięć minut razem, a ona już się tu wprowadza!

— Stefano, pozwól, że ci wyjaśnię!

Zauważyłam, że znów przyjął poddańczą postawę względem brata. Zebrałam w sobie siły, gdyż nie był to akurat odpowiedni moment na taką dyskusję.

– Proszę, pozwól nam chociaż najpierw wejść na górę – starałam się, żeby mój głos brzmiał pojednawczo, jednak Stefano obrzucił mnie tylko nienawistnym spojrzeniem i odsunął na bok, kierując się w stronę wyjścia.

– Najpierw to ja muszę zaczerpnąć świeżego powietrza.

Wyszedł z *palazzo*, trzaskając drzwiami. Tobia sprawiał wrażenie, jakby spodziewał się, że Stefano tak się zachowa. Kiedy podszedł do mnie, jego głos brzmiał nadspodziewanie spokojnie.

– Na pewno się uspokoi, kiedy zobaczy, jak bardzo jesteśmy ze sobą szczęśliwi. On tylko martwi się o mnie. A teraz – klasnął w dłonie – chodźmy coś zjeść, żeby nie umrzeć z głodu. Moja gospodyni, Auda, jest chwilowo u swojej siostry w Vincenzie, a ja zupełnie nie wiem, co mamy w domu. Ale pewnie nie miałabyś nic przeciw, gdybyśmy wyskoczyli do *bacari* za rogiem?

Spojrzałam na niego zdziwiona. Z przerażeniem przypomniałam sobie nasze ostatnie przeżycie w tym barze, kiedy nie przełknął nawet kęsa.

– Na pewno nie będzie ci przeszkadzało, jeśli ludzie będą się na ciebie gapili? – spytałam ostrożnie.

Przechylił lekko głowę.

– Jeśli będziesz przy mnie, to nie.

Kiedy weszliśmy do środka, ze zdumieniem zobaczyłam, że Tobia całkowicie zignorował milczące spojrzenia, którymi nagle obrzucili go pozostali goście tego niewielkiego lokalu. Spokojnie podążył za mną do wolnego stolika, usiadł naprzeciw mnie bez cienia napięcia i skoncentrował się na rozmowie. Chyba jeszcze nigdy nie rozmawiało nam się tak swobodnie.

Kiedy w końcu przyszła pora na deser, nie mogłam się już dłużej powstrzymać i musiałam zadać mu pytanie, które już od dłuższego czasu nie dawało mi spokoju.

– Jak to się dzieje, że jesteś dzisiaj taki spokojny w otoczeniu tylu ludzi? Wtedy też byłam z tobą i w niczym to nie pomogło.

Tobia zrobił zamyśloną minę.

– Zanim cię dzisiaj tutaj zaprosiłem, sam zadawałem sobie to samo pytanie, ale dziwnym trafem byłem zupełnie spokojny, bo nagle wyraźnie poczułem, że stałem się kimś innym. Byłem pewien, że nie będą mi już więcej przeszkadzały czyjeś spojrzenia i nie będę miał poczucia, że jestem człowiekiem słabym.

Sięgnął po kieliszek amarone, który zaczął delikatnie obracać palcami.

– Muszę ci coś wyznać – powiedział, wyprostowując się wolno. – To, co opowiedziałem ci wtedy na Torcello o moich uczuciach, nie było do końca zgodne z prawdą. Powiedziałem ci wtedy, że wycofałem się z życia, ponieważ irytowały mnie współczucie i okazywanie chęci niesienia pomocy. To jednak nie był prawdziwy powód.

– To jaki był ten prawdziwy?

– Nie chodziło wcale o reakcje innych, tylko o moją słabość! – Zawahał się, jakby chciał przez chwilę poddać się działaniu własnych słów. – To fakt, że przestałem mieć wszystko pod swoją kontrolą, a świadomość, że jestem zdany na pomoc innych, doprowadzała mnie wręcz do szału. I właśnie tego uczucia nie mogłem znieść.

Zagryzł wargi i zamilkł na chwilę.

– Ale już wtedy, kiedy jeszcze widziałem, było mi trudno znosić uczucia swoje i innych. Możliwe, że to wczesna śmierć rodziców spowodowała moje wewnętrzne otępienie, choć może już zawsze taki byłem, jednak odkąd pamiętam, uczucia i świadomość bycia zależnym zawsze były mi dziwnie obce i irytujące. – Po twarzy Tobii przemknął drwiący uśmieszek. – Nigdy wcześniej nie podjąłem żadnego działania, nie zastanawiając się, jakie będą jego konsekwencje. Moje decyzje, postępowanie i myślenie były czysto racjonalne. Myślałem, że mam kontrolę nad swoim życiem i nigdy nie będę na nikogo skazany – wyznał, kręcąc głową. – Jaki ja byłem wtedy głupi! A dzisiaj uświadomiłaś mi to jaśniej niż kiedykolwiek przedtem – dodał, marszcząc czoło. – Powiedziałaś kiedyś, że tym, co sprowadza nas na złą drogę, jest często logika, ponieważ staramy się rozumieć i analizować rzeczywistość, mogąc ją często widzieć jedynie z własnej perspektywy. A to prowadzi nas do wyciągania fałszywych wniosków, które wydają nam się jednak logiczne, i tym samym słuszne.

Ucieszyłam się, dowiedziawszy, że Tobia tak dokładnie wsłuchiwał się w to, co mówię.

– Mój świat stanowiło to, co realne, mierzalne i dające się kontrolować. Zero-jedynkowy świat komputerów i logiki. Świat, w którym A pociąga za sobą B, a ja jestem w stanie przewidzieć, co wydarzy się jutro, gdyż jutro jest logiczną konsekwencją dzisiaj. Dla miłości, przeznaczenia, uczuć, a przede wszystkim zależności nie było miejsca w tym programie. Kiedy los odebrał mi wzrok, moja logika nie tylko zmusiła mnie do uświadomienia sobie, że być może to ja sam ściągnąłem na siebie takie konsekwencje, prowadząc pożałowania godny tryb życia. Nie, znacznie gorsze było to, że nagle stałem się bezbronny.

Przejechał dłonią po włosach w sposób, który wiele razy już widziałam, kiedy był skoncentrowany i sięgał do wspomnień.

– Stworzyłem sobie mały własny wszechświat, który był dla mnie możliwy do ogarnięcia i w którym za pieniądze mogłem sobie kupić poczucie, iż nadal mam wszystko pod kontrolą: niemal puste luksusowe restauracje, samotne *palazzo* w opustoszałym mieście i służących, którzy bez sprzeciwu wykonują swoje obowiązki. Jak zapewne sobie wyobrażasz, w takim świecie nie było miejsca na niebezpieczne przystanki *vaporetto*, lokale pełne ciekawskich ludzi, a przede wszystkim nie było w nim miejsca dla człowieka, nad którym nie miałbym kontroli. Byłaś zdecydowanie największym zagrożeniem dla mojego samooszustwa.

Zrobił się blady, a kiedy mówił dalej, jego twarz lekko drgała.

– Do czasu gdy poznałem ciebie, kobiety były dla mnie czymś, co mogłem zmieniać do woli. Albo same lgnęły do mnie jak rzep do psiego ogona, albo to ja uwodziłem je w bardzo krótkim czasie dzięki swoim pieniądzom. Nie zdarzyło się nigdy, żeby jakaś kobieta mnie zafascynowała albo wydała mi się zagadkowa, wzbudzając przez dłuższy czas moje zainteresowanie. Dlatego kiedy stwierdziłem, że rozbudziłaś we mnie ciekawość, próbowałem wywrzeć na tobie wrażenie za pomocą luksusu. To zaproszenie na bal, zapierająca dech suknia, życie w luksusie, wszystko to nie było tylko miłym gestem. Była to naturalnie – podkreślił to słowo – moja próba sprawowania nad tobą kontroli, chociaż wtedy nie przyznawałem się do tego przed sobą. Ale im lepiej cię znałem, tym lepiej widziałem, że ktoś, kto oddaje się marzeniom, kto potrafi zajrzeć za fasadę i szanuje siebie i innych, nie da się kupić, lecz za to potrafi mnie zaciekawić. Z przerażeniem uświadomiłem sobie, że pierwszy raz w życiu straciłem dla kogoś głowę. Pamiętasz, jak spytałaś mnie wtedy na balu, dlaczego ci przerwałem, kiedy mówiłaś o pustce Giuliema i jemu podobnych, i nie chciałem ci powiedzieć dlaczego?

– Oczywiście, że pamiętam. – Nigdy w życiu nie zapomnę ani jednej sekundy z tamtego wieczoru.

– Tak myślałem. Dlatego dzisiaj ci odpowiem. Nie powiedziałem ci dlatego, że w ten sposób odkryłbym przed tobą swoje wnętrze. Ja też byłem jednym z nich, człowiekiem, który już wszystko posiadł i myślał, że jest panem tego świata. Nie wyobrażasz sobie, jakie to było dla mnie straszne: najpierw stracić wzrok, a potem, gdy już spotkałem ciebie, zrezygnować z kontroli nad swoimi uczuciami i podążyć za tobą w twój świat, który jawił mi się jako nieznany i niebezpieczny. Im mocniej czułem, jaką nade mną masz władzę, tym bardziej traciłem złudzenia, a to mnie raniło i czyniło słabym. Stąd się właśnie wzięła moja niechęć w *bacari* i na San Giorgio. Nienawidziłem się za swoją niedoskonałość.

– A teraz?

– Teraz definitywnie pogrzebałaś moje złudzenia. Ponieważ już całkiem poważnie się przekonałem, że nie mogę dzierżyć władzy, stała się rzecz dziwna, gdyż okazało się, że wcale już tego nie pragnę.

– Nie pragniesz tego?

– Nie – pokręcił zdecydowanie głową. – Wreszcie zdobyłem się na to, żeby pokornie przyjąć swój los. Nie potrzebuję już przed nikim udawać kogoś, kim nie jestem, ani zgrywać twardziela, którym nie mogę już być – pochylił się bardziej w moją stronę. – Potrafię dzisiaj spokojnie tutaj siedzieć, gdyż jest mi zupełnie obojętne, co ludzie w tym lokalu albo gdziekolwiek indziej we mnie widzą. Nie staram się już interpretować ani analizować, gdyż wiem, że jestem dokładnie tym, kim zawsze powinienem być – wrażliwym, słabym i uczuciowym człowiekiem, ale również człowiekiem, który potrafi kochać i być kochanym. Czy to nie paradoks, że być może musiałem stracić wzrok, żeby naprawdę nauczyć się widzieć?

Cóż mogłam na to odpowiedzieć? To, co mówił, nie było smutne, a mimo to czułam, jak łzy spływają mi wolno po twarzy. Wyglądało na to, że Tobia się odnalazł, i z dumą uświadomiłam sobie, że byłam częścią tego procesu. Nie był zależny, jak pierwotnie sądził, od mojej miłości, lecz to jego miłość uświadomiła mu, kim naprawdę jest.

Pochyliłam się wolno w jego stronę i pocałowałam go łagodnie.

Rozdział 13

Kiedy na koniec poprosiliśmy o rachunek i jako ostatni goście opuściliśmy lokal, zauważyłam ze zdziwieniem, że w mieście panuje ożywiony zgiełk: mijały nas wesołe grupki nastolatków z wielkimi plecakami, rodziny w pośpiechu zmierzały w stronę kanałów, niosąc piknikowe kosze z jedzeniem, a małe towarowe wózki z łoskotem toczyły się po starym bruku. Dowożono nimi skrzynie z winem, kartony i koce. Łodzie udekorowane lampionami, girlandami z kwiatów i chorągiewkami podpływały kanałami, aby przyjąć na swoje pokłady grupki wenecjan i turystów oraz wszelkiego rodzaju żywność i napoje. Widziałam ogromne arbuzy, tace z przystawkami starannie owinięte celofanową folią, połówki całych parmezanów oraz pieczywo we wszelkich kształtach i kolorach.

– Czy dzisiaj jest jakiś festiwal? – spytałam zdziwiona Tobię. – W mieście są tłumy ludzi i wszędzie udekorowane łodzie.

Tobia wsłuchał się w odgłosy.

– Mamy teraz koniec lipca, jeśli się nie mylę?

– Tak.

– Więc jest to prawdopodobnie Festa del Redentore.

– A co to jest? Jeszcze nigdy nie słyszałam o tym święcie. O Regatta Storica i karnawale owszem, ale Redentore?

– Z tego co wiem, jest to stare święto nawiązujące do ustania epidemii dżumy. Wenecjanie obchodzą je w lipcu, ozdabiając łodzie, a towarzyszy temu muzyka, pokaz fajerwerków i pikniki urządzane na wodzie. Buduje się wtedy most pontonowy nad Canale della Giudecca łączący kościół Il Redentore z muzeum Punta della Dogana.

Rozejrzałam się. Ludzie rozkładali w łodziach koce piknikowe, wnosili na nie kartony wypełnione winem, a na jednym z długich barkasów zobaczyłam grupę ponad dwudziestu młodych ludzi instalujących głośniki i sprzęt muzyczny.

– To śmieszne, jak się widzi, czego tu ludzie nie poprzynosili. Wygląda na to, że powyciągali nawet najmniejsze łódki. Kobiety i dzieci obwieszają je lampionami i dekoracjami z kwiatów, a mężczyźni ładują na nie różne rzeczy – roześmiałam się. – Obok nas przepływa właśnie łódka, na której stłoczona jest sama młodzież. Przebrali się za gondolierów i mają na sobie hawajskie sznury z kwiatów.

Popatrzyłam na następną łódź, która właśnie odbiła od brzegu. Stłoczeni na niej byli hotelowi goście w eleganckich strojach wieczorowych.

– Chyba naprawdę nie ma tutaj nikogo, kto nie wybierałby się na ten pokaz fajerwerków. Właśnie mija nas para niezwykle eleganckich gości: smokingi, suknie z cekinami, szyfony. Jakoś nie wyobrażam sobie, że oni spędzą ten wieczór na małej łódce.

– Możliwe, że płyną do hotelu Danieli albo innego, z którego też można podziwiać fajerwerki.

– To pewnie musi być cudowne przeżycie, wziąć udział w Redentore. Szkoda, że nie mamy łodzi.

Ponownie przyjrzałam się krzątaninie na wodzie.

– Jest Fernandi!

Zauważyłam Giuliema na jednym z długich barkasów razem z około trzydziestoma innymi młodymi wenecjanami obojga płci, z których jeden piękniejszy był od drugiego. Kiedy na chwilę spojrzał w moją stronę, pomachałam do niego wesoło. Pokiwał do mnie również, jednak wydawał się całkowicie pochłonięty uruchomieniem sprzętu muzycznego na statku. Nagle, nieco za głośno, z płyty CD rozbrzmiała znana mi już aria z „Don Giovanniego". Rozśmieszona ścisnęłam dłoń Tobii, który tak samo zafascynowany przysłuchiwał się wesołemu zgiełkowi.

– Ten utwór mógłby być pewnie twoim wcześniejszym mottem: jak najwięcej kobiet na całym świecie.

Zauważyłam, że robią mu się dołki na policzkach.

– Tysiąca trzech kobiet to ja na pewno nie miałem. A już na pewno nie w samej Hiszpanii.

Przez chwilę patrzyłam na niego jeszcze szczęśliwa i rozbawiona, jednak przy okazji Hiszpanii znów przypomniało mi się moje straszliwe podejrzenie dotyczące Lerú i Stefano. Stefano zapewne czeka na nas w domu, a po ostatnim powitaniu było dla mnie jasne, że na pewno znowu coś knuje. Tobia i ja znajdowaliśmy się w niebezpieczeństwie. Nagle pojęłam, że nie powinnam już dłużej zwlekać z poinformowaniem go o mailu Eleny Arrudy i o zdjęciu. Tylko jak ja mam mu o tym powiedzieć? Tobia wyczuł, że mój nastrój uległ zmianie.

– Kiepsko się czujesz, Alice?

– Proszę, wróćmy już do *palazzo* – poprosiłam pogrążona w myślach.

– Oczywiście.

Widziałam, że Tobia zmartwił się o mnie, toteż nie pytając się już o nic więcej, ruszyliśmy w drogę powrotną, przeciskając się przez tłum.

– Chcesz się położyć?

Kiedy weszliśmy na pierwsze piętro Palazzo Segantin, przekonałam się, że nawet ten budynek przepełniony był gwarem i muzyką dochodzącą z Canal Grande. Pełna napięcia otworzyłam jedno z wielkich okien i wyszłam na balkon, podczas gdy Tobia przeprosił mnie na chwilę. Wstydziłam się swojego tchórzostwa, że do tej pory nie powiedziałam mu jeszcze prawdy. Nagle poczułam za sobą ruch. Myślałam, że to Tobia już wrócił. Kiedy jednak usłyszałam głos, wiedziałam, że jestem w błędzie.

– Wybacz mi, Alice.

Za mną stał Stefano.

– Dlaczego? – spytałam łamiącym się głosem. Starałam się niepostrzeżenie przedostać z powrotem do środka, jednak Stefano zastąpił mi drogę.

– Chciałbym przeprosić cię za moje wcześniejsze zachowanie – uśmiechnął się, wykrzywiając sztucznie twarz. – Wszystko potoczyło się tak szybko. Mam nadzieję, że wybaczysz mi moje *faux pas*, Alice.

Chwycił mnie za rękę i musiałam się przemóc, żeby mu jej nie wyrwać.

– Na pewno źle cię oceniłem. W ramach przeprosin chciałbym cię zaprosić na dziś wieczór na Redentore.

Spojrzałam na niego przerażona, mając zamiar kategorycznie odmówić, lecz w tej samej chwili podszedł do nas Tobia ze szklanką wody, którą mi wręczył.

– Świetny pomysł, Stefano! – zawołał promiennie. – Byłoby naprawdę szkoda przegapić takie święto. Będziesz mogła skupić swoje myśli na czymś innym. Widać, że ta sprawa ze Scarpami nie daje ci spokoju. Taka mała odskocznia na pewno dobrze ci się przysłuży...

Miałam nieprzepartą chęć, by zaprotestować, wręcz wykrzyczeć, że nigdy w życiu nie wsiądę do łodzi z tym człowiekiem, że się boję, lecz wiedziałam, jak wielką przykrość sprawiłabym Tobii takim sprzeciwem. Poza tym zupełnie nie miałam pomysłu na wymówkę, która mogłaby się Tobii wydać wiarygodna i zmienić jego nastawienie, nie wykładając przy tym bez ogródek całej prawdy w obecności Stefano. Czy powinnam się w tej sytuacji odważyć? Czy powinnam wreszcie powiedzieć Tobii, że jego brat znał człowieka, który do niego strzelał? Że prawdopodobnie to jego własny brat zlecił oddanie tego strzału? Już na samą myśl o tym moje usta zaczynały drżeć. Dlaczego jeszcze przed chwilą byłam taka zdecydowana, a teraz nagle ogarnia mnie strach, gdy tylko o tym pomyślę? Nagle pojęłam: to był strach o życie – nie mogłam ryzykować, że wystąpię sama z niewidomym Tobią przeciwko komuś takiemu jak Stefano, mężczyźnie, który już raz zlecił komuś morderstwo i po którym można się było spodziewać wszystkiego. Mógłby przecież wyciągnąć broń, mógłby wypchnąć Tobię przez okno i twierdzić, że to był wypadek. Nie, nie mogłam ryzykować. Tobia musi dowiedzieć się tego w cztery oczy, a potem zadzwonić na policję, jeśli zdecydujemy się donieść na Stefano. Jedyne, co teraz powinnam, to wykręcić się od tej przeklętej przejażdżki łodzią, nie wzbudzając przy tym nadmiernego zamieszania.

– Tobia, proszę, właściwie to nie mam w ogóle ochoty i naprawdę nie czuję się najlepiej.

Stefano odpowiedział za brata.

– Załatwiłem już łódź, bo pierwotnie miałem w planach popłynąć z kilkoma dziewczynami na pokaz sztucznych ogni, a stamtąd na imprezę na Lido połączoną z oglądaniem wschodu słońca. Ale ponieważ tak się dzisiaj kłócimy – powiedział, nadając swojemu głosowi zatroskany ton – spławiłem je specjalnie po to, żebyśmy mogli zrobić coś razem. Chcemy przecież się zaprzyjaźnić, czyż nie? – Położył mi rękę na ramieniu, po czym mówił dalej: – Powinniśmy jednak zaraz wyruszyć, jeśli chcemy załapać się jeszcze na jakieś dobre miejsce.

Mina Tobii wyrażała całą jego radość z faktu, że jego brat próbował się pojednać.

– Alice, zgódź się. Ja się tak cieszę, że wreszcie znowu możemy coś razem przedsięwziąć. Będzie wesoło i jest to dobra okazja do pożegnania się z Wenecją przed naszym wyjazdem do RPA.

– Tobia, ja naprawdę nie mam ochoty, proszę, nie zmuszaj mnie.

– Ale Alice...

Zamilkł, jednak swoją miną wyrażał brak zrozumienia, a kiedy jego brat zaprotestował słowami: "No widzisz, Alice po prostu nie chce, żebyśmy się w końcu zaprzyjaźnili!", po których skierował się do wyjścia, Tobia powstrzymał go.

– Skoro Alice najzwyczajniej nie ma ochoty przyjąć zaproszenia od mojego brata, w takim razie sam pójdę – oświadczył przekornie.

Zrozpaczona wbiłam w niego wzrok.

– Tobia!

– Przykro mi, Alice, ale nie mogę spokojnie patrzeć, jak Stefano się stara i próbuje być miły, podczas gdy ty stale go odtrącasz. Jeśli naprawdę mnie kochasz, to powinnaś mnie zrozumieć i się przemóc – powiedział, wyciągając do mnie serdecznie rękę. – Zrób to dla mnie.

Chaotyczne myśli pędziły mi po głowie jak oszalałe. Zastanawiałam się, co, jak i kiedy powiem Tobii. Niewiele było oczywistych faktów, na których opierałam moje decyzje, ale jedno wiedziałam na pewno. Nie wolno mi puścić Tobii samego na tę łódź. Znalazłby się w niebezpieczeństwie. Stefano musiał ratować swoją schedę, zanim ja stanę się dla niego zagrożeniem.

– Idę.

– Tak?

Tobia także wyglądał, jakby nie mógł uwierzyć w moją nagłą zmianę decyzji.

– Skoczę tylko po kurtkę. Zaczekasz, Stefano?

Mój głos brzmiał przymilnie, co często ma miejsce, kiedy się kłamie, jednak żaden z braci chyba niczego nie zauważył.

Tobia pocałował mnie lekko w policzek, po czym najszybciej, jak tylko mogłam, pognałam na trzecie piętro do pokoju Tobii, do którego lokaj wstawił mój bagaż. Tak naprawdę nie przyszłam tu wcale po swój kardigan, lecz po niewielki pojemnik z gazem pieprzowym, który kupiłam w Berlinie przed wyjazdem i który wcisnęłam teraz do małego plecaka razem z kurtką.

Uśmiechnęłam się, przechodząc obok wielkiego lustra w holu. Może nawet ta wycieczka będzie całkiem udana – fajerwerki w Bacino di Venezia z Tobią. Ile ja bym za to dała jeszcze dwa tygodnie temu.

Kiedy wróciłam na pierwsze piętro, okazało się, że Tobia i Stefano zeszli już na pomost przed *palazzo* na parterze. Dołączyłam do nich i zobaczyłam, że na wodzie czeka jedna z najbardziej szykownych motorówek, jakie w życiu widziałam. Ta jaskrawopomarańczowa łódź bez kabiny służyła pewnie do narciarstwa wodnego, znajdowały się w niej bowiem najróżniejsze liny i sprzęt do holowania. Teraz jednak całą ramę wraz z podpórkami zdobiły kolorowe lampiony i kilka girland z kwiatów.

– To mastercraft! – wyjaśnił z dumą Stefano. – Trzydzieści mil osiąga w niecałe pięć sekund.

Tobia zajął miejsce w fotelu i zaczął szykować się do odpłynięcia.

– Masz w ogóle patent na prowadzenie motorówek? – spytałam niepewnie.

Usiadłam obok Tobii. Przed nami i wokół nas przez Canal Grande płynęła niezliczona liczba różnych typów łódek rozmaitej wielkości, chcących dotrzeć do basenu Giudecca. W tym tłoku bezpieczne manewrowanie tak dużą łodzią na pewno nie będzie łatwe.

Widząc moje spojrzenie, Stefano popatrzył na mnie z pewnością siebie.

– Nie zapominaj, że przez trzy lata mieszkałem na Ibizie. Tam niejednego można się nauczyć.

Nie komentując jego słów, powiodłam wzrokiem po pokładzie, w którego przedniej części znajdowały się różnego typu skrzynie wypełnione lodem. Stefano pomyślał o wszystkim.

Zobaczyłam mrożonego arbuza, smukłe butelki z białym winem, także wystające z kostek lodu, oraz wiele puszek z colą i niskoprocentowymi napojami alkoholowymi. Przy burtach po obu stronach dostrzegłam miseczki z oliwkami, pokrojone bagietki, jak również plasterki salami i wszelkiego rodzaju kanapki *crostini* i *tramezzini*.
– Z głodu na pewno nie umrzemy.
Tobia, który zapewne wyczuł ich zapach, sięgnął po jedną z oliwek i przeciągnął się odprężony w swoim fotelu, podczas gdy Stefano, zajęty ciągle wyposażeniem łodzi, zażądał nagle:
– Dajcie mi wasze komórki.
Popatrzyłam na niego zdziwiona.
– Do czego ci nasze telefony?
Stefano wciągnął liny i łódź odłączyła się od pomostu. Opadł na ciężki skórzany fotel sternika i włączył silnik.
– Motorówka mocno kiwa i jeśli przypadkiem się zdarzy, że któreś z was wypadnie za burtę, lepiej będzie, jeśli przynajmniej komórkom nic się nie stanie i będzie można wezwać pomoc, prawda?
Oddałam telefon bez słowa, widząc, że Tobia natychmiast wręczył swój aparat bratu, chociaż trudno mi było uwierzyć, że w taki dzień jak ten będziemy rozpędzać się do szybkości, która naprawdę rozkołysze tę łódź. Z widoczną obojętnością Stefano wrzucił obie komórki do małego schowka na rękawiczki, a następnie zamknął go na klucz, który schował sobie do kieszeni na piersi.
Stefano wprawnie kierował motorówką, odbijając od przystani i płynąc dalej przez Canal Grande za mnóstwem innych łodzi, które wolno przemieszczały się w stronę Bacino della Giudecca przed wyspą San Giorgio Maggiore.
Obserwowałam scenerię wokół nas. Tobia wsłuchiwał się w moje słowa, kiedy opisywałam mu inne łodzie i ich pasażerów. Pierwszy raz od chwili, gdy go poznałam, sprawiał

wrażenie całkowicie zrelaksowanego, cieszył się, że Stefano i ja najwidoczniej odłożyliśmy na bok nasze animozje.

Z podziwem musiałam przyznać, że umiejętności Stefano w kierowaniu motorówką były naprawdę znakomite. Kiedy bez jakichkolwiek incydentów dopłynęliśmy do Bacino, z łatwością wyszukał dobre miejsce w sąsiedztwie jachtów, kutrów rybackich, joli oraz niezliczonych innych typów łodzi, skąd mogliśmy obserwować pokaz sztucznych ogni. Kiedy słońce zniżyło się nad horyzont i nadciągał zmierzch, zgromadzeni w łodziach ludzie zaczęli zapalać lampiony i świeczki używane zazwyczaj do podgrzewania herbaty.

Stefano wielkim nożem rozkroił arbuza, pryskając na nas jego słodkim sokiem. Śmiejąc się, wytarłam Tobii i sobie krople z twarzy. Siedzieliśmy, jedząc i pijąc, a kiedy w końcu zmęczeni opadliśmy na poduszki, Stefano bez słowa posprzątał talerzyki i serwetki. Zaczęłam nawet czuć do niego pewną sympatię – w końcu zorganizował dla nas naprawdę doskonały wieczór.

Zapadła noc i czekaliśmy na pierwszy blask sztucznych ogni. Podekscytowana złapałam Tobię za rękę.

– Zaczyna się!

Wysoko nad głowami zgromadzonych widzów rozpadał się obfity deszcz srebrnych iskier.

Ogniste rakiety wzbijały się w niebo w takim tempie, że nie nadążałam z ich opisem, bo już wzlatywały następne.

– Ciesz się nimi, Alice. Później możesz mi powiedzieć, co widziałaś.

Głos Tobii zdradzał niepokój.

– Czy coś się stało? – spytałam, zerkając na niego.

Pokręcił przecząco głową, ale czułam, że jego dłoń drży.

– Nic. Tylko... tylko te rakiety są tak blisko i...

– Przypominają mu o Malibu.

Stefano przez cały czas siedział za kierownicą. Dopiero teraz spostrzegłam, że nie patrzy na fajerwerki, tylko na Tobię. Nagle nie mogłam sobie wybaczyć, że nie pomyślałam, jak Tobia musi się czuć w czasie pokazu sztucznych ogni – zaklinowany na chybotliwej łodzi, nie mając możliwości ucieczki, przy tylu wzlatujących rakietach, które sprawiały wrażenie, jakby były wycelowane w niego. Stefano jednak miał to przeczucie i świadomie je uwzględnił.

Naraz pojęłam wreszcie, dlaczego Stefano, który razem z Lerú zaplanował śmierć Tobii, pragnąc przejąć po nim spadek, ostatecznie jednak go uratował. Chodziło mu o zemstę! Kiedy znalazł Tobię i uświadomił sobie, że nigdy nie wróci on już do dawnego zdrowia, zapragnął przyglądać się, jak ten jego odnoszący większe sukcesy, inteligentniejszy i przystojniejszy brat będzie szedł po tym strzale przez życie jako inwalida.

Poczułam, że po plecach przebiega mi dreszcz. Przeraziłam się, widząc przy sobie cierpiącego Tobię, który przycisnął dłonie do uszu, podczas gdy setki rakiet nadal wzbijały się w nocne niebo, eksplodując z hukiem. Nagle uświadomiłam sobie jedno – znajdowaliśmy się w prawdziwym niebezpieczeństwie. Stefano zadba o to, żebyśmy już nie wrócili.

– Stefano, chciałabym cię bardzo prosić, żebyś natychmiast odwiózł Tobię i mnie z powrotem do domu – odezwałam się, starając nadać swojemu głosowi jak najbardziej spokojny ton.

– Ale dlaczego? – Stefano wyglądał na zdziwionego. – Przez te wszystkie łodzie nie możemy się teraz wycofać. A zaraz na Lido zaczną się super imprezy. Naprawdę nie powinniśmy tego przepuścić. Wino, muzyka, a potem wschód słońca nad laguną! To przecież akurat coś dla takich zakochanych jak wy!

Wyczułam drwinę w jego głosie.

– Tobia potrzebuje teraz spokoju. Proszę, zawieź nas do domu – odparłam.

- Już mi jest znacznie lepiej.

Tobia próbował się pozbierać. Wszystko wskazywało na to, że nie wyczuł po naszych głosach, jakie napięcie panowało na pokładzie.

- Tobia, proszę zaufaj mi. Powinniśmy się zbierać.

Tobia nie przystał jednak na moją propozycję.

- Nie musimy wracać z mojego powodu. Ty przecież uwielbiasz taki romantyzm. Popłyńmy na plażę.

Rozejrzałam się, żeby zobaczyć, czy krzycząc, zwróciłabym uwagę jakiejś innej łodzi, i dopiero teraz zauważyłam, jak sprytnie Stefano wyszukał dla nas miejsce.

- Tobia, wiem na pewno, że Stefano coś knuje. Proszę cię, wysiądźmy jak najszybciej na ląd.

Usłyszałam, jak Stefano wybucha głośnym śmiechem.

- Masz bujną wyobraźnię, Alice. Ale proszę bardzo! Jak skończą się fajerwerki, to gdzieś cię wysadzę.

- Alice, co to w ogóle ma znaczyć? Opanuj się! - Tobia wybuchnął gniewem.

- Tobia, ty nie widziałeś Stefano. On ci już sprawił tyle cierpienia. Nie ufaj mu! Wyjdź razem ze mną z tej łodzi. Boję się o ciebie.

- Stefano jest moim bratem. Proszę, nie mów o nim takich rzeczy.

W oczach Stefano dostrzegłam błysk triumfu. Mówienie czegokolwiek więcej przed wyjściem na brzeg nie miało sensu. Jedyna szansa polegała na tym, żeby nakłonić Stefano do dopłynięcia do brzegu i wtedy porwać Tobię ze sobą – albo siłą, albo pozorując zasłabnięcie. Choćby nie wiem co, musi ze mną pójść.

Pokaz fajerwerków trwał już prawie pół godziny. Nie mogłam się doczekać, kiedy się wreszcie skończą. Toteż gdy ustał huk ostatnich rakiet, brawa oraz hałaśliwy koncert klaksonów, odczułam wielką ulgę. Łodzie zaczęły ruszać z miejsc.

Stefano włączył silnik i razem z innymi przepłynęliśmy przed kościołem Il Redentore. Wyspa Giudecca znajdowała się tuż przede mną.

– Stefano, proszę wysadź mnie na Giudecca. Wrócę po moście pontonowym.

Nie spojrzał na mnie, tylko płynął dalej. Serce zaczęło mi bić jak oszalałe. Było jasne, że nie miał zamiaru mnie wysadzić.

– Stefano, proszę! Zatrzymaj się przy brzegu!

Starałam się krzyczeć do niego jak najgłośniej, tak by pasażerowie łodzi płynących obok nas mogli mnie słyszeć, lecz muzyka z ich głośników znów była podkręcona głośno, a ja uświadomiłam sobie nagle z przerażeniem, że nikt nie zwróci na mnie uwagi. W szybkim tempie zbliżaliśmy się do otwartej laguny.

– Dokąd płyniemy? – wykrzyknęłam z paniką w głosie.

Stefano nie odpowiedział, a Tobia także wydawał się zaniepokojony.

– Stefano, proszę pozwól wysiąść Alice. Wiem, że cię uraziła, ale bądź wyrozumiały.

Nadal nie odpowiadał, więc uznałam, że nie mam już nic do stracenia. Mijaliśmy właśnie opustoszałą wyspę i Stefano musiał nieco zwolnić. Postanowiłam, że spróbuję obezwładnić go gazem pieprzowym i dorwę się do kierownicy. Ostrożnie wyjęłam pojemnik z plecaka i odłożyłam go za siedzenie. Następnie zsunęłam się z fotela przy Tobii, mając zamiar podejść do Stefano od tyłu. Ten jednak musiał widzieć mnie w lusterku, gdyż ledwo do niego podeszłam, zamierzając użyć gazu, obrócił się gwałtownie i powalił uderzeniem pięści. Przewróciłam się do tyłu, uderzając głową o pokład, a mój gaz szerokim łukiem przeleciał przez burtę i z odgłosem plaśnięcia wpadł do wody.

– Siadaj! Zaraz będziemy na miejscu – głos Stefano brzmiał ostro.

– Stefano? Co tu się dzieje? – spytał Tobia zdezorientowany, podczas gdy ja powoli wstawałam.

– Co tu się dzieje, Tobia? – powtórzył Stefano, przedrzeźniając brata. – Kończę właśnie coś, co rozpocząłem dawno temu.
– Co przez to rozumiesz? – spytał Tobia.
– Ta twoja mała niestety nie jest aż tak głupia, jak myślałem. Tak, braciszku, może w to nie wierzyłeś, ale ona ma rację: to ja sprawiłem, że jesteś kaleką! – Wykrzywił twarz w triumfalnym uśmiechu. – Jakże wielką miałem ochotę powiedzieć ci to już w ciągu tych wszystkich lat, przy każdym twoim potknięciu, kiedy leżałeś na podłodze albo kiedy po omacku musiałeś szukać głupich drzwi. Jak ja ci to chciałem powiedzieć, że to ja odebrałem ci wszystko, twój brat nieudacznik, który nigdy nie dostał takiej szansy, jaka przypadła wspaniałemu Tobii. Nie wyobrażasz sobie, jaką przy tym czuję radość, że wreszcie mogę ci to powiedzieć, że ja też na swój sposób jestem genialny.

W świetle lampionów, które kołysały się niebezpiecznie od powiewu, zobaczyłam, że twarz Tobii przybrała barwę popiołu.

– Wtedy los mnie skrzywdził. Byłem starszy. To ja powinienem trafić do naszego stryja, ale zamiast tego tobie pozwolili pierwszemu wyciągnąć los: grzecznemu, niewinnemu Tobiaszkowi. Ja nie miałem wyboru. Kim ja dzisiaj mógłbym być, gdybym dostał twoją szansę? Nie było dnia w ciągu tych wszystkich lat, w którym nie zadawałbym sobie tego pytania. Wiedziałem jednak, że przyjdzie czas, kiedy będziesz musiał wyrównać rachunek.

– Sprowadziłem cię do Ameryki – łamiący się głos Tobii był ledwo dosłyszalny.

– Tak – Stefano roześmiał się szyderczo – byłem twoim cieniem i musiałem wyczytywać ci z oczu każde życzenie. Byłem kompletnie od ciebie zależny, a ty w każdej minucie dawałeś mi to odczuć. Ty byłeś tym, którego zawsze wybierały kobiety, a od czasu, kiedy zostałem twoim wspólnikiem, żaden inwestor ani razu nie chciał ze mną rozmawiać. Genialny Tobia był przecież znacznie ciekawszy, a w firmie wszyscy myśleli, że jestem tylko twoim asystentem albo pachołkiem. Zawsze ty sprawowałeś nad wszystkim kontrolę.

– A potem uczyniłem cię moim spadkobiercą.

– I tym samym podpisałeś na siebie wyrok. Oczywiście musiałem trochę poczekać, bo inaczej zbyt mocno rzucałoby się to w oczy. Ale mogę ci przysiąc, że te miesiące były dla mnie najgorsze – wiedzieć, że się będzie mieć wszystko, ale jeszcze nie móc po to sięgnąć.

– Ale wtedy zacząłeś już korzystać!

Zamknęłam oczy z powodu bólu, który czułam również ja, myśląc o Tobii i o tym, co musiał czuć w tym momencie.

– Tak – oczy Stefano jaśniały pełnią triumfu – jeszcze nie miałem wtedy dopracowanego planu, żeby cię wysłać na tamten świat i samemu nie pójść za to do paki. Właściwie to myślałem o wypadku samochodowym, aż tu nagle któregoś dnia jestem sobie na molo w Santa Monica i spotykam starego kumpla Lerú. Znaliśmy się z pracy na Ibizie – próbował swoich sił jako dziennikarz, a ja podrzucałem mu również trochę zleceń z biura maklerskiego, w którym pracowałem, ale był tak beznadziejny, że nasza współpraca trwała tylko kilka miesięcy. Po tym, jak go zaprosiłem na drinka, wiedziałem od razu, że Lerú to facet niemal idealny: nie było chyba syfu, w którym nie zdążyłby się jeszcze pogrążyć, był spłukany, a najlepsze było to, że mi ufał.

Mijając Lido, Stefano wziął ostry zakręt. Zobaczyłam, że dopłynęliśmy do końca laguny – nie było już prawie żadnych wysp ani świateł.

– Miałem tylko kilka dni, żeby to wszystko zorganizować, ale poszło jak z płatka. Ponieważ nigdy wcześniej czegoś takiego jeszcze nie robił, żeby łatwiej mu się było przemóc, powiedziałem, jak bardzo przez ciebie cierpię. Potem jeszcze naopowiadałem mu, jakie życie jestem w stanie mu zapewnić, kiedy wreszcie uda mi się ciebie pozbyć. Wszystko poszło całkiem łatwo. Postarał się o broń, z którą przyjechał do Malibu i zaczekał pod schodami, aż wyjdę z domu, dając mu znak. Poszedłem potem do kuchni po nasz pistolet, a kiedy usłyszałem strzał, wiedziałem, że zrobił swoje i że jeszcze tylko jego muszę sprzątnąć.

Zmierzył mnie lodowatym spojrzeniem.

– Głupiec myślał, że będzie mógł sobie zabrać te wszystkie cenne przedmioty i że mu jeszcze zapłacę wielką sumę za twoją śmierć. To jednak byłoby zbyt duże ryzyko, w razie gdyby dorwała go policja, a poza tym mógłby mnie szantażować. Musiałem go zlikwidować. Stał wtedy przede mną i chyba nawet czekał na jakieś słowa pochwały, kiedy go zastrzeliłem. Rzadko miałem okazję widzieć u kogoś taką zdziwioną minę, jak u niego, gdy zobaczył mnie z wycelowaną w siebie bronią.

Tobia siedział zapadnięty w sobie. Nawet jego nieruchome oczy wyglądały, jakby były otępiałe z bólu.

– Potem wszedłem na górę do twojej sypialni. Nawet nie wyobrażasz sobie, jaki byłem przerażony w pierwszej chwili, kiedy zobaczyłem, że chociaż masz dziurę w głowie, to jednak ciągle oddychasz. Przez krótką chwilę pomyślałem nawet o tym, żeby cię dobić strzałem, jednak uświadomiłem sobie, że kompletnie zniweczyłbym swoje plany, gdyż dałoby się ustalić, że to ja strzelałem. Przypomniały mi się wtedy statystyki, które krótko przedtem widziałem w telewizji – w ponad dziewięćdziesięciu procentach przypadków postrzelenia w głowę oznaczają śmierć albo poważne i długotrwałe urazy. Jeśli miałbyś przeżyć, to na zawsze byłbyś kaleką – a to być może było nawet lepsze niż twoja śmierć, w której przypadku fakt, że miałbym zostać twoim jedynym spadkobiercą, mógłby pociągnąć za sobą zbyt drobiazgowe dochodzenie policji – zamilkł, by po chwili ciągnąć dalej z udawanym współczuciem: – Jeśli jednak bym cię uratował, wszyscy patrzyliby na mnie jak na bohatera. Wezwałem więc pogotowie i udzieliłem ci nawet pierwszej pomocy – pochylił się w stronę brata, żeby jeszcze bardziej podkreślić swoje słowa. – Nie potrafię ci opisać, jaki byłem szczęśliwy, kiedy lekarze powiedzieli mi, że będziesz zupełnie ślepy. Mój brat supermen, któremu wszystko zawsze spadało z nieba, który był piękniejszy i bystrzejszy niż ja i którego wszyscy kochali, stał się bezbronnym kaleką, całkowicie ode mnie zależnym i oddanym. Lepiej chyba mieć nie mogłem – pełnia władzy, forsy tyle, ile chciałem, i do tego jeszcze triumf nad tobą. Jedyne, co przyszło mi z trudem, to rola troskliwego braciszka, ale za to zawsze, kiedy miałem już dosyć tej całej opieki albo po prostu chciałem mieć ubaw, zwyczajnie przestawiałem jakiś mebel albo przekładałem coś na inne miejsce, i miałem wtedy królewską uciechę, że mój genialny brat potyka się o krzesło albo przez cały dzień nie może znaleźć swojego komputera – powiedział, a uśmiech zniknął z jego twarzy. – Jeśli chodzi o mnie, to w tej sytuacji niczego nie trzeba było zmieniać, a ty żyłbyś nadal. Tylko że potem zjawiła się Alice. Nie dała mi innej szansy, więc pozostaje mi już tylko dokończyć mojego dzieła.

– Chcesz mnie zabić?

Głos Tobii był spokojny. Byłam zaskoczona tym, jak bardzo nad sobą panował, słysząc to wszystko, do czego przyznał się jego brat.

– Błąd, braciszku. Nie chcę *cię* zabić. Ja chcę *was* zabić. Najpierw ją, potem ciebie. Tak samo jak chciałem wreszcie otruć tego głupiego kundla, żebyś był mniej mobilny i nie sprawiał mi kłopotów, sprowadzając jeszcze więcej lasek. To, jak wiemy, niestety się nie udało, ale teraz zresztą już nie jest konieczne. Jego pańcio i tak już niebawem dołączy do grona aniołków ze swoją wielką miłością.

– Pójdziesz za to do siedzieć.

– Naprawdę?

Zauważyłam, że Stefano zwolnił. Byliśmy na otwartym morzu. Nawet w oddali nie było widać punkcików światła.

– Wyskakujemy, Alice.

Spojrzałam na niego z niedowierzaniem. Naprawdę myślał, że sama wskoczę do wody?

– To twoja ostatnia szansa.

Dopiero teraz dostrzegłam nóż w jego ręce. Spojrzałam na Tobię. Czy wyczuwał niebezpieczeństwo?

– Nie możesz mnie zadźgać. To nie będzie wtedy wyglądało na wypadek. Odłóż nóż!

Stefano natychmiast zareagował na moją groźbę, uderzając mnie w twarz. Pod wpływem ciosu wypadłam za burtę. Przez chwilę byłam całkowicie zanurzona. Zimna woda ściskała mi płuca. Kiedy wypłynęłam na powierzchnię, plułam wodą. W ciemności zobaczyłam, że łódź znajduje się koło mnie. Stefano gwałtownie dodał gazu, tak że silnik aż zawył. Spodziewałam się, że łódź będzie się ode mnie oddalać, jednak z przerażeniem zobaczyłam, że zatoczywszy łuk, ruszyła z powrotem w moją stronę. Oślepiło mnie jaskrawe światło włączonych reflektorów. Wreszcie zrozumiałam – Stefano wcale nie chciał mnie tutaj zostawić, żebym utonęła. Chciał mnie przejechać. Nakładem wszystkich sił zanurzyłam się i skręciłam w miejsce, którego się nie spodziewał. Mogłam mieć tylko nadzieję, że nie widział moich ruchów. Czułam, jak motorówka pruje po wodzie kilka metrów ode mnie, wzniecając wysoką falę.

Kiedy ponownie wynurzyłam się na powierzchnię, zawołałam na całe gardło:

– Tobia! On próbuje mnie przejechać.

Nie byłam pewna, czy mnie słyszał. Stefano ponownie wziął zakręt. Znalazłam się w snopie światła i zobaczyłam, że łódź pędzi prosto na mnie. Ponownie zanurzyłam się, jednak tym razem zdecydowałam się zostać w tym samym miejscu. Wiedziałam, że nie dam rady powtórzyć tego wysiłku, a jedyne, co mogłam, to mieć nadzieję, że Stefano pomyśli, że znowu ucieknę na bok. Lecz tym razem nie poczułam podwodnego prądu, a kiedy po kilku sekundach wycieńczona wypłynęłam na powierzchnię, zobaczyłam, że łódź wyhamowała dziesięć metrów przede mną, kołysząc się niebezpiecznie na boki. Włączone przez cały czas reflektory świeciły mi prosto w oczy, przez co nie mogłam zobaczyć, co się dzieje na jej pokładzie.

Nagle usłyszałam krzyk bólu, który był tak potworny, że nie byłam w stanie poznać, czyj to był krzyk. Czyżby Tobia spróbował pokonać swojego brata w walce? Spróbowałam podpłynąć bliżej, ale po kilku machnięciach poczułam, jak bardzo jestem wyczerpana. Głos Tobii docierał do mnie jak przez mgłę.

– Alice, gdzie jesteś?

Czy była to pułapka Stefano? Czy zmusił Tobię do tego, żeby mnie zawołał? A może to naprawdę był Tobia i szukał mnie?

– Tobia! – zawołałam z całych sił, jakie mi jeszcze zostały.

Po chwili poczułam, że siły mnie opuszczają i że nie jestem już w stanie utrzymywać dłużej głowy nad powierzchnią. Było za późno. Coś ciągnęło mnie w dół na dno morza. Było aż dziwne, jaki niesamowity spokój ogarnął mnie w tym momencie. Poddałam się działaniu tej siły. Nie było już nadziei. Tobia nigdy mnie nie znajdzie, nawet jeśli pokonał Stefano. Nie zobaczy mnie.

Rozdział 14

Kiedy doszłam do siebie, znajdowałam się w łodzi i zobaczyłam nad sobą Tobię z grzywą czarnych, mokrych loków. Krople wody kapały mi na twarz, spływając po mnie, kiedy trzymał mnie mocno w ramionach, gładząc dłonią po czole.

– Co się...? – Na więcej nie starczyło mi sił.

Zobaczyłam uśmiech zaskoczenia na jego zatroskanej twarzy, kiedy usłyszał mój głos.

– Alice.

Wiele razy wykrzyczał moje imię w noc, jakby chciał powiedzieć morzu, że jeszcze żyję. Jego twarz zalewały łzy, mieszając się z kroplami wody.

– Alice, to cud, że żyjemy.

Obsypywał moje czoło pocałunkami, głaskał mnie bez przerwy po włosach, a na koniec, wyczerpany, położył swoją głowę na mojej, chcąc pobyć chwilę w ciszy.

– Tobia! Co się stało?

Pamiętałam niewyraźnie, że ktoś wypchnął mnie z łodzi. Tylko co się działo potem? Wydawało mi się, że Tobia nie może mi na to odpowiedzieć. Z wahaniem zamknęłam oczy. Lampiony nie świeciły i wyglądało również na to, że razem z silnikiem zgaszone były także reflektory motorówki. W bladym świetle księżyca nie mogłam prawie nic dostrzec, lecz w końcu mój wzrok padł na martwe ciało, które dziwnie powykręcane leżało niecałe dwa metry ode mnie między lodówkami.

– Stefano nie żyje?

– Wybacz mi, proszę. Nie powinienem był cię przekonywać do tej wycieczki. O mało nie przypłaciłaś tego życiem.
– Tobia. – Ścisnęłam mocniej jego dłoń. – Nie musisz mnie za nic przepraszać. Musiałabym się wtedy czuć tak samo winna, że już wcześniej ci nie powiedziałam, że Stefano znał Lerú z Ibizy.

Tobia się zdziwił, ściągając brwi.
– Wiedziałaś to już wcześniej?
– Odkryłam to powiązanie zupełnie przypadkowo, używając twojego programu, ale nie miałam dobrej okazji, żeby ci o tym powiedzieć.
– I tak bym ci nie uwierzył.

Pokręciłam z wysiłkiem głową.
– Grunt, że przeżyliśmy. Proszę, powiedz mi wreszcie, co się stało.

Twarz Tobii przybrała napięty wraz.
– Kiedy Stefano opowiadał, co zrobił, wpadłem w swoisty trans. Słuchałem już potem tego wszystkiego jakby z dystansu. Miałem wrażenie, że straciłem władzę nad swoim ciałem. Otaczał mnie jedynie mrok i ból. Nie jesteś w stanie sobie wyobrazić, co to dla mnie znaczyło, że jedyny człowiek, do którego miałem zaufanie przed tobą, mówi takie rzeczy. – Oczy Tobii znów napełniły się łzami. – Ale kiedy usłyszałem jeszcze na dobitkę, jak Stefano wrzuca cię do wody, wezbrała we mnie wściekłość. Wściekłość za to, co wyrządził mi przed laty, i za to, że chciał nas zabić. Czułem, że wracają mi siły i że wybudzam się z transu. – Wciągnął głęboko powietrze. – Zastanawiałem się gorączkowo, w jaki sposób mogę go pokonać, biorąc pod uwagę moje uwarunkowania. Przypomniałem sobie, że wspomniałaś o nożu w jego ręce. Usłyszałem, że wpadasz do wody, a Stefano zapuszcza łódź. Szykowałem się już, żeby zaskoczyć go od tyłu, kiedy nagle wziął zakręt, a ja z przerażeniem uświadomiłem sobie, że zamierza cię przejechać. Rzuciłem się więc na niego trochę przedwcześnie, mając nadzieję, że nie zdąży cię potrącić. Ale nawet przy całej mojej sile nie

byłem w stanie pokrzyżować mu szyków. On wszystko widział, a ja nie, więc odepchnął mnie z powrotem.

Przełknął ślinę.

– Leżałem na rufie i byłem zrozpaczony, bo nie było nic, co mógłbym zrobić, żeby cię uratować, kiedy nagle poczułem pewien zapach.

Usiadłam i popatrzyłam na niego zdziwiona.

– Zapach?

Po twarzy Tobii przemknął cień uśmiechu.

– Butelka wybielacza może zdziałać cuda.

Dopiero teraz zwróciłam uwagę na butelkę po środku czyszczącym, która turlała się po pokładzie, i od razu wiedziałam, w jaki sposób Tobia dzięki tej butelce sprawił, że walka, którą między sobą stoczyli, była walką między równymi.

– Jego oczy...

– Przynajmniej przez krótką chwilę poczuł, jak to jest być ślepym.

Po plecach przebiegł mi dreszcz. Oczami wyobraźni widziałam tę scenę, jakby rozgrywała się teraz przede mną. Scenę, w której obaj bracia toczą z sobą nierówną walkę na śmierć i życie. Teraz zrozumiałam, skąd pochodził wrzask, który słyszałam, będąc w wodzie.

– Prysnąłeś mu wybielaczem w oczy?

Skinął potakująco głową bez cienia skruchy.

– Tylko skąd miałeś butelkę?

– Leżała pod siedzeniami, prawdopodobnie sprzątaczka o niej zapomniała, ale jak wiesz, nos niewidomego jest nie do przecenienia. – Uśmiechnął się krzywo. – Kiedy Stefano zmagał się ze swoim bólem, znalazłem po omacku nóż do arbuza, który wypadł mu z ręki, kiedy cię uderzył. Właściwie to chciałem go tylko przytrzymać w szachu – i tak był już tylko skamlącym nieszczęściem. Wtedy jednak zerwał się nagle, a kiedy próbował się na mnie rzucić, nadział się na nóż.

Ścisnęłam czule jego dłoń.
- Kiedy Stefano był już unieszkodliwiony, próbowałem cię znaleźć. Ogarnęła mnie panika. Przeraziłem się, że zdążył cię rozjechać.
- Jak mnie znalazłeś?
- Po tym, jak ostatni raz mnie zawołałaś, wiedziałem, gdzie mniej więcej możesz się znajdować. Najszybciej, jak tylko mogłem, przywiązałem linę do łodzi, a drugi jej koniec sobie do nogi, żebym mógł z powrotem trafić do motorówki.

Zagryzł wargi.
- Potem rzuciłem się do wody i było to nieprawdopodobne szczęście albo dar od Boga, albo cokolwiek innego, że ostatecznie szybko cię znalazłem i wciągnąłem do łodzi.

Uniósł twarz ku gwiazdom, a ja widziałam, jakiego nadludzkiego czynu dokonał. Jeszcze raz przycisnął mnie do siebie.
- I ty myślałeś, że nie będziesz nigdy moim księciem?

Przez chwilę tak siedzieliśmy, zupełnie spokojni i wdzięczni, że jeszcze żyjemy. W końcu uwolniłam się z jego uścisku.
- Musimy zawiadomić policję.
- Nie mamy telefonu.
- Poczekaj.

Wymknęłam się z jego objęć i podeszłam wolno do martwego Stefano. Obróciłam go ze wstrętem na wznak. Nóż do arbuza nadal tkwił głęboko w jego piersi.

Jak najszybciej sięgnęłam do jego kieszeni i wyciągnęłam z niej klucz. Następnie znowu odwróciłam jego ciało na brzuch, otworzyłam schowek i wyjęłam telefon, żeby zadzwonić na policję.

Carabinieri bardzo długo nie mogli nas znaleźć. Żadne z nas nie było w stanie określić, gdzie się znajdujemy. Pojedyncze wysepki, które widziałam w oddali, nie stanowiły żadnej wskazówki. Dlatego zaczekaliśmy, aż słońce wzejdzie nad horyzont, a wtedy w oddali pojawił się cień policyjnej motorówki.

Epilog

Byliśmy zmuszeni do pozostania w Wenecji do czasu, aż czyn Tobii zostanie uznany za obronę konieczną. Po raz pierwszy perspektywa wyjechania z tego miasta wydała mi się bardziej kusząca niż możliwość pozostania na miejscu. Tak wiele to miasto mi dało – nigdzie indziej nie byłoby mi dane poznać Tobii. Powoli jednak zaczęłam sobie uświadamiać, że nie potrzebuję już tej kulisy. Moje marzenia stały się rzeczywistością i było jeszcze tyle rzeczy, które chciałam zobaczyć i przeżyć razem z Tobią. Zrozumieliśmy, że Wenecja nagle stała się dla nas zbyt mała, żeby mogła zaspokoić nasz głód życia.

Na tyle, na ile to było możliwe, próbowaliśmy skrócić sobie czekanie: Tobia pierwszy raz od chwili utraty wzroku zaczął się znowu poważnie zajmować swoją firmą, uświadamiając sobie, ile szkód Stefano wyrządził także na tym polu. Ja zaś nawiązałam kontakt z Piattim, który zorganizował pierwszą rozmowę telefoniczną z moim ojcem.

Kiedy dygocząc z przejęcia sięgałam po telefon, żeby odebrać rozmowę, miałam dziwne poczucie, słysząc głos człowieka będącego moim najbliższym krewnym, a jednocześnie kimś zupełnie mi obcym. Po krótkim powitaniu milczeliśmy przez chwilę, która wydawała mi się wiecznością, a kiedy w końcu przemówił, przepraszając za te wszystkie stracone lata, jego głos był głosem schorowanego starca. Uświadomiłam sobie od razu, jak mało czasu mi pozostało, żeby go poznać.

W końcu nadeszła upragniona wiadomość, że pozwolono nam opuścić Włochy, toteż natychmiast spakowaliśmy kilka walizek i polecieliśmy do Kapsztadu.

Przez następne tygodnie każdą chwilę spędzałam z ojcem. Wbrew moim obawom nie próbował usprawiedliwiać się za to, że tak długo w ogóle się mną nie interesował, ale i tak nie miałam wątpliwości, że bardzo żałował swojego tchórzostwa. A mimo to w czasie tych wszystkich godzin, które ze sobą spędziliśmy, ani razu nie poprosił mnie o wybaczenie, a kiedy go spytałam, czy nie tego właśnie oczekiwał tak naprawdę krótko przed swoją śmiercią, by móc spokojnie umrzeć, zaprzeczył ku mojemu wielkiemu zdziwieniu. Nie obawiał się wcale, że będę go obwiniać za to, co zrobił. Powodem jego chęci zobaczenia się ze mną nie było wybaczenie, lecz nieskończony żal za stracone lata i zaprzepaszczone wspólne wspomnienia, których nigdy nie będziemy mieć, takie jak mój pierwszy uśmiech, gdy byłam małym dzieckiem, pierwsze próby na rowerze, pierwszy dzień w szkole i wszystkie wydarzenia, w których w tych latach nie brał udziału.

W czasie tych dni Tobia trzymał się na uboczu i jedynie podczas posiłków przebywał razem z nami. Godziny, w których mój ojciec chciał przebywać ze mną sam, spędzał na rozmowach z Pedrellim i swoim zespołem w San Francisco albo siedział na werandzie w willi mojego ojca, wsłuchując się w odgłosy zwierząt dochodzące z pobliskiego parku narodowego.

Kiedy jednak przychodziłam potem do niego wyczerpana rozmowami, brał mnie mocno w ramiona. W takich chwilach przypominałam sobie od nowa, jak rzadko spotyka się tę więź, która istnieje między nami, że potrafimy rozumieć się bez spojrzeń, a często nawet bez słów.

I tak oto staliśmy z Tobią przy łożu śmierci mojego ojca, trzymając go za ręce i przelewając szczere łzy, kiedy dwa miesiące po naszym przybyciu zasnął spokojnym snem, a ja zostałam jedyną spadkobierczynią jego majątku.

Ten spadek, poza odpowiedzialnością, wiązał się dla mnie przede wszystkim z ulgą, że nikt nie będzie mógł mi już zarzucić, że jestem z Tobią dla jego pieniędzy.

Często jednak wracam myślami do tej starszej pani, którą spotkałam w pociągu w drodze do Wenecji, i próbuję sobie wyobrazić, co by powiedziała, wiedząc, jak potoczyło się moje życie. Jakże byłam wtedy pewna, mówiąc jej, że przygodą miłosną nie jestem zainteresowana. Aż boję się pomyśleć, co by mnie ominęło, gdybym trzymała się własnych słów.

Podziękowania

Chciałabym podziękować następującym osobom za ich udział w powstaniu niniejszej powieści.

Mojej mamie Beate, której mądrość uchroniła mnie przed zajęciem się pisaniem bez uprzedniego zebrania doświadczeń w życiu.

Klausowi, mojemu ojczymowi, któremu zawdzięczam swój pierwszy wyjazd na karnawał w Wenecji i bez którego moje życie potoczyłoby się zapewne całkiem innym torem.

Piero, mężczyźnie o smutnych oczach, z którym miałam przyjemność uczestniczyć w moim pierwszym święcie Festa del Redentore oraz w wielu balach maskowych. Nikt nie wygląda lepiej w smokingu i czarnym kapturze niż ty, Piero!

Andrei, którego poznałam w wieku siedemnastu lat i który przebrany był wtedy w mundur austriackiego gwardzisty, a razem ze swoimi przyjaciółmi oprowadził mnie po Wenecji, pokazując, gdzie po zakończeniu balu można jeszcze znaleźć ciepłe brioszki, którymi mogłam się zajadać wczesnym rankiem na moście Rialto, wygłodniała po przebalowanych nocach.

Brunonowi Tosiemu, który zaprosił mnie do Palazzo Malipiero na mój pierwszy bal maskowy i którego wielkoduszność i przyjaźń pozostaną na zawsze w pamięci wielu wenecjan oraz miłośników tego miasta.

Marcie, dzięki której miałam możliwość ponownego przeżycia święta Redentore razem z jej dziećmi oraz z Andreą i której chciałabym szczerze podziękować za jej gościnność i serdeczność.

Mojemu teściowi, Jörgowi, który był jednym z moich pierwszych czytelników i zachęcał mnie do złożenia manuskryptu.

Rouvenowi Obstowi z Obst & Ohlerich, który przeprowadził troskliwą i fachową korektę mojej książki i wierzył we mnie.

Uwe Heldtowi, mojemu agentowi, który nadał książce ostateczny szlif, od którego telefon był jednym z najwspanialszych momentów w moim życiu.

Mojemu wydawcy i edytorowi Reinhardowi Rohnowi, bez którego ta książka nigdy nie znalazłaby swoich czytelników.

Moim dzieciom, które nigdy się nie skarżyły, że bez przerwy zaszywam się w swoim biurze, zamiast spędzać z nimi czas na placu zabaw.

No i oczywiście Florianowi, mojemu mężowi, bez którego cierpliwości i rad ta książka nigdy by nie powstała.

Dziękuję.

O Autorce

Valerie Bielen (ur. w 1971 r. w Monachium) jest córką dziennikarki i autorki książek dla dzieci. Jako młoda kobieta miała okazję wyjechać do Wenecji i zadomowić się w tutejszym społeczeństwie. W ciągu kilku lat poznała miasto od podszewki, obserwując jego życie i obyczaje mieszkańców. Po skończeniu studiów we Florencji i w Nowym Jorku pracowała w Amsterdamie, Nowym Jorku, Londynie i Locarno. Obecnie mieszka w Bazylei razem z mężem i z dziećmi.

Spis treści

Rozdział 1	5
Rozdział 2	26
Rozdział 3	40
Rozdział 4	55
Rozdział 5	76
Rozdział 6	106
Rozdział 7	130
Rozdział 8	160
Rozdział 9	176
Rozdział 10	208
Rozdział 11	240
Rozdział 12	257
Rozdział 13	274
Rozdział 14	292
Epilog	296
Podziękowania	299
O Autorce	301